멱라강에 던져 보낸 시 한 편

노년의 눈으로 다시 읽는 당시

멱라강에 던져 보낸 시 한 편

2024년 5월 10일 초판 1쇄 펴냄

지은이 김근
편집 김균하
펴낸이 신길순

펴낸곳 (주)도서출판 삼인
전화 02-322-1845
팩스 02-322-1846
이메일 saminbooks@naver.com
등록 1996년 9월 16일 제25100-2012-000046호
주소 (03716) 서울시 서대문구 성산로 312 북산빌딩 1층

디자인 끄레디자인
인쇄 수이북스
제책 은정

ISBN 978-89-6436-268-6 03820

값 22,000원

멱라강에 던져 보낸 시 한 편

노년의 눈으로 다시 읽는 당시

김근 지음

삼인

머리말

내가 중문과에 진학하게 된 동기는 고등학교 3학년 시절 고문古文 시간에서 비롯되었다. 『두시언해杜詩諺解』를 배우던 중 「등고登高」를 읽게 되었는데, 외우면 외울수록 혀끝의 맛이 깊어짐을 느낄 수 있었다. "ㅂㄹ 미 샌르며 하눌히 놉고 나비 뒷ᄑ라미 슬프니 / 믌ᄀᆺ시 몱ᄀ며 몰애 혼 디 새 ᄂ라 도라오놋다"(바람이 빠르며 하늘이 높고 잔나비 휘파람이 슬프니 / 물가이 맑으며 모래 흰 데 새 날아 돌아오는구나)라는 첫 구절부터 벅차오른 감정은 점점 상승하다가 마지막 "艱難애 서리 곧흔 귀밑터리 어즈러우믈 심히 슬허 ᄒ 노니 / 늙고 사오나오매 흐린 숤 盞을 새려 머믈웻노라"(간난에 서리 같은 귀밑털이 어지러움을 심히 슬퍼하노니 / 늙고 사나움에 흐린 술잔을 새로 멈추었노라)에 이르러서는 마침내 코끝이 찡하며 눈물이 쏟아졌다. 이런 경험을 한 번 하고 나니까 『두시언해』의 다른 작품에서도 비슷한 현상이 이어졌다.

나는 그 후로 이런 감동이 무엇 때문에 일어나는지를 구체적으로 알고 싶어졌다. 그래서 당시 불문과를 지원하려던 마음을 접고 중문과로 바꿨다. 중문과에 진학해서 대학원까지 마치는 동안 시에서 오는 감동의 정체를 밝혀보고자 하는 노력은 계속되었지만, 속 시원한 답은 찾지 못하였다. 중국에서 나온 논문들이 셀 수도 없이 많았지만 거의 인상적인 비평 일색이었고, 일본 학자들의 논문은 그래도 분석적인 형태는 띠었지만 실증주의의 한계를 벗어나지 못하였다. 그래도 이러한 노력이 완전히 헛되지 않은 것은 언어를 공부하면 그 가운데 답이 있을 것이라는 막연한 이정표를 발견한 일이었다.

그 후 나는 구조주의를 시작으로 후기 구조주의, 정신분석 등을 공부하면서 궁극적으로 세계는 시니피앙signifiant(기호 표현)으로 이루어졌고 이를 통해 생성되는 의미라는 것도 환영에 지나지 않음을 깨달았다. 노자老子는 이미 이것을 감각적으로 무無라는 말로 표현한 적이 있다. 여기서 자칫 허무주의로 이어질 수도 있겠지만, 다행히 우리는 시라는 도구가 있어서 환영을 믿음으로 만들어 삶을 이어갈 수 있다. 인류 문명의 원류가 모두 시에서 비롯된 것은 이 때문이리라.

시는 세계를 만들어내는 창조 행위다. 언어라는 관념적 체계를 갖고 시인은 세계를 만들어내야 하는데, 전에 없던 세상을 고정된 언어로 형용하려면 언어의 관념성을 유지하면서도 동시에 극복하는 마법을 부려야 한다. 그렇다고 해서 자신만의 언어로 표현하면 다른 사람이 이해할 수 없으니, 어떻게든 익숙한 언어를 갖고서 생소한 세계를 묘사해야 한다. 시를 언어의 예술이라 부르는 이유다.

이미 익숙해서 진부해진 언어로 생소한 세계를 표현하려면 언어의 미세한 부분에서 생소한 감각을 일으켜야 한다. 아주 미세한 시니피앙의 차이가 엄청난 시의 세계를 창조해내기 때문이다. "신은 디테일에 있다"

하지 않던가? 골프라는 운동이 어려운 것은 익히 알려진 사실이다. 스윙할 때 클럽의 헤드 무게를 느낄 수 있어야 정타를 칠 수 있는데, 헤드는 자유낙하 운동 상태, 즉 무중력 상태에 있으므로 무게를 느끼는 게 사실상 불가능하다. 그래도 감각 능력을 예민하게 작동할 줄 아는 사람은 무중력 상태에서도 묵직한 감각을 끌어낸다. 시인의 감성을 비유하자면 이와 같다고 볼 수 있다. 이미 진부해져서 신선한 맛이 안 나는 일상어를 갖고서 전혀 생소한 세계를 만들어내야 하니까 말이다.

옛 중국 당唐나라 때의 시, 곧 당시가 역대로 사람들에게 애송되는 가장 중요한 이유가 바로 이것이다. 시 자체로서의 완성도는 육조六朝 시기의 작품이 더 높지만, 언어가 어려워 사람들이 입에 수시로 올리기가 쉽지 않은 흠이 있었다. 이에 비하여 당시는 상당히 구어화된 말로 전에 없던 세상을 보여주었기에 특별한 사랑을 받을 수 있었다. 그 뒤에 나온 송시宋詩는 당시보다 더 쉬운 언어를 썼지만, 일상어의 상투성을 뛰어넘지 못하여 참신함을 보여주는 데서 아쉬움을 남겼다. 앞서 말했듯이 무중력 상태에서 묵직함을 느끼도록 유도하는 디테일한 언어의 조직이 시이므로, 시는 읽을 때마다 다른 세계가 보여야 훌륭한 시다.

필자 역시 현역 교수 시절 중국 고전시를 공부하고 가르치면서 깨달은 내용을 얼른 책으로 내고 싶었지만, 읽을 때마다 달라지는 느낌 때문에 자꾸 뒤로 미루게 되었다. 그러나 정년 이후 나이가 제법 든 이제는 더는 미룰 수 없다는 판단이 들었다. 요즘을 '백세 시대'라고는 하지만 그것은 생물학적 나이를 기준으로 하는 말이고, 글을 써서 미학적으로, 그리고 논리적으로 다른 사람들을 설득하고 수긍케 하는 일에는 분명히 한계라는 게 있다. 생각이 여기에 이르자 더 늦기 전에 지금까지 터득한 지식만으로라도 써보자는 결심이 섰다. 어차피 인간의 지식이란 오류에서 오류로 건너가면서 완성될 것이니 말이다. 그나마 위로가 되는 것은 젊어서는 나무가 잘 보였다면 늙어서는 숲이 잘 보인다는 사실이다. 그냥 숲만 보인다는 게 아니라, 젊어서 보았던 나무로 이루어진 숲으로서 다시 보인다는 뜻이다.

대대로 가장 많이 애송되어온 당시가 실린 책은 역시 『당시삼백수唐詩三百首』다. 필자도 이 가운데서 감명받은 시를 중심으로 천착하다 보니 모두 29명의 시 60편이 되었다. '당시선唐詩選'이라는 개념의 번역본이라면 양적인 면에서 좀 부족하다고 하겠으나, 심도 있는 분석이 가해진 기술이므로 그리 적은 편은 아니라고 본다.

시를 읽는다는 것은 내가 무중력 상태에서 중력을 느껴야 하는 행위이므로 그 시 속에 지금의 '나'를 상정해야 의미가 생생해지면서 감동이 온다. 그리고 읽을 때마다 다른 감동이 느껴지면 그게 명시다. 그렇다면 지금의 '나'는 어떤 주체인가? 이념으로 포장된 환영을 좇아서 청장년 시기를 보내고 지금은 회한만 남아 한숨 쉬고 있는 늙은이다. 가슴을 치며 후회해봤자 지난날은 다시 오지 않을뿐더러 이제 다시 환상을 좇을 힘도 없는 나이다. 『구약성경』 「요엘서」(2:28)에 "너희 늙은이는 꿈을 꾸리라" 했는데 꿈이 없으니 무엇으로 살아야 하는가.

여기에 필자가 골라 뽑은 시인들에게서 공통점이 있다면 대부분 불우한 삶을 살았다는 사실이다. 이들은 불우함에 맞서 싸우지도 않았고 그렇다고 주저앉지도 않았다. 단지 그 불우함에서 삶이 무엇인지를 깨달았고, 이윽고 시가 나왔을 뿐이다. 따라서 불후의 명시는 이 불우함에서 나왔다고 해도 과언이 아니므로 불우함은 그들에게는 일종의 행운이자 축복이었던 셈이다.

언제부터 우리 사회가 고생스럽게 사는 것을 불행으로 여기게 되었는지 모르지만, 우리가 그렇게 간구하는 풍요로움이란 기실 불행의 시작일 뿐이다. 깨달음이란 풍요로움에서는 허락되지 않음이 이미 수많은 선지자에게 검증되지 않았는가. 「마태복음」의 명언처럼 심령이 가난한 자와 애통하는 자와 핍박받는 자에게 복이 있음이다.

『주역周易』은 고난을 모두 이기고 건너간 기제괘旣濟卦를 완성으로 정의하고 있으면서도 마지막에 미제괘未濟卦라는 미완성의 단계를 하나 더 두고 마친다. 인생이란 한 번의 완성으로 그치지 않고 계속 살아가야 하는데, 삶을 계속 유지하려면 살아야 할 적극적인 동기를 가져야 한다. 그 동기가 바로 결핍으로서 미제괘에서 말하는 고난과 불행이니, 이것이 있어야 한 번 더 순환의 고해 속에 과감히 뛰어 들어갈 수 있다. 따라서 삶이 아무리 어려워도 거기에는 버리거나 피할 쓰레기는 없다. 이웃을 이겨먹는 쾌락을 행복으로 착각하는 오늘날의 대부분 사람은 이 진리를 이해하지 못한다.

노년에 이르러 꿈꿀 기력도 없는 '나'가 위로를 받고 미제괘의 의미를 깨달은 것은 당대 시인들의 갈고닦은 언어에서였다. 앞서의 「등고」에서 두보는 끼니 해결이 극히 어려운 가운데서도 귀밑털이 세는 것을 보고 슬퍼하였고, 늙고 병든 나머지 탁주 한 잔을 앞에 놓고 갈등하였다. 삶을 사랑하였기 때문이다. 삶을 지속해야 할 주체에게 필요한 미제괘의 행위다. 일본 대중가요 〈심야고속深夜高速〉의 마지막에 "느끼는 것만이 다이고 느낀 것만이 전부니 / 살아 있어서 좋은 거지"(感じることだけが全て 感じたことが全て / 生きててよかった)라는 구절이 있다. 750여 년 전 두보

의 마음과 사실상 똑같지 않은가. 후자가 대중가요라서 더 직설적이긴 하지만. 회한과 외로움은 이렇게 치유된다.

일상의 의미를 일깨워주려는 듯 무시로 잔소리를 귀에 달아준 아내 영복에게, 그리고 이 책을 위해 그림을 그려준 손녀 지인에게 고마운 마음을 전한다. 앞서 필자가 구조주의에서 정신분석까지를 공부했다고 하였는데, 여기에 결정적 도움을 준 이가 임진수(전 계명대 교수)였다. 한유 韓愈의 말처럼 도가 있는 곳에 스승이 있으니, 비록 후배라 하더라도 스 승임에 틀림이 없음을 고백한다. 두 해 전 『중국을 만든 문장들』을 출 간할 때 도움을 받은 김균하 선생이 이번에도 일부러 편집을 맡아주셔 서 얼마나 고마운지 모르겠다. 그간 필자의 원고가 나오면 즉각 출판해 주신 삼인 홍승권 부대표에게도 이참에 감사드린다.

2024년 4월, 광릉수목원 옆 초려草廬에서
초옹草翁 씀

이 책을 읽기 전에

거의 모든 당시가 수록되어 있는 『전당시全唐詩』는 48,900여 수를 싣고 있다. 이것을 모두 읽는다는 것은 기실 불가능에 가까우므로, 청 건륭乾隆 29년(1764)에 형당퇴사蘅塘退士 손수孫洙라는 사람이 이 중에서 300수를 가려 뽑아 『당시삼백수唐詩三百首』라는 책을 출간하였다. 이 책에는 시인 77명의 시 310수(판본에 따라 약간의 차이가 있다)가 실려 있는데, 300수로 한정한 것은 아마 『시경詩經』 300수의 전통을 따른 것으로 보인다. 아무튼 이 책이 출간된 이후 당시 교육은 이를 근거로 이루어졌고, 그러다 보니 여기에 수록된 시들이 사람들에게 애송되어왔다.

이 책은 시의 체제를 기준으로 해서 대체로 오언고시五言古詩, 칠언고시七言古詩, 오언율시五言律詩, 칠언율시七言律詩, 오언절구五言絕句, 칠언절구七言絕句, 악부시樂府詩 등으로 편집하였다. 여기서 이들 시 체제를 구체적으로 설명하는 것은 적절하지 않지만, 그래도 시를 이해하려면 기본적인 지식은 알고 있는 게 좋으므로 간단히 적어보고자 한다.

당시의 종류

당대唐代에 시인들이 즐겨 지은 시는 크게 고체시古體詩, 근체시近體詩, 악부시 등으로 나눌 수 있다. 고체시와 근체시의 차이는 크게 형식적으로 격률格律을 따지느냐의 여부에 있다. 고체시는 고시古詩라고도 부르는데, 글자 그대로 옛날부터 내려온 시이므로 형식에 크게 구애받지 않고 자유롭게 지을 수 있다. 진나라 이전에 나온 『시경』과 민요 등에 등장하는 사언시四言詩도 광의의 고시에 속하긴 하지만, 문인시로서의 고시는 실질적으로 한나라 말기에 나온 오언시五言詩 「고시십구수古詩十九首」를 시초로 본다. 이후 고시는 위진남북조의 숱한 시인 손을 거치면서 수많은 명시가 쏟아져 나왔고, 이러한 성취를 발판으로 해서 당대 시인들은 전대와 다른 시 세계를 창조해내었다.

남북조 시기에 불경 번역사업이 진행되면서 범어梵語라는 타자를 통해 문인들은 중국어의 성조聲調 특성을 깨닫게 되었다. 이 발견은 당시 유미주의 문학을 자극해 음운학적 요소를 시에 적극적으로 도입함으로써 아름다운 소리로 이루어진 시의 창작에 힘을 기울이게 하였다. 이 활동이 초당初唐에 와서 열매를 맺은 게 근체시, 또는 금체시今體詩의 정착이다. 근체시란 당시로서는 전통적인 고체시와는 다른 신식 시라는 뜻이다.

이러한 새로운 시 체제를 격률시格律詩라고 하는데, 여기에는 율시律詩, 절구絶句, 배율排律, 또는 장률長律 등이 있다. 절구는 율시의 반쪽에 해당하고, 배율은 율시를 10행 이상 연장한 것이므로, 여기서는 율시를 중심으로 설명한다.

격률시는 글자 수, 압운押韻, 평측平仄, 대장對仗 등 형식적 미학을 우선으로 추구하기에 아름답기는 하지만, 주어진 정형에 맞추려다 보면 자칫 인위적인 색채가 나서 진부해질 수 있다. 이러한 어려움에도 불구하고 율시를 경지에 올린 시인이 당대에 많이 나왔다. 『당시삼백수』의 경우에도 고체시는 전체의 3분의 1 정도를 차지하지만, 근체시는 3분의 2에 이른다는 사실이 이를 방증한다.

이 외에 악부시가 있다. 악부란 원래 한나라의 관청 이름인데, 민간의 노래를 채집해 정리·보관하는 일을 했다. 문인들이 짓고 즐기던 시와는 달리 민간의 시가는 근본적으로 노래 가사로서 율동감이 있을 뿐 아니라 질박하고 생동감이 풍부하였다. 그래서 문인들도 그 곡조와 분위기를 따라서 가사를 창작하는 풍조가 생겼으니 이것이 악부시다. 당대에도 이백, 두보, 왕창령 등의 시인이 악부시에서 괄목할 만한 성취를 이룩했는데, 이 책에는 이백의 「장진주將進酒」를 실었다.

격률이란 무엇인가?

근체시를 대표하는 율시를 제대로 읽으려면 격률을 먼저 알아야 한다. 그러나 한자가 이미 생소해진 오늘날, 설령 한자를 많이 읽고 쓸 줄 안다고 하더라도 당대의 한자음에 기초한 격률이 이해될 리가 없다. 이것은 한자를 아주 잘 숙지하고 있는 중국인이라고 해서 다를 게 없다. 중국의 현대 한자음은 우리보다 더 많이 바뀌었기 때문이다. 따라서 오늘 율시를 읽을 때 격률에서 오는 형식미는 상당 부분이 사라졌다고 보는 게 옳다. 평측 부분은 사라졌지만, 그래도 압운과 대장 등 수사적 부분은 변별 가능하므로 약간의 사전 지식만 갖추면 그 맛을 즐길 수 있다. 그래서 여기서는 격률의 몇 가지 부분을 요약해보고자 한다. 이를 위해 먼저 율시의 형식과 용어를 간단히 알아보자.

율시는 모두 8행行, 곧 여덟 줄로 이루어졌는데, 행을 구句라고 부른다. 8구는 두 구씩 짝을 짓고 이를 연聯이라 부르므로 율시는 모두 4연으로 이루어졌다. 4연은 위에서부터 수련首聯·함련頷聯·경련頸聯·미련尾聯이라고 각각 부른다. 그리고 두 구씩 이루어진 각 연에서 앞의 구를 출구出句, 뒤의 구를 대구對句라고 각각 부른다.

율시는 한 구의 글자 수에 따라 오언율시, 칠언율시로 나누는데, 후자는 전자를 기본으로 해서 앞쪽에 두 글자만 더한 개념으로 이해하면 된다. 그리고 절구 역시 율시의 상부 반쪽이라고 보면 된다.

평측법平仄法

중국어는 기본적으로 하나의 단어를 하나의 글자로 표시하고 하나의 음절로 읽는다. 현대 중국어를 기준으로 하면 음절 수가 대략 430개 정도여서 이것으로 수많은 단어를 표기하기에 턱없이 부족하므로 음절 수를 늘리기 위해 4성四聲을 고안하였다. 글자가 내는 음音의 높고 낮음, 곧 성조聲調에 따라 평성平聲, 상성上聲, 거성去聲, 입성入聲으로 나눈 것이다. 이때 평성을 제외한 나머지 3개의 성조를 통틀어 측성仄聲이라고 부른다. 그러니까 4성이란 같은 음절을 읽는 방법을 네 가지로 달리해서 의미를 변별하는 방법인 셈이다. 읽는 방법은 네 가지지만, 음의 속성으로 보자면 일정한 높이로 변치 않는 소리와 변화하는 소리로 나누어지는데, 전자가 평성이고 후자가 측성이다. 이것을 미학적 관점으로 바꾸면 백색과 흑색의 무채색 조합으로 볼 수 있는데, 이를 시의 운율에 적용하면 강과 약의 리듬으로 재현할 수 있다.

강약의 리듬을 시를 읊는 사람의 고유 리듬과 공명하도록 규칙을 만든 게 바로 평측법이다. 격률의 기본은 둘씩 짝을 지어야 하므로 5언의 경우 ●●○○●(또는 ○○●●○)이 된다(편의상 평성은 '○', 측성은 '●'으로 표기한다). 앞서 설명했듯이 7언은 기본형 5언의 앞쪽에 두 글자만 더하면 되기에 따로 설명하지는 않겠다.

○○이나 ●●으로 둘씩 짝을 짓더라도 의미상의 비중은 뒤쪽이 높으므로 부득이 평측을 어겨야 할 경우가 생기면 앞쪽을 어길 수 있어도 뒤쪽은 어길 수 없다. 그래서 7언을 기준으로 봤을 때 두 번째, 네 번째, 여섯 번째 글자는 평측이 고정되어야 하므로, 이른바 '이사륙분명二四六分明', '일삼오불론一三五不論'이라는 말이 나온 것이다. '불론不論'이란 평측을 굳이 따질 필요 없이 필요할 때 바꿀 수 있다는 뜻이다.

그리고 처음을 무엇으로 시작하느냐에 따라서 측기식仄起式, 평기식平起式으로 부르는데, 이는 첫 구의 두 번째 글자의 평측에 따라 정해진다. 이 역시 '이사륙분명'이라는 원칙 때문에 생긴 규정이다.

또한 각 연도 출구와 대구는 평측을 똑같이 반복하면 안 되고 반대로 바꿔야 한다. 이렇게만 하면 자칫 각 연이 따로 분리될 우려가 있으므로 이를 방지하기 위해서 앞 연의 대구와 뒤 연의 출구는 평측을 똑같이 반복해야 한다. 이것을 점粘이라고 부르는데, 떨어지지 않도록 풀로 붙인다는 뜻이다. 이렇게 해서 오언시의 기본적인 평측식(측기식)을 만들어보면 다음과 같다.

●●○○●

○○●●○

○○○●●

●●●○○

●●○○●

○○●●○

○○○●●

●●●○○

위의 예를 보면 오언율시에서는 다음과 같은 네 가지 조합의 구형句型
이 나옴을 추측할 수 있다.

① ●●○○●

② ○○●●○

③ ○○○●●

④ ●●●○○

앞서 말했듯이 칠언율시는 오언율시의 앞머리에 반대의 평측을 한 쌍
덧붙이면 되는데, 단지 주의할 점은 전자는 후자와 달리 수련의 출구에
평성으로 압운해야 하므로 평기식의 경우 평측을 바꿔줘야 할 필요가
있다는 것이다. 이를테면, 평기식은 수련을 '○○●●○○● / ●●○○
●○'으로 하면 될 듯하지만, 칠언은 출구의 마지막 글자에도 압운해야
하므로 측성을 평성으로 바꿔야 한다. 그러면 '○○●●○○○'이 되어 리

들이 어색해지므로 앞의 두 평성 중에서 하나를 측성으로 바꾸면 되는데, 바로 앞의 여섯 번째 평성은 바꿀 수 없는 자리이므로 다섯 번째 평성을 측성으로 바꿔서 '○○●●○○'으로 만든다.

이러한 예외적인 변칙은 수없이 발생하게 된다. 평측의 변별이 사실상 불가능한 오늘날에는 미학이 될 수 없지만, 당시에는 매우 의미 있고 재미도 있는 창작 행위였다. 더 세부적인 규정과 복잡한 예외적 변칙에 관한 설명은 지면 관계상 생략한다.

압운押韻

압운이란 구의 일정 장소에 동일한 운의 글자를 채우는 일인데, 이를 용운用韻이라고도 부른다. 율시에서는 기본적으로 각 연 대구의 마지막 글자에 압운한다. 다만 칠언율시의 경우는 앞서 말했듯이 수련의 출구에도 압운해야 하는 게 조금 다르다.

고대에는 반절反切이라 하여 하나의 음절을 둘로 나누어 인식하였다, 앞부분을 성聲, 뒷부분을 운韻이라고 각각 불렀는데, 현대 음운학의 개념으로 보자면 전자는 자음에, 후자는 모음에 각기 해당한다. 그런데 운은 모음뿐 아니라, 모음 뒤에 붙는 자음, 즉 '-m'·'-n'·'-ng'·'-k'·'-t'·'-p'까지도 모두 포함한다. 이를테면, 'dong東'을 분석하면 'd'+'ong'이 되는데, 'd'는 성이고, 'ong'은 운이 된다.

『춘추春秋』와 같은 고대 기록을 보면 중국에는 매우 일찍부터 음운에 대한 개념이 있었을 뿐 아니라, 이를 시 창작에 적용하려는 노력이 있었다. 그래서 성운학聲韻學(오늘날의 음운학)이 일찍 발달하여 수隋나라 이전에 이미 『절운切韻』이라는 운서가 나왔다. 그 후에도 『당운唐韻』,

『광운廣韻』등이 나와서 시인들의 압운에 기준이 되었다. 오늘에 이르기까지 용운의 교과서처럼 참조하는 운서는 남송 말에 나온『임자신간예부운략壬子新刊禮部韻略』으로서 이는『평수운平水韻』이라는 이름으로 더 많이 알려져 있다.

격률시는 평성으로만 압운할 수 있으므로,『평수운』106운 중에서 상평上平과 하평下平으로 분류된 30운에 속한 글자로만 압운이 가능하다. 30운의 순서는 다음과 같다.

상평: 一東동 二冬동 三江강 四支지 五微미 六魚어 七虞우 八齊제

九佳가 十灰회 十一眞진

十二文문 十三元원 十四寒한 十五刪산

하평: 一先선 二蕭소 三肴효 四豪호 五歌가 六麻마 七陽양 八庚경

九靑청 十蒸증 十一尤우

十二侵침 十三覃담 十四鹽염 十五咸함

위에 열거한 운은 그 운에 속한 많은 글자의 대표이므로, 이를테면, '東' 운으로 압운하겠다 하면 그 시는 '東' 운에 속한 글자들로 각 연 대구의 마지막 글자를 채워야 한다.

평측의 차원에서 보면 위의 30운에 속한 글자들이 평음에 해당하고, 나머지 76운에 속하는 글자들이 측음에 해당한다. 평성운과 측성운의 비율이 30:76이면 평측을 구성하기가 어려울 것처럼 보이지만, 낱글자의 수로 보면 전자와 후자가 거의 비슷하기에 실제로 그럴 염려는 없다.

대장對仗

대장이란 원래 두 줄로 짝을 맞춘 군軍 의장대의 기본 대형을 뜻한다. 이 형식미를 격률시의 수사법에 적용한 것인데, 대우對偶라고도 부른다. 율시에서 대장은 원칙적으로 함련과 경련의 출구와 대구 사이에서 이루어져야 한다. 대장의 종류에는 여러 가지가 있지만 가장 보편적으로 쓰이는 것 몇 가지만 간략히 소개한다.

1. 공대工對

출구와 대구에서 대응하는 위치에 있는 단어들이 품사는 물론 단어의 의미까지도 완전히 같거나 흡사하도록 정교하게 만든 대장을 의미한다. 여기서 '공工' 자는 '정교하다'라는 뜻이다.

2. 관대寬對

'관寬' 자는 '넉넉하다'·'관대하다'라는 뜻으로서, 대응하는 단어들의 속성이 소분류에서는 다를 수 있지만 더 큰 대분류에서는 대체로 동류로 볼 수 있는 대장을 가리킨다.

3. 유수대流水對

출구와 대구가 대장은 이루고 있지만 병렬 관계가 아니라 선후 연결 관계에 있는 대장을 말한다. 여기서 '유수流水'란 '물이 흘러가서 되돌아오지 못한다'라는 뜻이다. 즉 일반 대장은 병렬 관계에 있기에 앞뒤 구를 바꾸어도 의미가 통하지만, 유수대는 그렇게 할 수 없다는 말이다.

4. 격구대隔句對

'격구隔句'란 '구를 건너뛰다'라는 뜻으로서 대장이 출구와 대구 사이에서 이루어지는 게 아니라 구 하나를 건너뛰어서 그다음 구와 짝을 이루는 것을 가리킨다. 부채를 폈을 때 접힌 부분이 한 줄씩 건너뛰어서 앞으로 튀어나오는 모양과 비슷하므로 선면대扇面對라고도 부른다.

5. 차대借對

'차借' 자는 '빌리다'라는 뜻으로서, 대응하는 단어 자체로 보자면 대장이 안 되지만 음이 같은 글자나 유사한 의미의 글자를 빌려다가 짝을 맞춘 경우를 가리킨다.

6. 당구대當句對

하나의 같은 구 안에서 앞뒤의 두 단어가 짝을 이루는 대우를 가리킨다. 취구대就句對라고도 부른다.

7. 착종대錯綜對

'착종錯綜'은 '이것저것 뒤섞여 엉클어지다'라는 뜻이다. 대장은 출구과 대구의 대응하는 위치에서 일어나는 게 보통인데, 착종대는 위치에 구애받지 않고 각 구 안에 마구 섞여서 상응하는 경우를 뜻한다.

이상에서 율시의 격률에 관하여 대강 알아보았는데, 당시의 아름다움과 즐거움은 이러한 형식 자체에서 나온다기보다는 이를 손안에 넣고 떡 주무르듯 지배하는 시인의 능력에서 발생한다. 따라서 위에 설명한 격률의 개념을 염두에 두고 읽으면 훨씬 넓고 깊게 그 맛을 즐길 수 있을 것이다.

차례

제 1 부

王勃

駱賓王

王績

宋之問

賀知章

張說

張九齡

王之渙

王昌齡

孟浩然

王維

李白

「두소부지임촉주杜少府之任蜀州」
– 임지인 촉주로 떠나는 두소부에게

城闕輔三秦 (성궐보삼진)

風烟望五津 (풍연망오진)

與君離別意 (여군리별의)

同是宦游人 (동시환유인)

海内存知己 (해내존지기)

天涯若比鄰 (천애약비린)

無爲在歧路 (무위재기로)

兒女共沾巾 (아녀공점건)

장안성長安城은 삼진에 둘러싸이고,

바람처럼 하늘거리는 아지랑이로 가물가물 보이는 촉으로 가는 나루터.

인형仁兄과 헤어짐에 하고픈 말은 있지만,

우린 다 같이 발령만 나면 떠나야 하는 신세 아니겠소.

나를 알아주는 이가 나라 안 어디에든 있기만 하다면,

저 하늘 끝이라도 이웃집이나 같을 터.

여기 갈림길에 서서 하지 맙시다,

사춘기 남녀처럼 함께 손수건 적시는 일을.

왕발(650~676)은 어릴 때부터 신동이라 불릴 만큼 시문을 잘 지어, 나이 스물에 이르기도 전에 중앙 부서의 관직에 나아갔다. 그러나 재미로 쓴 일종의 투계鬪鷄 응원가인 「격영왕계문檄英王鷄文」으로 고종의 미움을 사서 궁중에서 쫓겨나 파촉巴蜀 지방을 떠돌게 되었다. 이후 우여곡절을 겪다가 26세의 젊은 나이에 여행 중 익사하였다고 한다. 그는 화려한 수식을 일삼는 초당初唐(당나라 역사를 넷으로 나눌 때 첫 시기로, 성당盛唐, 중당中唐, 만당晚唐 순으로 이어진다)의 문단에서 '입언현지立言見志', 즉 '글을 쓸 때는 자신의 의지를 내보여야 한다'라는 철학으로 내실이 있는 작품을 지었다. 그래서 당시 개혁적인 시풍을 견지하고 있던 양형楊炯, 노조린盧照鄰, 낙빈왕駱賓王 등과 함께 초당사걸初唐四傑로 불렸다. 현존하는 시문은 170여 편에 달하는데, 대중에게 가장 많이 알려진 작품은 위에 인용한 시와 더불어 천하제일 명문이라 일컬어지는 「등왕각서滕王閣序」가 있다.

이 시 「두소부지임촉주杜少府之任蜀州」는 왕발이 촉주에 발령받은 친구 두소부를 떠나보낼 때 지어준 송별시다. 두소부가 누구인지는 정확히 기록되어 있지 않다. 단지 '두杜'는 그의 성이고, 소부少府는 지방의 현위縣尉를 통칭해서 부르는 말이다.

이 시는 오언율시로서 『평수운平水韻』의 진眞 운에 속하는 '진秦'·'진津'·'인人'·'린鄰'·'건巾' 등 다섯 글자로 압운하였다. 오언율시는 칠언율시와 달리 수련首聯의 출구出句 마지막 글자를 압운해도 되고 안 해도 되는데, 여기서는 압운하였다.

수련, 곧 첫째와 둘째 구는 친구와 헤어지는 갈림길에서 보이는 경관을 묘사한다. "장안성長安城은 삼진에 둘러싸이고, / 바람처럼 하늘거리는 아지랑이로 가물가물 보이는 촉으로 가는 나루터"(城闕輔三秦, 風烟望五津). '성궐보삼진城闕輔三秦'은 원래 '삼진보성궐三秦輔城闕'(삼진 땅이 장안성과 대궐을 둘러싸고 있다)라고 쓰는 게 정상적인 어순인데, 여기서는 대구對句인 '풍연망오진風烟望五津'의 '오진五津'과 지명으로 대장對仗이 되도록 도치문으로 바꾼 것이다. 이렇게 같은 종류의 단어로 정확히 대장을 맞춘 것을 특별히 공대工對라고 부른다.

'삼진三秦'은 장안성으로 들어가는 길목의 관중關中 땅을 가리킨다. 진나라 말기 항우가 관중을 셋으로 갈라서 당시 항복한 장수들에게 각각 나누어준 이후로 삼진이라고 불렀다. 그리고 '오진五津'은 촉주로 들어가려면 건너야 하는 민강岷江의 강가에 있는 다섯 개의 나루터를 가리킨다. '풍연風烟'은 원래 '바람처럼 하늘거리는 아지랑이'라는 뜻인데, 이것 때문에 촉주로 가는 길이 가물가물하게 멀리 바라다보인다는 뜻이다.

장안의 성곽이 삼진으로 둘러싸여 있고 촉으로 가는 다섯 개의 나루터가 멀리 가물가물 보인다는 묘사는 안보적으로 든든하고 문화적으로 화려한 도시와 그렇지 못한 지방과의 차이를 대비시켜 드러내는 듯 보인다. 시의 처음을 이러한 풍경으로 시작하니, 낯선 타향으로 떠나는 친구의 긴장감과 아울러 앞으로 친구가 겪을 힘든 여정에 대한 화자話者의 걱정이 저절로 느껴진다.

함련頷聯, 곧 셋째와 넷째 구는 친구와 이별할 때 하고 싶은 말이 많긴 한데 무슨 말을 어떻게 할지 몰라서 망설이는 마음을 적고 있다. "인형仁兄과 헤어짐에 하고픈 말은 있지만 / 우린 다 같이 발령만 나면 떠나야 하는 신세 아니겠소"(與君離別意, 同是宦游人). '의意' 자는 마음속에서 하고 싶은 말이나 의지를 뜻한다. 즉 먼 길을 떠나는 벗에게 뭔가 말을 건네주고는 싶은데, 어떻게 말을 꺼내야 좋을지 몰라 잠시 주춤하다가 '굳이 말하지 않아도 다 알겠지' 하는 심정으로 입을 다물기로 했다는 뜻이다.

일찍이 도연명陶淵明이 「음주飮酒 5」에서 "이 가운데서 진정한 의미를 깨달았지만 / 이를 밝히려는 순간 이미 말을 잊었다"(此中有眞意, 欲辨已忘言)라고 표현했는데, 여기서 '변辨' 자는 깨달음의 내용이 무엇인지를 말로써 밝히 드러낸다는 뜻이다. 내가 하고픈 말을 명백히 밝히면 속이 시원할 것 같지만, 언어란 수박의 겉을 핥는 일처럼 표면만을 부유하며 흘러가기 때문에, 말로 표현하는 순간 그 부분의 의미 외의 다른 의미들은 모두 사라진다. 그런데 정작 내가 하고픈 말은 드러낸 부분보다는 이미 사라진 부분에 있기에 소통은 언제나 실패할 수밖에 없다. 도연명이 깨달음을 말하려다가 차라리 말을 잊은 것은 이 때문이다.

시인도 진정으로 하고픈 말을 지켜내기 위해 더는 말을 잇지 않고 다른 말로 딴청을 부린 것이 "우린 다 같이 발령만 나면 떠나야 하는 신세"(同是宦游人)라는 말이다. 여기서 '동同' 자는 '우리는 다 같이'라는 뜻이고, '환유인宦游人'이란 중앙에서 언제든지 발령을 내면 전국 어디든 짐을 싸서 가야 하는 지방관을 뜻한다. '우린 다 같이 발령만 나면 떠나는 신세지요'라는 말은, 요즘의 속된 말로 바꾸자면 '선수들끼리니 말 안 해도 잘 알지 않소?'라는 뜻이리라. 힘든 경험을 공유한 사람들에게 이 짧은 구절만큼 완전한 소통이 이루어지는 말도 드물 것이다.

이렇게 서로를 깊이 알아서 관념적인 쾌락을 공유하는 관계의 벗이라면 이들에게 물리적으로 떨어져 있는 거리는 우정의 즐거움을 방해하는 요소가 되지 못한다. 가까이 있으면 가까이 있는 대로 즐겁고, 멀리 떨어져 있으면 그리워하는 즐거움으로 기쁘다. 그래서 경련頸聯, 즉 시의 제5·6구는 "나를 알아주는 이가 나라 안 어디에든 있기만 하다면, / 저 하늘 끝이라도 이웃집이나 같을 터"(海内存知己, 天涯若比鄰)라고 표현하였다. 이 구절은 조식曹植의 「증백마왕표贈白馬王彪」에 나오는 구절, "사나이가 천하에 뜻을 두었다면 / 만 리 밖에 나가더라도 이웃집처럼 여길 것이고, 감사하고 아끼는 마음도 사그라지지 않으며 / 먼 곳에 떨어져 있어도 날로 가까워진다"(丈夫志四海, 萬里猶比鄰. 恩愛苟不虧, 在遠分日親)를 가져다 다시 썼지만, 원본보다 더욱 절실하게 느껴지는 것은 '만 리萬里'를 '천애天涯', 즉 '하늘 끝'으로 바꾸었기 때문일 것이다.

이어지는 미련尾聯에서 시인은 "여기 갈림길에 서서 하지 맙시다, / 사춘기 남녀처럼 함께 손수건 적시는 일을"(無爲在歧路, 兒女共沾巾)이라고 말한다. 출구와 대구의 이 두 구절은 율시의 미련에서 자주 사용하는 유수대流水對로 이루어졌다. 일반적으로 대장은 앞뒤 두 구가 서로 병행하는 관계로 짝을 이루는 데 비하여, 유수대는 두 구가 이어지는 한 문장 또는 하나의 진술 체계로 이루어진다.

따라서 이 시에서 미련의 두 구절은 기실 하나의 문장이나 마찬가지다. 하나의 문장을 둘로 나누어 유수대로 만들면 정형의 진부함을 갑자기 타파하면서 끝을 맺는 신선함을 주는 효과가 있다. '기로歧路'는 갈림길을 뜻한다. 누구를 전송하러 나가다가 더는 가지 않고 헤어지는 곳을 말한다. 여기서 보통 그냥 헤어지지 못하고 상대방의 소매 끝을 쥔 채 울며 작별의 아쉬움을 달래게 되는데 이를 '메별袂別'이라고 불렀다. 더구나 헤어지는 사람들이 사랑하는 젊은 남녀일 경우 그 슬픔의 눈물을 닦으려면 손수건이 몇 장 있어도 모자랄 것이다. 그러나 시인은 사춘기 청소년처럼 그렇게 하지 말자고 한다. 눈앞의 헤어지는 슬픔을 이기지 못하고 우는 행위는 현상적인 감정만을 세계로 인식하는 유치한 짓이니, 신념이 굳은 어른은 이보다 더 높은 차원의 관념적 세계가 있음을 알기에 울지 말자는 거다. 이러한 세계에서는 아무리 하늘 끝에 있어도 이웃이나 마찬가지고, 오지에 있는 촉 땅이라도 도회지인 이곳 장안이나 다를 게 없다.

사람이 형이상학적인 것을 좇는 것은 변치 않는 세계를 원하기 때문이다. 내가 처한 환경이 수시로 바뀌고 움직인다면 불안해서 살 수 없을 터이다. 그래서 변치 않는 세계를 추구하면서 그에 의지하고픈 것이니, 우정도 그중의 하나다. 벗이 시야에서 멀어졌다 해서 마음도 멀어진다면 믿을 사람이 없으니 그의 세계가 얼마나 불안할까? 반면 친한 벗에게 반석 같은 우정의 믿음이 있다면 다시 만날 날이 기대됨과 아울러 미래가 계획될 수 있다. 그러므로 이제 헤어져야 할 기로에서 서러워할 필요가 없다. 울음은 아이들이나 하는 유치한 행위이니 집어치우자는 말이 오히려 더욱 울고 싶게 만든다는 의미에서 이 표현은 관념의 허울을 쓴 감각적 표현이라고 볼 수 있다.

그러나 현실은 역설적이게도 서양 속담마따나 "out of sight, out of mind", 즉 시야에서 사라지면 마음도 멀어지는 법이다. 시인은 아마도 이를 너무나 잘 알기에 더욱 변치 않는 우정에 집착하면서 울지 말자고 했을 것이다. 울면 감정의 현상에 굴복하는 것이고, 그러면 이는 관념의 세계를 무너뜨리는 일이 되기 때문이리라.

「등왕각시滕王閣詩」
- 등왕각 중수를 기념하여

滕王高閣臨江渚 (등왕고각임강저)
佩玉鳴鸞罷歌舞 (패옥명란파가무)
畫棟朝飛南浦雲 (화동조비남포운)
珠簾暮卷西山雨 (주렴모권서산우)
閑雲潭影日悠悠 (한운담영일유유)
物換星移幾度秋 (물환성이기도추)
閣中帝子今何在 (각중제자금하재)
檻外長江空自流 (함외장강공자류)

등왕의 높은 누각이 강가 모래섬을 내려다볼 때
여인들의 패옥이 부딪는 난새 울음도 가무와 함께 그쳐버렸네.
그림 같은 용마루 위의 아침은 남포의 구름을 띄워 보내고
구슬로 만든 발 밖의 저녁은 서산의 비를 말아 올렸네.
구름이 한가로이 못 위에 비칠 때 해는 유유히 떠가기만 하는데
경물景物과 별자리가 바뀌어가는 가운데 가을은 몇 번이나 지나갔던가?
이 누각 안에 계시던 등왕께서는 지금 어디에 계시는가?
난간 밖 긴 강물은 하염없이 절로 흐른다.

이 시는 왕발의 저 유명한 변려체駢儷體(4자와 6자로 이루어진 대구만으로 전체 문장을 구성하여 아름다움을 추구한 한문 문체) 명문인 「등왕각서滕王閣序」에 나오는 서문의 본시다. 「등왕각서」가 씐 해가 그가 죽기 1년 전이니까 25세의 젊은 나이에 이런 명문과 시를 지었다는 사실로 보아 그의 문학적 천재성을 짐작할 수 있다. 그가 아홉 살에 안사고顔師古의 『한서주漢書注』에서 오류를 찾아냈다는 고사도 널리 알려져 있다.

「등왕각서」는 왕발이 오늘날 강서성 남창南昌에 있는 누각인 등왕각에서의 연회를 기술한 변려문이다(「등왕각서」의 본문 번역은 졸역 『중국을 만든 문장들』을 참조하기 바란다). 등왕각은 당 고조 이연李淵의 아들인 이원영李元嬰이 등왕滕王에 봉해지고 나서 홍주자사洪州刺史로 부임했을 때 세웠다고 하는 누각이다. 675년 가을에 왕발은 교지交趾의 현령으로 있던 부친을 뵈러 가던 길에 남창에 들렀는데, 마침 홍주 도독 염백서閻伯嶼가 등왕각을 중수하고 중양절重陽節을 맞아 연회를 열었다. 왕발도 여기에 초청을 받아 참석하게 되었다. 그의 명성이 이미 자자하던 터여서 염백서가 특별히 글을 부탁하자 왕발은 주저하지 않고 써 내려갔는데, 점 하나 첨삭하지 않고 글을 단번에 완성하는 것을 보고 좌중이 매우 놀랐다는 말이 전해진다. 이 서문의 마지막에 나오는 칠언율시가 바로 이 시다.

이 시의 수련에서 '임강저臨江渚'란 등왕각이 강의 삼각주를 내려다본다는 뜻으로, 이 두 구절은 누각의 높고 화려한 위용을 표현한다. '패옥명란佩玉鳴鸞'이란 춤추는 무희들의 옥으로 만든 장신구들이 움직일 때마다 부딪는 소리가 마치 중국 전설에 나오는 상상의 새인 난鸞새 울음소리 같다는 뜻이다. 이렇게 웅장한 누각에서 열리는 호사스러운 연회도 결국에는 '파가무罷歌舞', 즉 가무가 끝나듯이 사라져버렸다. 즉 수련은 신나는 파티가 끝난 다음의 공허함과 슬픔을 묘사했다고 볼 수 있다. 등왕각은 지어진 이래로 이러한 공허함과 슬픔을 얼마나 많이 반복하였겠는가?

"그림 같은 용마루 위의 아침은 남포의 구름을 띄워 보내고 / 구슬로 만든 발 밖의 저녁은 서산의 비를 말아 올렸네"(畫棟朝飛南浦雲, 珠簾暮卷西山雨). 함련은 아침과 저녁의 풍경을 정교한 대장으로 그려내었다. 아침은 '화동畫棟', 즉 '그림 같은 용마루' 위로 흘러가는 '남포의 구름'(南浦雲)으로, 저녁은 '주렴珠簾', 즉 '구슬로 만든 발' 밖에 내리던 '서산의 비'(西山雨)가 갠 모양으로써 누각의 형상을 부조하였다. 이렇게 용마루 위로 보이는 구름 뜬 아침 하늘의 신선한 느낌과 더불어 주렴 밖으로 보이는 비 갠 후의 서쪽 저녁 하늘을 대비시켜놓으면, 누각을 직접 형용하거나 수식하지 않아도 그 아름다운 자태가 저절로 머릿속에 그려진다. 특히 높이 치솟은 그림 같은 용마루는 구름을 하늘 높이 띄워 보내고, 구슬로 만든 발은 서산의 비를 말아 올린다는 대비적인 표현은, 이 한 구절로 등왕각의 웅장함과 위세를 저절로 드러나게 해준다.

누각의 위용을 묘사한 함련을 받아서 경련은 그것이 한낱 환영에 지나지 않을 뿐이라는 한계성을 깨우쳐주려는 듯한 수사를 진행한다. "구름이 한가로이 못 위에 비칠 때 해는 유유히 떠가기만 하는데 / 경물景物과 별자리가 바뀌어가는 가운데 가을은 몇 번이나 지나갔던가"(閑雲潭影日悠悠, 物換星移幾度秋)? 사람은 자신의 위세를 드러내 보이기 위해서 화려한 누각을 높이 짓고 자랑하지만, 강물은 이에 아랑곳하지 않고 한가히 떠가는 구름이나 비춰주고 해는 아무런 감흥도 없이 유유히 떠가기만 한다. '한가로운 구름'(閑雲)이 '잔잔한 못 위에 비친다', '해는 유유히 떠간다'(日悠悠) 등의 표현은 자연이 이러한 인간의 자랑질에 전혀 무심함을 간접적으로 말해준다.

이어서 만고의 역사 앞에 인간의 이런 짓이 얼마나 덧없는지를 "경물景物과 별자리가 바뀌어가는 가운데 가을은 몇 번이나 지나갔던가?"라는 탄식으로써 꼬집는다. 여기서 '물환物換'이란 시간이 흘러감에 따라 사물이나 경물이 바뀌는 것을, '성이星移'란 계절에 따라 별자리가 옮겨가는 것을 각각 가리킨다. 둘 다 오랜 세월이 흐름을 상징하는 말인데, 여기에 마지막으로 용의 눈에 눈동자를 찍은 말이 '기도추幾度秋', 즉 '몇 번의 가을이 지나갔는가'이다. '기도幾度'란 '몇 번'이라는 뜻으로서 수를 묻는 의문사다. '몇 번'은 태곳적부터의 시간을 가리키므로 당연히 셀 수도 없이 많은 수를 의미한다. 그러나 두보의 시 「강남봉이구년江南逢李龜年」을 보면 "최구 씨 댁 대청 앞에서 몇 번 듣기도 하였지"(崔九堂前幾度聞)의 '몇 번'처럼 작은 수를 가리키기도 하였다. 따라서 이 시에서의 '몇 번이나'는 셀 수 없이 많은 수를 가리키면서도 동시에 그 수는 태고의 수에 비하면 불과 몇 번 되지 않는다는 중의重意적인 의미를 내포한다.

그리고 계절의 반복도, 봄도 여름도 아닌 가을로 상징한다. 봄은 꿈에 부풀어 있고 여름은 무성한 잎으로 덮여 있어서 속이 보이지 않는다. 한 해의 마감이 멀지 않은 가을은 꿈도 이미 사라지고 무성한 잎이 떨어지는 것을 보면서 이 모든 게 아무것도 아닌 헛것임을 깨닫는 시간이다. 이러한 깨달음이 무수히 반복되어도 인간은 이 호화로운 누각에서 오로지 지금만을 즐기고 있으니 시인의 입에서 탄식이 나오지 않을 수 없었을 것이다.

그래서 그는 미련에서 부르짖는다. "이 누각 안에 계시던 등왕께서는 지금 어디에 계시는가? / 난간 밖 긴 강물은 하염없이 절로 흐른다"(閣中 帝子今何在. 檻外長江空自流). '각중제자閣中帝子'는 전에 이 누각을 지은 황제의 아들, 즉 등왕을 가리킨다. 등왕은 684년에 죽었으므로 당시에 는 살아 있었는데 그가 어디에 있는지를 찾은 것은 무슨 의미일까? 등 왕은 호사를 누리려고 많은 돈을 들여 누각을 지었지만, 정작 자신은 여기에 있지 못한다. 오늘날에도 최고 권력자나 재벌 총수가 은퇴 후에 즐기려고 호화 주택이나 별장, 골프장을 짓곤 하지만 정작 자신은 누리 지 못하는 경우가 허다하다. 그렇다면 고금의 이러한 집 짓기 현상은 허 세 부리기를 넘어 빗나간 꿈의 실현인가?

수많은 해가 지나 깨달아도 고쳐지지 않고 반복되는 이 짓을 시인 은 "난간 밖 긴 강물은 하염없이 절로 흐른다"라는 말로 탄식한다. 이 구절의 핵심 단어는 '빌 공空' 자와 '스스로 자自' 자이다. 전자는 사물 에 욕망이나 의미를 부여하지 않은 상태를, 후자는 자연의 이치에 따라 움직임을 각각 나타낸다. 인간은 바보 같은 짓을 반복해도 강물은 예 나 지금이나 아무 생각 없이 변함없이 흐른다는 말이다. 따라서 원문의 '檻'(난간 함), 즉 누각의 난간은 인간의 욕망과 이것이 미치지 않는 세계 를 가르는 경계가 된다. 이 난간 밖의 세계야말로 그나마 우리가 의지할 데임을 시인은 말하려 한다.

「재옥영선在獄咏蟬」
　　－ 감옥 안에서 매미를 읊음

西陸蟬聲唱 (서륙선성창)
南冠客思侵 (남관객사침)
那堪玄鬂影 (나감현빈영)
來對白頭吟 (내대백두음)
露重飛難進 (노중비난진)
風多響易沉 (풍다향이침)
無人信高潔 (무인신고결)
誰爲表予心 (수위표여심)

늦가을 매미 소리 울려대니
영어의 몸에 나그네 설움 몰려오네.
어이 감당할까나, 저 매미 날개 같은 검은 살쩍의 그림자가
다가와 내 흰머리에 대고 탄식하는 것을.
이슬 무거우니 날아도 나아가기 어렵고
바람 많으니 소리 내어도 쉬이 잠기네.
매미의 고결함도 믿어주는 사람이 없는 터에
누구라서 내 마음을 대신 밝혀줄 수 있을까?

낙빈왕(640~684)은 앞에서도 말했듯이 왕발, 양형, 노조린과 더불어 초당사걸로 일컬어지는 시인이다. 고종 영휘 연간에 도왕道王에 책봉된 이원경李元慶 밑에서 무공주부武功主簿와 장안주부長安主簿를 지내다가 의봉 3년에 중앙으로 들어와 시어사侍御史가 되었다. 그러나 측천무후 則天武后의 국정농단을 간하는 상소를 여러 차례 올렸다가 감옥에 갇혔 는데, 이 시는 바로 이때 지어졌다(678년). 다음 해에 사면되어 임해臨海 현의 현승縣丞으로 좌천左遷되었으므로 그를 낙임해駱臨海라고도 불렀 고, 그의 문집 제목 또한 『낙임해집駱臨海集』이다. 그러나 이 벼슬도 다 음 해에 그만두고 양주揚州로도 불리는 광릉廣陵 일대를 떠돌며 시를 지었다고 한다. 684년에 측천무후가 중종을 폐위하자 서경업徐慶業이 양주에서 반란을 일으켰는데, 이때 그의 밑으로 들어가 「위서경업토무 조격爲徐敬業討武曌檄」이라는 유명한 격문을 썼다. 서경업이 거사에 실 패하여 피살되자 낙빈왕도 어디론가 달아났는데 그 후의 종적은 전혀 알려지지 않고 있다.

이 시는 고종 의봉 3년, 낙빈왕이 38세 되던 무렵에 씌었다. 그의 삶 이 증명하듯이, 그는 솔직하고 정의감 강한 성격의 소유자여서 불의한 일 앞에서는 자신의 입신출세는 물론 생명까지도 돌아보지 않고 행동 에 나섰다. 그래서 재주가 많은 인재임에도 젊은 나이에 역사에서 사라 지기는 했지만, 훗날 수많은 젊은이와 지사들이 어려울 때마다 그를 호 소의 상대로 삼았을 뿐만 아니라 그의 시에서 위안을 얻었다. 불의 앞 에서 비분강개하는 불같은 사람이라 하더라도 인간인 이상 고뇌가 없 을 수 없었을 터인즉, 이 시는 그의 이러한 내면의 갈등을 잘 보여준다.

『당시삼백수』에서는 「재옥영선」의 원시만 수록했는데, 이 시를 이해하려면 낙빈왕 스스로 쓴 서문을 읽어보는 게 꼭 필요하다. 서문은 변문騈文으로 씌어 있어서 제대로 읽으려면 지면이 많이 필요하므로, 여기서는 주석 없이 내용만 간단히 읽어보기로 하자.

　　내가 갇혀 있는 감옥의 담장 서쪽에 법관들이 근무하는 청사가 있는데, 거기에 오래된 홰나무 몇 그루가 심겨 있다. 이 나무들이 아직 살려는 의지가 남아 있음은 알겠지만, 그저 옛날 동진의 은중문殷仲文이 이미 희망이 없다고 한탄하던 늙은 홰나무나 마찬가지다. 그래도 여기서 나의 억울함을 법관에게 호소해야 하니, 옛날 주나라 소공召公이 그 아래서 백성의 억울함을 들어주었다고 하는 팥배나무라고는 볼 수 있겠다. 매일 저녁 석양이 그늘을 낮게 드리울 때마다 가을 매미가 울었다 말았다 하는데, 그 내는 소리에 남모르는 탄식이 배어 있는 것이 전에 듣던 것과 완전히 다른 감이 들었다. 설마하니 사람의 마음이 옛날과 달라져서일까, 아니면 벌레 소리가 전에 듣던 것보다 더 슬퍼진 것일까? 아아, 소리는 이로써 겉으로 드러나는 모습을 움직일 수 있고, 덕은 이로써 현자를 닮게 할 수 있다. 그러므로 자기 몸을 순결하게 함은 군자와 달관한 사람의 높은 행실을 받아 안기 위함이고, 갖고 있던 껍질을 벗어버림은 선경에 도달하기 위해 날개를 갖춘 영적 자태를 얻기 위함이다. 때의 조짐이 오는 것을 살피면서 음양의 이치에 따르고, 절기에 순응하여 변화하면서 은거할 것이냐 아니면 출사할 것이냐의 기회를 깊이 살핀다. 눈이 있다면 활짝 떠야 하는 것은, 길이 어둡다고 해서 자기의 시력을 어둡게 해서는 안 되기 때문이고, 날개가 있다고 해도 자신을 속박하는 것은 세상 사람들이 대충 하자고 해서 진실을 바꿀 수는 없기 때문이다. 높은 나무에 부는 산들바람을 읊으면 그 운이 방자하기가 하늘이 멋대로 한 것 같고, 높은 가을 하늘에서 떨어지는 이슬을 마시면 그 맑음이 다른 사람들이 알아차릴까 두렵다. 넘어져 길을 잃고 곤경에 빠져서 때를 잘못 만나 오랏줄에 묶이는 신세가 되었는데, 슬퍼서 상처받지는 않았지만 자신을 원망한 적은 있고, 낙엽처럼 흔들려 떨어지지는 않았지만 먼저 시들어버린 사실은 있다. 여름밤에 모르는 매미 소리가 퍼지다가 귓가에 닿으면 재심해서 판결을 번복해달라는 주청이 올라갔나 보다라는 생각이 문득 들고, 버마재비가 매미를 포획하려는 그림자를 보면 위태로운 시기가 아직 끝나지 않았구나 하며 겁을 먹는다. 이러한 감상에서 시를 지어 나를 아는 사람들에게 보내는 것이니, 바라기는, 감정이란 사물과의 접촉에서 반응한 것인즉 연약한 매미 날개의 몰락을 슬퍼해주고, (매미 울음이 말하고자 하는) 도리는 사람에게 기탁해서 아는 것인즉 마지막 울음소리 뒤의 적막함을 불쌍히 여겨달라. 이 글은 작품으로 쓴 게 아니라, 애오라지 깊은 시름을 표현하려 했을 뿐이다.

余禁所禁垣西, 是法廳事也, 有古槐數株焉. 雖生意可知, 同殷仲文之古樹; 而聽訟斯在, 卽周召伯之甘棠, 每至夕照低陰, 秋蟬疏引, 發聲幽息, 有切嘗聞. 豈人心異於曩時, 將蟲響悲於前聽. 嗟乎, 聲以動容, 德以象賢. 故潔其身也, 稟君子達人之高行; 蛻其皮也, 有仙都羽化之靈姿. 候時而來, 順陰陽之數; 應節爲變, 審藏用之機. 有目斯開, 不以道昏而昧其視; 有翼自薄, 不以俗厚而易其眞. 吟喬樹之微風, 韻姿天縱; 飮高秋之墜露, 淸畏人知. 仆失路艱虞, 遭時徽纆. 不哀傷而自怨, 未搖落而先衰. 聞蟪蛄之流聲, 悟平反之已奏; 見螳螂之抱影, 怯危機之未安. 感而綴詩, 貽諸知己. 庶情沿物應, 哀弱羽之飄零; 道寄人知, 憫餘聲之寂寞. 非謂文墨, 取代幽憂云爾.

이 시는 매미라는 사물을 읊으면서 거기에 자신의 감정을 이입함과 아울러 하고 싶은 말을 기탁하는 이른바 영물시詠物詩에 속한다. 영물이란 사물을 실마리 삼아 그것을 자신과 비유하는 방식으로 표현한다고 하여 고대 시학에서는 비흥比興이라고 불렀다. '비比', 즉 두 사물을 견준다는 것은 의미나 감각을 불러일으키기(興)에 용이했으므로 고전 작시에서 흔히 쓰이던 수법이었다.

이 시는 근체시近體詩의 한 형식인 오언율시로서 『평수운』에서 침侵 운에 속하는 '침侵'·'음吟'·'침沉'·'심心' 자로 압운하였다. 오언율시이므로 수련의 출구 마지막 글자는 압운하지 않아도 된다.

수련은 감옥 안으로 들려오는 매미 소리에 시인이 새삼스럽게 느끼는 현재의 신세를 묘사한다. "늦가을 매미 소리 울려대니 / 영어의 몸에 나그네 설움 몰려오네"(西陸蟬聲唱, 南冠客思侵). 일부 판본에서는 '침侵' 자를 '깊을 심深' 자로 쓰기도 하는데, '침' 자가 더 시적이어서 이 시에 어울린다. 왜냐하면 고향을 떠난 사람은 언제나 향수에 젖어 있는 게 아니라, 객지에서 고초를 당하거나 하는 어떤 계기에 문득 고향을 떠올리는 것이 일반적이기 때문이다. 이것이 다음 대구에 나오는 '객사客思'인데, 여기서 계기는 매미 소리다. 곧, 시인이 향수에 괴로워하던 차에 매미 소리가 그를 더욱 힘들게 했다기보다는, 감옥에서 고초를 당하는 중에 매미 소리가 갑자기 고향 생각을 몰려오게 해서 시인을 더욱 절박하게 만들었다는 게 어울린다는 말이다.

이 시는 영물시이므로 먼저 대상 사물인 매미를 앞에 제시하고 나서 자신을 거기에 비유하거나 기탁한다. 원문의 '서륙西陸'은 고대 천문학의 용어로서 가을을 뜻한다. 태양이 일 년간 지나는 길을 황도黃道라고 하는데, 이 황도상에 이른바 28수宿가 있어서 태양은 계절마다 7개의 별자리를 지나간다. 서륙의 일곱 별자리는 가을에 지나가므로 이를 가을을 지칭하는 말로 자주 쓴다. 회광반조回光返照라는 말이 있듯이, 매미가 생을 다하기 직전의 울음소리는 유난히 크고 절박하기에 시인은 이를 '唱'(외쳐 부를 창) 자로 썼다. 그래서 시인에게 매미가 영물의 대상이 되었을 것이다.

'남관南冠'은 남쪽 초나라 사람들이 쓰는 갓으로서 '남관지수南冠之囚'의 약자다. 원전은 『좌전左傳』「성공成公 7년」의 고사지만, 남북조 시기의 유신庾信이 그의 「애강남부서哀江南賦序」에서 전고典故로 사용함으로써 유명해졌다. 초나라 악공인 종의鍾儀가 진晉나라 군대 창고에 2년간 갇혀 있었는데, 우연히 이를 발견한 진나라 임금이 그의 충직함을 알고서 초나라로 돌려보내 주었다는 고사다. 여기서 시인은 억울하게 갇혀 지낸 종의에게 자신을 비유하였다. '객사客思'는 앞서 말한 대로 고향을 떠나서 고초를 당하는 나그네의 설움을 뜻한다. 유신이 "종의는 군자였지만, 진나라에 잡혀 들어가자 초나라 갓을 쓴 죄수가 되었다"(鍾儀君子, 入就南冠之囚)고 읊은 것처럼, 자신은 국가 사직을 위해 해야 할 일을 충직하게 실천하였을 뿐인데 순식간에 죄수가 되어 억울해하고 있던 차에 매미 소리가 고향 떠난 서러움까지 더해주었으니, 그 고통을 이렇게밖에는 표현할 수 없었을 것이다.

함련은 이 고통을 매미와 자신을 대비하여 구체적으로 묘사한다. "어이 감당할까나, 저 매미 날개 같은 검은 살적의 그림자가 / 다가와 내 흰머리에 대고 탄식하는 것을"(那堪玄鬢影, 來對白頭吟). '어찌 나那' 자를 판본에 따라서는 '아닐 불不' 자로 쓰기도 하는데, 의미는 같을지라도 출구와 대구가 유수대로 이루어진 이 구절에서는 '那'자로 써서 '어찌 감당할 수 있으랴?'로 반문하는 게 더 시적이다.

'현빈玄鬢'은 검은 살쩍(귀밑털)이라는 뜻으로서 옛날에는 부녀자들이 살쩍을 매미 날개 모양으로 빗었으므로 현빈은 매미를 가리키기도 하였다. 여기서는 대구의 '백두白頭'와 대장을 이루고 있으므로 살쩍이 까맣던 젊은 시절을 상징하기도 하는 중의적인 말로 보는 게 옳다. 거기다 시인은 '그림자 영影'자를 붙였는데 이는 매미 소리에 젊은 날의 그림자가 어른거렸음을 표현한 말이다. 다시 말해 매미 소리가 '들려와서는 내 흰 머리에 대고 탄식하였다'(來對白頭吟)는 것은 젊은 날의 시인이 늙어 영락한 시인에게 와서 어쩌다 이렇게 되었느냐고 탄식했다는 뜻이된다. 여기서 '백두음白頭吟' 역시 중의적으로 씌었다. 이는 탁문군卓文君의 「백두음白頭吟」을 동시에 뜻하기 때문이다.

탁문군은 원래 재주와 미모를 갖춘 부잣집 딸이었는데 백수였던 사마상여司馬相如가 유혹해서 함께 성도로 달아났다. 나중에 그가 빈털터리임을 알게 된 탁문군이 생활비를 벌기 위해 술집을 열자 이를 창피하게 여긴 친정아버지가 사마상여를 사위로 받아들였다. 그 후 사마상여가 「자허부子虛賦」를 지어 무제의 총애를 받으면서 다른 여인을 첩으로들이려 하였다. 이에 화가 난 탁문군이 그의 배신 행위를 신랄하게 비판한 시가 「백두음」이다. 이 시의 대표적인 문구는 "한마음을 가진 사람을 원하여 얻었다면, 머리가 희어질 때까지 헤어져서는 안 된다"(願得一心人, 白頭不相離)라는 구절인데, 이는 그가 겪는 내적 갈등을 그대로 보여준다.

시인은 청운의 꿈을 품고 장안으로 올라와 시어사에 제수되었으므로 원칙대로 자신의 직무를 충실히 실천했다. 그러나 예기치 않게 이로 인하여 옥고를 치르고 있으니 도대체 무엇이 잘못되었는지, 내가 왜 이런 고초를 겪어야 하는지 등 생각이 많았을 것이다. 다시 말해 이상과 현실의 괴리에서 지식인이 겪어야 하는 갈등이다. 이것이 '현빈'이 '백두'에게 탄식하는 말의 실체다. 이러한 갈등에 번민하다 보면 자연히 '좋은 게 좋지 않을까?' 하는 타협의 유혹이 생기게 마련이니, 이를 꾸짖으며 뿌리치려는 노력이 탁문군의 「백두음」을 인용한 대목에 그대로 나타난 것이다.

경련은 위의 갈등을 이기고자 하지만 현실적인 어려움을 토로한다. "이슬 무거우니 날아도 나아가기 어렵고 / 바람 많으니 소리 내어도 쉬이 잠기네"(露重飛難進, 風多響易沉). 이 연은 출구와 대구의 다섯 글자가 서로 정확히 대장을 이루고 있다. 사명감을 지닌 지식인으로서 아무리 어려운 고초라도 이기고 자신의 길을 가야 하지만 현실적으로 힘에 겨운 일이 너무 많으니, 시인은 이를 매미의 처지에서 이슬과 바람으로 비유하였다. 자신의 몸에 얹힌 이슬이 너무 버거워서 '날아보기는 하지만 앞으로 나아가기가 힘들다'고 한다. 『논어』「태백泰伯」 편에 보면 "선비는 너그러우면서도 강인하지 않을 수 없으니, 멘 짐은 무겁고 갈 길은 멀기 때문이다. 인仁, 이것으로써 자신의 짐으로 삼았으니 무겁다고 하지 않겠으며, 죽고 나서야 그칠 것이니 멀다고 하지 않겠는가?"(士不可以不弘毅, 任重而道遠. 仁以爲己任, 不亦重乎, 死而後已, 不亦遠乎)라는 구절이 있다. 따라서 '이슬'은 지식인으로서 짊어져야 할 '인仁'인데, 인의 속성이 '홍의弘毅', 즉 '너그러움과 강인함'이라면 너그러움을 뜻한다. 이 고초는 굳이 내가 짊어지지 않아도 되는 일이지만 내가 지고 가겠다고 마음을 먹으면 이는 너그러움이 있어야 하기 때문이다. 이에 비하여 모든 외침을 가라앉혀버리는 '바람'에 대해서는 이를 이길 수 있는 강인함이 필요하다. 이렇듯 무거운 짐을 평생 지고 가야 하니 어찌 힘들지 않을 수 있겠는가? 지식인의 힘듦은 이 모든 고초를 누가 시키지도 않았는데 스스로 해야 한다는 사실과, 이보다 더 힘든 일로서, 누구도 이를 알아주지 않는다는 사실에 있다.

미련은 이를 한탄하는 말로 이어지면서 반전을 이룬다. "매미의 고결함도 믿어주는 사람이 없는 터에 / 누구라서 내 마음을 대신 밝혀줄 수 있을까"(無人信高潔, 誰爲表予心)? 여기서 '고결高潔'은 직접적으로는 매미가 높은 나무 위에서 이슬을 먹고 산다는 뜻으로 시인 자신의 결백을 비유한다. 매미가 이슬을 먹고 산다는 말을 아무도 믿지 않듯이, 자신의 충절과 결백을 누구도 믿지 않음에 절망하는 마음을 이렇게 표현한 것이다. 공자가 "다른 사람이 알아주지 않아도 노여워하지 않으면 군자가 아니겠는가?"(人不知而不慍, 不亦君子乎)라고 말했듯이, 사람에게 가장 힘든 것이 자신의 재주나 성과를 다른 사람에게 인정받지 못하는 일이다. 그래서 보통 사람들은 자신을 알아달라는 신호를 보내기 위해서 별짓을 다 하다가 결국에는 이상한 사람이 되거나 웃음거리가 되기도 한다.

소송이나 진상규명의 대상이 되어본 경험이 있는 사람은 자신의 결백이나 억울함을 입증하는 게 얼마나 어려운 일인지 잘 안다. 내가 결백하다고 온갖 증거를 다 보여줘도 판사나 심판위원들은 이를 쉽사리 믿어주지 않는다. 저 증거들은 가짜일 수 있고, 저 사람의 간절한 변명은 보여주기 위한 쇼일 수 있다고 여기기 때문이다. 소송 당사자는 속이 터

지겠지만 어쩔 수 없는 현실이다. 그래서 이런 사람들은 주위의 누군가라도 붙잡고 하소연하기 마련인데, 이렇게나마 하지 않으면 살아가기가 쉽지 않기 때문이다.

그런데 누구에게 하소연한다고 진실이 그대로 전해지는 것은 아니다. 내 마음을 손바닥처럼 들여다보고 대신 조목조목 말해줄 사람을 찾아야겠지만 이런 사람이 과연 있을까? 마지막 "누구라서 내 마음을 대신 밝혀줄 수 있을까?"라는 한탄은 시인을 절망적으로 만든다.

앞에 인용한 서문에서 시인은 "시를 지어 나를 아는 사람들에게" 보낸다고 썼다. 말은 '나를 아는 사람들'이라고 했지만, 실은 자신의 관념 속에 있는 대타자大他者(Other), 즉 '그분'에게 하소연했다는 말이다. 시인은 내 마음을 대신 밝혀줄 사람이 없다고 한탄했지만, 서문에서 "감정이란 사물과의 접촉에서 반응한 것인즉 연약한 매미 날개의 몰락을 슬퍼해주고, (매미 울음이 말하고자 하는) 도리는 사람에게 기탁해서 아는 것인즉 마지막 울음소리 뒤의 적막함을 불쌍히 여겨달라"고 호소했다. 시인은 이미 알고 있었다. '매미의 몰락을 슬퍼해주고', 그 몰락함 뒤의 '적막함을 불쌍히 여겨달라'는 말은 다름 아닌 인정을 요구하는 것으로서, 이러한 감정은 사물과의 접촉에서 일어난다는 사실을. 진실을 핍진하게 써놓은 시를 읽는 것 자체가 사물과의 접촉이므로 여기서 생성하는 감정을 슬프게 느끼고 연민한다면 그를 인정하는 셈이 된다. 또한 매미가 우는 사연은 사람에게만 기탁해서 표현할 수 있으므로 시인이 지은 시는 그 진실을 이미 다 말한 것이나 마찬가지다. 자크 라캉Jacques Lacan은 일찍이 "모든 편지는 수신자에게 도달한다"라고 말한 바 있다. 편지를 받을 어느 특정한 타인이 아니라, 편지를 보내는 사람의 관념 속에서 그 사람에게 삶의 의미를 제공해주는 가상의 존재, 즉 대타자야말로 편지의 궁극적인 수신자라는 뜻에서다. 시인은 "누구라서 내 마음을 대신 밝혀줄 수 있을까?"라고 한탄한 듯하지만, 이 말로 시를 마감한 순간 그의 신원伸冤은 사실상 완성되었다. 이것이 이 시의 반전이다.

「어역수송인於易水送人」
      – 역수에서 의인義人을 떠나보내며

此地別燕丹 (차지별연단)
壯士發衝冠 (장사발충관)
昔時人已沒 (석시인이몰)
今日水猶寒 (금일수유한)

이곳에서 연나라 태자 단과 헤어질 때
의로운 사나이는 화가 치밀어서 갓을 뒤흔들 정도였지.
옛날 그 사람은 이미 사라지고 없는 자리에
오늘 그 물은 여전히 차갑네.

앞에서 설명한 바와 같이, 시인은 시어사로 재직하면서 상소문 사건으로 측천무후에게 미움을 사 투옥되었다가 다음 해(679년)에 사면되었다. 그해 겨울에 그는 옛날 유주幽州와 연나라가 있던 동북 지역에 잠시 가 있었는데 그곳에 있는 강, 역수易水에서 이 시를 지은 것으로 전해진다. 오언절구이고, 『평수운』의 한寒 운에 속하는 '관冠' 자와 '한寒' 자로 압운하였다.

이 시는 제목으로만 보면 사람을 떠나보내며 읊었으므로 송별시로 분류되지만, 내용으로 보면 역사적 사실을 읊은 영사시詠史詩라고도 말할 수 있다. 따라서 이 시를 이해하기 위하여 역사적 배경을 잠시 알아볼 필요가 있다.

시의 제목 중에 나오는 '사람을 떠나보내다'(送人)의 '사람'은 곧 형가荊軻(?~B.C. 227)를 가리킨다. 그는 전국 말 위衛나라 사람으로서, 춘추시기 제나라 정변의 주역이었던 대부 경봉慶封의 후손이다. 그는 독서와 검술을 좋아해서 불의를 보면 비분강개하여 의협심이 발휘한 사람으로 알려져 있었다. 나중에 연나라 일대를 유랑하다가 전광田光의 소개로 태자 단丹(?~B.C. 226)에게 천거되어 자객의 임무를 맡았다.

연나라 태자 단은 진나라에 인질로 가 있다가 나중에 도망쳐 돌아왔다. 그는 기원전 227년에 진왕(나중의 진시황)을 암살하기로 계획하고 형가를 설득해 자객으로 보냈으나 실패하였다. 이에 대한 보복으로 진나라가 쳐들어와 항전했지만, 힘에 밀려서 요동까지 퇴각했다가 결국 연왕이 태자를 죽여 그 머리를 진나라에 바침으로써 전쟁을 끝냈다.

역수는 전국 시기 연나라의 남쪽 국경이었으므로 여기서 태자 단은 형가를 진나라로 들여보냈다. 이 시의 제목인 "어역수송인於易水送人"이란 바로 역수 강가에서 형가를 자객으로 떠나보내던 비장한 사건을 뜻한다.

"이곳에서 연나라 태자 단과 헤어질 때 / 의로운 사나이는 화가 치밀어서 갓을 뒤흔들 정도였지"(此地別燕丹, 壯士髮衝冠). 태자 단은 자신이 진나라에 인질로 가서 직접 경험했으므로 진왕의 무도함과 야욕이 어떠한지 잘 알고 있었다. 머지않아 자신의 나라도 침략당할 것이 명확하지만 군사력으로는 상대가 되지 않는 게 현실이므로 비겁하지만 어쩔 수 없이 암살이라는 비대칭 전략을 실행하기로 하였다. 이러한 거사를 하려면 자객이 용맹스럽고 무술에 능해야 할 뿐 아니라, 목숨을 걸고 임무를 끝까지 완수하겠다는 사명감과 충직함이 있어야 한다. 이런 조건에서 보면 글 읽기를 좋아하고 의협심이 남달리 강한 형가는 이 임무의 적임자라 할 수 있었다.

검객은 원래 신의를 중시한다. 계약자인 주인의 안전을 목숨을 걸고 지켜야 하기 때문이다. 만일에 주인이 위기를 맞은 순간에 죽음으로써 막지 못하였다면 이후 아무도 그를 고용해주지 않을 테니 말이다. 태자 단과 형가도 근본적으로 주인과 검객이라는 계약의 관계다. 그들이 진왕 암살에 성공했다면 분명히 논공행상이 주어졌을 것이다. 이는 형가가 계약 조건에 따라 냉정하게 주어진 임무만을 수행하면 되었음을 의미한다. 그런데 그는 냉정하지 않고 "화가 치밀어서 갓을 뒤흔들 정도"였다(髮衝冠)고 한다. 그리고 역사 기록은 그를 '장사壯士'라고 불렀다. '장사'는 요즘 말로 하자면 '열사'·'지사', 더 통속적으로는 '의리의 사나이' 정도로 이해할 수 있다. 그가 태자 단의 호소를 듣고 갓이 뒤흔들릴 정도로 비분강개했다면, 이는 감성으로 흔들린 것이 아니라 옳고 그름을 합리적으로 판단함으로써 실행에 나선 사명감의 발로라고 봐야 한다. 이것은 그가 다른 협객과는 달리 책을 읽었기 때문일 것이다. 감성적으로 휘둘린 의협은 막상 자신이 위기에 처하면 변절하지만, 깨달음으로 의식화한 주체는 죽음도 두려워하지 않는다. 그가 실천하는 의로움이 곧 목숨을 바칠 만큼 의미가 있기 때문이다. 『논어』 「이인里仁」 편에서 공자가 "아침에 도를 깨닫는다면 저녁에 죽어도 괜찮다"(朝聞道, 夕死可矣)"고 말하였듯이, 진실이라고 믿고 이를 위해 목숨을 아낌없이 버리는 순간 그는 영원을 살게 된다.

후반의 전구轉句와 결구結句는 인정받지 못한 의인에 대한 회한을 말하면서 우리가 미처 발견하지 못한 의미를 다시 곱씹어보게 한다. "옛날 그 사람은 이미 사라지고 없는 자리에 / 오늘 그 물은 여전히 차갑네"(昔時人已沒, 今日水猶寒). 이 두 구절은 옛날의 정황과 오늘의 정황을 대비함으로써 정확한 대장을 이루고 있다. 대장을 이루는 출구와 대구는 형식상 대등한 관계에 있지만, 의미상으로는 후자에 중심이 있는 게 일반적이다. 다시 말해서 옛날의 의인이 이름도 없이 사라진 안타까운 사실보다 오늘도 여전히 냉정한 현실에 착잡한 심경이 들 뿐이라는 뜻이다.

물질에 감정이 없듯 세상은 무정하기만 하다. 그러는 가운데 사람만 나타났다가 사라지기를 반복한다. 사람이 나타나서 무정한 세상과 닿으면 거기서 감정이 일어난다. 앞의 「재옥영선」의 서문에서 '감정은 사물과의 접촉에서 반응한 것이고, 도리는 사람에게 기탁해서 알게 된다'(情沿物應, 道寄人知)고 말한 바와 같다. 따라서 사람이 사라지면 다시 무정함으로 돌아간다. 옛날 형가가 비장한 마음으로 이 강을 건널 때도 지금처럼 물은 차가웠지만, 이 물을 마주하고 섰던 의로운 사나이의 피는 끓고 있었다. 그런데 지금 같은 강물을 대하고 있는 시인에게 그 같은 열정이 없음에 대하여 스스로 비분강개한 것일까?

세상이 그나마 강물처럼 차갑게 흘러만 가도 좋을 텐데, 이 이름 없이 사라져간 의인의 흔적에 자의적으로 살을 붙여서 자신의 의도대로 악용하는 자들도 있다. 이를테면, 장이머우 감독이 만든 영화 〈영웅英雄〉(2002)이 대표적인 예다. 이 영화는 진시황의 암살이라는 형가의 이야기를 모티프로 하였다. 영화에서 진시황은 무자비한 전쟁을 통해 천하를 통일하고 황제가 되려는 탐욕에 가득 차 있는 인물이어서, 백성을 구하기 위해 3인의 의인이 그를 암살하는 일에 나섰다. 갖은 고초 끝에 삼엄한 경계를 뚫고 진시황의 코앞에 도달해서 마지막으로 그의 목을 베려 할 순간, 자객(이연걸 분)은 천하 통일을 위해 진시황의 존재가 필요함을 깨닫고 스스로 자결을 결정하였다는 이야기다. 누가 봐도 뻔한 중국 공산당 권력의 유치한 선전 영화인데, 여기에 형가의 의로운 행위를 끌어다 씀으로써 그를 욕보였으니, 이러한 짓이 옛날이라고 해서 없었겠는가?

유향의 『전국책戰國策』에는 역수에서 형가가 지어 불렀다는, "휘이잉 바람 부는데 역수의 물 차갑도다. 의로운 사나이는 한번 가면 다시 돌아오지 않으리"(風蕭蕭兮易水寒, 壯士一去兮不復還)라는 〈역수가易水歌〉의 구절이 기록되어 있다. 시인은 이 구절을 모티프로 하여 이 시를 짓고 여기에 자신을 투사하였을 것이다. 형가의 노래는 자기 목숨을 바쳐서라도 임무를 완수하겠다는 비장한 각오를 담은 것이지만, 시인은 이 의로운 행위가 인정받지 못했다는 안타까움을 넘어 오히려 무명無名으로

서의 행위가 더욱 숭고함을 깨닫고, 나아가 이러한 열정을 가지지 못한
자신을 부끄럽게 여기는 마음을 여기에 담으려 하였으리라.

「야망野望」
　　- 거친 들판을 바라보며

東皐薄暮望 (동고박모망)
徙倚欲何依 (사의욕하의)
樹樹皆秋色 (수수개추색)
山山唯落暉 (산산유락휘)
牧人驅犢返 (목인구독반)
獵馬帶禽歸 (엽마대금귀)
相顧無相識 (상고무상식)
長歌懷采薇 (장가회채미)

동고의 언덕에서 막 떨어지는 해를 바라보고 있는데
마음이 싱숭생숭하여 어딘가에 기대고 싶은 생각이 든다.
나무는 나무마다 가을빛을 발하고
첩첩 산은 오로지 낙조 빛뿐이네.
소 치는 사람은 송아지 몰며 돌아오고
사냥꾼의 말은 잡은 새를 두르고 돌아오는구나.
서로 얼굴을 돌려 마주 보았지만 아는 사이가 아니니
길게 노랫가락을 뽑아 고사리 따는 마음을 품을 뿐이네.

　　왕적(약 590~644)은 수나라 말기에 관직에 나아갔다가 관료 생활이 적성에 맞지 않는다고 곧 그만두었다. 당나라 정권에서 그를 다시 불렀지만 역시 얼마나 안 있어 다시 그만두고 낙향하여 동고東皐라는 곳에서 직접 농사를 지으며 살았다. 진솔하고 자긍심 높은 그의 성격은 이 시에도 잘 나타나 있다. 그의 시는 쉽고 질박하면서도 천박하지 않으며 꾸밈이 없으면서도 고답적이다. 당시의 주류였던 율시는 육조六朝 시기에 싹이 터서 수당 시기에 체제가 완성되었는데, 바로 왕적이 여기에 앞장선 사람이다. 이 시는 그가 동고에 낙향해 살던 시기에 쓴 작품으로 그의 전원생활의 현실을 잘 나타내주고 있다.

　　수련은 해가 서산에 떨어지고 난 후의 정경과 자신의 솔직한 심정을 가감 없이 묘사한다. "동고의 언덕에서 막 떨어지는 해를 바라보고 있는데 / 마음이 싱숭생숭하여 어딘가에 기대고 싶은 생각이 든다"(東皐薄暮望, 徙倚欲何依). '동고東皐'는 시인이 은거하고 있는 지명이기는 하지만, 마을 자체가 지명이 가리키듯이 언덕 위에 있었을 터이므로 시인은 실제로 언덕 위에서 낙조 광경을 보는 상황을 상정하고 썼을 것이다. '박薄' 자는 '닥칠 박迫' 자와 같은 뜻으로서 '가까이 임박하다'라는 뜻을 품고 있다. 따라서 '박모薄暮'는 해의 모습이 산 너머로 막 사라지려는 순간을 가리킨다. 이 순간을 바라보는 시인도 갑자기 뭔가에 쫓기는 듯 긴박한 마음이 들었다는 말이다. 이를테면, 우리 일상에서 한가하게 누운 채로 벽시계를 무심히 바라볼 때, 초침이 다른 구간을 지날 때는 관심이 없다가도 열두 시 지점에 가까워지면 자신도 모르게 살짝 긴장하게 된다. 이것은 사람이면 자연스럽게 갖는 이른바 인지상정人之常情이다. 변화의 순간을 통해서 존재를 확인하고 싶은 무의식적 욕망 때문일까?

빛이 사라지고 어둠이 시작되는 순간에 낮 동안에 잊혔던 '나'(주체)는 긴박한 존재로 다시 상기된다. 일상이 깨지면서 생겨난 불안감은 사람을 방황하게 만든다. 시인은 이것을 '사의徙倚', 즉 '마음이 싱숭생숭해졌다'라고 표현한다. 불안한 사람은 어디엔가 기대고 싶어지는 것이 당연한 이치인즉, '욕하의欲何依'는 바로 이 뜻이다. 조조曹操의 「단가행短歌行」에 "달이 밝아서 별이 희미해지는 때 / 까막까치는 남쪽으로 날아가네. 나무 주위를 여러 바퀴 돌고도 / 어느 가지가 기댈 만한지"(月明星稀, 烏鵲南飛, 繞樹三匝, 何枝可依)라는 구절이 있다. 까막까치는 쉴 만한 가지를 찾아왔다가 나무를 믿지 못하여 끝내 남쪽으로 날아갔다. 이처럼 해가 진 저녁은 살아 있는 생명에게 집으로 가는 발걸음을 재촉하는 다급한 마음과 불안감을 일으킨다.

함련과 경련은 율시의 선성先聲답게 정확한 대장으로 구성되어 있다. '수수樹樹'(나무마다)와 '산산山山'(산마다), '개皆'(모두)와 '유唯'(오직), '추색秋色'(가을빛)과 '낙휘落暉'(낙조 빛), 그리고 '목인牧人'(목부)과 '엽마獵馬'(사냥꾼), '구독반驅犢返'(송아지 몰고 돌아오다), '대금귀帶禽歸'(새를 차고 돌아오다) 등으로 정확하게 짝을 이룬다. 율시에서 함련과 경련은 대비를 통하여 대체로 정경을 묘사한다. 낙조를 보면서 시인은 문득 감정이 흔들리는 느낌을 받았으므로 함련에서는 그 영향 아래 나무란 나무는 모두 가을빛을 띠고, 첩첩 산은 모두 낙조 후의 잔 빛에 젖어 있는 스산한 광경으로 표현하였다.

이어서 경련은 하루 일을 마치고 돌아오는 목부와 사냥꾼을 대비시켰다. "소 치는 사람은 송아지 몰며 돌아오고 / 사냥꾼의 말은 잡은 새를 두르고 돌아오는구나." 이들에 대해 시인이 묘사하는 것은 보람찬

귀가의 풍경이라기보다는 어서 가서 쉬어야겠다는 소박한 다짐이 담긴 일상적 모습이다. 도연명이나 사령운謝靈運 같은 육조 전원 및 산수 시인의 묘사와 비교하면 속된 말로 '썰렁할' 정도로 매우 단순하고 간결하다. 어찌 보면 전원의 목가적 풍경에 크게 의미를 두지 않고 '기술'하였다는 느낌이 들 정도다.

화자는 미련에서 더욱 무덤덤하게, 어쩌면 차갑게 돌아서며 시를 마친다. "서로 얼굴을 돌려 마주 보았지만 아는 사이가 아니니 / 길게 노랫가락을 뽑아 고사리 따는 마음을 품을 뿐이네"(相顧無相識, 長歌懷采薇). 전원시의 목가적인 분위기라면 일을 마치고 돌아오는 동네 사람들과 친근하게 아는 척하는 게 일반적인 표현 방식이다. 그런데 여기서는 서로 얼굴을 마주 보았는데도 아는 사이가 아니라서 그냥 지나쳤던 것 같다. 아름다움을 나타내기 위하여 감정을 이입시키려 하는 일반적인 수사법을 떠올려보면 이 구절은 너무 솔직해서 전원시라고 말하기가 난감하다. 솔직한 까닭은 예나 지금이나 전원에서 사는 사람들은 딱히 말을 나눌 필요를 느끼지 않고 사는 게 현실이기 때문이다. 고된 일 하느라 힘든데 잘 알지도 못하는 사람에게 인사하는 사회적 배려까지 해야 하나? 그냥 일상처럼 살면 되는 것을.

두 번씩이나 스스로 벼슬을 그만두고 낙향했지만 사람이 그리운 것은 어쩔 수 없었을 터이니, 시인은 일을 마치고 돌아오는 사람들을 보고는 자신도 모르게 그들에게 뭔가 지나가는 인사라도 기대했을 것이다. 이러한 기대는 은거한 사람이 가질 수 있는 무의식적 욕망일 터다. 앞서 떨어지는 해를 보면서 어딘가에 의지하고픈 마음이 생기던 차라면 더욱 그러할 것이다. 그런데 그들은 무덤덤하게 지나갔다. 시의 화자-시인은 낙조를 보다가 잠시 마음이 흔들려 어디 기댈 데를 기대했지만, 사람들은 그러한 기대도 없이 그저 일상대로 살아갈 뿐이다.

이 현실을 깨달은 시인은 "길게 노랫가락을 뽑아 고사리 따는 마음을 품을 뿐이네"라고 읊는다. 노랫가락을 뽑는다는 말은 순간의 유혹을 뿌리치며 자신의 일상, 곧 은거로 돌아감을 뜻한다. '고사리를 따다'(采薇)라는 말은 중국 문학에서 보통 두 가지 의미로 쓰이거나 해석된다. 백이와 숙제가 주 무왕의 거사를 불의한 일이라 여기고 수양산에 들어가 고사리를 뜯어 먹다 죽은 사건을 상징하는 말이기도 하고, 『시경』 「초충草蟲」 편과 「채미采薇」 편의 예와 같이 마음에 근심과 걱정이 있을 때 이를 잊기 위하여 산에 올라가 고사리를 따자고 읊기도 한다. 이 시의 경우에는 세상에의 유혹을 이기고 은거로 돌아간다는 뜻에서 두 가지를 모두 함의한다고 볼 수 있다.

시인은 이 시의 제목을 '야망野望'이라고 지었는데, 이는 거친 들판을 바라본다는 뜻이다. 정리되지 않은 거친 들은 언제나 관찰자에게 거기에 개입하고자 하는 욕망을 불러일으킨다. 야망이다. 은거하는 자가 경계해야 할 일 말이다. 평범한 일상을 즐기며 이에 의지하는 일이 곧 야망을 털어내는 길임을 시인은 말하고자 했을 것이다.

「도한강渡漢江」
- 한강을 건너면서

嶺外音書絶 (영외음서절)
經冬復歷春 (경동부력춘)
近鄉情更怯 (근향정경겁)
不敢問來人 (불감문래인)

재 너머 소식은 끊겼어도
겨울이 지나자 다시 봄을 만났네.
고향에 가까워질수록 내 마음은 더 겁이 나서
맞은편에서 오는 사람에게 감히 묻지 못하네.

초당 시기에 송지문(약 656~712)은 심전기沈佺期와 함께 육조 시기부터 싹터 내려온 격률시格律詩의 규칙을 정비하여 오언율시의 체제를 완성했을 뿐 아니라 칠언율시라는 새로운 체제도 만들어내는 등 중국 문학사에 크게 기여한 인물이다. 그는 측천무후가 총애하던 장역지張易之를 아부하며 따라다녔지만, 무후가 축출되면서 장역지가 죽자 그도 남방의 오지인 농주瀧州로 유배 겸 좌천되었다. 그는 오지 생활을 견디지 못하고 그다음 해에 탈출해서 낙양으로 돌아왔는데, 이 시는 당시 한수漢水의 지류인 한강漢江을 건너면서 지은 시다.

시를 시작하는 기구起句는 "재 너머 소식은 끊겼어도"(嶺外音書絶)다. 이는 유배지에 머무르는 동안 도성과 집으로부터 아무런 소식을 듣지 못하여 답답한 마음을 적고 있다. 오지 중에서도 오지인 농주는 첩첩의 험산과 준령을 넘어야 다다를 수 있는 곳이어서 중앙의 소식이 거의 전해지지 않는다. 권력자 밑에서 사치와 호화로움을 즐기던 사람이 이런 오지에 장기간 살면 거의 공황 상태에 빠지기 마련이다. 그것도 감각적인 시를 쓰는 궁정시인이라면 오죽했겠는가.

게다가 승구承句의 "겨울이 지나자 다시 봄을 만났네"(經冬復歷春)라는 즈음에 이르면 더는 참을 수 없을 터이니 도망을 해서라도 도회로 나가고 싶었을 것이다. 더구나 이역만리 유배지에서 '역춘歷春', 즉 봄을 만난 일은 시인에게 불같은 욕망을 불러일으켰으리라. 이것이 시인이 몰래 농주를 탈출하여 낙양으로 간 주요 이유다.

이렇게 자신의 감성적 만족을 위해서라면 위험도 무릅쓴 시인이기에 이미 지는 해의 길에 들어선 장역지에게 아부함으로써 권력과 사치를 누리려 했을 것이다. 시인(송지문)을 감각에 충실한 예술가일지언정 정치가라고는 말할 수 없는 이유다.

이러한 시인이 탈출하는 여정에 자신의 고향에 들르게 되었는지 시의 분위기가 사뭇 바뀌어 가족을 만날 설렘을 묘사한다. 그런데 설레는 마음을 '情'(정감 정) 자와 '怯'(겁낼 겁) 자로 표현했다. "고향에 가까워질수록 내 마음은 더 겁이 나서"(近鄕情更怯). '情' 자를 우리는 흔히 '감정'이나 '정서' 등으로 풀이하는데, 여기서는 '솔직한 마음'으로 해석하는 것이 옳다. 즉 고향을 찾아가는 시인의 솔직한 마음에 두려워함이 있다는 뜻이다.

자신의 처지가 금의환향이 아니라 유배지에서 탈출한 도망자 신세라서일까? 아니면 워낙 오지에 있다 보니 그간 소식을 전하지 못하여 원망을 듣거나 야단맞을까 봐 그런 것일까? 이에 대한 답은 다음 구절 "맞은편에서 오는 사람에게 감히 묻지 못하네"에 있다. 가족에 관해 궁금한 소식을 미리 알고자 하면 길 가는 사람에게 물어보면 대개 알 수 있다. 옛날 시골은 폐쇄된 사회여서 같은 동네에 사는 사람들의 소식은 웬만큼 떨어져 있어도 대충 서로들 알고 지낸다. 그런데 맞은편에서 오는 행인에게 물어보기가 겁나는 것은 내 처지가 아니라 가족의 소식 때문임을 알 수 있다.

여기서 우리는 시인이 유배지에서 탈출하여 낙양으로 가는 중에 있다는 구체적인 상황에서 벗어나 오랜 타향살이 후에 고향을 찾는 이의 보편적인 상황을 상정하고 보아야 한다. 왜냐하면 그가 이 시를 쓰고 있는 한강은 기실 그의 고향인 분주汾州 습성隰城과는 엄청나게 먼 거리에 있어서 그 행인이 자기 집안 소식을 알 리는 만무하기 때문이다. 따라서 이 구절은 집 근처까지 가까이 가 있는 자신의 구체적 정황이 아니라 귀향자라면 보편적으로 느낄 만한 감정을 표현한 것으로 보는 게 맞다. 다시 말해서 이 시는 롤랑 바르트Roland Barthes의 말대로 '저 자는 죽고 없는 텍스트' 자체로 보아야 한다는 말이다. 송지문만큼 민감한 감성의 소유자라면 충분히 가능한 일이다. 그가 역사 기록대로 아첨을 잘했다면 그것은 인지상정, 즉 사람의 보편적 감정을 잘 이해한 그의 능력에서 비롯된 게 아닐까?

그렇다면 귀향자의 두려움은 어디서 오는 걸까? 그것은 아마 자신이 떠날 때의 고향과 가족의 모습이 바뀌지 않았을까 하는 두려움일 것이다. 내 관념 속에 간직해온 모습이 변해버린 현실과 괴리되었을 때 일어나는 불안감은 누구나 겪는 것이다. 사람은 변할 수밖에 없기에 역설적으로 변치 않는 것을 원한다. 형이상학은 바로 이러한 욕망에서 생겨난 철학이다. 시인도 이를 감각적으로 알았기에 맞은편에서 오는 행인에게 물어보기가 두려웠을 것이다. 내 관념 속에 그려진 모습이 흐트러질 수 있다는 불안감 말이다.

시인이 비록 역사상에 아첨꾼으로 낙인이 찍혀 있긴 하지만, 그렇다고 해서 그의 예술가적 감성마저 폄훼될 필요는 없다. 그의 이러한 작품이 우리 자신도 모르는 우리의 감각을 대변해줄 수 있기 때문이다. 이런 의미에서 작가의 인간성과 그의 작품을 너무 동일시하지 말아야 한다. 우리가 보는 것은 작품(텍스트)이지 인성이 아니기 때문이다.

「회향우서回鄕偶書」
  - 고향에 돌아와 떠오른 생각을 적는다

少小離家老大回 (소소리가로대회)
鄕音無改鬢毛衰 (향음무개빈모최)
兒童相見不相識 (아동상견불상식)
笑問客從何處來 (소문객종하처래)

젊어 철모를 때 집을 떠났다가 늙어 다 자라서 돌아왔더니
고향 사투리는 바뀌지 않았건만 내 살쩍 머리는 다 빠져가네.
동네 아이들이 나를 봐도 서로가 낯서니
길손께서는 어디서 오셨느냐고 웃으며 물을 뿐.

하지장(659~744)은 측천무후 때 진사에 급제하여 여러 관직을 두루 거쳤다. 글씨를 잘 썼을 뿐만 아니라 사람됨이 호방하고 풍류를 좋아하여 '청담풍류淸談風流'라는 예찬을 받았다. 두보가 그의 「음중팔선가飮中八仙歌」에서 "하지장은 술 마시고 말을 타면 마치 배를 탄 듯 흔들흔들 / 눈앞이 가물가물하여 우물에 빠지면 물 밑에서 잠이 드네"(知章騎馬似乘船, 眼花落井水底眠)라고 첫 구절에서 꼽을 정도로 술을 좋아했다. 그의 시는 이 작품에서 보듯이 매우 통속적이면서도 청신한 것이 특징이다.

하지장은 당 현종 천보天寶 3년(744)에 관직을 그만두고 낙향하였는데, 당시 나이가 86세였으므로 고향을 떠난 지 50여 년쯤 되던 해였다. 젊은 나이에 미래에 대한 기대와 희망을 품고 대처로 나간 후 다 늙어 돌아와 낯선 동네 아이들을 보니 어찌 회한과 탄식이 생기지 않을 수 있겠는가? 이러한 감개에 저절로 붓을 들어 쓴 게 이 시다. '우서偶書'란 작심하고 쓴 글이 아니라 문득 떠오르는 감상을 되는 대로 적었다는 뜻이다.

이 시는 칠언절구로서 『평수운』의 회灰 운에 속하는 '회回'·'쇠衰'·'래來' 자로 압운하였다. '쇠衰' 자를 『평수운』에서 지支 운으로 분류하고 있지만, 여기서는 '최chui'로 읽어야 하므로 회 운이 된다.

기구는 젊어서 고향을 떠나 늙어 돌아온 사실을 평범하면서도 심상치 않은 감개를 담아 표현했다. "젊고 철모를 때 집을 떠났다가 늙고 다 자라서 돌아왔더니"(少小離家老大回). 이 구절에는 어려운 글자도 없고 서술도 단순한데, 우러나오는 서정성은 범상치 않다. 이것은 다름 아닌 대장對仗의 수사법에서 기인한다. 대장은 군대의 의장대가 두 명씩 짝을 맞춰 움직임으로써 균형을 맞춤과 아울러 서로를 도드라지게 연출하는 것처럼 단어를 두 개씩 대비시켜 느낌을 증폭하는 수사법이다. 대장은 두 구절 사이에서 일어나는 게 보통이지만 이 구절에서는 하나의 구절 안에서 대비시켰는데, 이를 당구대當句對, 또는 자대自對라고 부른다.

먼저 '소소少小', 즉 '젊어 철없을 때'와 '노대老大', 즉 '늙어 성숙한 때'가 짝을 이루고, '떠날 리離' 자와 '돌아올 회回'가 서로 대비된다. 시인이 고향을 떠난 게 37세였다니까 기실 젊은 나이는 아니어서 '소소'가 어울리지 않는 것 같지만, 86세 '노대'의 처지에서 보면 충분히 그럴 만하다. 푸른 꿈을 안고 고향을 떠날 때에야 세상이 녹록해 보였겠지만, 대처에서 온갖 풍상을 겪은 후 옛날을 생각하면 참으로 무모하기 그지 없었다는 생각이 들 것이다. 이것이 '돌아왔을 때' 깨달은 '떠날 때'의 실제 모습이니, 진실은 이렇게 드러나는 법이다.

승구도 변하지 않은 것과 변한 것을 대비시켜서 세월 앞에 개인의 무기력함을 고백한다. "고향 사투리는 바뀌지 않았건만 내 살쩍 머리는 다 빠져가네"(鄕音無改鬢毛衰). '향음鄕音'이란 지방 사투리라는 뜻으로 고향 말씨를 가리킨다. 사투리는 원래 한 언어의 변이로서 여러 측면에서 형태를 달리하지만 가장 두드러지게 나타나는 곳은 억양과 악센트라는 어음語音 부분이다. 어음은 유아가 언어를 배우면서부터 형성되는 구강 구조에 의해 발성되는 것이기에 타지 사람이 아무리 흉내 내려고 해도 따라 할 수 없는 능력을 이룬다. 그래서 사투리는 그것을 사용하는 공동체의 매우 주요한 정체성으로 기능한다.

오랜만에 고향에 돌아오자 이렇게 정겨운 사투리가 변함없이 가는 곳마다 들리니 자신의 정체성을 찾은 것 같아 시인은 더없이 반가웠을 것이다. 인간은 변치 않는 것을 좋아하지 않던가? 그런데 여기에 대비하여 자신은 늙을 대로 늙어서 귀밑털이 다 빠져버린 상태가 되었다. 이것을 시인은 '빈모최鬢毛衰'라고 표현하였다. '빈모'는 귀밑털 또는 살쩍 머리라고도 부르는데, 아무리 비싼 화장품을 쓰고 염색을 해서 나이를 가리려 해도 관자놀이와 귀 사이의 살갗과 머리털은 속일 수 없다. '衰'(줄어들 최) 자를 일부에서는 '催'(재촉할 최)로 쓰기도 하는데, 이는 귀밑털이 하루가 다르게 빠져 줄어든다는 뜻이다. 정체성을 되찾은 건 반갑지만 이 때문에 오히려 내가 이미 늙어버렸다는 사실을 더욱 절감하게 되는 역설이 생겼다.

화자에게 이 혼란스러움을 더 깊어지게 하는 것은 전구轉句의 상황이다. "동네 아이들이 나를 봐도 서로가 낯서니"(兒童相見不相識). 여기서 '아동兒童'은 동네 아이들을 가리키고, '상견相見'의 '상' 자는 대명사 '지之' 자와 같아서 시인을 뜻한다. 37세까지 동네에 살았으니 나이가 든 웬만한 사람은 서로 알아보겠지만, 아이들은 낯설 게 당연하다. 동네 곳곳에서 고향 사투리를 듣고 마침내 본래의 자기에게로 돌아온 듯한 벅참에 젖어 있던 차에 낯선 아이들을 보니까 일순간 다시 혼란이 온 것이다.

결구結句에 나오는 아이들의 물음은 이러한 혼란을 잘 나타내면서도 시인에게 깨달음을 준다. "길손께서는 어디서 오셨느냐고 웃으며 물을 뿐"(笑問客從何處來). 동네 사람이라면 샅샅이 아는 아이들 처지에서는 이런 물음이 나오는 것이 당연하다. 그러면서 아이들은 시인을 '客'(손님 객), 즉 길손이라고 부른다. 시인 자신도 고향을 떠나기 전에는 주인이었

는데 세월이 지나 다시 돌아오니 손님이 되었다. 『신약성경』에도 "선지자
가 고향에서는 높임을 받지 못한다"(「요한복음」 4:44)는 예수의 말씀이 있
듯이, 현장을 떠나면 손님이 되는 게 세상 이치다. 이백이 "시간은 영원
한 세월을 지나가는 나그네로다"(光陰者, 百代之過客也)라고 읊었듯이 머
물지 않고 지나가면 그것은 손님이다. 우리 속담에 "사위는 백년손님"라
는 말이 있다. 사위가 아무리 장인·장모에게 잘해도 끝내는 남이라는
뜻도 되고, 딸을 맡겼으니 어쩔 수 없이 올 때마다 잘 대접해야 한다는
뜻도 된다.

　사람이 하나의 공동체에서 살다 보면 보이지 않는 정서적 그물에 의
해 엮인다. 따라서 누구든지 이곳을 떠나면 그 순간 그물에서 빠지게
되는데, 그 기간이 너무 오래되면 다시 들어온다 해도 옛날의 자리가
보장이 안 된다. 그사이 그물이 이미 다시 짜였기에 내가 들어설 자리
가 없기 때문이다. 귀향인이 자기 동네에서 이른바 '뻘쭘'하게 소외되는
이유다. 아이들은 철이 없으니까 불편한 진실 그대로 '길손'(客)이라고
부른 것일 뿐이다. '우서偶書'란 이러한 깨달음이 문득 떠올랐음을 뜻하
는 말이 아닐까?

「심도역深渡驛」
- 심도역에 도착해서

旅泊青山夜 (여박청산야)
荒庭白露秋 (황정백로추)
洞房懸月影 (동방현월영)
高枕聽江流 (고침청강류)
猿響寒巖樹 (원향한암수)
螢飛古驛樓 (형비고역루)
他鄉對搖落 (타향대요락)
並覺起離憂 (병각기리우)

길 가다 푸른 산에 머물렀을 땐 이미 밤이 되었고
거친 뜰에는 흰 이슬 내려 완연한 가을이네.
골방에 달 그림자 걸려 있을 때
베개를 돋워 강물 소리를 듣네.
잔나비 울음소리 차디찬 바위 있는 숲에서 들려오고
반딧불은 낡은 역참의 대마루 위를 날아다니네.
타향에서 시들어가는 계절을 마주하고 있노라니
고향 떠난 근심이 더욱 북받쳐 일어나네.

장열(667~730)은 당나라 문장가이자 시인이다. 약관의 나이에 과거에 급제하여 무후 때 태자교서가 되었다가 흠주欽州로 유배되었다. 중종 때 다시 불려와서 황문시랑 등에 임명되었고, 현종 때에는 중서령에 제수되고 연국공에도 책봉되었다. 인성이 다혈질이어서 종종 정치적 사건에 휘말려 세 차례나 지방으로 좌천·유배되기도 하였다. 이 시는 그가 현종 때 악주자사岳州刺史로 좌천되어 가던 중에 지은 것으로 추측된다. 제목의 심도역深渡驛은 장강과 한수의 수로로 갈 경우 반드시 통과하게 되는 역참驛站으로서 강남동도江南東道의 흡주歙州, 오늘날의 안휘성 흡현歙縣에 있었다. 역참이란 고대 중국에서 정부와 군부의 문서를 전달하는 전령이나 지방 출장 중인 관원들에게 지친 말을 바꿔주거나 숙식을 제공하던 곳이다. 육로와 수로의 곳곳에 설치되어 있었다.

이 시는 『평수운』의 우尤 운에 속하는 '추秋'·'류流'·'루樓'·'우憂' 등 네 글자로 압운하였다. 오언율시는 대구에만 압운하므로 네 개면 된다.

수련은 시인이 심도역에 도착했을 때의 풍경을 묘사한다. "길 가다 푸른 산에 머물렀을 땐 이미 밤이 되었고 / 거친 뜰에는 흰 이슬 내려 완연한 가을이네"(旅泊青山夜, 荒庭白露秋). 중국어(한어漢語)는 고립어(어형 변화가 없고 낱말이 문장 속의 위치에 따라 기능한다)라서 벽돌을 차곡차곡 쌓듯이 의미를 만들어가는 속성이 있으므로 해독할 때도 그렇게 읽어야 한다. 직역하자면 '여행하다가 묵었는데, 그곳이 푸른 산이었고 때는 밤이었다. 황량한 뜰에 흰 이슬이 내렸는데 가을 기분이다'처럼 말이다.

'여박旅泊'은 '여숙旅宿'으로 쓴 곳도 있는데 둘 다 '여행자가 하룻밤 머물다'라는 뜻이다. 옛날에 여관을 여인숙旅人宿이라고 불렀는데 모두 여기서 파생된 말들이다. 여관은 여행자들의 잠자리이므로 낯선 사람들만 모여 있는 곳이다. 그래서 이곳에 들어서면 언제나 약간의 긴장 상태가 유지되어 기실 마음이 편안하지 않다. 시인은 이 역참이 '청산靑山', 즉 푸른 산에 있다고 표현하였지만 실은 물길 양쪽에 즐비하게 늘어선 깎아지른 절벽을 가리킨다. 늦은 저녁 어둑어둑할 때 도착한 청산이라면 낮과는 달리 매우 무겁게 느껴졌을 것이다.

여기에 시골 역참의 관리되지 않은 외관은 시인의 마음을 더욱 침울하게 만들었을 것이다. '황정荒庭', 즉 '거친 뜰'은 이를 암시한다. '荒'(거칠 황) 자는 손을 대지도 않은 채 그냥 버려진 상태를 가리키기 때문이다. 그런데 여기에 이슬이 내려 온통 희게 보이니 즉각 가을 분위기가 일어났을 것이다. 수련에서 앞의 출구가 어두움을 묘사하고 있다면, 뒤의 대구는 흰 이슬이라는 밝음을 덧대고 있는데, 이는 흑백의 대비를 통해서 우울한 감정을 억제하고 있음을 드러내준다.

함련에서는 역참에 짐을 푼 후 잠자리에 들었을 때의 광경을 묘사했다. "골방에 달 그림자 걸려 있을 때 / 베개를 돋워 강물 소리를 듣네"(洞房懸月影, 高枕聽江流). '동洞' 자는 골이나 굴처럼 깊숙이 들어간 곳을 가리키므로 '동방洞房'은 안쪽이나 뒤쪽에 자리 잡은 골방을 뜻한다. 좌천이기는 하지만 그래도 자사刺史라는 지방 수장으로 가는데 아무 방이나 줬을까마는 자신이 영락했다고 느끼는 시인의 처지에서는 골방이라고 여겼을 수도 있으리라. '월영月影'이란 달의 그림자이므로 '현월영懸月影'은 방에서 달이 직접 보이는 게 아니라 달에 비친 그림자가 벽 같은 데 드리운 모양을 뜻한다. 이것을 '懸'(매달릴 현) 자로 표현하였는데 이 글자는 시인에게 텅 빈 공간을 만들어주고, 이 공간은 잠을 청하려는 시인에게 떠오르는 수많은 회한을 지워주는 기능을 한다. 꼬리에 꼬리를 무는 수많은 생각이 나중에는 오히려 아무 생각도 안 나게 하던 경험을 누구든지 했을 것이다.

함련의 출구가 시각적 묘사라면 대구는 청각적 묘사로 이루어져 있다. 텅 빈 공간처럼 아무 생각이 안 나면 그다음에는 안 들리던 소리가 들리기 시작하기 때문이다. 강물 흐르는 소리는 자연적으로 나는 소리이기에 보통 때는 사람에게 특별한 의미를 주지 않는다. 그러나 마음을 비우려는 상태에서는 이렇게 지속해서 반복하는, 규칙적이면서도 불규칙한 소리만큼 편안한 게 없다. 그래서 시인은 베개를 높이고 강물 소리를 듣는 것이다. '高'(높을 고) 자는 사역의 의미로 풀어야 한다. 소동파蘇東坡의 시 「임강선臨江仙」에 "대문을 두드려도 도무지 대답하지 않으니 / 지팡이에 기대어 강물 소리를 듣는다"(敲門都不應, 倚杖聽江聲)라는 구절이 있다. 소동파가 밤늦도록 술을 마시고 집으로 돌아와 대문을 두드리니 심부름하는 아이가 이미 곯아떨어져서 문을 열고 들어갈 길이 없었다. 보통 사람이면 아마 엄청 화가 나서 소리 지르고 난리를 피웠겠지만 소동파는 "지팡이에 기대어 강물 소리를 듣는다"고 하였다. 이처럼 평소에는 잘 듣지 않는 소리를 감정이 흔들릴 때 들을 수 있는 게 시인이나 예술가의 감수성(sensibility)이다.

함련이 방 안의 광경을 그렸다면 경련은 역참 밖의 모습을 그린다. "잔나비 울음소리 차디찬 바위 있는 숲에서 들려오고 / 반딧불은 낡은 역참의 대마루 위를 날아다니네"(猿響寒巖樹, 螢飛古驛樓). 심도역은 강남동도 지방에 있었으므로 당연히 잔나비(원숭이)가 있었다. 옛날 중국의 시인들은 슬픈 감정이나 기쁜 감정을 강렬하게 묘사할 때 자주 잔나비의 울음소리를 가져다 썼다. 이를테면, 이백이 「조발백제성早發白帝城」

에서 천 리 길 강릉을 하루 만에 돌아왔다면서 "양쪽 강 언덕에서 잔나비 울음소리 그치지 않는 가운데 / 배는 가볍게 첩첩산중을 훌쩍 지나왔다네"(兩岸猿聲啼不住, 輕舟已過萬重山)라고 말한다든가, 두보가 「등고登高」에서 "바람이 빨라지고 하늘은 높은데 잔나비 휘파람 소리 슬프다"(風急天高猿嘯哀)고 쓴 것이 그 대표적인 예다. 장안을 떠나 강남동도 지방으로 내려왔으니 가장 이국적인 감각 자료는 아마 잔나비 울음소리였을 것이다. 그래서 시인은 이 소리로써 보이지 않는 밖의 광경을 묘사했고, 그것도 자신의 처지를 투사하여 "차디찬 바위 숲에서 들려온다"라고 표현했다.

경련도 출구와 대구가 대장을 이루어야 하니까 앞의 잔나비와 대비하여 반딧불을 끌어왔다. 잔나비와 반딧불이 서로 어울리는 짝이 될 수 있을까 싶지만, 전자가 먼 곳의 정경이라면 후자는 가까운 집 밖의 모습을 그리는 데 쓰였다고 말할 수 있다. 그것도 낡은 역참의 지붕 위를 날아다니는 반딧불이라면 수련에서 말한 '거친 뜰'(荒庭)과도 어울린다. 장안에서 멀리 떨어진 벽지로 유배되어 온 시인의 눈과 귀에 이런 광경이 펼쳐졌다면 그의 심경이 어떠하였을까?

비근한 예를 들자면, 예전에 육군훈련소 과정을 마치고 전방 사단에 도착하면, 온종일 무거운 더플백을 메고 연대, 대대 등을 거쳐 밤늦게 돼서야 자신의 부대인 중대나 소대 막사에 들어갔다. 그때 자신이 살던 도시에서는 구경도 못 한 반딧불이 여기저기 날아다니는 광경을 보고 신기하기는커녕 눈물이 왈칵 쏟아졌던 경험을 한 사람들이 있을 것이다. 이는 자신이 광야에 버려졌다는 좌절감 때문인데, 이 구절에서 시인이 말하고자 했던 것도 이 느낌이리라.

미련에서는 앞에서 억지로 참아왔던 울분과 향수의 발산을 어떻게 자제하는지를 보여준다. "타향에서 시들어가는 계절을 마주하고 있노라니 / 고향 떠난 근심이 더욱 북받쳐 일어나네"(他鄕對搖落, 並覺起離憂). 앞에서 설명했듯이 시인은 유배나 다름없는 지방관으로 좌천되어 임지로 가는 중이었다. 그렇게 가는 길의 발걸음이 무거울 수밖에 없었겠지만 사내다움을 중시하는 다혈질의 시인으로서는 함부로 불만이나 불평을 표출할 수 없었다. 그래서 이 시를 쓰는 내내 그런 기색을 나타내지 않으려 하였다. 울적한 마음을 주위의 사물에 투사하기는 했지만 비분강개하지는 않았다는 말이다.

그러다가 마지막에 자신이 무성했던 여름이 쇠락해가는 가을의 문턱에 타향에 처해 있다는 생각에 미치자, 영달을 누리던 옛날은 멀리 사라지고 황량한 벌판에 던져진 현실에 대한 울분이 일어나게 된 것이다. '요락搖落'이란 초목이 낙엽 져 떨어진다는 뜻이다. 그렇다고 해서 지금까지 억제해온 감상感傷을 폭발시켰다면 지금껏 훌륭한 시로 읽혀오지 않았을 것이다. 감정이란 있는 그대로 마음껏 표출한다고 해서 해소되거나 공감을 불러일으키지 않는다. 오히려 감정이 절제될 때 순화가 성공적으로 이루어지고 다른 이에게도 감동을 준다. 감정은 억제되면 그것이 밖으로 나오려는 힘은 배가되어 위험할 수도 있지만, 사회적으로 용인되는 적절한 표출 방법만 찾으면 오히려 쉽사리 사그라지고 순화된다.

'병각並覺'이란 '더욱더 강하게 느껴진다'라는 뜻으로서 울분을 억제함으로써 일어나는 배가 현상을 가리킨다. '이우離憂'는 억울하게 장안을 떠나 이 오지로 유배를 온 데 대한 비분강개함을 뜻한다. 시인은 생각할수록 분노를 삭일 수 없지만 "고향 떠난 근심이 더욱 북받쳐 일어나네"까지만 말하고 더는 말을 잇지 않는다. 그러나 이것만으로도 그의 사연이 어떠한지를 이 시를 읽는 이들에게 충분히 공감하게 해준다. 백거이白居易의 「장한가長恨歌」에서 "옥 같은 얼굴이 슬픔에 젖어 하염없이 눈물을 흘리니 / 봄날 빗방울 머금은 배꽃이어라"(玉容寂寞淚欄干, 梨花一枝春帶雨)라는 짧은 구절이 양귀비의 사연을 절절하게 하소연할 수 있었듯이 말이다.

「감우感遇」 기일其一
- 뜻하지 않은 일을 당하고 나서 (첫 번째 시)

蘭葉春葳蕤 (난엽춘위유)

桂華秋皎潔 (계화추교결)

欣欣此生意 (흔흔차생의)

自爾爲佳節 (자이위가절)

誰知林棲者 (수지림서자)

聞風坐相悅 (문풍좌상열)

草木有本心 (초목유본심)

何求美人折 (하구미인절)

난초 잎은 봄이 오면 무성해지고
목서 꽃은 가을이 되면 희고 깨끗해진다네.
활짝 피어나는 이 생기발랄한 모습이
저절로 아름다운 계절을 만들어내는구나.
어느 누가 알리? 깊은 숲속에 사는 은자가 이 향을 맡으면
자신도 모르게 좋아하게 되는지를.
풀과 나무에는 본디 뿌리와 심지가 있는 법
무엇 하러 아름다운 여인이 꺾어주기를 바라겠는가?

　　장구령(673~740)은 서한의 유후留侯 장량張良과 서진의 장무군공壯武郡公 장화張華의 후손으로서 당 개원開元 시기의 명재상이자 시문가로 이름을 날렸다. 특히 오언고시를 잘 지었는데, 질박한 언어를 세련되게 구사하여 맑고 담백한 시풍을 세움으로써 육조 시기에서 내려온, 겉만 화려하게 꾸미는 폐습을 일소하는 데 크게 이바지하였다. 이 때문에 당시에 '영남제일인嶺南第一人', 즉 남쪽에 있는 오령五嶺 이남에서 첫 번째로 꼽히는 인물이라는 칭찬을 들었다.

　　당 현종은 '개원의 치治'라 할 정도로 정치를 잘했으나, 개원 후기부터는 양귀비와 사랑에 빠져 정사를 돌보지 않자 간신과 환관의 전횡이 심해지기 시작하였다. 장구령은 이를 바로잡기 위해 흥망성쇠의 역사적 교훈을 내용으로 하는 『천추금경록千秋金鏡錄』이라는 책을 써서 현종의 생일날에 예물로 바쳤다. 이에 기분이 언짢아진 현종은 그를 형주장사荊州長史로 좌천시켰다. 이때 지은 시가 「감우感遇」 12수首인데, 이 시는 그 첫 번째 시다. '우遇' 자는 '우연히 만나다'라는 뜻으로, 자신은 신하로서 마땅히 해야 할 일을 했을 뿐인데 뜻하지 않게 고난을 당하고 있다는 의미다. 따라서 '감우'는 이러한 고난에서 느끼는 자신의 심정을 가리킨다. 또 이 시는 『당시삼백수』에 첫 번째 시로 올라 있다.

　　이 시는 5언 1구로 하여 모두 8구로 되어 있어서 얼핏 오언율시처럼 보이지만 실은 오언고시다. 고시는 4언, 5언, 7언 등의 글자 수와 압운 외에는 형식적 제약이 거의 없어서 자유로이 시를 지을 수 있는 장점이 있다.

　　제1구와 제2구는 출구와 대구의 대장처럼 난초 잎과 목서木犀 꽃을 대비시키고 있다. "난초 잎은 봄이 오면 무성해지고 / 목서 꽃은 가을

이 되면 희고 깨끗해진다네"(蘭葉春葳蕤, 桂華秋皎潔). 굴원屈原의 『구가九歌』「예혼礼魂」에 "봄에는 난 꽃이 피고 가을에는 국화가 피듯이, 길이 이것이 끊이지 않고 끄트머리에 이르기를 바라네"(春蘭兮秋菊, 長無絶兮終古)라는 구절이 있듯이, 옛날부터 '춘란추국春蘭秋菊'은 변치 않고 반복하는 일상을 상징하는 말이었다. 이것을 시인은 '춘란엽春蘭葉'과 '추계화秋桂華', 즉 '봄은 난의 잎' 그리고 '가을은 목서의 꽃'으로 각각 바꾸었다. '위유葳蕤'는 초목이 무성하다는 뜻이고, '교결皎潔'은 밝고 깨끗하다는 뜻이다.

난과 목서를 함께 부른 예는 서진 유곤劉琨의 「답유심答劉諶」에서 "비었으면서도 꽉 찼다는 느낌은 무엇 때문인가? 난과 목서를 옮겨 심어서이지"(虛滿伊何, 蘭桂移植)라고 한 구절을 찾을 수 있다. 즉 가을의 정원이 텅 비어 있는데도 가득 찬 것처럼 보이는 이유가 난과 목서를 옮겨 심어놓았기 때문이라는 말이다. 난은 봄에, 목서는 가을에 각각 꽃을 피운다(흔히 '계桂' 자를 계수나무로 번역하는데 이 나무는 봄에 꽃이 핀다). 가을에 난이 시든 것은 텅 빈 느낌이 들지만, 목서가 꽃을 피운 것은 빈 것을 채운 느낌이 든다. 아마 봄에는 그 반대의 정서가 느껴질 것이다.

옛날부터 난과 목서는 재주와 덕을 갖춘 군자를 상징하는 말로 쓰였다. 시대적 요청에 따라서 필요한 재주와 덕을 베푸는 게 군자의 역할이기 때문이다. 그래야 안정된 일상이 변치 않고 지속해 나갈 수 있을 터다. 시인도 이를 의식해서 봄의 난 잎이 무성함과 가을의 목서 꽃이 결백함을 대비시키면서 시를 시작한다.

그런데 여기서 특이한 것은 난을 향기가 아닌 잎으로 거론한 점이다. 난이 군자를 상징하는 것은 흔히 의식하지 않는 가운데 은근히 퍼지는 난향의 비유 때문이다. 난 잎 역시 군자를 비유한다. 우리가 이른바 '난을 친다'라고 할 때는 난 잎을 그리는 행위를 뜻한다. 옛날에 선비들이 마음이 뒤숭숭할 때는 붓으로 난 잎을 치면서 마음을 다스렸다고 한다. 여기서 '치다'라는 말은 '그리다'와 개념이 다르다. 그리는 것은 붓을 여러 번 터치해서 모양을 완성하지만, 치는 것은 한 번의 터치로 난 잎 하나를 끝내야 한다. 이렇게 하려면 손의 감각에 모든 것을 맡겨야 한다. 얼마나 많은 훈련과 인내를 통해 내공이 쌓여야 하는지 짐작도 안 된다. 오죽하면 추사秋史가 "선과 난은 같은 것이다"(不二禪蘭)라고 말했겠는가? 이처럼 군자는 재주도 출중해야 할 뿐 아니라 정신적으로도 흔들림이 없어 백성의 버팀목이 될 수 있어야 한다는 뜻이다.

가을에 흰 꽃이 피는 목서는 모든 초목이 시드는 가운데 홀로 꽃을 피워 스산한 분위기를 밝게 해주므로 이 역시 백성이 어려울 때 빛을 주는 군자의 모습을 비유한다. 그래서 당대에는 과거 급제를 계과桂科 또는 절계折桂, 즉 목서 꽃을 꺾었다고 표현하였다.

율시의 함련에 해당하는 제3·4구는 봄과 가을에 각각 번성하는 난 잎과 목서 꽃이야말로 계절을 아름답게 만드는 주역임을 강조한다. "활짝 피어나는 이 생기발랄한 모습이 / 저절로 아름다운 계절을 만들어내는구나"(欣欣此生意, 自爾爲佳節). '흔흔欣欣'이란 무성하게 피어나는 모습을 뜻하고, '생의生意'는 '살려는 의지가 활발하다'라는 뜻으로서 생기발랄함을 나타내는 말이다. 봄에 난 잎이 쭉쭉 뻗어 올라가는 모양에서, 그리고 모든 게 시들어가는 계절에 홀로 꽃을 피우는 목서의 자태에서 살아가려는 강한 의지를 보았다는 뜻이다.

앞에서 옛날 선비는 세상이 뭔가 수상하거나 마음이 뒤숭숭할 때 난을 친다고 하였다. 마음이 침울하면 뭔가 해야겠다는 의지와 흥이 도무지 일어나지 않는데, 이럴 때 난을 치면 그 생기발랄한 모양을 자신도 모르게 닮아서 흥이 일어난다. 스산한 가을에 활짝 핀 흰 목서 꽃이나 국화꽃을 보면 마음이 개운해지는 건 말할 것도 없다. 바로 이러한 이유로 난 잎과 목서 꽃은 자연히 봄과 가을을 아름답게 만드는 주역이 되는 것이다. 여기서 '이爾' 자는 '然'(그럴 연) 자와 같은 뜻이므로, '자이自爾'는 '자연自然', 즉 '저절로'라는 뜻이 된다. '위爲' 자는 '만들다'라는 뜻이므로 '위가절爲佳節'은 '아름다운 계절을 만들다'라는 뜻이 된다.

제5구와 제6구는 이러한 난 잎과 목서 꽃의 진정한 가치에 대한 인정을 읊고 있다. "어느 누가 알리? / 깊은 숲속에 사는 은자가 이 향을 맡으면 / 자신도 모르게 좋아하게 되는지를"(誰知林棲者, 聞風坐相悅). 난 잎과 목서 꽃이 아무리 생기발랄하고 결백하여 계절을 아름답게 만든들 이를 알아주는 이가 없다면 그게 가치가 있는 것일지 의혹을 품을 수 있다. 그것을 좋아하고 칭송할 사람이 더러는 있겠지만 그야 개인적인 취향일 수 있으니 무슨 대수란 말인가? 난과 목서가 상징하는 군자도 마찬가지다. 아무리 출중한 재주와 덕을 갖췄다고 하더라도 알아주는 사람이 없다면 그의 존재는 무의미하지 않을까?

그러나 시인은 여기서 반전을 제기하는데, '누가 알리?'(誰知)가 바로 이 뜻이다. 즉 깊은 산속에 은거하는 은자가 이들의 향기를 맡으면 저절로 좋아하게 된다는 말이다. 여기서 '임서자林棲者'란 숲속에 사는 사람, 즉 은자를 가리키고, '문풍聞風'이란 '풍모를 느끼다' 또는 '향기를 맡다'라는 뜻이며, '좌坐' 자는 '저절로'라는 뜻이다. '상相' 자는 '지之' 자와 같으므로 '상열相悅'은 '그것을 기뻐하다'라는 의미가 된다.

기실 재주와 덕이라는 것은 인정의 측면에서 보면 양면성이 있다. 즉 가치는 누군가 인정해주어야 비로소 존재하게 되는데, 가만히 있으면 누가 알아줄 방도가 없으므로 스스로 나서서 인정해달라고 자랑하는 순간 그 가치는 사라진다. 그래서 군자는 모든 사람에게 인정받기를 구하지 않고 자신의 가치를 진정 알아주는 단 한 사람만이라도 있기를 바란다. 백아伯牙가 음을 들을 줄 아는 종자기鍾子期 한 사람을 위해 비파를 연주했던 것처럼 말이다. 시인이 말한 '깊은 숲속에 사는 은자'란 바로 이를 가리킨다. 그는 향기만 맡아도 저절로 좋아하게 된다. 사실 이렇게 가치를 음미할 줄 아는 지음知音은 현실에서 존재하기 힘들다. 따라서 이러한 사람은 관념 속에 존재하는 어떤 이상적인 타자, 즉 대타자(Other)라고 봐도 무방하다. 어차피 인간은 환상으로 살아가기에 이러한 상정은 합리적이다. 이 넓디넓은 우주에 오로지 지구에만 인간을 만든 것은 자신이 창조한 세계를 그들에게 인정받으려는 조물주의 의지일 것이라는 천문학자들의 감탄이 그들의 독백만은 아니리라.

이렇게 해석하면 다음의 제7구와 제8구가 쉽사리 이해된다. "풀과 나무에는 본디 뿌리와 심지가 있는 법 / 무엇 하러 아름다운 여인이 꺾어주기를 바라겠는가"(草木有本心, 何求美人折)? 아무리 강한 비바람이 불어도 풀과 나무는 쓰러지지 않고 위로 무럭무럭 자라는데, 이는 줄기가 뽑히지 않도록 버텨주는 뿌리와 꺾이지 않도록 잡아주는 심芯이 있기 때문이다. 이것을 근본과 심지라고도 부른다. 근본이 바로 서고 심지가 굳은 사람은 웬만한 외풍과 유혹에 전혀 흔들리지 않는다. 「용비어천가」의 '뿌리 깊은 나무는 바람에 흔들리지 않으니, 그 꽃이 아름답고 열매가 많도다'라는 구절이 바로 이 뜻이다. 이처럼 풀과 나무는 그 자체에 뿌리와 심지를 갖고 있기에 누가 인정을 해준다고 해서 바로 서고 인정해주지 않는다 해서 쓰러지지 않는다는 말이다. 스스로 중심을 갖추고 비바람을 견디는 게 풀과 나무의 즐거움이니, 군이 누구에게 인정받을 필요가 있을까? 그래서 시인은 "무엇 하러 아름다운 여인이 꺾어주기를 바라겠는가?"라고 말한다. 아름다운 여인이 꺾어준다고 해서 꽃이 아름다워지는 것은 아니라는 뜻이다.

　앞에서 진정한 지음知音은 관념 속에 존재하는 어떤 이상적인 타자, 즉 대타자라고 하였다. 사람이 풀과 나무처럼 인정에 얽매이지 않고 홀로 견디려면 뿌리와 심지가 있어야 하는데, 그것이 바로 이 대타자다. 『사기史記』「예양전豫讓傳」에 "사나이는 자기를 알아주는 사람을 위해 죽고, 여인은 자기를 사랑하는 사람을 위해 몸을 꾸민다"(士爲知己者死, 女爲悅己者容)라는 구절이 있듯이, 이 대타자는 관념적인 것이지만 시인에게는 유일한 지음이므로 이에 의지해서 외로움이나 어려움도 견뎌낼 수 있다. 따라서 이러한 사람은 인정을 위해서 세속의 부와 권력에 아부하거나 굴복하지 않는다. 보이지도 않는 이념을 위해서 자신을 기꺼이 희생하는 이른바 이름도 모르는 열사의 행위가 우리는 잘 이해되지 않을 때가 있는데, 이들을 움직이는 힘도 모두 여기에 의지한다고 보면 된다.

「감우」 기사其四
– 뜻하지 않은 일을 당하고 나서 (네 번째 시)

孤鴻海上來 (고홍해상래)

池潢不敢顧 (지황불감고)

側見雙翠鳥 (측견쌍취조)

巢在三珠樹 (소재삼주수)

矯矯珍木巓 (교교진목전)

得無金丸懼 (득무금환구)

美服患人指 (미복환인지)

高明逼神惡 (고명핍신오)

今我游冥冥 (금아유명명)

弋者何所慕 (익자하소모)

외로운 고니 한 마리가 바다에서 날아왔는데도

큰 못이나 저수지 정도를 감히 돌아보질 못하네.

곁눈질로 비취새 한 쌍을 보니

전설의 나무 삼주수에 둥지 틀고 앉았구나.

홀로 두드러져 보이도록 저 귀한 나무 꼭대기에 살면서

쇠구슬 맞을 두려움이 없을 수 있을까?

아름답게 꾸며 입으면 사람들의 손가락질이 염려되고
지위와 명성이 높아짐은 귀신이 질투하도록 다그치는 법.
이제 나처럼 아득히 높은 하늘에 노닐고 있으면
주살 새잡이가 어딜 탐할 거나 있겠는가?

이 시는 『당시삼백수』의 두 번째 시로 실려 있다. 앞서 설명했듯이 장구령은 재상의 자리에 있으면서 현종에게 정사를 게을리하지 말 것을 간언했다가 간신 이임보李林甫와 우선객牛仙客의 참소로 먼 오지에 좌천되었다. 간신배가 발호하는 조정의 부조리를 직접 겪은 시인은 유배를 떠나면서 큰고니를 의인화하여 그의 눈을 통해 권력의 본질을 피력하였다. 그래서 이 시를 읽고 나면 중국인들이 왜 자신의 부귀와 재주를 애써 감추고 살려고 하는지 그 문화를 이해할 수 있게 된다.

제1·2구는 멀고도 험한 바다를 건너온 큰고니가 성을 둘러싼 해자垓子 정도의 저수지에도 감히 앉을 생각을 하지 못하는 역설적 상황을 묘사한다. 여기서 '홍鴻' 자는 철새인 큰고니를 말하는데, 이는 『장자莊子』「소요유逍遙游」의 "붕새가 남쪽 바다로 옮겨갈 때는 (날개로) 물을 쳐서 그 파도가 삼천 리를 튀어 올라간다"(鵬之徙于南冥也, 水擊三千里)에 나오는 붕새를 고쳐 쓴 것으로서, 소인들과는 다른 자신을 상징한다. '지황池潢'은 '못과 저수지'를 뜻하지만 문맥으로 보아 성을 둘러싸고 있는 해자로 보는 게 옳을 듯하다. 왜냐하면 성의 주인은 황제이고 소인들이 그 주위를 에워싸고서 권력을 농단하고 있기 때문이다. 붕새처럼 멀고 험한 바다를 건너온 고니지만 소인들이 장악하고 있는 권력의 주변은 너무나 위험하기에 거기에 내려앉기를 꺼리는 것이다. 처음엔 뭣도 모르고 먼 남방에서 올라왔는데, 지내고 보니 정말로 위험한 곳이라는 사실을 알게 되었음을 고백하는 말이다.

제3구와 제4구는 황제를 등에 업고 호가호위하면서 권력을 농단하는 간신배가 어떤 자들인지를 묘사한다. "곁눈질로 비취새 한 쌍을 보니 / 전설의 나무 삼주수에 둥지 틀고 앉았구나"(側見雙翠鳥, 巢在三珠樹). '쌍취조雙翠鳥'란 '한 쌍의 비취새'라는 뜻으로, 황제를 쥐고 흔드는 간신배를 상징한다. 비취새를 우리나라에서는 흔히 물총새라고 부르는데, 이 새는 깃털이 화려하고 예쁘므로 호사스럽게 차려입은 고관대작을 의미한다. 특별히 '한 쌍'으로 부른 것은 마치 암수가 딱 붙어 다니듯이 간신 이임보와 우선객이 짜고서 자신에게 악행을 저지른 일을 가리키기 위한 걸로 보인다. 이자들은 잔인한 권력자여서 함부로 가까이 가서는 안 되므로 고니도 이들을 바로 보지 못하고 슬그머니 곁눈질로 본다. 이것이 '측견側見', 즉 '옆으로, 곁눈질로 본다'는 뜻이다.

문법적으로 볼 때, 출구에서 '쌍취조'는 '측견'의 목적어지만, 뒤에 오는 대구의 '소재삼주수巢在三珠樹'에 대해서는 주어의 역할을 한다. 그래서 슬쩍 곁눈질로 보았더니 한 쌍의 비취새가 '전설의 나무 삼주수에 둥지 틀고 앉았구나'라는 의미가 된다. 삼주수는 『산해경山海經』에 나오는 전설상의 진귀한 나무인데 형태는 잣나무처럼 생겼고 잎이 모두 구슬로 되어 있다고 한다. 삼주수에 둥지를 틀었다는 것은 황제와 권력을 나누는 내부자가 되었음을 비유하는 말이다.

제5·6구는 신분에 맞지 않게 화려한 옷을 입고 남들이 훤히 볼 수 있는 귀한 나무 꼭대기에 앉았을 때의 위험성을 경고한다. "홀로 두드러져 보이도록 저 귀한 나무 꼭대기에 살면서 / 쇠구슬 맞을 두려움이 없을 수 있을까"(矯矯珍木巔, 得無金丸懼)? 여기서 '교교矯矯'는 마치 군계일학群鷄一鶴처럼 홀로 우뚝 솟아올라 두드러져 보이는 모양을, '전巔'은 꼭대기를 각각 뜻한다. 즉 진귀한 나무의 꼭대기에 화려한 깃털을 한 비취새가 앉아 있으니 누구나 선망하는 눈으로 훤히 볼 수 있다. 이러한 상황에서는 새 사냥 좀 해본 사람이라면 틀림없이 잡고 싶은 마음이 생겨 즉시 탄환을 준비할 것이다. '금환金丸'은 쇠구슬이고 줄을 매어 쏘아서 새를 잡았다. 선망과 질투는 동전의 양면과 같아 자신의 잘남을 자랑하는 사람은 누군가의 해코지를 피할 수 없으므로 언제나 두려움과 불안 속에 살게 된다. "쇠구슬 맞을 두려움이 없을 수 있을까?"라는 구절은 바로 이를 가리킨다. 여기서 '득무得無'는 반어법에 쓰이는 단어다.

제7·8구도 앞의 해코지가 불러일으키는 걱정거리를 구체적으로 확장해서 경고한다. "아름답게 꾸며 입으면 사람들의 손가락질이 염려되고 / 지위와 명성이 높아짐은 귀신이 질투하도록 다그치는 법"(美服患人指, 高明逼神惡). '미복美服'은 비취새처럼 화려하게 꾸며 입는 일을, '고명高明'은 삼주수의 높은 꼭대기에 둥지를 틀 듯 높은 지위에 올라가는 일을 각각 가리킨다. 외모든 재주든 튀거나 출중한 사람이 다른 사람들에게 선망과 아울러 질투의 대상이 되는 것은 어쩔 수 없는 현실이다. 오늘날 정치판에서도 어떤 사람이 장관 후보자로 알려지면 심지어 그 자신조차도 잘 모르는 비리까지 제보의 홍수를 이루지 않던가? '귀신이 질투한다'라는 말은 정확한 이유나 근거도 없이 잘난 사람을 비난하는 현실을 강조하는 효과를 나타낸다고 볼 수 있다. 권력이나 부를 가진 사람도 생각이 있는 자이므로 자신을 뽐내거나 사회적 지위가 높아지면 귀신의 질투를 받는다는 사실을, 특별히 탐닉한 몇몇 사람을 제외하면, 대부분 알고 있을 것이다. 그런데도 튀는 행위를 하는 것은 권력을 놓고 경쟁하는 관계에서 이렇게 하지 않으면 도태되기에 어쩔 수 없이 부리는 허세라고 할 수 있다.

제9·10구에서는 이러한 불안과 위험에서 벗어나는 근본적인 방도를 제안하며 자유를 즐긴다. "이제 나처럼 아득히 높은 하늘에 노닐고 있으면 / 주살 새잡이가 어딜 탐할 거나 있겠는가"(今我游冥冥, 弋者何所慕)? 여기서 '명명冥冥'이란 '아득히 먼 하늘'을 가리킨다. 쾌락이든 고통이든 그것은 근본적으로 관계에서 발생한다. 관계가 잘 흐를 때는 쾌락이 발생하지만 그렇지 않으면 고통에 시달린다. 조직에 속해 있으면서 쾌락만을 선택적으로 즐길 수는 없다. 따라서 고통을 피하려면 관계를 버리고 떠나는 수밖에 없다. "절이 싫으면 중이 떠나야 한다"는 속담도 있지 않던가? "이제 나처럼 아득히 높은 하늘에 노닐고 있으면"이라는 구절은 간신배의 해코지를 피할 수 있는 유일한 방법이 그들이 어슬렁거리는 권력의 장을 벗어나 그들의 손이 미치지 못하는 저 높은 하늘 위로 날아가서 유유자적함임을 말한다. 이렇게 하면 "주살 새잡이가 어딜 탐할 거나 있겠는가?", 즉 나를 노리는 사냥꾼들이 주살을 쏘아봤자 화살이 미치지 못하므로 아예 잡을 욕심조차 내지 않는다. '익弋' 자는 화살에 줄을 매어 쏘는 주살을 뜻하고, '모慕' 자는 저걸 잡았으면 하고 욕심내는 일을 가리킨다.

권력이란 매우 유혹적이다. 어떤 종류의 권력이라도 있는 곳엔 마치 배설물이 있는 곳에 똥파리가 꼬이듯이 어떻게 알고 온갖 인간이 꼬여든다. 그만큼 경쟁자가 많아서 치열하게 다투다 보니 권력 주변은 위험할 수밖에 없다. 따라서 시인처럼 그 위험성을 깨달은 사람이나 의식이 있는 군자는 그 근처에도 가지 않는다. 이른바 악화가 양화를 구축하는 형세가 권력 주위에 형성되기에, 거기에는 권모술수에 능한 소인들과 모리배만이 판을 치게 된다. 동서고금을 막론하고 권력이 언제나 소인들의 차지인 것은 이 때문이다. 그래서 역사는 소인들이 만들어가는 게 현실이다. 헤겔Hegel은 이 현상을 이른바 '이성理性의 간지奸智'로 설명하였다. 한마디로 악한 자들과 악한 자들이 서로 싸우게 하면서 이성은 스스로를 실현한다는 말이다.

당시 깊이 읽기

「감우」 기칠其七
– 뜻하지 않은 일을 당하고 나서 (일곱 번째 시)

江南有丹橘 (강남유단귤)

經冬猶綠林 (경동유록림)

豈伊地氣暖 (기이지기난)

自有歲寒心 (자유세한심)

可以薦嘉客 (가이천가객)

奈何阻重深 (내하조중심)

運命惟所遇 (운명유소우)

循環不可尋 (순환불가심)

徒言樹桃李 (도언수도리)

此木豈無陰 (차목기무음)

강남에 붉은 귤이 있는데

겨울이 닥쳐도 여전히 푸르게 우거진다네.

이게 어찌 땅과 기후가 따뜻해서일까?

나무 스스로 겨울을 견디는 심지를 갖고 있어서지.

이것을 귀한 손님에게 바칠 만하지만

첩첩 산과 깊은 물에 막혀서 어쩔 도리가 없네.

운명은 오로지 만나는 바에 따라 달라지는 것
고리처럼 돌고 돌아도 찾을 길 없네.
복숭아와 자두 심으라는 말은 생각 없이 하지만
이 귤나무에 설마하니 그늘이 없을 텐가?

이 시를 『당시삼백수』는 네 번째 시로 수록하였다. 『당시품휘唐詩品彙』에서는 「감우」 12수 중 제5수로 실었는데 『곡강집曲江集』에는 제7수로 실려 있다. 장구령이 좌천되어 부임한 형주는 굴원屈原의 고향이었으므로 그는 자연히 초사楚辭의 분위기에서 시를 시작한다. "강남에 붉은 귤이 있는데 / 겨울이 닥쳐도 여전히 푸르게 우거진다네"(江南有丹橘, 經冬猶綠林). 여기서 '강남의 귤'은 『초사楚辭』〈구장九章〉「귤송橘頌」에서 굴원이 "하늘 아래의 땅에서 아름다운 나무인 귤이여 / 너는 태어나면서부터 이곳에 순종하였구나. 천성을 한번 받고서는 이리저리 바꾸지 않고 / 이 남쪽 나라를 지켜왔도다"(后皇嘉樹, 橘徠服兮. 受命不遷, 生南國兮)라고 쓴 구절을 연상케 한다.

『논어』「자한子罕」 편의 "일 년 중 가장 추운 계절이 오고 난 다음에라야 소나무와 잣나무가 더디 낙엽 짐을 알게 된다"(歲寒, 然後知松柏之後凋也)라는 구절에서 알 수 있듯이, 황하 중심의 북방에서는 변치 않는 지조를 소나무와 잣나무 등 침엽수로 상징하였다. 이러한 상징을 남방의 굴원은 상록수인 귤로 삼았다. 장구령은 특별히 귤 앞에 '붉을 단丹' 자를 달아 '단귤丹橘'이라고 불렀다. 붉은색은 변치 않는 인주印朱의 색이기 때문이다. 이는 귤나무가 '겨우내'(經冬) 푸른색을 변치 않고 무성하게 유지함을 강조하는 말이다.

이어서 제3·4구는 "이게 어찌 땅과 기후가 따뜻해서일까? / 나무 스스로 겨울을 견디는 심지를 갖고 있어서지"(豈伊地氣暖, 自有歲寒心)라는 구절로 이어진다. 여기서 '伊'(이것 이) 자는 귤나무의 늘 푸른 속성을 가리키고, '豈'(어찌 기) 자에는 '설마'라는 의미가 담겨 있다. 반문 형식을 통해 이 늘 푸른 속성은 땅과 기후가 온난해서 그런 게 아니라는 의미를 강조한 것이다. 이어 "나무 스스로 겨울을 견디는 심지를 갖고 있어서지"라고 그 이유를 달았는데, 여기서 앞에 말한 『논어』의 '세한歲寒'이 나온다. 세한이란 일 년 중 가장 추운 계절로서 기실 이를 견디는 소나무와 잣나무를 가리킨다. 귤나무가 비록 남방에 살고는 있지만, 늘 푸른 본래의 심지는 이와 다르지 않다는 뜻이다. 사마천의 『사기』 「굴원·가생열전屈原賈生列傳」에 "(『시경』의) 〈국풍〉은 여색을 좋아하면서도 음란하지 않았고, 〈소아〉는 원망하고 헐뜯으면서도 질서를 어지럽히지 않았다. (굴원의) 「이소」의 경우에는 앞의 두 가지를 모두 겸하였다고 말할 수 있다"(國風好色而不淫, 小雅怨誹而不亂. 若離騷者, 可謂兼之矣)라고 정의한 부분이 있는데, 굴원의 정신에 기초한 시인이 귤나무의 속성을 북방의 '세한'으로 묘사한 것이 바로 이에 해당한다고 말할 수 있다.

제5·6구는 이렇게 훌륭한 귤나무가 당하는 현실의 고난을 묘사한다. "이것을 귀한 손님에게 바칠 만하지만 / 첩첩 산과 깊은 물에 막혀서 어쩔 도리가 없네"(可以薦嘉客, 奈何阻重深). 옛날부터 귀한 손님이 오면 귤을 대접하였다. 『삼국지』 「육적전陸績傳」에 나오는 고사가 대표적이다. '육적이 여섯 살 때 원술袁術의 집을 방문했는데, 원술이 귤 여섯 개를 먹으라고 주었다. 육적이 세 개는 먹고 나머지 세 개를 품에 감추었다. 그런데 작별 인사를 하다가 그만 떨어뜨리자 원술은 손님으로 온 사람이 왜 귤을 품에 감추었냐고 물었다. 육적이 "품어 가 어머니께 드리고자 하였습니다"라고 대답하니 원술이 매우 기특해하였다.'

지금은 귤이 흔한 과일이지만, 우리나라에서도 옛날에는 부잣집이 아니면 맛볼 수 없을 만큼 귀하였다. 그래서 시인은 '이것을 귀한 손님에게 바칠 만하다'고 표현한 것이다. 귤이 남방 출신인 시인 자신을 비유한 것일 터인즉 귀한 손님은 자연히 중앙의 황제를 지칭한다. 이 귀한 귤을 귀한 분에게 가져다 바치려 해도 거기까지 가는 길에 첩첩 산과 깊은 물이 막고 있어서 어떻게 해볼 도리가 없는 막막한 심정은 좌천 길에 오른 시인 자신의 고난과 좌절을 거의 직설적으로 말한다. 여기서 '奈何내하'는 '무내하無奈何', 즉 '어찌 해볼 도리가 없다'는 뜻이고, '重'(겹칠 중) 자는 '첩첩 산'을, '深'(깊을 심) 자는 '깊은 물'을 각각 의미한다.

제7·8구는 충직한 인재가 쓰임을 받지 못하는 현실의 부조리를 이해하려고 애쓰는 시인의 관념적 차원의 노력을 보여준다. "운명은 오로지 만나는 바에 따라 달라지는 것 / 고리처럼 돌고 돌아도 찾을 길 없네"(運命惟所遇, 循環不可尋). 삼국 시기의 이강李康은 그의 『운명론運命論』에서 "무릇 다스려짐과 혼란함은 운에 속한 일이고, 곤궁에 처함과 현달함은 명에 속한 일이며, 높아짐과 낮아짐은 때에 속한 일이다"(夫治亂, 運也; 窮達, 命也; 貴賤, 時也)라고 정의하였다. 시인도 이와 같은 생각으로 "운명은 오로지 만나는 바에 따라 달라지는 것"이라고 한탄하였다.

『주례周禮』「고공기考工記」에 "귤나무가 회수를 넘어 북쪽으로 가면 탱자나무가 된다"(橘踰淮而北爲枳)라는 구절이 있다. 똑같은 귤나무라도 회수 남쪽에 심기느냐 북쪽에 심기느냐에 따라 열매가 달라진다는 뜻이니, 어느 쪽 땅을 만나느냐에 따라 귤나무의 운명은 바뀌었다. 그런데 누구를 만나느냐는 것은 이미 운명으로 정해져 있는 데다가, 운명은 둥근 고리처럼 돌고 도는 게 이치라서 '그때'를 알 수 있을 법도 한데 실제로는 전혀 알 도리가 없다고 시인은 허탈해한다.

『한비자韓非子』「외저설좌하外儲說左下」에는 다음과 같은 이야기가 있다. '양호가 제나라에서 조나라로 망명 갔다. 조간자가 "듣기로 그대가 사람을 잘 키워준다고 하던데요"라고 물으니, 양호가 대답하였다. "신이 노나라에 있을 때 세 사람을 키워서 모두 영윤令尹으로 만들었습니다. 제가 왕실에 죄를 짓자 셋이 모두 우리 집에 와서 수색하였습니다. 신이 제나라에 있을 적에는 세 사람을 추천하였는데, 하나는 임금의 측근이 되었고 하나는 현령이 되었으며 하나는 경비원이 되었습니다. 제가 죄를 짓게 되자 임금의 측근이 된 자는 저를 보려 하지도 않았고, 현령은 저를 찾아와 체포하였으며 경비원은 저를 이 나라 국경까지 추격하다가 잡지 못하자 포기하였습니다. 저는 사람을 키우지 못합니다." 조간자가 고개를 숙이고 웃으며 말하였다. "무릇 귤과 유자를 심어 그 열매를 먹으면 달고 냄새를 맡으면 향기롭지만, 탱자나무와 가시나무를 심으면 그것이 자라나서 사람을 찌르오. 따라서 군자는 키우는 바를 신중히 해야 하오.'" 이는 키워줄 만한 사람을 만났어도 그것이 어떤 결과를 가져올지는 아무도 알 수 없음을 말해준다. 양호는 같은 일을 두 번씩이나 당했으니 이것이 시인이 말한 "고리처럼 돌고 돌아도 찾을 길 없네"라는 탄식이 가리키는 바다.

그래서 제9·10구에서는 사람들이 상투적으로 복숭아나무와 자두나무를 심으라고 하는 말의 오류를 지적하면서 다시 한번 귤나무의 가치를 강조한다. "복숭아와 자두 심으라는 말은 생각 없이 하지만 / 이 귤나무에 설마하니 그늘이 없을 텐가"(徒言樹桃李, 此木豈無陰)? 원문의 '도언徒言'은 아무 생각 없이 상투적으로 말한다는 뜻이다. 『사기』에는 "복숭아나무와 자두나무는 말을 하지 않아도 그 아래에 저절로 길이 생긴다"(桃李不言, 下自成蹊)라는 고대 속담이 나온다. 꽃이 아름답고 열매가 좋으면 사람들이 모여들어 그 밑에 길이 생기듯, 덕이 있고 진실한 사람에게는 인심이 저절로 간다는 뜻이다.

『한시외전韓詩外傳』에도 이와 비슷한 말이 있다. "봄에 복숭아와 자두를 심으면 여름에는 그 아래에 그늘을 얻을 수 있고, 가을에는 그 열매를 먹을 수 있다. 봄에 남가새를 심으면 여름에는 그 잎을 채취할 수도 없고 가을에는 거기서 가시만 얻을 뿐이다"(春樹桃李, 夏得陰其下, 秋得食其實. 春樹蒺藜, 夏不可采其葉, 秋得其刺焉).

복숭아와 자두를 심으면 이득이 있는 것은 사실이지만, 이것은 어디까지나 비유로 여겨야지 나무 중에서 복숭아와 자두만이 최고라는 뜻으로 받아들이면 안 된다. 속담의 비유는 원래 상투적이다. 오랜 경험의 검증이 녹아든 속담에 진실함이 있다고 해서 그 상투적인 언어마저 진실처럼 받아들이면 복숭아와 자두 이외의 다른 나무의 가치를 간과하는 오류를 저지를 것이다.

따라서 앞서 설명한 '도언徒言'에는 상투적인 말을 아무 생각 없이 쓰지 말라는 경계의 의미가 들어 있다고 보아야 한다. 시인은 이렇게 간과하는 잘못을 '豈'(설마 기) 자를 써서 "이 귤나무에 설마하니 그늘이 없을 텐가?"(此木豈無陰)라고 반어적으로 꼬집는다. 북방에서는 충절은 소나무와 잣나무로, 그늘과 열매는 복숭아와 자두로 각각 칭송하지만, 남방의 상록수인 귤나무는 충절이면 충절, 열매면 열매, 그늘이면 그늘까지 모두 상징할 수 있는 훌륭한 나무라는 말이다.

「등관작루登鸛雀樓」
　　　－ 관작루에 올라

白日依山盡 (백일의산진)
黃河入海流 (황하입해류)
欲窮千里目 (욕궁천리목)
更上一層樓 (경상일층루)

낮의 해는 산으로 기울어 사라지려 하고
황하는 바다로 가려고 흐르네.
천 리 밖의 끝을 다 보겠다는 마음에
다시 더 한 층을 올라가네.

　이 시는 왕지환(688~742)이 지은 절구絶句 여섯 수 중의 하나다. 그는 젊은 나이에 급제하여 기주冀州 형수현衡水縣의 주부主簿가 되었으나, 참소를 받아 해임되어 이곳저곳을 옮겨 다니며 살았다. 그가 관작루가 있는 포주蒲州, 즉 오늘날 산서성 강현絳縣에 머물 때 이 시를 지은 것으로 알려졌다. 그는 의리가 강하고 성격이 호방하여 언제나 검을 두드리며 비장한 노래를 즐겨 불렀다고 한다. 그의 시에는 변새邊塞, 즉 변방 요새의 기풍을 풍기는 이른바 변새시가 많았으므로 고적高適, 왕창령王昌齡, 잠삼岑參 등과 함께 당대唐代의 4대 변새 시인으로 꼽힌다. 그는 15년간의 유랑생활을 마치고 천보 원년(742)에 복직되었으나 안타깝게도 얼마 되지 않아 세상을 떠났다.

　관작루는 오늘날 산서성 영제시永濟市 황하 강변에 있는 누각이다. 관작鸛雀이란 물가에 사는 황새인데, 이 새가 누각 위에 둥지를 틀고 살았다고 해서 관작루라고 이름을 지었다고 한다.

　이 시는 오언절구로서 『평수운』의 우尤 운에 속하는 '류流' 자와 '루樓' 자로 압운하였다.

　기구와 승구는 대장을 형성하여 저녁 무렵의 황하를 그리고 있다. "낮의 해는 산으로 기울어 사라지려 하고 / 황하는 바다로 가려고 흐르네"(白日依山盡, 黃河入海流). 여기서 '백일白日'은 '낮의 해'를 가리키고, '의依' 자는 '서산에 의지하려는 듯이 서쪽으로 기울어가는 모양'을 의미한다. 낮의 해와 황하의 물을 대장으로 등장시킨 것은 둘 다 서서히 움직임으로써 부지불식간에 시인을 다급하게 만들기 때문이다. 해는 서쪽 산을 향해 기울어져 가려 하고, 강물은 동쪽으로 흘러 바다로 들어가려 한다고 느끼자 시인도 쫓기듯 뭔가를 해야겠다는 마음이 들었다는 말이다.

여기서 잠시 우리의 행위는 무슨 동기로 인하여 이루어지는지를 살펴볼 필요가 있다. 문법에서 어순을 기호로 표시할 때 흔히 'S+V+O'를 쓴다. 인구어印歐語의 속성 중 하나인 '주어+동사+목적어'의 구조를 가리킨다. 우리말은 당연히 'S+O+V' 구조다. 이 기호는 문법에서 주어(S)의 행위(V)가 목적어(O)인 대상을 지배하는 구조를 나타낸다. 우리는 주어의 행위가 목적어를 지배한다는 이 정의를 아무런 의심 없이 받아들이고 외워왔지만, 정말로 주체는 대상을 지배할까?

이를테면, 내가 오디오 기기를 틀어놓고 음악을 감상할 때 정말로 연주되는 곡에 몰입하여 그것과 하나가 되는 것이 가능할까? 그렇다면 '음악을 듣는다'(listen to music)는 게 대상을 지배하는 행위가 될 수 있을 것이다. 그러나 듣는 행위를 분석해보면 겉보기에 듣는 것 같기는 한데 실제로 나는 연주 자체에 집중하지 못하고 순간순간 다른 생각을 하거나 연상에 빠진다. 다시 말해서 연주와 나 사이에는 언제나 보이지 않는 간극이 존재한다. 동사(나의 행위)가 목적어(음악)를 지배하지 못하고 있다. 여기서 목적어를 지배하지 못한다는 말은 현실에서 주체는 대상을 즐기지 못한다는 의미와 같다.

시인이 관작루에 올라가 경치를 감상하는 행위도 마찬가지다. 우리는 시인이 아름다운 경치에 매료되어 물아일체物我一體가 되어 있기에 더 높이 오르기를 바랄 거라고 상상하지만 기실 이는 불가능하다. 음악에 빠질 수 없듯이 경치에도 빠질 수 없고 또 즐길 수도 없기 때문이다. 그런데도 시인은 "천 리 밖의 끝을 다 보겠다는 마음에 / 다시 더 한 층을 올라가네"(欲窮千里目, 更上一層樓)라고 읊는다. 높은 데 올라가면 멀리까지 보이니까 한 층 더 올라가면 더 멀리 보인다는 경험에 근거해서 시인은 더 높이 올라가 세상의 끝을 보겠다는 의욕을 드러낸 것처럼 보인다.

그러나 시인이 높이 올라가는 행위는 기실 세상의 끝을 보겠다는 의욕으로 일어난 일이 아니다. 왜냐하면 앞서 설명하였듯이 세상의 끝을 본다 한들 그것을 궁극적으로 즐기거나 장악할 수 없기 때문이다. 그를 한 층 한 층 올라가게 한 것은 해가 서산으로 져 사라지고 강물이 흘러 바다로 들어가버리는 상실의 두려움이다. 무언가가 사라지는 일은 나를 괜히 서두르게 만든다. 그래서 부지런히 위로 오르지만, 막상 올라가면 할 일도 없이 허전하기만 하다. 이 허전함을 채우려고 다시 올라가는 행위를 반복하는 게 사람이 할 수 있는 유일한 일이다.

이 현상을 형상적으로 잘 설명하는 것이 관작루의 '루樓' 자의 자형이다. 이 글자의 중심이 되는 '婁'(여러 루) 자의 본래 의미는 창의 격자에 끌 같은 것으로 연속무늬를 아로새긴다는 것이다. 아로새기려고 자꾸 깎아대다 보면 아무것도 없는 구멍이 뚫릴 테고, 다시 그 옆에 같은 무늬를 계속 아로새겨 나가면 결국에는 창의 격자가 완성된다.

누각樓閣의 '누樓' 자에도 이와 같은 의미가 있다. 누각은 한 층 한 층 교대로 쌓아 올린 건물이다. 한 층은 바닥이 있지만, 그 위는 아무것도 없는 공간이다. 위로 쌓아 올린 천장이 실實이라면 그 위의 공간은 허虛라고 할 수 있으므로, 누각은 실과 허를 교대로 쌓아 올린 결과가 된다. 따라서 누각은 실을 만들기 위해서 한층 더 쌓아 올렸으나 결과는 허가 생김으로써 장악이 안 되기에 다시 쌓아 올리는 간극의 구조를 갖는다. 세상의 권력자와 부호가 득세하면 높은 누각이나 마천루를 짓는 행위에는 바로 이 간극의 구조가 존재한다.

　『설문해자說文解字』는 '루婁' 자를 '母'(어미 모)와 '女'(딸 녀) 자로 이루어진 모양으로 보고 '어머니가 품고 있는 딸'(母中女)이 원래 의미라고 풀이하였다. 어머니가 딸을 품고는 있지만, 그 딸은 어머니가 장악할 틈도 없이 다시 어머니가 된다. 어머니와 딸 사이에도 간극이 있기 때문이다. 이처럼 순간을 지배하거나 장악할 여가도 없이 그냥 하나씩 숫자만 쌓아가는 게 인생이다. 하나를 더 쌓거나 더하면 더 나을 것 같지만 언제나 결과는 비어 있다. 나이가 많아도 정력적으로 일하는 사람들이 자부하며 내놓는 상투어가 "나이는 숫자에 불과하다"라는 말이다. 그러나 아쉽게도 앞서 보았듯이 인생은 숫자가 전부다.

「연사宴詞」
– 떠나는 벗에게 바침

長堤春水綠悠悠 (장제춘수록유유)
畎入漳河一道流 (견입장하일도류)
莫聽聲聲催去棹 (막청성성최거도)
桃溪淺處不勝舟 (도계천처불승주)

긴 제방 아래 눈 녹은 물은 풀빛 받아 잔잔하고
밭도랑 물길은 장하로 들어가 한길 되어 흐른다.
삐이꺽 삐이꺽
빨리 가자 재촉하는 저 노 젓는 소리 듣지 마세나
복사꽃 내 얕은 여울 지날 때 배가 이겨내지 못할 걸세.

이 시는 칠언절구로서 『평수운』의 우尤 운에 속하는 '류流' 자와 '주舟' 자로 압운하였다. '연사宴詞'란 석별의 정을 나누는 술자리에서 떠나는 사람에게 건네는 말이나 글을 뜻하므로, 이 시는 친구와 이별하는 자리에서 읊은 작품이다. 전체적으로 기구와 승구는 이별의 장을 수채화를 그리듯 묘사하였고, 전구와 결구는 석별의 아쉬움을 위로하는 극적인 수사로 마무리하였다.

"긴 제방 아래 눈 녹은 물은 풀빛 받아 잔잔하고"(長堤春水綠悠悠)라는 구절로 시는 시작한다. '장제長堤', 즉 '긴 제방'이라고 표현한 것으로 보아 '춘수春水'는 저수지의 물로 짐작된다. '유유悠悠'는 오랜 기간 변치 않고 이어지는 모양을 뜻하므로, 여기서는 문맥상 '잔잔하다'라고 번역하였다. 즉 겨울 눈이 녹아 넉넉해진 저수지의 물이 잔잔하게 풀빛을 받는 모양에서 우리는 수채 물감으로 그린 풍경을 연상할 수 있다. 만물이 소생하는 계절이 석별과 어울리지 않을 것 같은데, 다음의 승구가 이를 무겁게 이어간다.

"밭도랑 물길은 장하로 들어가 한길 되어 흐른다"(畎入漳河一道流). '견畎'은 밭과 밭 사이를 흐르는 관개 수로로서, 이곳의 물은 앞의 저수지에서 흘러나와 다시 장하라는 강물로 합류한다. '견입장하畎入漳河'란 바로 이러한 광경을 묘사한 것으로 보인다. 근처에는 농경지가 많아서 여러 밭도랑 물이 장하로 합류하여 계속 흘러가기 때문에 '일도류一道流', 즉 '한길 되어 흐른다'고 그렸을 것이다. 이러한 묘사는 시인의 불우함에 대한 회한을 엿볼 수 있다. 즉 봄이 되자 눈이 녹아 새로이 유입된 물은 저수지에 잠시 함께 있다가 다들 밭도랑을 통해서 장하에서 하나의 길을 이루어 먼 곳으로 나아가는데, 자신은 이곳에서 고인 물이 된

채 저들을 바라만 보고 있다는 자괴감이 들었을 것이다. 시인은 앞서 설명했듯이 관직에서 해임되어 객지를 이리저리 떠돌아다니며 생활하던 차였기 때문이다.

이제 앞에 있는 그 누군가도 떠나보내야 할 정든 사람이다. 헤어지기 아쉬운 사람일수록 그가 떠날 시간은 속히 도래한다. 옛날에는 친한 사람을 전송할 때 그 동네에서 관습적으로 함께 말벗하며 따라가주는 장소가 정해져 있었다. 전구는 그곳까지 나룻배를 타고 가는 시인의 무거운 심정을 묘사한다. "삐이걱 삐이걱 / 빨리 가자 재촉하는 저 노 젓는 소리 듣지 마세나"(莫聽聲聲催去棹). 여기서 '성성聲聲'은 노 저을 때 반복적으로 나는 삐걱거리는 소리인데, 시인은 이것이 빨리 가자고 재촉하는 소리로 들렸다. 늘 다니는 뱃사공이 그날따라 빨리 가는 게 아닌 줄을 알기에 사공더러 천천히 가자고 말할 수는 없고, 차라리 그 소리를 듣지 않음으로써 시간을 부정하고 싶었으리라.

앞의 「등관작루」에서 이미 살펴보았듯이, 우리가 어떤 목표를 추구하거나 향하여 가는 것은 그것을 손에 넣기 위한 게 아니다. 시인이 표현한 대로 해가 서산으로 넘어가려 하니까, 그리고 강물이 동으로 흘러 바다로 들어가니까 나도 그냥 높이 올라가는 것이다. 마찬가지로 노 젓는 소리 때문에 시간은 그냥 온다. 따라서 노 젓는 소리를 부정하면 시간도 오지 않는다.

시간이 멈추면 모든 회한과 염려도 멈춘다. 그러면 마음도 가벼워질 터이니 이때 그의 앞에 비로소 현실이 보인다. 결구는 이 현실을 그대로 그린다. "복사꽃 내 얕은 여울 지날 때 배가 이겨내지 못할 걸세"(桃溪淺處不勝舟). '도계桃溪'는 물길의 고유명사일 수도 있고 양안에 복숭아꽃

103

이 만발한 물길일 수도 있다. 그것이 무엇이든 간에 그곳은 내가 살아가야 할 아름다운 고장이다. 그리고 이 물길에는 곳곳에 '천처淺處', 즉 얕은 여울목이 있어서 배가 무거우면 이곳의 물은 '배의 무게를 이겨내지 못하고'(不勝舟) 좌초될 수도 있다. 그러므로 마음이라도 가볍게 해서 배의 무게를 더하지 않는 게 현실적이지 않을까? 떠나갈 사람은 떠나지만 남은 나는 다시 내 삶을 살아가야 한다. 그러기 위해서 나는 석별의 아쉬움과 염려를 모두 내려놓고 복사꽃 내를 사랑하고 즐겨야 한다.

「출새出塞」
　　- 요새 밖을 나가서

秦時明月漢時關 (진시명월한시관)
萬里長征人未還 (만리장정인미환)
但使龍城飛將在 (단사룡성비장재)
不教胡馬度陰山 (불교호마도음산)

밝은 달은 진나라 때부터 비춰왔고 관문은 한나라 때부터 있었지.
만 리 밖에 수戍자리 나가서는 돌아온 사람이 없다네.
옛날 용성을 지키던 신출귀몰한 장수께서 계셨더라면
저 마적 떼가 음산을 넘도록 놓아두지 않으셨을 텐데.

왕창령(698~757)은 개원 15년(727)에 진사에 급제하였고, 나중에 정치적 사건에 연루되어 영남으로 유배되었다가 사면받아 강녕江寧현의 현승이 되었다. 그래서 그를 왕강녕이라고 부르기도 한다. 안사安史의 난(755년부터 763년까지 당나라를 흔든 반란으로, 그 주동자 안녹산安祿山과 사사명史思明의 성을 딴 명칭이다) 때 박주亳州를 지나가다가 박주자사 여구효閭丘曉에게 피살되었다. 그는 생전에 이백, 고적, 왕유王維, 왕지환, 잠삼 등과 매우 친하게 교유하였다. 변방의 요새를 지키는 장병들의 삶을 주제로 한 변새시로 유명했고, 특히 칠언절구를 잘 지어서 칠절성수七絶聖手라는 별명을 얻었다.

「출새出塞」 2수는 왕창령이 27세 때 하롱河隴에 갔다가 옥문관玉門關 밖으로 나간 적이 있었는데 그때 지은 것이다. '출새'라는 말은 원래 한나라 악부시樂府詩에 있는 옛날 제목으로서 그 내용은 대체로 진·한 시기의 변방 요새에서의 고된 삶과 향수, 비장한 각오 등을 노래한 것이었다. 젊은 나이에 변방을 둘러본 시인은 군사軍士들에게 깊은 동정심을 느끼고 악부시의 제목을 빌려다가 거기에 군사들이 느끼는 감정을 있는 그대로 이입하였다. 그래서 이 시를 읽어보면 젊은이의 예민한 감수성이 생동감 있게 느껴진다.

이 시는 『평수운』의 운 가운데 산刪 운에 속하는 '관關'·'환還'·'산山' 자로 압운하였다. 또 시의 전체적인 의상意想이 기·승구와 전·결구로 나누어진다. 전자에서는 삭막하게 던져진 시공간과 거기에서 빚어지는 풀리지 않는 모순을 묘사하고, 후자에서는 삶에의 간절한 희망을 영웅을 불러 그에게 투사하였다.

"밝은 달은 진나라 때부터 비춰왔고 관문은 한나라 때부터 있었지. /

만 리 밖에 수戍자리 나가서는 돌아온 사람이 없다네"(秦時明月漢時關, 萬里長征人未還). 절구 형식의 시에서 경구驚句는 주로 마지막 결구에서 나타나는 경우가 많은데, 이 시는 처음의 기구가 많은 사람에게 격찬을 받아온 천고의 명구다. 명나라 때 양신楊愼의 『승암시화升庵詩話』에서는 이 구절을 신품神品이라고까지 극찬하였다. 기실 요새의 풍경을 묘사한 그 방식이란 게 단지 '진나라 때의 달'과 '한나라 때 지어진 관문'만을 나열한 것임에도, 거칠고 적막한 변방의 이미지와 더불어 무거운 고뇌의 감정이 저절로 떠오른다. 이렇게 풍성하고 복잡한 의상을 풍기고 있어도 문장은 단순하게 '진시명월秦時明月'과 '한시관漢時關'이라는 두 개의 명사절로만 이루어져 있으므로, 다른 언어로 옮기려 하면 여러 가지 상이한 문맥이 발생할 수 있다. 이것은 한어(중국어)만이 갖는 시적 속성이기도 하다.

어떤 문맥으로 해석하든지 간에 떠오르는 공통적인 이미지는 삭막한 고갯마루에 우뚝 선 관문 위로 밝은 달이 떠 있는 모습인데, 이렇게만 경물을 묘사하였다면 매우 진부한 표현이었을 것이다. 시인은 여기에 '진시秦時'와 '한시漢時'를 더함으로써 그 지루하고 고된 변방 생활의 원망을 덧담았다. 그들의 삶을 진나라 시기부터 매일 보아온 달, 한나라 시기에 지어져 고락을 같이한 관문이 살아 있는 증인이기 때문이다.

이어서 승구는 "만 리 밖에 수戍자리 나가서는 돌아온 사람이 없다네"(萬里長征人未還)라고 구체적으로 그들의 고뇌를 밝혀준다. '장정長征'은 먼 곳으로 정벌을 나간다는 뜻이지만, 여기서는 멀리 변방에 나가 국경을 지키는 일을 한다는 의미로 쓰였다. 국경을 지키다 보면 외적(흉노)과의 싸움에서 전사하기도 하지만, 둔전제屯田制로 변방 군대를 운영

하다 보니 고향으로 돌아가는 게 쉽지 않아서 그냥 눌러앉아 사는 경우도 많았다고 한다. 고향을 떠나 만 리 밖의 삭막한 지방에 와서 사는 것도 서러운데 그나마 집으로 돌아갈 희망도 없다는 사실이 수자리하면서 아마 가장 힘들었을 것이다. 요즘은 강원도 인제, 거기서도 원통이 서울에서 하루에 다녀올 거리도 안 되지만, 1980년대 이전만 하더라도 오지 중의 오지였다. 그래서 이곳으로 배치된 군대 신병들은 '인제 가면 언제 오나, 원통해서 못 살겠네!'라고 절규했다는 전설이 있는데, 저 옛날 중국의 변방이야 말할 나위가 있을까?

　자신을 이렇게 절망적인 처지에 놓이게 만든 위정자를 원망함과 아울러 한 가닥 희망이라도 잡으려는 병사의 마음을 시인은 전·결구에 대신 담아준다. "옛날 용성을 지키던 신출귀몰한 장수께서 계셨더라면 / 저 마적 떼가 음산을 넘도록 놓아두지 않으셨을 텐데"(但使龍城飛將在, 不教胡馬度陰山). '단사但使'는 '단지 ~하기만 하다면'이라는 조건절의 접속사이고, '용성비장龍城飛將'은 서한 시대의 명장인 이광李廣을 가리킨다. 이광 장군은 신출귀몰하게 용병을 잘해서 당시 변방의 외적들이 그를 '비장군飛將軍', 즉 '날아다니는 장수'라는 별명으로 불렀다고 한다. '용성龍城'은 당시 이광이 태수로 있던 우북평군右北平郡에 있던 지명으로서 오늘날 하북성 희봉구喜峰口 장성 일대의 지역이다.

　'교敎' 자는 원래 의미는 '가르치다'임과 아울러 사역의 의미도 함께 갖고 있다. 여기서는 함부로 음산을 넘어오지 않도록 버르장머리를 가르친다는 뜻으로 봐야 한다. '호마胡馬'는 직역하면 '오랑캐의 말'이지만 여기서는 중국의 변방을 어지럽히는 '마적 떼'로 번역하였다. '음산陰山'은 곤륜산에서 북쪽으로 뻗은 산맥으로 오늘날 내몽자치구의 중부에 있다.

직설해서 '이광 장군께서 계셨더라면 저 마적 떼 놈들의 버르장머리를 제대로 가르쳐줘서 음산을 못 넘어왔을 텐데'라는 말에는 실질적으로 두 가지 의미가 들어 있다. 하나는 이광 장군 같은 영웅이나 인재를 인정해주지 않는 당시 정관계의 부조리에 대한 원망이다.

무제가 위청衛靑을 대장군으로 해서 선우單于족을 정벌하려 할 때 당시 이미 60세를 넘긴 이광도 따라가겠다고 고집을 피웠다. 하는 수 없이 이광을 선봉장으로 임명해서 출정하였지만, 무제는 그를 중요한 작전에서는 제외하라고 위청에게 당부하였다. 분부대로 위청이 선우의 우두머리를 생포할 수 있는 결정적인 작전에서 이광을 예비대로 뺐더니, 이를 눈치챈 이광은 홀로 부대를 이끌고 몰래 작전에 나갔다. 향도嚮導도 없이 사막에 나가는 바람에 길을 잃고 헤매고 있었는데, 마침 선우와 교전하던 위청은 예비대의 도움을 받지 못하여 결국 선우를 놓치고 말았다. 평생 사막에서 전공을 세운 명장이지만 군령을 어긴 것은 사실이므로, 위청은 어쩔 수 없이 진상을 조사하게 하였다. 이때 이광은 위청을 찾아가 그 앞에서 "평생 70여 차례에 걸친 전투에서 공을 세운 내가 문서나 다루는 저따위 아전들에게 조사받을 수는 없소"라고 하고는 스스로 자결하였다. 그러니 위 시구에는 이광 장군이 잘못하기는 했지만 이는 분명 부조리라고 아니할 수 없다, 목숨을 걸고 변방을 지키는 군사들의 운명이 붓대나 놀리는 유약한 자들에 의해 좌지우지된다는 모순을 저들은 받아들일 수 없었다는 뜻이 들어 있다.

두 번째 의미는 이 지루한 싸움과 고된 생활을 속히 끝냈으면 하는 소망이다. 저 멀리 진나라 때부터 시작하여 한나라를 거쳐 당나라까지 수백 년을 겪어온 고된 변방 생활의 경험은 이것을 결코 자신들의 힘으로는 끝낼 수 없다는 사실을 알게 했을 것이다. 그러나 현실은 견딜 수 없도록 지겨우니 이로부터 자연히 이를 단칼에 해결할 수 있는 영웅을 기대하는 마음이 생겨났을 것이다.

서양에 '고르디우스의 매듭'(Gordian knot)이라는 고사성어가 있다. 고대 프리기아의 왕 고르디우스가 매우 풀기 어려운 매듭을 만들어놓고 이를 푸는 자가 아시아를 정복한다는 신탁을 남겼다. 정말로 많은 영웅이 이를 풀어보려 시도했지만 모두 실패하였다. 나중에 프리기아를 정벌하러 나선 알렉산더(알렉산드로스) 왕이 이 말을 듣고는 매듭을 몇 번 풀어보다가 이내 칼을 뽑아 끈을 잘라서 해결하였다는 고사다. 어떤 난제가 앞에 있을 때 합리적으로 접근해서 차근차근 풀어나가는 게 정상이지만, 이성적으로 머리를 쓴다는 것은 기실 엄청나게 힘든 노동이므로 사람들은 보통 이런 과정을 생략하고 단칼에 해결할 방법을 찾게 된다. 그게 바로 종교적인 힘이나 신화적인 힘에 의존하는 것이다. 수백 년이 지나도 해결되지 않는 고난의 역사를 단번에 해결할 수 있는 영웅을 시인은 이광의 전설에서 찾은 것이다.

「부경도중우설赴京途中遇雪」
 - 장안 가는 길에 눈을 만나다

迢遞秦京道 (초체진경도)
蒼茫歲暮天 (창망세모천)
窮陰連晦朔 (궁음련회삭)
積雪滿山川 (적설만산천)
落雁迷沙渚 (낙안미사저)
飢烏集野田 (기오집야전)
客愁空佇立 (객수공저립)
不見有人煙 (불견유인연)

멀고 먼 장안으로 가는 길
세모의 하늘은 아득하기만 하네.
침울한 날씨는 그믐 초하루까지 이어지고
눈은 쌓여서 산천을 가득 채웠네.
길을 잃고 내려앉은 기러기는 물가 모래톱에서 어찌할 바 모르고
주린 까마귀는 들밭에 모여 있네.
나그네 시름겨워 멍하니 서 있는 것은
어디에도 굴뚝 연기가 보이지 않기 때문이지.

맹호연(689~740)은 본명이 호浩이고 호연은 자다. 양주襄州 양양襄陽 사람이라서 맹양양이라고 부르지만, 벼슬길에 나아간 적이 없어서 맹산인孟山人이라고도 부른다. 그는 젊은 시절부터 출사에 뜻이 없는 것은 아니었지만, 기득권 세력에 아첨하면서 속물로 사는 게 스스로 받아들여지지 않아서 평생 은사로 살았다. 마흔 살쯤에 장안에 올라가 시인으로서는 명성을 떨쳤지만, 진사 시험에는 붙지 못하였다. 당시 인재 천거를 잘하기로 명성을 떨쳤던 한조종韓朝宗이 맹호연을 한번 보자고 불렀지만 오랜만에 방문한 친구와 술을 마시느라 약속을 어겨서 기회를 놓치고도 후회하지 않았다는 고사는 유명하다. 나중에 장구령이 형주자사가 되었을 때 막료로 데려갔지만, 막부가 없어지는 바람에 마지막 일자리조차 사라지고 말았다.

그는 산수와 전원의 풍경을 담백하게 서정적으로 잘 묘사하여 독특한 예술적 경지를 만들어낸 시인으로 유명하다. 그래서 당시 사람들은 그를 친우인 왕유와 더불어 왕맹王孟으로 함께 불렀다. 시집으로는『맹호연집孟浩然集』3권이 전한다.

개원 16년(728) 시인이 장안으로 올라가는 도중에 큰 눈을 만났는데, 눈앞에 펼쳐진 설경에서 일어나는 감회를 묘사한 것이 이 시다. 지식인으로서 뜻을 이루려면 관직에 나아가야 하지만 그 세계로 들어가려면 거쳐야 하는 통과의례에 적응되지 않는 모순으로 인하여 늘 갈등해왔는데, 그 복잡하고 불안한 마음과 깨달음이 이 설경 속에 그대로 녹아 있다.

이 시는 오언율시로서『평수운』중의 선先 운에 속하는 '천天'·'천川'·'전田'·'연煙' 자로 압운하였다. 오언이므로 수련의 출구에는 압운하지 않아도 된다.

　수련은 남들은 고향으로 돌아가는 세모에 고향을 떠나 장안으로 가는 침울한 마음을 그리고 있다. "멀고 먼 장안으로 가는 길 / 세모의 하늘은 아득하기만 하네"(迢遞秦京道, 蒼茫歲暮天). '초체迢遞'는 '멀리 떨어진 모양'을 형용하는 말이고, '진경秦京'은 당나라 수도인 장안을 가리키는 말인데, 이곳이 원래 진나라 땅이었기에 붙여진 별명이다. '창망蒼茫'은 '아득히 멀어서 푸른 하늘만 보이는 모양'을, '세모歲暮'는 '한 해가 저물어가는 때'를 각각 뜻한다. 『전당시全唐詩』에는 '歲暮'를 '장모藏暮'로 썼는데, 세모는 한 해가 갈무리되는 시기이므로 같은 의미라 볼 수 있다.

　시인의 고향은 호북성 양양시이니까 오늘날에도 먼 거리여서, 당시 시인의 눈으로 볼 때 '초체迢遞'나 '창망蒼茫'이라는 말을 쓰는 게 전혀 과장이 아니다. 남들은 고향으로 돌아가는 세모에 홀로 집을 떠나는 길에 있는 데다가 폭설까지 만났으니 마음이 천근만근 무거울 수밖에 없다.

　우리말 속담에 "한양이 무서워 과천부터 기어간다"라는 말이 있다. 서울은 시골과는 달리 인심이 야박하다는 경고를 하도 많이 들어서 언제든 당하지 않으려고 스스로 긴장하는 마음을 표현한 말이리라. 이 말은 굳이 서울의 야박한 인심을 지적한다기보다는 원래 대처大處엔 날고 뛰는 인재가 많아 겸손해야 함을 강조한 보편적인 격언이라고 보는 편이 옳을 것이다. 회재불우懷才不遇한 시인이 기회를 찾아 대처로 가는 발걸음이 가벼울 수 없을 터인데, 고향에서 글이라 하면 천재 소리를 듣는 시인이지만, 쟁쟁한 시인과 문인이 지천인 장안에 다가갈수록 자연히 긴장하는 마음이 생기지 않았을까?

"침울한 날씨는 그믐 초하루까지 이어지고 / 눈은 쌓여서 산천을 가득 채웠네"(窮陰連晦朔, 積雪滿山川). '궁음窮陰'이란 양기와 음기의 교체 과정에서 음기의 기운이 마지막 절정에 이른 시기를 가리키므로, 한 해의 끝을 의미하기도 하고 짙은 구름으로 뒤덮인 궂은 날씨를 지칭하기도 한다. 이 단어를 쓴 것으로 보아 당시 연말의 날씨가 매우 흐렸으리라 짐작할 수 있다. '회삭晦朔'은 한 달의 마지막 날인 그믐과 다음 달의 첫날인 초하루를 뜻한다.

율시에서 함련은 대장을 정확히 맞추어야 한다. 따라서 출구의 '궁음窮陰'(끝까지 간 음기), '련連'(이어지다), '회삭晦朔'(그믐과 초하루)은 각각 대구의 '적설積雪'(쌓인 눈), '만滿'(채우다), '산천山川'(산과 내) 등과 단어의 속성을 맞추고 있다.

대상은 이를 보는 주체의 주관에 따라, 어떤 감정을 이입하느냐에 따라 달리 보인다. 아무리 궂은 날씨가 세모의 날을 지나 새해까지 이어지더라도 '쌓인 눈이 산천을 가득 채운 설경'은 아름다웠을 터다. 남다른 재주를 가졌으면서도 번듯한 자리 하나 얻지 못하고 방황하는 상황은 남이 보기에는 물론 자신이 보기에도 답답하였으리라. 『논어』 「자한」 편에 "마흔 쉰이 되어도 이름이 들리지 않는다면, 그는 두려워하기에 부족한 사람이다"(四十五十而無聞焉, 斯亦不足畏也已)라는 공자의 말이 있다. 옛날에는 수명이 짧았기에 40세 즈음을 인생의 막바지로 여겼으므로 이를 넘기도록 출세하지 못하면 더는 기회가 없다고 보는 게 보통이었다. 이러한 배경에서 40세에 기회를 찾아보겠다고 홀로 장안으로 향하는 시인의 마음은 온갖 압박감에 시달리고 있었을 것이다. 어두컴컴한 흐린 날씨가 그믐을 지나 밝아야 할 새해 첫날까지 이어진다는 표현은 좀처럼 희망을 갖기 어려웠음을 토로하는 것처럼 느껴지고, '쌓인 눈'(積雪)이 산천을 채웠다는 표현은 우울함이 쌓이고 쌓여서 세상이 명쾌하게 보이지 않음을 한탄하는 말처럼 들린다.

"길을 잃고 내려앉은 기러기는 물가 모래톱에서 어찌할 바 모르고 / 주린 까마귀는 들밭에 모여 있네"(落雁迷沙渚, 飢烏集野田). '낙안落雁'은 여기서는 '내려앉은 기러기'지만, 원래는 전고가 있다. 한漢 원제元帝가 왕소군王昭君을 흉노에 시집보낼 때, 가는 길이 하도 힘들고 울적해 비파를 꺼내 말 위에서 이별곡을 연주하였더니, 날아가던 기러기가 듣고는 날갯짓을 멈추는 바람에 땅으로 떨어졌다는 고사다. 이 때문에 '낙안'은 왕소군을 상징하는 말이 되었다. '사저沙渚'는 '물가의 모래톱'을, '기오飢烏'는 '배고픈 까마귀'를 각각 뜻한다.

경련도 대장을 구성해야 하므로, 출구의 '낙안'·'미迷'·'사저沙渚'는 각각 대구의 '기오'·'집集'·'야전野田'과 짝을 맞추었다.

온 천지가 눈에 덮여서 그야말로 고요한 적막강산인데, 시인은 유일한 움직임을 길 잃은 기러기와 배고픈 까마귀에게서 보았다. 눈 내리는 풍경은 기실 모든 게 덮여서 고요하다. 설사 작은 새 몇 마리의 움직임이 있다 하더라도 유종원柳宗元이 「강설江雪」에서 "천 개도 넘는 산에는 새 한 마리 날지 않고"(千山鳥飛絶)라고 읊었듯이 인식되지 않는 게 보통이다.

그렇다면 왜 시인의 눈에는 이 작은 움직임이 들어왔을까? 사람은 자신이 처한 토대 위에서 세상을 보는 법이다. 물가에 앉아 있는 새를 길을 잃었다고 보고, 밭에 모인 까마귀를 주렸다고 본 것은 자신의 처지에서 보았다는 말이다. 기러기를 군이 왕소군이 연상되는 '낙안'으로 묘사한 것은 그녀처럼 미지의 거친 세계를 헤쳐가는 여행자의 마음이기도 하거니와 감성적 쾌락에 빠졌던 기러기의 처지에 공감했기 때문이리라. 기러기는 그저 자기 갈 길이나 한눈팔지 말고 부지런히 갔더라면 좋았을 텐데, 공연히 문득 들려오는 비파 소리에 귀 기울이다가 날갯짓을 멈추는 바람에 실속해서 무리에서 떨어져 나온 것일 터이다. 시인도 부지런히 먹고사는 일에 충실했어야 하는데, 시라는 감성적 쾌락에 빠지는 바람에 벼슬 하나 못 하는 낙오자가 되어 이 세모에 타지에서 방황하고 있지 않은가?

남들 하는 대로 과거 공부나 열심히 해서 지방의 낮은 벼슬아치라도 했더라면, 까마귀처럼 떼 지어 다니며 쓰레기라도 주워 먹을 수 있었을 텐데 말이다. 굴원이 고기잡이 사내에게서 "뭇사람들이 모두 취해 있다면 어찌 술지게미라도 먹고 싸구려 막걸리라도 마시지 않으시오?"(衆人皆醉, 何不餔其糟而歠其醨)라고 핀잔받았듯이, 자신도 남들처럼 살았어야 하지 않나 하는 회한이 들었을 수도 있겠다.

이러한 회한은 미련에 와서 절망으로 종결짓는 듯 보인다. "나그네 시름겨워 멍하니 서 있는 것은 / 어디에도 굴뚝 연기가 보이지 않기 때문이지"(客愁空佇立, 不見有人煙). '저립佇立'은 '우두커니 서 있다'라는 뜻이고, '인연人煙'은 '굴뚝에서 피어오르는 연기'를 가리킨다.

온통 눈으로 뒤덮여 길도 보이지 않는 데다가 지치고 허기졌을 터인즉, 시인이 먼저 찾은 것은 인가 또는 그 흔적이었을 것이다. 그러나 눈에 덮인 천지에서 인가는 구분되지도 않고 그 흔적인 연기마저 보이지 않으니, 어찌할 바를 몰라 시인은 멍하니 서 있을 수밖에 없다. 오자서伍子胥가 오나라 군대를 끌고 와서 초나라에 복수하자 친구인 신포서申

包胥가 "아무리 아버지의 원수라 하더라도 적국의 군대를 빌려서 이럴 수가 있는가?"라고 따졌다. 이에 그는 "해는 저물고 갈 길은 멀어서"(日暮途遠) 그랬다고 평계를 대었다. 야망에 찌든 정치인은 절망적인 국면을 사리에 어긋나는 짓을 하는 구실로 삼지만, 시인은 '하릴없이 우두커니 서 있는'(空佇立) 행동을 택한다. 왜냐하면 시인에게 그것은 기실 쾌락이기 때문이다.

'굴뚝에서 피어오르는 연기'가 보이지 않는다는 말은 자신을 알아줄 사람이 보이지 않는 사실에 대한 평소 생각이 표현된 것으로 보아야 한다. 의식적 차원에서는 이 사실이 서운하게 느껴질 테지만, 원래 정말로 좋은 것은 아무도 몰래 홀로 즐기는 법이다. 이렇게 거의 절대적인 고독에 처한 사람이 오자서와 같은 행동을 취하지 않고 멍하니 서 있음은 시인으로서는 매우 특별한 경험이었으리라. 이 순간이 시로 씌었다는 것은 곧 그 짧은 순간에 영원을 사는 쾌락을 경험했음을 의미한다. 공자는 일찍이 "아침에 도를 들으면 저녁에 죽더라도 괜찮다"(朝聞道, 夕死可矣)고 말했다. 시인이 경험한 그 짧은 시간에 이미 영생이 있었기에 그에게 남이 몰라주는 서운함이나 외로움 같은 것은 눈에 들어오지도 않았다는 말이다. 춥고 배고픈 시인이나 예술가에게서 명작이 나오는 이유이기도 하다.

「세모귀남산歲暮歸南山」
    - 한 해가 저물 때 남산으로 돌아가네

北闕休上書 (북궐휴상서)
南山歸敝廬 (남산귀폐려)
不才明主棄 (부재명주기)
多病故人疏 (다병고인소)
白髮催年老 (백발최년로)
青陽逼歲除 (청양핍세제)
永懷愁不寐 (영회수불매)
松月夜窓虛 (송월야창허)

대궐 쪽으로 공문 올리는 일은 이제 그만하고,
남산 쪽에 있는 헌 초가집으로 돌아가자.
재주가 없으니 영명하신 임금님께서 버리셨고,
병치레가 많으니 벗들도 뜸해졌네.
희끗희끗한 머리칼은 나이를 재촉하여 늙어만 가고,
봄볕이 세월을 다그치매 해만 자꾸 바뀐다.
오래 담아온 근심으로 잠 못 이루는데,
소나무에 걸린 달이 밤 창문을 비우네.

　　진사 시험에 낙방한 후 맹호연은 장안에 더 머무르면서 자신을 추천해줄 고위층 인사들과 교유하고자 하였다. 이때 당시 유명 시인이었던 왕유, 장열張說 등과 교유하면서 시문을 주고받았다. 그래서 다음 시험은 틀림없이 합격할 수 있을 거라고 믿고 있었다. 그런데 예기치 못한 사건이 발생했다.

　　어느 날 왕유의 집무실에 놀러 갔는데, 현종이 갑자기 방문하였다. 관직이 없는 신분인 맹호연은 그 자리에 있으면 안 되었으므로 어쩔 수 없이 급히 침대 밑으로 들어가 숨었다. 그러나 왕유는 황제에게 거짓말을 할 수가 없어서 사실대로 고하였다. 황제가 웃으면서 "내가 그대의 명성은 일찍이 들어 알고 있으니, 어디 한 수 읊어보게"라고 하명하였다. 그래서 하는 수 없이 자기가 지어놓은 시를 읊어드렸는데, 그것이 바로 이 「세모귀남산歲暮歸南山」이다. 이 시는 오언율시로서 『평수운』의 어魚 운에 속하는 '서書'·'려廬'·'소疏'·'제除'·'허虛' 자로 압운하였다.

　　수련은 출사出仕의 뜻을 접고 낙향의 의지를 보이는 말로 시작한다. "대궐 쪽으로 공문 올리는 일은 이제 그만하고 / 남산 쪽에 있는 헌 초가집으로 돌아가자"(北闕休上書, 南山歸敝廬). 여기서 '북궐北闕'은 '대궐(임금이 사는)을 향해 북쪽으로 서 있는 모양'을, '상서上書'는 '공문을 올리는 행위'를 각각 가리킨다. 따라서 북쪽의 대궐을 향해 서서 공문 올리는 일을 '그만둔다'(休)는 말은 관직을 그만둔다는 뜻인데, 시인은 일찍이 출사한 적이 없으므로 여기서는 관직에 나아가고자 하는 노력을 포기한다는 뜻으로 읽어야 한다. 그러고는 '북궐'과 '상서'의 대척점에 있는 '남산南山'과 '폐려敝廬', 즉 '헌 초가집'으로 돌아가자고 한다. 중국 고전문학에서 남산과 헌 초가집은 출세에 실패한 지식인들이 돌아가 은거하는 삶을 상징해왔다.

함련은 자신의 외로운 삶을 자기 연민의 방식으로 묘사하고 있다. "재주가 없으니 영명하신 임금님께서 버리셨고 / 병치레가 많으니 벗들도 뜸해졌네"(不才明主棄, 多病故人疏). '명주明主'는 '현명한 임금', '고인故人'은 '친한 벗', '소疏'는 '소원해지다'라는 의미를 각각 지시한다.

함련은 '부재不才'와 '다병多病', '명주明主'와 '고인故人', '기棄'와 '소疏' 등으로 정확히 대장을 이루었다. 이는 자신의 가련한 상황을 두 가지로 짝을 맞춰서 기술한 것인데, 첫째는 가진 재주가 없어서 현명한 임금에게조차 쓰임을 받지 못하였고, 둘째는 몸이 약해 이런저런 병을 자주 앓다 보니 교유가 어려워 친구들과도 멀어졌다는 사실이다.

시인은 스스로 가진 재주가 없다고 고백하지만 기실 속마음은 회재불우에 대한 원망일 것이다. 이것을 영명한 임금조차 버렸을 정도라고 과장해서 표현했지만, 이러한 자기 연민은 자칫 자신의 재주를 몰라준 임금에 대한 원망으로 비칠 수도 있다.

그러고는 병치레가 많아서 친구들과 소원해졌다고 하였는데, 이를 실제 정황으로 짐작하자면, 출사하지 못해서 그날그날 살아가는 불우한 사람에게 교유는 큰 부담이 되었기 때문이었을 것이다. 아무리 유명 시인이라 하더라도 사람을 만나면 술을 마셔야 하는데, 여유가 없으니 병을 핑계로 술 마실 기회를 피할 수밖에 없었을 것이다. 허구한 날 얻어만 먹을 수도 없으니 말이다. 오늘날은 문화가 약간 달라지긴 했지만, 친구나 동료들 간에 술을 못 마시거나 술자리를 피하면 소외되는 게 현실이지 않은가?

경련은 이루어놓은 일 없이 세월만 흘러 덧없이 늙어감을 한탄한다.

"희끗희끗한 머리칼은 나이를 재촉하여 늙어만 가고 / 봄볕이 세월을
다그치매 해만 자꾸 바뀐다"(白髮催年老, 靑陽逼歲除). '최催' 자와 '핍逼'
자는 둘 다 '재촉하다', '다그치다'라는 뜻이다. '청靑' 자는 동쪽에서 떠
오르는 파릇파릇한 기운을 뜻하므로 '청양靑陽'은 '봄볕'을 의미한다. '세
제歲除'는 '묵은해가 사라진다'라는 뜻이다.

사람이란 바쁘게 살면 세월 가는 게 이따금 느껴지지만, 이렇다 할
만한 일 없이 고독하게 살다 보면 세월은 오히려 더 빨리 지나감을 절
감한다. 게다가 뭔가 이루어야 한다는 강박이 늘 떠나지 않고 있으니
시간에 대한 압박감이 하루가 다를 정도였을 것이다. 시인은 이것을 흰
머리칼로 묘사하였는데, 그 순서는 이러하다. '최년催年', 즉 백발이 해
를 재촉하고, 그 해는 다시 자신을 늙어가게 한다. 마찬가지로 봄볕靑陽
은 해를 재촉하고(逼歲), 그 해는 다시 묵은해를 빨리 가라고 다그친다
(逼歲除). 장강의 뒷 물이 앞 물을 밀어내며 흐르듯이, 새해는 묵은해를
쫓아내면서 흐른다는 말이다. 세월이 덧없이 흘러가는 모양을 시인은
'백발'과 '청양'의 대장으로 묘사하고 있는데, 특히 '최' 자와 '핍' 자의
조합은 긴박함을 더욱 상승시키고, '노老' 자와 '제除' 자의 짝은 늙음과
사라짐을 대비시켜서 인생의 허무함을 절감케 한다.

마지막 미련에서 근심이 절정에 이르지만 역설적이게도 쾌락으로 마
감한다. "오래 담아온 근심으로 잠 못 이루는데 / 소나무에 걸린 달이
밤 창문을 비우네"(永懷愁不寐, 松月夜窓虛). '영회수永懷愁', 즉 '오랜 기간
가슴을 억눌러온 근심' 때문에 '잠 못 이루며 뒤척일'(不寐) 때, 창문 밖
으로 뜬 달이 시인에게 빛이 되었음을 말한다. 밤의 창문은 원래 캄캄
해서 아무것도 안 보인다. 그런데 소나무에 걸린 달이 창문을 비췄는데,

시인은 이를 '비웠다'(虛)고 표현하였다. 즉 창을 비웠다는 건 캄캄함이 사라지고 아무것도 없는 공허한 상태가 되었다는 뜻인데, 이 공허함은 짓누르던 근심까지 사라져버린 마음의 빈 상태를 뜻한다. 고독의 고통으로 가득 찬 마음이 비워졌다는 건 순간 마음이 가벼워지면서 위로받음이 왔음을 말한다. 이것이 바로 시로부터 오는 쾌락이다. 따라서 이때의 '허虛'는 절망이 아니라 빛이자 위로다.

현종은 자신을 칭송하고 발라맞추는 말을 듣기 좋아하는 황제였다. 그래서 시인의 기가 막힌 표현은 보지 않고 '재주가 없으니 영명하신 임금님께서 버리셨다'(不才明主棄)라는 구절을 듣고는 엉뚱한 트집을 잡았다. "그대가 벼슬길에 오르지 못한 것을, 왜 내가 그대를 버렸다고 뒤집어씌우는가?"라며 그 자리에서 꼬집었다고 한다. 황제의 심기를 건드린 죄로 맹호연은 종남산終南山으로 돌아가 원치도 않은 은거 생활을 하게 되었다. 현종은 보라는 달은 안 보고 가리키는 손가락만 본 셈이니, 커뮤니케이션이란 오해의 연속이라는 명제가 이처럼 다시 증명되었다고 볼 수 있다.

「망동정호증장승상望洞庭湖贈張丞相」
　　－ 동정호를 바라보며 장 승상에게 드린다

八月湖水平 (팔월호수평)
涵虛混太清 (함허혼태청)
氣蒸雲夢澤 (기증운몽택)
波撼岳陽城 (파감악양성)
欲濟無舟楫 (욕제무주즙)
端居恥聖明 (단거치성명)
坐觀垂釣者 (좌관수조자)
徒有羨魚情 (도유선어정)

가을의 동정 호수는 잔잔해서
허공을 안에 품어 하늘과 하나로 섞었네.
옅은 안개가 운몽 늪을 뒤덮고 있지만
파도가 일면 악양성도 뒤흔든다네.
저기를 건너고자 해도 배와 노가 없으니
하는 일 없이 사는 것도 태평성대에 부끄러운 일.
가만히 앉아서 낚시 드리운 사람들을 바라보노라니
부질없이 남의 물고기가 부러운 마음만 드는구나.

장열張說이 현종 개원 원년에 승상에 임명되었다가 흔히 악양岳陽으로 알려진 악주岳州의 자사刺史로 좌천된 적이 있었는데, 이때 그에게 은근히 취업을 부탁하며 보낸 작품이 이 시다. 앞에 본 대로 맹호연이 우연히 현종을 만난 기회가 있었음에도 순발력 있게 발라맞추지 못해서 오히려 쫓겨나긴 했지만, 그렇다고 해서 그에게 권력자의 비위를 맞출 능력이 없는 건 아니었다. 장열에게 보낸 이 시를 보면 상대방의 마음을 잘 읽을 줄 알았던 것으로 짐작된다.

이 시는 오언율시로서 각 연 대구의 마지막 글자를『평수운』중의 경庚 운에 속하는 '평平'·'청清'·'성城'·'명明'·'정情' 자로 압운하였다.

수련은 초가을 동정호洞庭湖의 경관을 묘사하고 있다. "가을의 동정 호수는 잔잔해서 / 허공을 안에 품어 하늘과 하나로 섞었네"(八月湖水平, 涵虛混太清). 8월은 우기가 갓 지난 계절이므로 동정호는 물이 불어 수위가 높아져서 멀리 호수 건너편이 물에 잠긴 듯 잘 보이지 않았을 터인즉 이 풍경을 '팔월호수평八月湖水平', 즉 '8월의 호수가 잔잔하다'라고 묘사한 것이다. 또 호수의 수면에는 하늘이 그대로 반사되어 '함허涵虛', 즉 '허공을 품은 듯' 보이게 한다. 따라서 호수와 하늘이 구분되지 않고 하나가 된 것이니, 이것이 곧 '혼태청混太清'이다. 여기서 '태청太清'은 '맑음의 진수', 즉 '하늘'이라는 뜻이다.

함련은 동정호의 속성을 잘 나타내고 있다. "옅은 안개가 운몽 늪을 뒤덮고 있지만 / 파도가 일면 악양성도 뒤흔든다네"(氣蒸雲夢澤, 波撼岳陽城). '기증운몽택氣蒸雲夢澤'은 거대한 호수에서 피어오르는 수증기로 인해서 그 넓은 호수 일대에 언제나 옅은 안개가 끼어 있는 모양을 묘사한다. 여기서 운몽택雲夢澤이란 동정호를 포함한 주변의 넓은 늪 지역을 가리키는 말이다. 이렇게 잔잔한 호수지만, 날씨가 사나워지고 바람이 불면 그 거대한 파도가 호반에 있는 악양성을 뒤흔든다. '감撼' 자는 '흔들다'라는 뜻이다.

함련의 이 구절은 동정호의 두 가지 속성을 드러내고 있는데, 하나는 평소 잔잔할 때는 안개와 습기로써 주변을 고루 덮어준다는 사실이고, 둘째는 화가 나면 견고한 성곽도 뒤흔들 정도로 파도의 힘이 강력하다는 사실이다. 이 구절에서 동정호의 속성을 묘사한 것은 기실 장 승상의 덕성과 영향력을 은근히 추어주기 위함이었다. 다시 말해서 호수의 안개가 동정호뿐만 아니라 그 일대 운몽 지역을 뒤덮듯이 장 승상의 인자함이 만민에게 널리 미치지만, 한번 불의한 일에 성을 내면 악양성을 뒤흔들 듯 권세를 떨친다는 말이다. 앞의 「세모귀남산歲暮歸南山」에서 현종이 맹호연의 시를 듣고 삐친 것은 바로 이런 구절을 기대했기 때문이었는데, 오히려 임금이 사람을 몰라봤다고 핀잔을 들은 셈이 되었으므로 화가 나서 그를 귀양 보낸 것이다.

그리고 나서 경련은 본인의 희망을 에둘러 피력한다. "저기를 건너고자 해도 배와 노가 없으니 / 하는 일 없이 사는 것도 태평성대에 부끄러운 일"(欲濟無舟楫, 端居恥聖明). '주즙舟楫'은 '배와 노'를, '단거端居'는 '단정한 자세로 지내다'를 각각 뜻한다. '성명聖明'은 '성군이 다스리는 공명한 시대'라는 뜻이다.

여기서 시인이 이 거대한 동정호를 건너가고 싶다는 것은 동정호 같은 인물인 장 승상에게로 다가가고 싶다는 뜻을 넌지시 건네는 말이다. 그런데 배와 노가 없어서 안타까울 따름이다. 시인은 '단정한 자세로 살아간다'(端居)라고 표현했지만, 실은 취직하지 못한 채 일 없이 사는 백수의 삶을 가리킨다. 속세를 초월한 사람이라면 모르지만, 벼슬을 구하는 자가 성군이 재위하는 태평성대에도 자리 하나 받지 못하고 있다면 이는 부끄러운 일이다. 여기서 '성명聖明', 즉 성군이 다스리는 태평성대라고 표현하였지만, 기실 이는 장 승상의 공적임을 은근히 드러낸다. 승상께서 만든 태평성대의 덕을 내게도 좀 나누어달라는 간곡한 뜻이니, 현종의 미움을 사지 않았더라면 아마 장 승상도 자리 하나 마련해주지 않을 수 없었으리라.

경련은 대장을 구성해야 하는데, '욕제무주즙欲濟無舟楫'과 '단거치성명端居恥聖明'은 기실 산뜻하게 서로 어울리지 않는다. 이는 일부러 읽는 사람의 주의를 끌기 위한 소극적 대장으로 보인다. '욕제欲濟'를 통해 동정호를 적극적으로 건너가고자 하는 의욕을 나타냄으로써, '단거端居'가 그냥 할 일 없이 가만히 있는 것만은 아니라는 사실을 드러내준다. 또한 인재에게 배와 노가 없다는 '無舟楫'도 한 번 더 뒤집어보면 '恥聖明', 즉 태평성대라는 이름에 부끄러운 흠이 될 수 있음을 암시하는 일종의 중의적인 수사법이라고도 볼 수 있다.

아무튼 함련과 아울러 이 경련의 표현을 현종이 들었더라면 매우 기분이 좋았을 것이다. 자신의 쓰임받지 못함이 사회적 책임이 아닌 자신의 부족함에서 비롯되었다고 겸손해하면서 황제의 자비를 구하는데 들어주지 않을 수 없었으리라.

미련에서 시인은 호숫가에서 낚시질하는 사람들을 그리면서 거기에 자신의 강렬한 의지를 투사한다. "가만히 앉아서 낚시 드리운 사람들을 바라보노라니 / 부질없이 남의 물고기가 부러운 마음만 드는구나"(坐觀垂釣者, 徒有羨魚情). '수조垂釣'는 '낚싯줄을 드리우다'라는 뜻이다. '도徒'

자는 '헛되이', '다만'을 뜻하므로 '도유섬어정徒有羨魚情'은 '부질없이 남의 물고기를 부러워하는 마음만 생긴다'라고 풀어야 한다. '유有' 자는 존재의 출현을 의미하므로 불현듯 물고기를 부러워하는 마음이 생겨났다는 뜻이 된다.

여기서 물고기를 부러워하는 마음은 두 가지로 해석할 수 있다. 선망의 대상은 물고기를 잡는 낚시꾼일 수도 있고, 그가 잡은 물고기일 수도 있다. 전자라면 공을 세울 수 있는 관직에 있는 사람을, 후자라면 공적 자체를 각각 상징한다고 볼 수 있다. 물고기란 낚시 도구만 주어진다면 얼마든지 낚을 수 있는 대상이므로, 그가 부러워한 것은 그런 기회가 주어지는 자리라는 말이다. 투견 게임에서 자기 개가 이기게 하려면 그냥 놓아버리면 안 되고, 뛰쳐나가려는 개의 목줄을 한껏 쥐고 있다가 투지가 충만해졌을 때 순간적으로 놓아야 한다. 시인은 이러한 원리를 알기에 그 강렬한 의지를 낚시꾼에게 투사하여 보여준 것이다.

이 시는 오늘날의 개념으로 보자면 일종의 자기소개서와 같다고 말할 수 있다. 요즘의 자기소개서는 작은 재주라도 크게 불리는 침소봉대나 상대방에게 너무 적나라하게 아첨하는 글이 대세를 이루고 있다면, 이 시는 겸손함을 유지하는 가운데 상대방을 은근히 추어주면서 자신의 강렬한 의지를 격조 높게 피력하고 있다.

이처럼 맹호연은 현종과의 조우에서 보인 것처럼 외곬인 면만 있는 게 아니라 윗사람의 비위를 맞춰야 할 때는 적당히 맞춰줄 줄도 알았다. 만일 현종 앞에서 이 시를 읊었더라면 그의 운명은 바뀌지 않았을까? 그러나 일이 꼬이려니까 이런 시가 제때 나오지 않은 게 아쉬울 뿐이다. 속담에 "도둑맞으려면 개도 안 짖는다"라고 하지 않았던가?

「곡맹호연哭孟浩然」
– 맹호연의 죽음을 슬퍼하며 곡하다

故人不可見 (고인불가견)
漢水日東流 (한수일동류)
借問襄陽老 (차문양양로)
江山空蔡州 (강산공채주)

내 벗은 만날 수 없어도
한수는 날마다 동으로 흐르네.
대답 좀 해보오, 양양 영감은 어디 계신가?
이 강산에 채주만 사라졌네.

성당盛唐 시기의 시인이자 화가인 왕유(701~761)는 자가 마힐摩詰이고 포주蒲州에서 태어났지만 보통 하동河東 사람으로 통한다. 개원 연간에 진사에 급제하여 관직이 급사중給事中에 이르렀다. 안녹산의 반군이 장안을 장악했을 때 관직을 받았기에 난이 평정된 후 태자중윤太子中允으로 강등되었다. 나중에 상서우승尚書右丞에 제수되었으므로 왕 우승으로도 불렸다. 만년에 남전藍田의 망천輞川에 살면서 벼슬도 살다가 은거도 하는 유유자적한 생활을 영위하였다. 그는 전원시와 산수시를 잘 지었고 서화도 잘 그렸다. 그는 불교에 심취하였으므로, 그의 시는 정교한 사물 묘사를 통하여 영적인 감성을 은근히 자아내는 특성을 보인다.

이 시는 자신과 더불어 왕맹王孟으로 병칭되던 친구 맹호연이 죽자 그의 죽음을 애석해하며 지은 작품이다. 오언절구로서 『평수운』 중 우尤 운에 속하는 '류流' 자와 '주州' 자로 압운하였다.

"내 벗은 만날 수 없어도 / 한수는 날마다 동으로 흐르네"(故人不可見, 漢水日東流). '고인故人'은 '오래 사귄 친구', '일日'은 '날마다'라는 의미를 각각 지닌다. '한수'는 장강의 가장 긴 지류로서 섬서성 남부와 호북성을 지나 무한武漢에서 장강에 합류한다.

친구의 부재를 슬퍼하는 기구에 이어서 승구는 변함없이 동으로 흐르는 한수를 그리고 있는데, 이는 강물의 무심함을 탓하기보다는 강산처럼 변치 않는 세계에 틈이 생겨 불안한 마음을 표현한 것으로 보인다. 한유韓愈는 일찍이 「송맹동야서送孟東野序」에서 "무릇 사물은 자신의 평정을 얻지 못하면 소리 내어 웁니다"(大凡物不得其平則鳴)라고 하였다. 안정된 상태의 사물에 균형이 깨지면 넘어지거나 갈라지면서 소리를 낸다는 뜻인데, 사람도 마음의 균형이 무너지면 거기서 한탄이나 울음이 나옴으로써 문학의 씨앗이 나온다는 말이다. 맹호연의 고향인 양양이 한수가 매일 동으로 흐르듯 변함없는 곳이었는데, 그가 사라지니까 세계의 평형이 깨져서 마음이 불안해졌다. 이 불안한 마음이 시인이 이 시를 쓰게 된 동기였으리라.

"대답 좀 해보오, 양양 영감은 어디 계신가? / 이 강산에 채주만 사라졌네"(借問襄陽老, 江山空蔡州). '차문借問'은 원래 '뭣 좀 물어봅시다'라는 일상어지만, 여기서는 '대답 좀 하시오'라고 번역하였다. '양양'은 맹호연의 고향이므로 '양양로襄陽老'는 그를 친근하게 부르는 호칭으로 쓰였고, '채주蔡州'는 맹호연의 고향 일대를 광범위하게 가리키는 이름이다.

원래 없는 사물의 존재는 인식되지 않아도 호명함으로써 대상으로 인식되기도 하지만, 있던 사물의 부존재를 호명하면 그 부존재의 크기가 더 커진다. 그래서 떠나간 사람의 이름을 부르면 부를수록 그리움이 더 커지게 마련이다. 되돌릴 수 없는 이별이라면 남은 사람이 살기 위해서라도 더는 떠난 이의 이름을 부르지 않는 게 이롭다. 옛날에는 죽은 사람의 이름을 휘諱, 즉 입에 올리지 않는 관습이 있었는데, 이름을 자꾸 입에 올리면 죽은 이가 떠나지 못하니까 그런다고 말하지만, 근본적인 이유는 남은 사람들의 슬픔이 커지기 때문이다.

시인이 일상적인 이름으로 친구를 찾는 것은 호명 뒤에 느껴지는 애틋한 슬픔 때문이다. 이 슬픔은 친구에 대한 죄책감을 씻기 위함이라고도 볼 수 있다. 재주가 뛰어난 인재였음에도 친구인 자신이 뭣 하나 제대로 도와준 것도 없으니 늘 죄책감에 사로잡혀 있었으리라. 이제 떠난 친구를 위해 할 수 있는 일이 전혀 없어졌으니, 그 회한을 씻을 길은 자신에게 슬픔의 고통으로 형벌을 가하는 수밖에 없을 것이다.

원문 '江山空蔡州강산공채주'는 문법적으로 존재를 나타내는 이른바 존현문存現文이다. 주어인 '강산江山'의 자리는 존재의 대상이 처한 장소를 나타내고, 그 바로 뒤에 존재의 유무를 나타내는 동사가 온다. 그리고 마지막 목적어의 자리에 존재의 대상, 즉 '채주蔡州'가 온다. 따라서 직역하자면 '강산에서 채주가 사라졌다'가 된다. 다시 말해서 강산은 그대로인데, 거기서 채주만 빠졌다는 것이다. 여기서 채주는 이미 설명하였듯이 맹호연의 고향 일대를 광범위하게 가리키는 이름이지만, 실은 맹호연을 지시하는 비유다. 이것을 환유라고 부르는데, 일반적으로 환유는 어떤 사물로써 그보다 더 크고 광범위한 대상을 가리키는 경우가 많지만, 여기서는 반대로 맹호연의 고향인 양양보다도 큰 채주로써 개별자 맹호연을 지시하고 있다. 이렇게 표현하면 아무리 강산이 그대로라도 채주가 통째로 사라져버렸으니 그 강산의 존재가 의미 있을 리가 없다. 블록 쌓기 게임처럼, 변치 않을 것 같던 세계가 친구 하나가 빠짐으로 인해서 한꺼번에 무너져 내린 것이다. 시인 맹호연의 죽음을 애도함과 아울러 그의 존재를 평가하려 할 때 이보다 더 크게 묘사할 수 있을까? 그것도 이처럼 기교 없는 통속적인 언어로써 말이다.

「송 원이사안서送元二使安西」
- 안서로 출장 가는 친구 원이를 배웅하며

渭城朝雨浥輕塵 (위성조우읍경진)
客舍青青柳色新 (객사청청류색신)
勸君更盡一杯酒 (권군경진일배주)
西出陽關無故人 (서출양관무고인)

위성의 아침 비가 가벼운 먼지를 촉촉이 적시니
객사는 온통 푸릇푸릇해지고 버드나무 빛은 싱그럽네.
그대에게 권하노니 한 잔 더 비우시게나
이제 서쪽으로 양관을 나가면 친한 벗이 없을 테니 말일세.

이 시는 칠언절구로서 『평수운』의 진眞 운에 속하는 '진塵'·'신新'·'인
人'으로 압운하였다. 제목인 '송원이사안서送元二使安西'에서 '사使'는 '황
제의 명을 받아 출장을 간다'라는 뜻이고, '안서'는 오늘날의 신강新疆
쿠차庫車에 있던 안서도호부安西都護府를 가리킨다. 참고로 안동安東도
호부는 원래 고구려 멸망 후 평양에 두었지만 신라가 반발하자 요동으
로 옮겼다. 그러니까 서쪽 변경 지역으로 출장 가는 친구를 송별하면
서 지은 시인데, 그 시기는 대략 안사의 난 이전으로 추정된다. 이 시를
나중에 사람들이 송별할 때 자주 낭송하게 되자 어떤 작곡가가 여기에
곡을 붙였다. 그것이 〈양관삼첩陽關三疊〉, 또는 〈위성곡渭城曲〉이라고 불
리는 노래다.

기·승구는 송별이 이루어지는 장소, 위성渭城의 모습을 마치 풍경화
를 그리듯 묘사한다. "위성의 아침 비가 가벼운 먼지를 촉촉이 적시니 /
객사는 온통 푸릇푸릇해지고 버드나무 빛은 싱그럽네"(渭城朝雨浥輕塵,
客舍青青柳色新). 위성은 원래 진나라 수도였던 함양咸陽의 옛 성인데 한
나라 때 이 이름으로 바꿨다. 이곳은 장안 일대에 사는 사람들이 서역
으로 가는 여행자를 배웅할 때 따라와서 하룻밤을 자고 아침에 송별하
는 장소였다. 그래서 주위에 큰 역참을 비롯하여 여행자를 위한 상점과
객사, 즉 여관이 많았고 당연히 사람과 말로 북적거렸다. 가뜩이나 비가
적은 지역인데 사람과 말이 북적이니 위성엔 언제나 먼지가 날렸고 주
위 건물이나 나무에는 먼지가 뿌옇게 쌓여 있었다.

이러한 상황에서 아침에 비가 잠시 내려 먼지를 씻어내고 해가 떴다
면 그 상큼한 기분은 충분히 상상할 수 있다. 여기서 '읍浥' 자는 물로
적셔서 씻어냈다는 뜻이다. 시인은 이런 기분을 그려내면서 그리 어려

운 글자를 쓰지 않았다. '위성조우渭城朝雨'는 그저 '위성의 아침 비'이
고 '읍경진浥輕塵'은 '가벼운 먼지를 적셨다'라는 평상적 의미에 지나지
않는다. 그런데도 이를 읽는 이는 상큼한 이미지를 스스로 떠올린다.

첫 구절의 이미지는 다음에 이어지는, 역시 아주 평이한 '객사청청류
색신客舍青青柳色新'의 광경을 선명하게 만들어준다. '객사청청'이란 비
가 내린 다음 여관 주위가 푸릇푸릇한 빛을 발하였다는 뜻인데, 이는
'류색신', 즉 버드나무 잎이 싱그러워졌기 때문이다. 중국에서는 예로부
터 이별할 때 버드나무 가지를 꺾어주는 관습이 있었다. 버드나무, 즉
수양버들은 나뭇가지가 연해서 약한 바람에 한들거리는 속성이 있는
데 이것을 중국어로 '이이依依'라고 말한다. 친밀한 사람들이 헤어지는
게 아쉬워 마주 잡은 손을 놓았다가는 다시 잡고 하는 모양이 마치 수
양버들과 같다고 하여 이 역시 '이이'라고 표현한다. 그래서 버드나무는
중국에서 이별의 상징이 되었다. 유우석劉禹錫이 시 「양류지楊柳枝」에서
"장안의 밭두렁에 무수히 많은 나무가 있지만 / 오로지 수양버들만이
사람들의 이별을 걱정해주네"(長安陌上無窮樹, 唯有垂楊綰別離)라고 읊을
정도이니 그 상징성을 가히 짐작할 만하다.

여기서 우리가 눈여겨볼 부분이 '신新'이라는 말이다. 이 글자를 『설
문해자』에서는 "(도끼로) 나무를 취하다"(取木也)라고 해설하였는데, 이는
나무를 도끼로 베면 그 벤 면에 본래의 모습이 나타나는 사실을 말한
다. 다시 말해서 '새것'이란 전에 없던 것이 나타나는 게 아니라 이미 있
던 것이 어떤 계기를 얻어 본래의 모습으로 돌아간 것이라는 뜻이다. 그
래서 이를 해설한 단옥재段玉裁는 "밭이 1년 지난 것을 '치菑'(묵정밭 치)
라 하고, 2년 지난 것을 '신新'이라 한다"고 부연 설명하였다. 즉 밭이란

2년은 지나야 밭의 면모를 갖춘다는 뜻이다. 따라서 이 시의 '신新' 자도 새로 나온 잎을 지칭하는 게 아니라, 이미 나온 잎이었는데 그 위에 쌓인 먼지가 비에 다 씻겨 내려가 본래의 싱그러운 면모로 돌아왔음을 가리키는 말이 된다.

이러한 '신' 자의 개념에서 우리는 다음과 같은 시인의 마음을 유추해볼 수 있다. 친구란 너무나 익숙한 나머지, 관계가 오래되면 오히려 무심해지는 역설이 일어난다. 친구 사이의 갈등은 이러한 무심함에서 비롯되는 경우가 많다. 이 갈등이 계기가 되어 친구의 본래 모습으로 되돌아가곤 하는데, "비 온 뒤에 땅 굳는다"는 속담은 이를 가리킨다. 친구와의 이별 또한 그 계기가 된다. 시인은 친구가 가까운 데 있을 때는 의식되지 않던 감정이 이별할 때 새삼스럽게 우러나오는 걸 느끼고 위성의 아침 비에 씻긴 버드나무가 새삼 싱그럽다고 표현하였을 것이다.

우정에 울컥해진 시인이 지금 그에게 할 수 있는 것은 함께 술을 나눔으로써 이 진실한 마음을 가능한 한 마지막 시간까지 누리는 것이다. 그래서 전·결구에서 시인은 "그대에게 권하노니 한 잔 더 비우시게나 / 이제 서쪽으로 양관을 나가면 친한 벗이 없을 테니 말일세"(勸君更盡一杯酒, 西出陽關無故人)라고 읊는다. 석별의 아쉬움이니 이별의 아픔이니 하는 말들이 겉으로는 고통처럼 보이지만 기실은 일종의 쾌락이다. 사람이 진실에 다가갔다고 여길 때가 바로 아르키메데스가 '유레카'를 외칠 때처럼 가장 기쁜 쾌락의 순간이 아닐까? 내가 친구와의 우정을 확인하고 울컥하는 순간, 우리는 술로써 이를 영원히 동결하고 싶어 한다. 이러한 이별의 쾌락이 이제 끝에 다다랐다는 생각에 미치면 쾌락의 극과 함께 슬픔이 도래한다. 이 슬픔을 떨치려면 '한 잔 더 비워야 한다'(更盡一

杯酒). 그래야 쾌락의 기한을 더 연기할 수 있을 것이기 때문이다.

시인은 한 잔 더 비워야 하는 이유를 '이제 서쪽으로 양관을 나가면 친구가 없어서'라고 말한다. 양관은 오늘날 감숙성 돈황敦煌 서남쪽에 있는 관문이고, 서역으로 여행하려면 반드시 이곳을 통과해야 한다. 따라서 양관은 문명과 야만, 다시 말해서 익숙한 곳과 전혀 낯선 곳의 경계가 되는 곳이다. 시인은 양관의 서쪽에는 친구, 즉 '고인故人'이 없다고 말한다. 그렇다면 '고인'은 무엇인가? '故' 자를 『설문해자』에서는 '옛 고古' 자와 '두드릴 복攵' 자의 합성자로 보고 '사위지야使爲之也'라고 풀이하였다. 이것은 '~이 되게 하다', '~을 하게 하다'라는 뜻인데, 말하자면 익숙한 옛것을 두드려 다른 것으로 변화시켜준다는 의미가 된다. 그래서 익숙한 것에 변화가 생긴 것을 '사고事故'라고 부른다. 친구란 이처럼 매너리즘에 빠져 처음의 마음을 잊은 '나'를 두드려 깨워서 처음으로 돌아가게 해주는 사람이다. 이런 중요한 사람이 잠시 서로 떨어져 있음은 안타까운 현실이다.

물론 안서 땅에 가도 사람은 있다. 그러나 그들은 생면부지의 낯선 사람들이어서 서로 예의로써 대할 뿐, 상대방의 변화에 관해서는 관심이 없다. 술을 마셔도 예의가 흐트러지지 않도록 긴장해야 하니, 거기에 울컥하는 감동이 있을 수 없다. 그러니까 양관을 나서기 전에 이 감동을 한껏 누려보자는 게 시인의 생각이었으리라. 남북조 심약沈約의 「별범안성別范安成」에 "겨우 술 한 잔이라고 말하지 마시게 / 내일 이 잔을 다시 들기 어려울 수도 있다네"(莫言一樽酒, 明日難重持)라는 구절이 있다. 지금의 이 술 한 잔이 주는 짧은 쾌락의 가치를 함께 중시하였다는 점에서 아마 시인은 심약의 저 시에 영향을 받았을 것으로 짐작된다.

「고풍古風」기십其十
- 옛날 시의 분위기로 쓴 59수 (열 번째 시)

齊有倜儻生 (제유척당생)
魯連特高妙 (노련특고묘)
明月出海底 (명월출해저)
一朝開光曜 (일조개광요)
卻秦振英聲 (각진진영성)
後世仰末照 (후세앙말조)
意輕千金贈 (의경천금증)
顧向平原笑 (고향평원소)
吾亦澹盪人 (오역담탕인)
拂衣可同調 (불의가동조)

제나라에 호방하고 기개 높은 선비가 있었으니
노중련이라 하는 그분은 홀로 고답적이고 오묘하였다네.
마치 명월주가 바다 밑에서 나와서
일시에 빛살을 뿜어내는 듯하였지.
진나라 군대를 물리치고 조나라를 구한 일로 명성을 떨쳐
후세 사람들이 그 빛의 여운을 추앙한다네.

고맙다고 보낸 천금도 가벼이 여기고는
평원군에게 고개를 돌려 웃고 말았네.
나도 담백하고 욕심 없는 사람이니
옷을 훌훌 털고 그의 삶에 동참할 수 있겠노라.

이백(701~762)은 자가 태백太白이고 호는 청련거사靑蓮居士로서 그의 조부가 농서隴西 성기成紀 사람으로 알려져 있다. 낭만주의적인 시풍으로 인하여 시선詩仙으로 불리었고, 시성詩聖으로 불리던 두보와 함께 이두李杜로 병칭되었다.

그는 20세에 촉 땅을 나와 남으로 동정호와 상강湘江, 동으로 오나라와 월나라 등지를 유람하고 다녔다. 가는 곳마다 친구를 사귀고 현지의 유명 인사들을 찾아 인사하면서 그 인맥으로 버젓한 벼슬자리를 얻어 자신의 포부를 펴보려 했다. 10년을 그러고 다녀도 뜻이 이루어지지 않자 다시 북으로 태원太原과 장안, 동으로 제나라와 노나라 지역을 돌아다녔다. 이 시기에 명시를 많이 창작하였고 이에 따라 이름이 천하에 알려지게 되었다. 천보 원년(742)에 오인균吳人筠의 추천으로 현종에게서 한림학사翰林學士를 제수받았다. 그러나 고관대작들의 시기와 질투 탓에 천보 3년(744)에 파직되어 장안에서 쫓겨났다. 안사의 난 발발 후 756년에 그는 영왕永王 이린李璘의 막료로 들어갔다가 그의 반란 사건에 엮여 투옥되었다. 그후 야랑夜郎으로 유배 가는 도중에 사면받았는데 이때 지은 시가 저 유명한 「조발백제성朝發白帝城」이다. 이때 그의 나이가 59세였다. 그러고 나서 강남을 떠돌아다니다가 61세 되던 해에 작은아버지인 이양빙李陽冰에게 몸을 의지하였지만, 그해 11월에 병으로 죽었다.

그는 젊어서부터 폭넓게 공부하여 유가 경전은 말할 것도 없고 고대의 문사文史 명저와 제자백가를 섭렵하였고, 특히 도가를 숭상하여 은거와 신선에 관심이 많았다. 「여한형주서與韓荊州書」에 자기소개를 하면서 15세에 검술을 좋아했다고 쓴 것을 보면 혈기 왕성한 의협 청년이기도 했음을 알 수 있다.

이 시는 이백의 초기 작품이다. 「고풍」이라는 제목으로 쓴 59수 가운데 열 번째 시로서 일반적으로 삼국 시기 완적阮籍의 「영회82수咏懷八十二首」와 초당 진자앙陳子昂의 「감우38수感遇三十八首」의 전통을 이은 작품이라고 말하지만, 기실은 제목의 '고풍'이라는 말이 가리키듯이 동한 말에 나온 「고시십구수古詩十九首」의 형식과 풍모를 재현하려는 의지가 담긴 작품이라고 보는 게 옳다. 이를테면 첫 구절인 "齊有倜儻生제유척당생, 魯連特高妙노련특고묘"는 「고시십구수」의 첫 구절인 "西北有高樓서북유고루, 上與浮雲齊상여부운제", 즉 '서북쪽에 높은 누각이 있으니 / 꼭대기의 높이가 뜬구름과 맞먹더라'와 빼닮았다. 「고시십구수」는 한나라 말기의 사회 현상에 환멸을 느낀 지식인이 그 고통을 소박한 언어로 표현하였기에 젊은 이백이 이를 재현하고 싶은 욕망이 충분히 있었을 것이다.

첫 구절은 노련魯連이라는 선비가 어떤 사람인지부터 제시한다. "제나라에 호방하고 기개 높은 선비가 있었으니 / 노중련이라 하는 그분은 홀로 고답적이고 오묘하였다네"(齊有倜儻生, 魯連特高妙). 노련(약 B.C. 305~약 B.C. 245)은 전국 말 제나라 사람으로서 사람들은 그를 존중하여 노중련자魯仲連子 또는 노중련魯仲連이라 불렀다. 그는 탁월한 지략가였으나 관직을 받지 않고 고답적인 선비로 살았다. 그가 조나라에서 살 때 진나라 군대가 수도인 한단을 포위하였다. 조나라 임금이 위魏나라에 구원병을 요청했으나, 위나라는 이를 거절하고 책사인 신원연辛垣衍만 보냈다. 그는 조나라 공자인 평원군平原君에게 진나라 임금이 원하는 것은 자신을 제帝로 불러달라는 것이므로 그렇게 해서 돌려보내라고 조언하였다. 평원군이 난처해하자 노중련이 자신이 설득하겠다며 신원연을 만났다. 그는 진나라 임금을 제로 받들면 어떻게 될지를 역사적 사실을 거론하며 설득하였다. 이에 신원연이 크게 분개하며 자신이 위나라로 돌아가 임금을 설득하겠다고 다짐하였다. 과연 이 이야기를 들은 위나라 공자 무기無忌가 군대를 이끌고 조나라로 향하자 진나라 군대는 한단의 포위를 풀고 철수하였다. 평원군이 노중련에게 감사의 잔치를 베풀어주는 자리에서 천금을 상급으로 주었으나, 그는 거절하며 이렇게 말하였다. "훌륭한 선비가 천하 사람들에게 존경받는 것은, 그가 그들의 환난과 분쟁을 해결해주고 그 대가를 받지 않기 때문입니다. 이것을 받는다면 제가 거래를 한 셈이 되므로 저는 그렇게 하지 않으렵니다." 이렇게 말하고는 조나라를 떠나서 다시는 돌아오지 않았다고 한다.

이러한 역사적 배경에서 시인은 그를 '척당倜儻'이라고 표현했는데, 이는 '뜻이 크고 기개가 있음'을 뜻하는 말이다. '생生' 자는 '학식은 있으나 벼슬하지 않은 선비'를 가리키는 말이다. 그리고 '고묘高妙'는 범인들이 이해하기 어려울 정도로 고답적이면서도 현실의 문제를 기가 막힌 명분과 논리로 해결하는 능력을 갖추고 있다는 뜻이다. '특特' 자는 '獨'(홀로 독) 자와 같은 글자로서 '홀로 우뚝'이라는 뜻을 나타낸다.

노중련의 이러한 인품을 시인은 다음 구절에서 이렇게 묘사한다. "마치 명월주가 바다 밑에서 나와서 / 일시에 빛살을 뿜어내는 듯하였지"(明月出海底, 一朝開光曜). '명월明月'은 컴컴한 밤에도 빛을 발한다는 이른바 '야광주夜光珠' 또는 '야명주夜明珠'를 뜻한다. 『회남자淮南子』「설산훈說山訓」에 고유高誘의 "구슬에는 밤에 빛나는 명월주가 있는데, 이는 방합조개에서 나온다"(珠有夜光明月, 生於蚌中)라는 주가 보인다. '일조一朝'란 '단번에'라는 뜻으로, 오랜 기간 바다 밑에 가두어져 있던 빛살(光曜)이 밖으로 나와서 한꺼번에 발산되는 모양을 묘사하는 말이다. 스스로 빛을 낸다고 하는 야광주는 컴컴한 환경일수록 더욱 밝게 빛을 발한다. 전국 말 질서가 무너진 혼란한 시대에 노중련의 곧은 기개와 호방함은 암울한 사회에 큰 빛과 희망이 될 수밖에 없었을 것이다.

시인은 스무 살에 고향을 떠나 자신을 알아줄 사람을 찾아 강남과 동오東吳 지역을 돌아다녔다. 관직에 나아가려면 과거에 응시해야 하겠지만, 글재주가 뛰어나고 패기 넘치는 시인으로서는 범인들과 앉아서 세속적인 글쓰기를 겨루는 게 영 마뜩잖았기 때문이리라. 그런 시험으로는 자신의 재주를 한껏 발휘할 수 없으므로 이를 알아볼 수 있는 사람에게 발탁되는 게 그나마 가장 효과적이라고 본 것이다. 당시 명망가인 한조종韓朝宗에게 자신을 추천해달라고 쓴 일종의 자기소개서인 「여한형주서與韓荊州書」에 이런 마음이 잘 나타나 있다. 그런데 아무도 자신을 알아주는 호방한 사람이 나서지 않자 시대를 한탄하며 기개 높은 선비인 노중련 같은 위인의 출현을 더욱 갈망하였을 것이다.

이러한 갈망은 다음 연에서 그에 대한 다음과 같은 찬미로 나타난다. "진나라 군대를 물리치고 조나라를 구한 일로 명성을 떨쳐 / 후세 사람들이 그 빛의 여운을 추앙한다네"(卻秦振英聲, 後世仰末照). '각진卻秦'은 '진나라를 물리쳤다'는 뜻이고, '진영성振英聲'은 '영웅적인 명성을 떨쳤다'는 뜻이다. '말조末照'는 서산으로 해가 떨어진 후 산 뒤편에서 약하게 비추는 잔광을 의미한다. 노중련이 탐욕스러운 진나라의 의도를 저지하고 문약한 조나라를 구한 업적은 당대에 그치지 않고 후대까지 이어져 약하나마 사람들에게 희망의 빛이 되어왔음을 '그 빛의 여운을 추앙한다'(仰末照)라고 표현한 것이다.

여기서 우리는 한 가지 짚고 넘어갈 일이 있다. 전국 말 진나라가 패권을 차지하기 위해서 육국을 침략한 건 사실이지만 다른 나라들은 그럴 마음이 없었을까? 왜 진나라의 통일 의지에만 탐욕이라는 프레임을 씌우는 걸까? 노중련이 진나라를 물리쳐서 조나라를 구함으로써 명성을 떨치고 훗날에까지 사람들에게 추앙받았다는 사실에는 분명히 그들의 무의식 안에 진나라는 폄훼하고 조나라는 친근히 여기는 정서가 있기 때문일 것이다. 그 정서의 본질이 무엇일까?

진나라에 대한 폄하는 기실 주변의 비주류가 중원의 주류를 지배했다는, 받아들일 수 없는 사실에 대한 원한에서 비롯되었다고 봐야 한다. 주나라를 중원의 중심이라고 볼 때 서쪽에 치우쳐 있는 진나라는 변방의 미개한 나라에 불과하고, 실제로도 주나라 때부터 후진국으로 취급받아왔다. 그러다가 춘추오패 중의 한 사람인 진 목공 이후 국세가 일어나 전국 말 진왕 영정嬴政에 이르러 천하를 통일하게 된다. 변방의 비주류가 중원의 주류를 지배하는 사건은 여기에 그치지 않고 남북조와 당조唐朝에까지 이른다. 따라서 비주류에 대한 원한은 매우 오래되었을 뿐 아니라, 이러한 원한을 가진 사람들은 언젠가는 중원의 영웅이 나타나 주변을 지배할 것이라는 희망을 늘 품고 있었다.

특히 주나라에 인접한 조나라는 당시 중원 문화의 중심지였다. 『장자』「추수秋水」편에 '한단학보邯鄲學步'라는 성어가 나오는데, 당시 주변 나라의 젊은이들이 조나라의 수도인 한단에 가면 그곳 멋쟁이들의 걸음걸이를 배우는 게 유행이었다는 뜻이다. 또한 이사李斯의 「간축객서諫逐客書」에서 "세련된 멋을 내면서도 우아하고, 아름다우면서도 정숙하게 꾸민 조나라 여인들이 폐하의 옆에 서 있지 않을 것입니다"(隨俗雅化佳冶窈窕趙女, 不立於側也)라는 구절을 참조하면, 당시 조나라는 중원을 대표할 만한 첨단 문화의 도시였음을 짐작할 수 있다. 유가儒家에서는 비록 정나라, 위나라 등과 함께 속되다고 폄훼하기는 했지만, 오히려이는 당시 사람들이 모두 부러워하는 대중문화의 중심지였음을 증명하는 근거가 된다. 따라서 '각진구조卻秦救趙', 즉 진나라를 물리치고 조나라를 구원했다는 사실은 중원의 정통성을 지켰다는 명분을 충분히 가질 수 있다. 이러한 배경을 알아야 후대인들이 '그 빛의 여운을 추앙한다'(仰末照)라는 표현을 이해할 수 있다.

노중련이 추앙받는 이유 중에서 그가 특히 감복한 부분을 다음과 같이 묘사한다. "고맙다고 보낸 천금도 가벼이 여기고는 / 평원군에게 고개를 돌려 웃고 말았네"(意輕千金贈, 顧向平原笑). 앞서 말한 대로 평원군이 고마움의 표시로 천금을 주었으나 사양한 사건을 가리키는데, 여기서 '의意' 자는 '~라고 여기다'라는 뜻이다. 노중련이 조나라를 구해준 것은 대가를 바라서가 아니고, 사람들이 옳다고 여기는 가치가 흔들릴 위기에 빠졌기에 이를 되돌리기 위한 일을 했을 뿐이라는 것이다. 그러므로 그는 웃음으로 거절하고 떠나서는 다시 돌아오지 않을 수 있었다. 예나 지금이나 사람은 물질로는 쉽게 움직이지만, 가치를 위하여 움직이기는 쉽지 않다. 이러한 호방함에 젊은 시인은 감복하고 그의 삶을 따르기로 하면서 다음 연과 같이 읊는다.

"나도 담백하고 욕심 없는 사람이니 / 옷을 홀홀 털고 그의 삶에 동참할 수 있겠노라"(吾亦澹盪人, 拂衣可同調). 여기서 '담탕澹盪'이란 '호탕하다'·'호방하다'라는 뜻이고, '불의拂衣'는 '옷을 홀홀 털다'라는 뜻으로 자신의 것을 미련 없이 떨쳐버리고 어떤 일에 몸을 바친다는 의미다. '동조同調'는 원래 '다른 사람의 가락에 같이 맞춘다'라는 뜻이므로 '다른 사람의 의지에 뜻을 같이한다'라는 의미가 된다. 이 구절은 시인 자신도 호방한 사람이므로 물질에 얽매이지 않고 가치를 위해 자신의 것을 미련 없이 버리고 노중련의 삶에 동참하리라는 의지를 드러낸다.

어떤 뜻 있는 가치에 몸을 바치려는 각오는 성격이 호방하다고 해서 가능한 것은 아니다. 『성경』 「마가복음」(10:21)에 보면 영생을 얻고자 하는 사람에게 예수가 이르기를 "가서 네게 있는 것을 다 팔아 가난한 자들에게 주라 그리하면 하늘에서 보화가 네게 있으리라 그리고 와서 나를 따르라"라는 구절이 있다. 「누가복음」에는 그가 재물이 많은 사람이라서 근심하였다는 구절이 추가되어 있다. 이처럼 가치를 추구하려면 물질을 포기해야 하는데 이게 생각처럼 쉬운 게 아니다. 당시 시인은 호방한 성격에다가 젊은이라서 가진 게 없으므로 상대적으로 쉬웠을 수는 있겠다.

혹자는 진나라를 물리치고 조나라를 구하는 일이 오늘날 중화주의의 원조가 아닌가 하는 의구심으로 이백을 비난할지도 모르겠다. 노중련의 행동을 굳이 이데올로기적이라고 우긴다면 그럴 수도 있겠지만, 가치란 궁극적으로 믿음이고 이는 시대정신을 반영한다. 다시 말해서 당시로서는 그것이 가장 시급히 해결해야 할 당면 과제였다는 뜻이다. 물질에 경도되어 노중련의 말대로 '거래'만을 추구하고 가치에 승복할 줄 모르는 감수성의 결여가 오히려 더 큰 비난의 대상이 아닐까? 현대의 분석적인 지적 방법으로도 풀 수 없는 진실의 문제를 당시에 적용하는 건 무리일 수밖에 없다.

화려한 주택과 별장, 자가용 비행기와 요트 등 엄청난 소비에 수백억을 쓰는 사람을 위대한 영웅으로 받드는 세상에서, 눈에 보이지도 않는 가치를 위해 몸을 바치고도 그 대가로 주겠다는 천금을 웃으며 거절하고 떠나는 필부를 영웅으로 추앙한다면 오늘날 사람들이 이해나 할 수 있을까? 공놀이 하나로도 재벌이 되고 영웅이 되는 세상에서 노중련의 삶에 동참하겠다고 다짐하는 시인은 그야말로 돈키호테 같은 사람이라고 놀림을 받겠지만, 이백과 돈키호테가 추구하는 세상이야말로 우리가 의미 있게 사는 삶의 세계가 아니겠는가?

「장진주將進酒」
　　- 부지런히 술들 드시오

君不見黃河之水天上來 (군불견황하지수천상래)

奔流到海不復回 (분류도해불부회)

君不見高堂明鏡悲白髮 (군불견고당명경비백발)

朝如靑絲暮成雪 (조여청사모성설)

人生得意須盡歡 (인생득의수진환)

莫使金樽空對月 (막사금준공대월)

天生我材必有用 (천생아재필유용)

千金散盡還復來 (천금산진환부래)

烹羊宰牛且爲樂 (팽양재우차위락)

會須一飮三百杯 (회수일음삼백배)

岑夫子, 丹丘生 (잠부자, 단구생)

將進酒, 杯莫停 (장진주, 배막정)

與君歌一曲 (여군가일곡)

請君爲我傾耳聽 (청군위아경이청)

鐘鼓饌玉不足貴 (종고찬옥부족귀)

但願長醉不復醒 (단원장취불부성)

古來聖賢皆寂寞 (고래성현개적막)

唯有飲者留其名 (유유음자류기명)
陳王昔時宴平樂 (진왕석시연평락)
斗酒十千恣讙謔 (두주십천자환학)
主人何爲言少錢 (주인하위언소전)
徑須沽取對君酌 (경수고취대군작)
五花馬, 千金裘 (오화마, 천금구)
呼兒將出換美酒 (호아장출환미주)
與爾同銷萬古愁 (여이동소만고수)

그대는 보지 않는가, 황하의 물이 저 하늘 꼭대기에서 내려와
세차게 흘러 바다에 다다르면 다시 돌아오지 못하는 것을.
그대는 보지 않는가, 저 높으신 분들이 맑은 거울을 들여다보며
하얘진 머리를 서러워하지만
그것도 아침에는 푸른 실 같았던 게 저녁이 되자 눈이 되어버린 것을.
인생이 의미가 있으려면 모름지기 진탕 즐겨야 할지니
그 누구도 저 비싼 술잔을 빈 채로 달을 마주하게 해서는 안 되오.
하늘이 날 어떤 재목으로든 태어나게 했을 테니 필시 쓸모가 있을 것이고
천금도 다 흩어 써버리면 다시 돌아오는 것.
양을 삶고 소를 잡아서 일단 즐기고 볼 터이니
모름지기 한번 마셨다 하면 삼백 잔은 들어야 하오.
이보시오, 잠 선생과 단구 선생,
부지런히 술들 드셔서 잔들이 멈추지 않게 하시오.
그대들에게 노래 한 곡 뽑을 터이니

그대들은 내게 귀를 기울여 들어주시게.

풍악 즐기고 산해진미 맛보는 호화로운 삶은 귀히 여기기에 부족하니

그저 길이 취해서 다시 깨어나지 않기만을 바랄 뿐.

옛날부터 내려오는 성인과 현자에게는 다들 무덤덤해도

술 많이 마신 사람만은 그 이름을 남기네.

진사왕 조식은 옛날 평락관에서 잔치를 열 때

한 말에 만 금이나 하는 술을 마음껏 마시며 왁자지껄 즐겼다지.

주인장은 뭣 하러 돈 모자랄까 투정이오?

곧장 가서 술 사다가 이분들에게 따라드리기나 하시오.

저 명품 말 오화마와 천 금짜리 모피 옷도

아이 불러 가져다가 좋은 술로 바꿔 오라 하시오.

그대들과 더불어 저 옛적부터 풀지 못한 시름을

함께 녹여버리리라.

　이 시의 제작 연도에 관해서는 여러 설이 있지만, 시인이 장안에서 쫓겨난 해(744)로부터 8년 뒤인 천보 11년(752)에 지어졌다고 보는 게 정설이다. 추방된 후 그는 전국 여기저기를 떠돌아다니며 50세를 넘겼으니, 노년의 시인은 천재 시인 하나를 받아주지 못하는 세상과 어디 한 곳에도 정착하지 못한 자신의 삶에 대하여 많은 생각을 하게 되었을 것이다. 이 기간에 시인은 여러 차례 친구인 잠훈岑勛과 함께 영양潁陽에 은거 중인 원단구元丹丘를 찾아가 셋이서 높은 곳에 올라 음주와 노래를 즐겼다고 한다. 부패한 정치와 난리로 어지러운 세상에서 소외당한 이들에게 술과 노래는 큰 위안이 되었음은 쉽게 짐작할 수 있으니, 이 시는 바로 이 술자리에서 지어졌다. 이 시가 불러일으키는 호방함과 자유로움은 후대의 많은 문인에게 찬사를 받았는데, 그중에서도 "이백의 미친 듯한 노래는 사실 그 안에 오묘한 이치가 숨어 있으니, 그가 미친 언어를 고의로 지은 게 아니다"(太白狂歌, 實中玄理, 非故爲狂語者)라는 명나라 양신楊愼의 평가가 압권이라 할 만하다.

　사람은 기쁘나 슬프나, 즐거우나 괴로우나 그 마음을 밖으로 속 시원히 표현하고 싶어 한다. 이것이 제대로 이루어지지 않으면 일탈하는 행동을 하거나 울적해서 비탄에 빠지기도 한다. 시는 이러한 사람들의 마음을 대신 표현하면서 희망을 다시 품게 해주는 기능을 한다. 여기에 술을 더하면 이 기능은 더욱 강화되는데, 그래서 역대로 많은 술자리에서 이 시는 끊이지 않고 권주가로서 애송되어왔다.

　「장진주將進酒」는 원래 고대 악부시에 있는 옛날 제목으로서, 피리와 꽹과리로 연주되는 이른바 단소요가短簫鐃歌의 곡조다. 『악부시집』 제16권에는 "한대의 고취요가 18곡 중에서 아홉 번째가 장진주다"(漢鼓吹

鐃歌十八曲, 九曰: 將進酒)라는 『고금악록古今樂錄』의 구절이 인용되어 있다. 다시 말해서 한대 악부시 중의 「장진주」의 곡에다가 이백이 가사를 지어 붙였다는 뜻이니, 이 시는 칠언고시가 되는 셈이다.

'장將'자는 '청할 청請' 자와 같은 뜻으로서 현대 중국어로는 'qiāng 치앙'으로 읽는다. '진주進酒'는 '술을 드시라'라는 뜻이므로 「장진주」는 상대방에게 술을 마시라고 청하는 권주가에 해당한다고 보면 된다.

이 시는 시간이란 한번 가면 다시 돌아오지 않으니, 우리는 부지런히 서둘러야 한다는 다급함을 일깨우는 각성의 교훈으로부터 시작한다. "그대는 보지 않는가, 황하의 물이 저 하늘 꼭대기에서 내려와 / 세차게 흘러 바다에 다다르면 다시 돌아오지 못하는 것을. / 그대는 보지 않는가, 저 높으신 분들이 맑은 거울을 들여다보며 / 하얘진 머리를 서러워하지만 / 그것도 아침에는 푸른 실 같았던 게 저녁이 되자 눈이 되어버린 것을"(君不見黃河之水天上來, 奔流到海不復回. 君不見高堂明鏡悲白髮, 朝如靑絲暮成雪). 앞에서 언급했듯이 이 시는 칠언시인데 이 구절은 10언으로 반복하고 있다. 그러나 앞의 '군불견君不見', 즉 '그대는 보지 않는가'라는 3언은 기실 빼버려도 의미에는 영향이 없는 췌사이므로 7언이라고 봐도 무방하다. '군불견'은 옛날부터 내려오는 상투적인 시어로서 반문을 통해 말하고자 하는 바를 강조하는 기능을 한다. 이 진부한 말을 췌사로 맨 앞에 부착함으로써 오히려 각성이 촉구되는 신선한 느낌을 받는다. 요리를 내기 전에 집에서 늘 먹는 음식 재료를 살짝 제공함으로써 주 요리(main dish)의 맛을 배가하는 요리사처럼, 시인은 진부한 언어를 양념으로 사용하여 신선한 맛을 내는 마술을 부린다. 이렇게 칠언에서 벗어난 변칙은 뒤에 다시 나온다.

고대 중국인들은 황하의 물이 꼭대기가 하늘에 닿아 있는 서쪽의 고산에서 내려와 동쪽으로 흐른다고 여겼다. 하류의 평야 지대에 다다르기 전까지는 동서의 고도차가 커서 급류로 흐르므로 시인은 이를 '분류奔流', 즉 '뛰어가듯이 세차게 흐른다'라고 묘사하였다. 황하의 물이 급하게 흘러가봤자 바다로 갈 터이고, 일단 바다에 도착하면 되돌아올 수 없는 게 자연의 이치다.

'고당高堂'은 기초를 높게 해서 지은 본채의 대청이란 뜻으로 지위가 높거나 재물이 많은 사람의 집을 가리키고, '비백발悲白髮'은 흰머리를 보며 슬퍼한다는 뜻이므로, 사회적으로 성공한 사람이 거울에 비친 자신의 흰머리를 보며 한탄하는 모습을 묘사한 구절이다. 여기서 '백발'은 문법상 겸어兼語로서 '비백발'에서는 목적어지만, 다음의 '조여청사모성설朝如青絲暮成雪'과의 관계에서는 그 주어가 된다. '청사青絲'는 젊은 시절의 검은 머리를, '설雪'은 늙어 하얘진 머리를 각각 비유한다. 다시 풀어서 말하자면, 저 높으신 분들이 거울을 들여다보며 하얘진 머리를 슬퍼하지만, 그것도 옛날에는 푸른 실 같던 것이 늘그막에 눈처럼 희게 된 것이라는 뜻이다. 앞의 황하 물이 바다에 이르면 되돌아갈 수 없듯이, 젊음도 지나가면 다시 돌아갈 수 없음은 어쩔 수 없는 운명이다.

이 반복된 비유를 보면 『논어』 「자한」 편의 "선생님이 냇가에서 말씀하셨다. '가는 것이란 이와 같구나! 밤낮을 가리지 않네'"(子在川上曰: 逝者如斯夫, 不舍晝夜)라는 구절이 떠오른다. 배움에는 끝이 없고 시간은 한정되어 있으니, 부지런히 공부해서 수양해야겠다는 이른바 자강불식自彊不息의 자세를 다짐하는 말이었을 것이다. 그런데 시인은 이를 뒤집어서 한번 가면 안 오는 짧은 인생이니 지금 즐길 수 있을 때 실컷 즐기자고 외치고 있으니, 성인에 대한 불경이 이보다 더할 수 없다. 이쯤에서 다시 '군불견'의 의미를 되새겨보면 이는 '보지 않는가'라는 단순한 언표를 넘어, 듣는 이에게 적어도 이 순간만큼은 다 잊고 즐겨야겠다는 행동에 돌입하게 하는 언표 행위의 기능을 충분히 발휘하고 있음을 알 수 있다.

이어서 시인은 인생을 즐기기 위해 술을 마시도록 부추긴다. 술을 진탕 마시려면 현실적인 시름을 과감히 던져야 하는데, 시인은 그 용기를 북돋우는 수사를 미려하게 하나하나 구사한다. "인생이 의미가 있으려면 모름지기 진탕 즐겨야 할지니 / 그 누구도 저 비싼 술잔을 빈 채로 달을 마주하게 해서는 안 되오"(人生得意須盡歡, 莫使金樽空對月). '득의得意'란 직역하면 '의미를 얻다' 또는 '의미가 있다'라는 뜻인데, 실질적으로는 '존재감이 있다' 또는 '성공하다'라는 의미를 갖는다. 성공한 인생을 위해서 사람들은 각기 애를 쓰지만 기실 그 어느 것도 의미 없고 오로지 진탕 즐긴 사람만 못하다는 것이다. 높은 자리에 올라가 성공한 사람은 끝내 자신의 흰머리를 보고 슬퍼할 뿐이지만, 술 마시고 즐긴 사람은 오직 현재만을 즐기고 있기에 후회라는 시간적 개념이 있을 수 없다.

따라서 여기 모인 사람들은 누구도 술잔이 빈 채로 달을 마주하게 해서는 안 된다고 역설한다. 여기서 '막莫' 자는 '~하는 사람이 아무도 없다'(none)는 뜻이고, '금준金樽'이란 금으로 만든 술잔이라기보다는 '귀한 술을 담아놓은 술잔'으로 이해하는 게 옳다. 우리도 즐거운 술자리에서 누가 술을 흘리면 '피 같은 술'이라고 말하지 않는가? 술잔 비우기를 게을리하는 사람을 '공대월空對月', 즉 '술잔이 빈 채로 달을 마주하게 한다'고 표현하면 자연에 대한 불경이 됨과 아울러 그 어떤 윤리적 비난보다 강력한 비난이 되어 당사자는 억지로라도 잔을 계속 들지 않을 수 없을 것이다. 이것이 행동과 직결되는 언표 행위의 아주 적합한 예다.

사람들이 술 마시고 즐기는 일에 과감하게 뛰어들지 못하는 이유는 대개 다음의 두 가지 이유 때문이다. 하나는 『상서尙書』「무일無逸」편에서 귀가 따갑도록 반복하는 훈계, 즉 '노는 일에 빠지지 말고 백성을 위해 힘쓰고 미래를 대비하라'라는 말에 얽매여 함부로 즐기는 게 겁나는 것이고, 다른 하나는 술에 빠져 즐기다가 재산을 탕진하면 어떡하나 하는 공포 때문이다. 이 두 가지 스트레스 때문에 사람들이 놀기를 두려워하는 게 사실이다. 그래서 돈이 많다고 해서 잘 노는 게 아니라, 놀 줄 아는 사람이 노는 법이다. "밥은 굶은 놈이 잘 먹고, 고기는 먹어본 놈이 잘 먹는다"는 속담은 이런 배경에서 나온 말이다. 놀며 즐기는 것도 '멘탈'(mentality)이자 기술인 셈이다.

좀 놀아본 시인은 사람들의 이러한 속사정을 잘 알고 있으므로 이 두 가지를 극복할 수 있는 철학적 신념을 제시한다. "하늘이 날 어떤 재목으로든 태어나게 했을 테니 필시 쓸모가 있을 것이고 / 천금도 다 흩어 써버리면 다시 돌아오는 것"(天生我材必有用, 千金散盡還復來). 풀어 말하자면, 하늘이 날 태어나게 했을 땐 무슨 재주든 주었을 테니 분명히 어디엔가 쓸모가 있을 것인즉 굳이 힘들여 공부하는 데에 시간을 허비할 필요가 없고, 돈이라는 것도 다 쓰고 나면 되돌아오게 마련이니 그거 안 쓰고 껴안고 있어봤자 나는 즐기지도 못하고 결국엔 남 좋은 일만 하게 된다는 뜻이다. 이 신념을 이러한 표현으로 전달받았을 때 즐길까 말까 망설이는 사람에게 과감하게 뛰어들 수 있는 용기가 생길 것이다. 본시 용기란 앞에 놓인 상황에 대한 이성적 이해보다는 감성적인 말 한마디에 의해서 일어나는 게 아니던가?

어떤 이는 일부 판본에서 "하늘이 날 재목으로 태어나게 하셨으니 필시 피어날 때가 있을 터다"(天生我材必有開), 또는 "하늘이 우리 무리를 태어나게 할 때 뛰어난 재주를 주셨으니"(天生吾徒有俊才) 등으로 쓴 것에 근거해서 '재材' 자를 특별한 재목감이나 재능으로 해석했는데, 그렇게 하면 누구나 술을 즐길 수 있다는 보편성이 사라진다. 천재들이나 넉넉하니까 즐길 수 있는 것이라는 인상을 주면 이 시는 폭넓은 공감을 얻지 못한다. 속된 말로 "굼벵이의 기는 재주도 쓸모가 있다"라고 해야 모든 사람이 마음 놓고 즐길 수 있을 것이기 때문이다.

그러고 나서 시인은 용기 있는 사람이 취해야 할 행동을 구체적으로 선동한다. "양을 삶고 소를 잡아서 일단 즐기고 볼 터이니 / 모름지기 한번 마셨다 하면 삼백 잔은 들어야 하오"(烹羊宰牛且爲樂, 會須一飲三百杯). 예나 지금이나 술안주에는 고기가 어울린다. 그래서 '팽양재우烹羊宰牛', 즉 귀한 양을 삶고 비싼 소라도 잡아서 '위락爲樂', 즉 즐기는 일을 하자고 외친다. 시인은 여기서 '차且' 자를 쓰고 있는데, 이는 '일단'이라는 뜻으로서 이것저것 따지지 말고 먼저 즐기고 보자는 선동적인 말이다.

『논어』「태백」편에서 선비를 "멘 짐은 무겁고 갈 길은 멀다"(任重而道遠)고 정의한 증자의 말에 근거하여 송대 범중엄范仲淹은 「악양루기岳陽樓記」에서 "천하 사람들이 걱정하는 것보다 앞서서 걱정하고, 천하 사람들이 즐기는 것보다 뒤에 즐긴다"(先天下之憂而憂, 後天下之樂而樂)는 것을 바람직한 삶의 자세로 강조하였는데, 이처럼 고난을 먼저 감당하고 쾌락을 뒤로 유보하는 게 유가의 삶에 대한 근본 철학이다. 그런데 지식인으로서 사회에 대한 책임 의식은커녕 소와 양을 잡아서 먼저 즐기고 보자니! 다시 성인에 대한 불경의 연속이다. 이것이 니체가 말한바 디오니소스Dionysos이니, 밝음을 추구하는 철학이나 정치가 밤을 즐기는 술과 예술을 이해하지 못하는 이유다.

비싼 안주를 마련했으니 이제 술을 마셔야 하는데, 시인은 기왕 마시는 술이라면 삼백 배는 '마셔야 한다'고 강조한다. 여기서 '회수會須'는 '마땅히'라는 뜻이다. '삼백 배'라는 말의 전고는 『세설신어世說新語』「문학文學」편의 유효표劉孝標 주에서 인용한 『정현별전鄭玄別傳』의 고사에서 찾을 수 있다. 원소袁紹가 정현에게 송별회를 베풀었는데 삼백여 명이 그에게 술잔을 올렸다. 아침부터 저녁까지 정현이 받아 마신 잔을 세어보니 삼백여 배에 달했는데도 온화하고 공경하는 자세가 종일토록 흐트러지지 않았다고 한다.

술이란 많이 마시는 게 능사가 아니라 즐기는 게 중요하다. 술을 많이 마신 나머지 널브러지고 주정하는 건 즐기는 게 아니라 술에 압도당하고 노예가 되는 짓이다. 양과 소를 잡고 삼백 잔을 마시자는 표현은 곧 술은 기백으로 마셔야만 진정으로 즐길 수 있다는 말이다. 현실적인 문제를 계산해가며 마시는 술이 즐거울 수는 없는 법이다.

이렇게 시가 칠언으로 이어지다가 여기에 이르러 갑자기 3언, 5언, 7언 등 장단 구절로 바뀐다. 이는 문맥의 흐름으로 보아 앞에서 설명한 췌사처럼 시를 잠시 멈추고 대사를 끼워 넣은, 요즘 말로 하자면 일종의 애드리브ad lib로 추측된다. 오페라로 말하자면 아리아 중간에 끼운 레

치타티보recitativo라고도 볼 수 있을 것이다. "잠 선생과 단구 선생 / 부지런히 술들 드셔서 잔들이 멈추지 않게 하시오"(岑夫子丹丘生, 將進酒杯莫停). '부자夫子'는 '선생'이라는 뜻이고, '생生'은 '학식은 있으나 벼슬하지 않은 선비'를 높여 부르는 말로, 둘 다 일상에서 친한 사람들 사이에 예의를 갖춰 부르는 호칭이다.

잠부자는 남양南陽 사람으로 이름은 잠훈岑勛이고, 단구생은 영양潁陽 사람으로 이름은 원단구元丹丘다. 이 두 사람에 관해서는 잘 알려지지 않았지만 젊은 시절부터 잘 알고 지내던 친구로서 이백의 시에 '잠징군岑徵君', '단구자丹丘子' 등의 이름으로 종종 등장한다. 사마천이 "안회가 아무리 배움에 독실했어도 천리마 꼬리에 붙어 있어서 그의 덕행이 더욱 드러났다"(顔淵雖篤學, 附驥尾而行益顯)라고 설파하였듯이, 이들은 친구를 잘 두어서 이름 석 자를 역사에 길이 남겼다고 볼 수 있다.

시인은 이들의 이름을 부른 후, "그대들에게 노래 한 곡 뽑을 터이니 / 그대들은 내게 귀를 기울여 들어주시게"(與君歌一曲, 請君爲我傾耳聽)라고 제안한다. 『모시毛詩』 「서序」에 "시란 인식이 가는 바"(詩者志之所之也)라고 했으니, 즐거움을 이미 인식하였다면 그 인식은 '영가지永歌之', 즉 읊거나 노래로 부르는 길로 가게 돼 있다. 「서」는 이어서 "현실에 대한 당면 인식은 소리라는 외형으로 피어 나오고, 소리가 아름다움으로 완성된 것을 음악이라 한다"(情發於聲, 聲成文, 謂之音)고 정의하였다. 즐거움이 언어로 표현되면 더욱 아름다워지려 해서 노래와 음악이 되는 것이므로, 그것이 치세지음治世之音이든, 난세지음亂世之音이든, 망국지음亡國之音이든 노래는 일단 부를 때 쾌락을 불러일으킨다. "득과 실이 무엇인지를 정확히 알게 하고, 천지를 움직이며 귀신을 감응시키는 일에 어떠한 것도 시보다 더 가깝게 접근할 수 있는 것은 없다"(正得失動天地感 鬼神, 莫近於詩)는 「서」의 단언은 바로 이 뜻이다. 깨달음과 감동은 동시 에 일어나는 즐거움이기 때문이다.

따라서 시인(이백)이 부르려는 노래를, 흔히 평론가들이 주장하듯, 굳 이 당시의 난세나 이백의 소외된 처지를 반영한 비분강개함 등과 연결 지어 천착할 필요는 없다. 노래는 그저 즐거움의 표현으로 보아야지 거 기에 의미를 개입시키면 명쾌함을 추구하는 일이 되는데, 이는 디오니 소스의 일이 아니다. 의미를 찾는 일은 밤에 할 일이 아니고 낮에 할 일 이기 때문이다.

"풍악 즐기고 산해진미 맛보는 호화로운 삶은 귀히 여기기에 부족하 니 / 그저 길이 취해서 다시 깨어나지 않기만을 바랄 뿐"(鐘鼓饌玉不足 貴, 但願長醉不復醒). 여기서 '종고鐘鼓'는 '종과 북'이라는 뜻으로 악대의 연주를 가리키고, '찬옥饌玉'은 '찬비어옥饌比於玉'과 같은 말로 '비싼 옥 에 견줄 만한 진귀한 요리'라는 뜻이다. 예나 지금이나 호화로운 삶은 문화생활을 하는 것인데, 음악을 즐기는 게 그 대표적인 일이다. 요즘에 야 아무리 비싸도 오디오 시스템 하나 갖추면 되지만, 옛날에는 악대를 집에 두거나 고용해야 했으니 얼마나 부유해야 음악을 즐길 수 있었는 지 충분히 짐작할 수 있다. 그러니 보통 사람들은 악대의 연주를 즐기 고 산해진미를 맛보며 사는 삶을 부러워하기 마련이었다.

그러나 시인은 이렇게 즐기는 삶이 쾌락일 것 같지만 기실 쾌락이 되 기에는 부족하다고 말한다. 진정으로 즐기려면 음악과 음식의 맛을 감 상하는 일 자체에 빠져야 하는데, 우리의 인식은 언제나 분열되어 있어 서 깊이 빠져들어 이른바 물아일체가 되기 힘들다. 수시로 떠오르는 갖가지 잡생각에 감상 행위가 방해받는 경험을 누구나 하지 않는가? 따라서 물아일체의 경지로 즐기려면 술에 취해 인식을 마비시키는 길밖에 없다. "그저 길이 취해서 다시 깨어나지 않기만을 바랄 뿐"은 이를 가리키는 말이다. 깨어 있는 상태를 부정하는 것, 이것이 바로 디오니소스의 핵심이다. '성醒', 즉 깨어 있는 상태는 내일에 대한 희망을 가질 수 있을는지 모르지만, 그것은 고통을 대가로 지불해야 한다.

깨어 있는 밝은 낮의 세계를 부정할 때 가장 먼저 배척되는 사람이 바로 성인과 현자다. 그들은 내일 태양을 뜰 때를 계획해야 하기에 밤의 쾌락을 유보하고 일찍 자야 한다고 훈계하기 때문이다. 그래서 시인은 이렇게 읊는다. "옛날부터 내려오는 성인과 현자에게는 다들 무덤덤해도 / 술 많이 마신 사람만은 그 이름을 남기네"(古來聖賢皆寂寞, 唯有飮者留其名). 앞 구절을 대부분 "옛날부터 내려오는 성인과 현자는 모두 아무 말이 없다"라고 해석한다. 이렇게 해석하면 뒤의 "술 많이 마신 사람만은 그 이름을 남기네"라는 말이 잘 이해되지 않는 모순이 생긴다. 죽은 성인이 아무 말이 없는 것은 이해되지만, 술 많이 마셨다고 해서 유명해지기는 하는가라는 의문이 드는 것이다. 유령劉伶과 완적阮籍 정도라면 술의 전설이라고 말할 수 있지만, 그것도 그들의 작품이 받쳐줘서 그런 것이지 술로만 이름을 남겼다고는 볼 수 없다. 따라서 이 구절의 모순이 없어지려면, '술 마시는 세계에서는 사람들이 성인과 현자들에게는 그저 무덤덤할 뿐 아무런 관심이 없다'라고 해석해야 한다. 그래야 이 세계에서는 술 많이 마신 사람만이 관심의 대상이 되고 이름을 남긴다는 의미로 자연스럽게 연결된다. 실제로 술자리에서는 친구 중에 술을 많이 마셔 일화를 만들어낸 사람이 영웅 대접을 받기도 하고, 또 그에 관한 이야기가 안줏거리로 회자하지 않던가?

이렇게 진탕 술을 즐기려면 영웅적인 본보기를 보여줘야 하는데, 시인은 위나라 진사왕陳思王 조식曹植을 거론한다. "진사왕 조식은 옛날 평락관에서 잔치를 열 때 / 한 말에 만 금이나 하는 술을 마음껏 마시며 왁자지껄 즐겼다지"(陳王昔時宴平樂, 斗酒十千恣讙謔). '진왕陳王'은 조조의 셋째 아들 조식을 가리키는데, 그는 생전에 진왕에 책봉되었고 시호가 '사思'이므로 후대에 진사왕이라고 불렀다. '평락平樂'은 한 명제 때 낙양성 서문 밖에 지은 관대觀臺로서 귀족과 부호들의 연회 장소로 유명했다.

'십천十千'은 '천'이 열 개이므로 '만萬'이라는 뜻이고, '자恣' 자는 '마음대로' 또는 '마음껏'이라는 뜻이다. '환讙'은 '시끄럽다'라는 뜻이고, '학謔'은 '희롱한다'는 뜻이므로, '환학'은 왁자지껄 떠들며 웃고 까부는 광경을 나타낸다. 이 구절은 조식의 「명도편名都篇」에 나오는 "돌아와 평락관에서 잔치를 베푸니 / 여기에 나온 명품 술이 한 말에 만 금이나 하더라"(歸來宴平樂, 美酒斗十千)라는 구절에 근거한 것으로 보인다.

만 금이나 하는 비싼 술은 평소에 함부로 마시기를 주저하게 되지만, 마음이 통하는 술친구들에게는 거침없이 내놓는다. 왜냐하면 좋은 술일수록 나눌 때 즐거움이 배가되기 때문이다. 진왕 조식처럼 조직의 지도자가 비싼 술을 물병 내오듯 하면 그만큼 지도자와 조직에 대한 충성도가 높아진다. 하나의 조직에서 조직원들이 일하다 보면 현장에서 눈에 보이지 않는 알력이 생기게 마련인데, 이것이 오랜 기간 해소되지 않은 채 축적되면 모순과 갈등으로 발전하여 조직에 대한 충성도가 저하된다. 그러므로 작은 알력이 크게 발전하지 않도록 주기적으로 풀어주

어야 하는데, 그 방법 중에서 술자리만큼 효과적인 게 없다. 맨 정신에
는 신줏단지처럼 모시던 비싼 술을 과감하게 따서 마음껏 마시도록 풀
어버리면 예법과 질서가 한순간에 무너지면서 '자환학恣謹謔', 즉 붓고
마시고 왁자지껄 떠들며 까부는 상태가 된다. 이렇게 하는 사이 갈등은
해소되고 다음 날부터는 새로워진 눈으로 조직원들을 다시 보게 되는
것이다. 시민의 건강을 위해서 스포츠를 널리 보급하려면 먼저 스포츠
영웅을 키워내야 하듯이, 술을 즐겁게 마시려면 조식과 같은 영웅적인
본보기를 들먹거려야 한다.

　이렇게 술을 즐기는 자리에는 멀쩡한 정신으로 현실을 생각하는 사
람이 꼭 있게 마련인데, 그게 술집 주인이다. 그는 취하여 실성한 손님
들이 주머니 사정을 고려하지 않고 호기 있게 주문하면 나중에 외상이
되거나 심지어 술값을 못 받게 되는 일이 발생하지나 않을까 노심초사
한다. 그래서 술 내오기를 꺼리니까 술자리 분위기가 이어지지 않는다.
여기서 시인은 술집 주인을 타박하는 말을 끼워 넣음으로써 친구들을
술을 더 마시도록 유도한다. "주인장은 뭣 하러 돈 모자랄까 투정이오?/
곧장 가서 술 사다가 이분들에게 따라드리기나 하시오"(主人何爲言少錢,
徑須沽取對君酌). '소전少錢'은 '돈이 부족하다'라는 뜻이고, '경수徑須'는
'다른 생각 말고 오로지 ~만 하라'는 뜻이다. '고沽' 자는 '酤'(팔 고) 자
와 같은 글자인데, 판다는 행위는 산다는 행위와 동시에 일어나므로 여
기서는 '사다'라는 의미로 쓰였다.

　술값을 못 받을까 안달 난 주인이 술이 바닥났다는 평계를 대고 안
주니까 주인의 속셈을 알아챈 시인은 "주인장은 뭣 하러 돈 모자랄까
투정이오?"라고 진실을 말해버린다. 그러면서도 거짓말을 한 주인의 체

161

면을 살려주기 위해 술이 정말로 없으면 돈 걱정은 말고 빨리 가서 술이나 더 사오라고 다그친다. 이 두 구절은 문언을 구어인 백화白話 형식으로 표현한 것으로서 구어체라고 보아도 무방하다. 평민인 술집 주인에게 하는 말이므로 그가 알아들을 수 있도록 한다는 의미가 담겨 있는 듯하다.

여기서 다시 앞서 말한 췌사 형식이 반복된다. "저 명품 말 오화마와 천 금짜리 모피 옷"(五花馬, 千金裘)이 그것이다. 오화마에 대해서는 두 가지 설이 있다. 하나는 털빛이 다섯 가지인 품종을 가리키고, 다른 하나는 당대 개원과 천보 연간에 상류층 사이에서 말의 갈기를 다듬어서 꽃잎처럼 장식하는 게 유행이었는데 꽃잎이 다섯 개 있는 것을 오화마라고 불렀다는 설이다. 어원이야 어떻든 비싼 명마를 상징하는 말임에는 틀림이 없다. 그리고 '구裘' 자는 갖옷, 즉 모피로 만든 외투를 뜻하는데, 모피 옷이 비싼 것은 예나 지금이나 다름이 없다. 아무튼 '오화마'와 '천금구'라는 3언의 단어를 7언의 흐름 속에 췌사 형식으로 끼워 넣으면 비싼 명품의 실체가 더 드러나 보임은 명백하다.

보통 사람들은 그렇게 부러워하는 명품을 시인은 아무렇지도 않게 내놓으면서 더 귀중한 것을 추구한다. "아이 불러 가져다가 좋은 술로 바꿔 오라 하시오. / 그대들과 더불어 저 옛적부터 풀지 못한 시름을 함께 녹여버리리라"(呼兒將出換美酒, 與爾同銷萬古愁). '호아呼兒'는 '아이를 불러 심부름을 시킨다'라는 뜻인데, 여기서 '아이'는 옛날에 집이나 가게에서 잔심부름을 시키려고 고용한 사환使喚 아이를 가리킨다. '장將'자는 '拿'(잡을 나)와 같은 글자이므로 '장출將出'은 '갖고 나가다'라는 뜻이 된다. '소銷' 자는 쇠붙이 같은 것을 녹인다는 뜻이다.

값비싼 물건을 사환 아이에게 쥐여서 갖고 나가게 하는 것은 그 가치에 의미를 두지 않는다는 뜻이고, 오히려 술만도 못함을 나타낸다. 이 술이 시인에게 왜 가치가 있는가 하면, 이를 도구로 해서 가장 가치 있는 일을 할 수 있기 때문이니, 그것은 바로 벗들과 함께 '만고의 시름'(萬古愁)을 다 녹여버리는 일이다. 만고의 시름이란 인류가 생겨난 이래로 풀지 못하고 괴로워해온 근원적인 걱정거리일 터이니, '그저 길이 취해서 다시 깨어나지 않는다면' 이것은 근본적으로 해결될 것이다. 이 말을 듣고 어떻게 술을 마시지 않을 수 있을까?

「황학루송맹호연지광릉黃鶴樓送孟浩然之廣陵」
　　－ 황학루에서 광릉으로 떠나는 맹호연을 보내며

故人西辭黃鶴樓 (고인서사황학루)
烟花三月下揚州 (연화삼월하양주)
孤帆遠影碧空盡 (고범원영벽공진)
唯見長江天際流 (유견장강천제류)

나의 벗이 신선처럼 황학루를 하직하고는
버들 솜 안개처럼 날리고 꽃 흐드러진 춘삼월에 양주로 내려가네.
외돛이 멀리 가물가물 모양만 보이다가 푸른 허공으로 사라진 곳에
저 하늘 끄트머리로 흐르는 장강 물만 보이네.

이 시는 칠언절구이므로 기·승·결구에 각각 『평수운』의 우尤 운에 속하는 '루樓'·'주州'·'류流'로 압운하였다.

"나의 벗이 신선처럼 황학루를 하직하고는 / 버들 솜 안개처럼 날리고 꽃 흐드러진 춘삼월에 양주로 내려가네"(故人西辭黃鶴樓, 烟花三月下揚州). '고인故人'은 '친구'이고, 맹호연을 가리킨다. 맹호연은 이백보다 열두 살 위였다. 이백은 소년 시절부터 맹호연의 이름을 익히 들으면서 나중에 꼭 만나고 싶어 했던 차에 맹호연이 광릉으로 간다는 소식을 전해 듣고 달려가 황학루에서 만났다고 한다. 거기서 며칠을 함께 보낸 후에 맹호연이 떠나게 되었는데 이때 이백이 그에게 지어준 이별시다.

'서사西辭'라는 단어를 일반적으로 '서西' 자에 대한 해석은 생략하고 그저 '작별하다'라고만 해석하는데, 이는 당시의 문화적 인식과 관련이 있으므로 이를 먼저 이해해야 이백이 맹호연을 얼마나 존경하고 또한 그와의 이별을 얼마나 아쉬워하였는지를 납득할 수 있다.

황학루는 삼국 시기에 술집으로 지어진 누각이었다. 촉蜀의 명재상이었던 비위費褘가 벼슬길에 나가기 전에 여기서 수시로 외상술을 먹는 바람에 갚지 못한 외상값이 많이 밀려 있었다고 한다. 그가 관직에 오른 후에 외상 술값을 갚으러 왔는데 주인이 이미 탕감해드렸으므로 갚을 필요가 없다고 말하니, 그가 벽에 귤껍질로 두루미 한 마리를 그려 놓고 갔다. 이후로 이 누각은 황학루로 불리게 되었고, 이로 인하여 손님이 많이 와서 장사가 잘되었다. 그러다가 나중에 비위가 다시 찾아왔는데, 이때 두루미 한 마리가 날아 들어와 비위를 태우고 서쪽으로 날아갔다고 한다. 성당 시인 최호崔顥가 읊은 "옛사람은 이미 황학을 타고 떠나버렸고 / 이곳엔 휑하니 황학루만 남아 있네"(昔人已乘黃鶴去, 此

地空餘黃鶴樓)라는 구절은 이 전설을 가리킨다.

중국에서는 옛날부터 서쪽은 신선이 사는 곳이라는 관념이 오래도록 이어져왔으므로, 광릉(양주의 옛 이름)은 황학루가 있는 무창武昌의 동쪽에 있지만 이백은 흠모하는 맹호연이 그곳으로 떠난 것을 신선처럼 서쪽으로 갔다고 표현한 것이다.

'연화烟花'란 중국 문학작품에서 봄을 가리킬 때 자주 쓰는 단어로 버들 솜이 안개처럼 나부끼고 꽃이 흐드러지게 핀 모양을 묘사한 말이다. 이렇게 아름다운 시절에 함께 더 놀다 갔으면 하는 마음이 간절한데, 맹호연을 태운 배는 장강의 급물살을 타고 양주로 속히 내려가려하니 얼마나 야속하였을까?

"외돛이 멀리 가물가물 모양만 보이다가 푸른 허공으로 사라진 곳에 / 저 하늘 끄트머리로 흐르는 장강 물만 보이네"(孤帆遠影碧空盡, 唯見長江天際流). '고범孤帆'은 배에 올린 '외돛'이고, '원영遠影'은 '멀리 보이는 (배의) 가물가물한 모양'이며, '벽공碧空'은 '푸른 하늘'이다. '진盡'은 '배의 모습이 수평선 너머로 사라졌다'라는 뜻이고, '천제天際'는 '하늘의 끝이 물과 만난 곳'을 뜻한다.

전구轉句는 맹호연이 탄 배가 먼 하늘 끝에서 사라지는 모습을 보며 안타까워하는 마음을 묘사한다. '고범孤帆'은 하류로 내려가는 배라서 하나의 돛만 올린 모양을 그린 것인데, 이것이 홀로 떠나는 맹호연의 처지를 더욱 애처롭게 만들어 그 모습이 사라질 때까지 바라보게 한다. 감성이 풍부한 사람에게 이러한 슬픔은 기실 일종의 쾌락으로 작용한다. 이러한 슬픔에 탐닉하여 멍하고 있는 사이 외돛이 사라진 곳에 장강의 물이 '하늘과 강이 만나는 곳'(天際)으로 흐르는 광경이 문득 보인다. 만남의 즐거움이 슬픔이 되고 남는 것은 벗을 멀리멀리 밀어내며 흐르는 장강의 물뿐.

이백은 비교적 자유로운 형식인 고시古詩를 잘 지었고, 엄격한 형식을 중시하는 율시나 절구로 된 작품은 적은 편에 속한다. 아마 어디에도 얽매이기 싫은 그의 호방하고 자유분방한 성격에 기인한 것일 수도 있다. 이러한 그가 얼마든지 소회를 풀어낼 수 있는 고시를 놓아두고 짧은 절구를 택한 것은 석별의 정을 억제함으로써 오히려 감정의 밀도를 농후하게 하기 위함이었을 것이다. 진한 감각을 생성하고 이를 누리는 일, 이것이 쾌락의 본질 아니던가.

「행로난行路難」 기일其一
- 갈 길이 험난하네 (첫 번째 시)

金樽清酒斗十千 (금준청주두십천)
玉盤珍羞直萬錢 (옥반진수직만전)
停杯投箸不能食 (정배투저불능식)
拔劍四顧心茫然 (발검사고심망연)
欲渡黃河冰塞川 (욕도황하빙색천)
將登太行雪滿山 (장등태항설만산)
閒來垂釣碧溪上 (한래수조벽계상)
忽復乘舟夢日邊 (홀부승주몽일변)
行路難, 行路難 (행로난, 행로난)
多歧路, 今安在 (다기로, 금안재)
長風破浪會有時 (장풍파랑회유시)
直掛雲帆濟滄海 (직괘운범제창해)

금잔에 순도 높은 술은 말에 만 금이나 하고
옥쟁반에 놓인 진귀한 요리도 값이 만 전이나 나가네.
그래도 잔은 머문 채 저는 던져진 채 먹질 못하니
검을 빼서 사방을 둘러보아도 마음만 망망할 뿐.

황하를 건너고자 해도 얼음이 강을 막았고
태항산을 오르고자 해도 눈이 산에 가득하네.
평소 푸른 시냇가에 낚싯줄 드리우기도 했다가
불현듯 다시 배를 타고 해 옆을 지나가는 꿈을 꾸기도 했었지.
가는 길이 험난하네, 가는 길이 험난해.
이 많은 갈래 길에서 이제 나는 어디에 있어야 하나?
거센 바람에도 파도를 헤쳐 나가다 보면 필시 때가 오리니
구름 같은 돛을 곧추세워 높이 달고 푸른 바다를 건너가자.

「행로난」 3수는 서로 이어진 3부작 연시聯詩다. 앞에서 설명한 바와 같이 이백은 천보 원년(742)에 한림학사를 제수받았으나 햇수로 불과 3년 뒤에 파직되어 장안에서 쫓겨났다. 이 시는 바로 이때 지어진 것으로 전한다. 시를 읽어보면 이 시기에 그가 겪은 시련이 시에 흠뻑 녹아 있음을 충분히 느낄 수 있다. 「행로난」은 악부시 『잡곡가사雜曲歌辭』 중에 있는 옛날 제목으로서 험난한 인생길과 이별의 슬픔을 노래하였는데, 시인은 여기에 가사를 새로 지어 넣은 것이다.

이 시는 전체적으로 세 부분으로 나뉜다. 첫 네 구절은 장안을 떠나는 전별연에서의 억울한 심정을 나타내고, 두 번째 네 구절은 이상을 실현하고자 하는 꿈 많은 천재가 현실에서 겪는 좌절을 표현하였다. 그리고 마지막 네 구절은 이러한 좌절에도 희망을 품고 더욱 나아가고자 스스로 격려하는 다짐을 적고 있다.

"금잔에 순도 높은 술은 말에 만 금이나 하고 / 옥쟁반에 놓인 진귀한 요리도 값이 만 전이나 나가네"(金樽淸酒斗十千, 玉盤珍羞直萬錢). 시인이 장안을 떠나려 할 때 친구들이 모여서 그에게 전별연을 베풀어주었는데, 이 두 구절은 그때의 잔칫상을 묘사한 것이다. 파직되어 쫓겨나는 자리였으므로 친구들은 그를 위로하기 위해 특별히 좋은 술상을 장만해주었던 것 같다. 그래서 금 술잔에다가 한 말에 만 금이나 하는 청주를 올렸다고 한 것인데, '청주淸酒'는 순도가 높은 고급술을 뜻한다. '수羞' 자는 '饈'(반찬 수) 자와 같은 글자로서 요리를 뜻하고, '치直' 자는 '値'(값 치) 자와 같은 글자로 '가치에 상당하다'라는 뜻이다. 따라서 옥쟁반에 올린 안주도 만 금의 가치가 있는 진귀한 요리였음을 알수 있다.

　그가 억울하게 쫓겨나는 처지에서 저런 귀한 잔칫상이 눈에 들어올 리 있을까? "그래도 잔은 머문 채 저는 던져진 채 먹질 못하니 / 검을 빼서 사방을 둘러보아도 마음만 망망할 뿐"(停杯投箸不能食, 拔劍四顧心茫然). 사람이란 심한 스트레스를 받으면 식욕이 일어나지 않는다. 이것을 시인은 '정배투저停杯投箸', 즉 '잔을 머물게 하고 젓가락을 던졌다'고 표현하였다. 매우 간단한 표현이지만 시인이 당시에 얼마나 억울했는지 충분히 짐작게 한다. 너무 화가 난 나머지 칼을 뽑아 일어나서 어디 화풀이할 데가 없나 사방을 둘러보았지만, 모두가 무고한 사람들뿐이니 어쩔 도리 없이 망연해질 수밖에 없었을 것이다. '망연茫然'이란 눈앞에 아무런 대책도 보이지 않아서 막막하고 아득한 심경을 나타내는 말이다. 앞에서 언급했듯이 시인은 젊은 시절 검술을 좋아하던 의협 청년이었으므로 심한 스트레스를 삭이지 못할 때 폭력을 사용할 수도 있음에 수긍이 가는 바가 있다. 그러나 시인은 이것이 폭력으로 해결될 수 없음을 이내 깨달았기에 '망연해졌다'라고 고백하였다.

　이윽고 시인은 이게 사람 사는 사회의 구조적인 데서 기인함을 알고 다음과 같이 읊는다. "황하를 건너고자 해도 얼음이 강을 막았고 / 태항산을 오르고자 해도 눈이 산에 가득하네"(欲渡黃河冰塞川, 將登太行雪滿山). 황하는 넓고 깊은 강이어서 건너는 게 쉽지 않으므로, 누구라도 강가에 서면 건너고 싶은 충동을 느낀다. 도도한 강물 건너에 자신이 원하는 뭔가가 있을 것 같은 기대와 욕망을 불러일으키기 때문이다. 태항산은 산서 고원과 하북 평원 사이에 있는 고산으로서 예부터 중국 신화의 배경이 되어 왔다. 여왜가 하늘을 보수하였다는 '여왜보천女媧補天', 예가 활로 아홉 개의 해를 쏘아 떨구었다는 '예사구일羿射九日', 신

농신農神이 모든 풀의 맛을 보고 먹을 수 있는 풀과 먹어서는 안 되는 풀을 선별해주었다는 고사 등은 모두 이 태항산에서 이루어졌다. 이 산이 왕모산王母山, 여왜산女媧山 등으로도 불리는 이유다. 따라서 이상의 실현을 염원할 때 이 산이 종종 거론된다.

꿈이 크고 기개가 있는 시인은 금세 이 모순의 근원을 알아차렸다. 이상을 실현하는 길에는 원래 이를 이해하지 못하는 세속의 저항과 장애가 있다는 사실 말이다. 그래서 황하의 얼음과 태항산의 눈을 비유로 말한 것인데, 이는 기실 현실에서 얼음과 눈이라는 장애를 만나서 괴로운 심정을 그 너머에 있는 황하와 태항산을 상기함으로써 스스로 위로를 받기 위함이리라. 특별히 이 두 구절은 잘 맞춘 대장으로서 구조적인 모순을 매우 잘 드러내 보였다는 점에서 경구로 추천할 만하다.

이렇게 스스로 위안을 받고자 하는 마음과 함께 꿈에의 의지는 계속 이어진다. "평소 푸른 시냇가에 낚싯줄 드리우기도 했다가 / 불현듯 다시 배를 타고 해 옆을 지나가는 꿈을 꾸기도 했었지"(開來垂釣碧溪上, 忽復乘舟夢日邊). '한래開來'는 '평소'라는 뜻이고, '수조垂釣'는 '낚싯줄을 드리우다'라는 뜻이다. 평소 푸른 시냇가에 낚싯줄을 드리웠다는 것은 자신이 강태공 여상呂尙의 꿈을 꾸었음을 나타낸다. 여상은 위빈渭濱에서 낚시하며 세월을 보내다가 무왕을 만나 주나라 정권을 세우는 데 큰 공을 세웠다는 전설로 유명하다. 시인은 평소 자신도 성군과 현신의 이러한 만남의 형식으로 발탁되어 정치적 이상을 실현하는 것을 꿈꿔왔다. 그가 과거시험을 준비하지 않고 명망가에게 추천되기를 바라면서 이곳저곳을 유랑한 것은 이 때문이었다.

그러다가 '불현듯 다시 배를 타고 해 옆을 지나가는 꿈을 꾸었다'라고

했는데, 이는 이윤伊尹이 일찍이 배를 타고서 해와 달의 옆을 지나가는
꿈을 꾸었다는 전설을 가리킨다. 이 일이 있고 나서 이윤은 탕임금에게
발탁되어 하나라를 멸하는 공을 세우게 되는데, 시인은 이러한 기회가
자신에게도 오기를 기대한다는 말이다. 세속적인 것을 지양하고 이상적
인 꿈을 꿔온 시인으로서는 충분히 품을 수 있는 욕망이었으리라. 그러
나 현실은 너무나 세속적이었고 또 냉혹하였다. 그래서 시인은 다음과
같이 깊이 탄식한다.

"가는 길이 험난하네, 가는 길이 험난해. / 이 많은 갈래 길에서 이제
나는 어디에 있어야 하나"(行路難, 行路難, 多岐路, 今安在)? 낭만적인 꿈을
꾸던 젊은 날과 어떻게든 그 꿈을 실현하려고 부딪쳐온 지난날이 어렵
기 그지없었으니, 앞으로 살아가야 할 날을 생각하면 그저 막막할 뿐이
었으리라. 그래서 인생길이 험난하다고 반복해서 탄식한다.

'기로岐路'는 '갈래 길'을 뜻하고, '안安' 자는 '어디'라는 뜻의 의문대
명사다. 탄식하면서 살아온 길을 되돌아보니 그 사이 갈래 길이 참으로
많았음이 문득 생각났다. 지나간 선택의 갈래 길을 되돌아볼 때 우리는
두 가지 생각을 하게 된다. 하나는 그 선택의 좋고 나쁨에 관계없이 운
명으로 받아들이는 것이고, 다른 하나는 저쪽으로 갔어야 했는데 하는
회한이 그것이다. 시인이 전자로 받아들였다면 굳이 이렇게 비분강개할
필요는 없었을 것이다. 앞의 「장진주」에서 시인이 "하늘이 날 어떤 재목
으로든 태어나게 했을 테니 필시 쓸모가 있을 것"(天生我材必有用)이라고
읊었듯이, 자존심 강한 시인이 스스로 잘못된 선택을 한 것에 대하여
회한이 없을 수 없었을 것이다. 생각이 여기에 이르면 아무리 천재 시인
이라도 '이제 나는 어디에 있어야 하나?' 하고 머뭇거리는 것은 당연하

다.

그렇다고 해서 호방하고 기개 있는 사람이 그대로 주저앉아 침잠해 있을 수 없으니, 그는 곧바로 떨치고 일어난다. "거센 바람에도 파도를 헤쳐 나가다 보면 필시 때가 오리니 / 구름 같은 돛을 곧추세워 높이 달고 푸른 바다를 건너가자"(長風破浪會有時, 直掛雲帆濟滄海). '장풍파랑長風破浪'이란 원래 『송서宋書』「종각전宗愨傳」이 그 출전인데, 왕발이 그의 「등왕각서」에서 인용하면서 유명해졌다. 종각은 남조 송나라 사람으로, 어릴 적에 숙부가 그에게 포부를 묻자 "거센 바람을 타고 저 넓은 바다의 파도를 치고 나가길 원합니다"(願乘長風破萬里浪)라고 대답했다는 고사에서 나온 말이다. 여기서는 원전 그대로 인용했다기보다는 '거센 바람이 불더라도 파도를 헤쳐 나간다'라는 의미로 썼다고 봐야 한다. 그렇게 나아가다 보면 반드시 때가 올 거라는 믿음을 스스로 갖도록 하는 말이 '회유시會有時'다. '회會' 자는 '반드시'라는 뜻이고, '유有'는 존재의 출현을 나타내는 동사다. 현실에 어떠한 어려움이 있더라도 헤치고 나가면 반드시 기회가 올 것이라는 말은 이미 선택이 아니라 믿음의 경지에 들어와 있음을 뜻한다. 따라서 이제 더는 회한이 없을 것이다.

희망과 믿음이 있는 사람은 "구름 같은 돛을 곧추세워 높이 달고 푸른 바다를 건너가자"라고 자신을 부추긴다. '직과直掛'란 '수직으로 높이 올려 매달다'라는 뜻이고, '운범雲帆'은 구름처럼 넓고 큰 돛을 가리킨다. 좌절과 분노와 회한으로 이어지던 시는 마지막에 이르러 반전이 일어나는데, '높이 올려 매달다'와 '구름같이 큰 돛', 그리고 '푸른 바다'(滄海) 같은 시어들은 그의 호방함을 크게 증폭한다.

　사람은 환상으로 살아가는 동물이다. 환상 만들기에 실패하면 위축
되고 급기야 생명도 포기하게 된다. 환상을 만드는 데 가장 중요한 도구
가 언어이고 그 예술적 형태인 시다. 시인이 좌절의 상태에서 어떻게 희
망과 믿음을 갖게 되는지, 이 시는 그 환상이 만들어지는 과정을 잘 보
여준다. 환상이 없으면 앞에 놓인 현실에 간신히 적응하면서 근근이 살
아간다. 의미 없는 삶이다. 의미와 가치는 동의어다. 그렇다면 가치는 어
디서 생기는가? 그것은 고통을 이기는 데서 생긴다. 고통은 모험에서 생
긴다. 그래서 이백처럼 돛을 높이 달고 푸른 바다로 뛰어들어야 한다.
따라서 오늘날 고통과 고난을 불행으로 여기는 사회에서는 가치는 사
라지고 오로지 돈의 값어치만 남을 수밖에 없다.

「행로난」기삼其三
– 갈 길이 험난하네 (세 번째 시)

有耳莫洗潁川水 (유이막세영천수)
有口莫食首陽蕨 (유구막식수양궐)
含光混世貴無名 (함광혼세귀무명)
何用孤高比雲月 (하용고고비운월)
吾觀自古賢達人 (오관자고현달인)
功成不退皆殞身 (공성불퇴개운신)
子胥既棄吳江上 (자서기기오강상)
屈原終投湘水濱 (굴원종투상수빈)
陸機雄才豈自保 (육기웅재기자보)
李斯稅駕苦不早 (이사세가고부조)
華亭鶴唳詎可聞 (화정학려거가문)
上蔡蒼鷹何足道 (상채창응하족도)
君不見吳中張翰稱達生 (군불견오중장한칭달생)
秋風忽憶江東行 (추풍홀억강동행)
且樂生前一杯酒 (차락생전일배주)
何須身後千載名 (하수신후천재명)

귀 있는 자는 영천의 물에 씻지 말고
입 있는 자는 수양산 고사리를 먹지 말라.
재주는 안에만 품고 세상 속에 묻혀 살면서 이름나지 않음을 귀히 여길지니
뭣에 쓰려고 홀로 고상함을 구름과 달에 견주는가?
보아하니 예부터 똑똑해서 높은 곳에 오른 사람들은
공을 이루고 나서도 물러나지 않으면 죄다 제명에 죽지 못하였네.
오자서는 그 시체가 오강 위에 버려졌고
굴원도 끝내 상수의 물가에 투신하고 말았지.
육기는 그 웅대한 재주로 자신을 지켰다고 할 수 있나?
이사는 말의 멍에를 그만 풀었어야 했는데 너무 늦었다.
저들은 화정의 두루미 울음소리를 무슨 재주로 들을 수 있겠으며
상채 동문으로 나가 참매 사냥할 거라는 꿈이 말이나 될 법한가?
그대는 보지 않는가, 오나라 장한이 삶에 통달한 사람이라고 칭송받는 게
가을바람이 불자 문득 강동 고향이 생각나서 떠났기 때문임을.
먼저 살아 있을 때 술 한 잔을 즐겨야지
이 몸 죽은 후 천 년 갈 이름 따위가 무슨 필요가 있는가?

이 작품은 연시 「행로난」의 세 번째 시다. 시의 형식은 칠언고시인데 짝수 구절의 마지막 압운 자리가 '궐蕨'·'월月', '신身'·'빈濱', '조무'·'도道', '행行'·'명名' 등 네 개의 운으로 환운되고 있다. 마지막의 '군불견君不見' 세 글자는 췌사다. 네 개의 운으로 환운되므로 형식적으로는 네 개의 단락으로 이루어지지만, 내용은 세 부분으로 나뉜다. 첫째 단락에서는 헛된 것을 위해서 인생을 어렵게 살지 말고 평범하게 살라고 충고하고, 둘째와 셋째 단락에서는 그 대표적인 반면교사의 예를 역사적 사실에서 열거하였으며, 마지막으로 지금의 술 한 잔을 즐기는 게 진정으로 인생을 사는 법이라고 결론짓는다.

시인은 허유許由와 이제夷齊의 고사를 인용함으로써 시작한다. "귀 있는 자는 영천의 물에 씻지 말고 / 입 있는 자는 수양산 고사리를 먹지 말라"(有耳莫洗潁川水, 有口莫食首陽蕨). 『장자』와 『사기』의 기록에 따르면 요임금이 허유에게 천하를 물려주겠다고 제안하였더니 허유가 들어서는 안 될 말을 들었다고 영천의 물가에 가서 귀를 씻고 도망가 숨어 살았다고 한다. 귀를 씻는다는 것은 솔깃한 제안을 빨리 잊음으로써 유혹받지 않겠다는 의지의 표현이다. 천하를 주겠다는 것은 자기가 절대 권력을 차지한다는 뜻인데, 이것이야말로 유혹 중의 가장 큰 유혹이다. 그런데 왜 이 유혹을 두려워하는가? 권력이 매혹적이긴 해도 그만한 책임이 따르기에 이를 감당하려면 내 몸을 힘들게 하고 또 희생해야 한다. 그래서 갈등할 수밖에 없으니, 차라리 깨끗이 잊고 숨어 사는 게 낫다는 말이다. 이것은 참는 일이나 도망가는 일은 모두 큰 고통임을 뜻한다.

수양산 고사리를 먹었다는 말은 백이伯夷와 숙제叔齊의 고사가 그 출전이다. 두 사람은 무왕이 주왕을 토벌하려 하자 아무리 폭군이라도 신하 된 자가 임금을 칠 수는 없다며 극구 말렸다. 그래도 무왕이 주왕을 제거하고 주나라 정권을 세우자 그 땅에서 나는 곡식을 먹을 수 없다고 하여 수양산에 들어가 고사리로 연명하다가 죽었다는 고사다. 시인은 이들이 도대체 무엇을 위해 이 고생을 사서 했느냐고 묻는다. 못된 폭군을 제거하여 백성을 구하겠다는데, 왜 질서와 충절을 내세워 그들과 갈등하는가? 그들이 죽음으로 지키고자 한 질서가 그만한 가치가 있는가 하는 근본적인 질문을 하고 있다. 이것을 "입 있는 자는 수양산 고사리를 먹지 말라"고 표현한 것인데, 이는 별 가치가 없는 일에 자신의 귀한 삶을 해치지 말라는 말이다.

　이어서 이러한 모순의 근본적인 이유는 이름을 남겨보려는 욕심 때문이라고 일깨워준다. "재주는 안에만 품고 세상 속에 묻혀 살면서 이름나지 않음을 귀히 여길지니 / 뭣에 쓰려고 홀로 고상함을 구름과 달에 견주는가"(含光混世貴無名, 何用孤高比雲月)? 여기서 '빛 광光' 자는 뛰어난 재주를 비유하는 말이므로 '함광含光'은 '재주를 드러내지 않고 속으로 감추다'라는 뜻이 되고, '혼세混世'는 세상 속에 대중과 섞여 산다는 뜻이다. '고고孤高'는 속된 세상을 멀리하고 홀로 고상함을 견지한다는 의미고, '비운월比雲月'은 그 고고함이 마치 구름과 달처럼 세상 위로 높이 떠 있는 듯하다는 뜻이다.

　역사에서 허유와 백이·숙제 같은 이들을 칭송하는 것 때문에 사람들은 자기 삶을 해치면서까지 이름을 남기려 하므로, 내가 온전한 삶을 살려면 이름을 추구하는 욕망을 억제해야 하는데 그게 시인이 말하는 '무명無名'을 귀히 여기는 일이다. 이 무명의 방법이 재주를 감추고 세상에 묻혀 살면서, 홀로 고상해지지 말라는 거다. 노자가 일찍이 '시제유명始制有名', 즉 "무엇이 처음 만들어지면 (그에 따른) 이름이 생겨난다"라고 했는데, 기실 오히려 이름이 먼저 만들어지면 그 뒤에 존재가 생겨나는 게 현실이기에, 사람은 간단한 이름 하나로 거저 생겨나는 이 존재감 때문에 이름 내기에 목을 맬 수밖에 없다. 아무런 재주도 없는 사람이 이름 내지 않기란 쉬울지 몰라도 재주 좀 있는 사람이 이를 감추고 산다는 게 어찌 보면 큰 고통일 수도 있다.

굴원의 「어보漁父」에 보면 "성인은 사물과 하나로 유착되지 않고도 능히 세상과 더불어 밀어 옮길 수 있소이다. 세상 사람들이 모두 혼탁하면 어찌 진흙 바닥을 휘저어 물을 흐리게 하고 물탕을 일으키지 않으시오? 뭇사람이 모두 취해 있다면 어찌 술지게미라도 먹고 싸구려 막걸리라도 마시지 않으시오?"(聖人不凝滯於物, 而能與世推移. 世人皆濁, 何不淈其泥而揚其波, 眾人皆醉, 何不餔其糟而歠其醨)라며 굴원의 고고함을 비난하는 구절이 나온다. 이에 대하여 굴원은 "이제 막 머리를 감은 자는 반드시 갓을 손가락으로 튕기고, 이제 막 목욕을 마친 자는 반드시 옷을 터는 법"(新沐者必彈冠, 新浴者必振衣)이라며 자신의 고결함을 강변한다. 이 대화는 재주 있는 사람에게는 세상에 묻혀 평범하게 사는 게 고고하게 사는 것보다 어렵다는 사실을 역설적으로 말해준다. 왜냐하면 욕망을 억제하는 게 욕망을 추구하는 것보다 어렵기 때문이다.

사마천의 「백이열전」에 "탐욕스러운 남자는 재물을 위해 목숨을 버리고, 공을 세우는 일에 뜻을 둔 남자는 이름에 목숨을 바치며, 으스대기 좋아하는 사람은 권력 때문에 죽으며, 뭇 서인들은 그저 살려는 의지에 기대어 산다"(貪夫徇財, 烈士徇名, 誇者死權, 眾庶馮生)라는 가의賈誼

의 말이 인용되어 있다. 이는 사람이란 무엇인가를 추구하기 위해 목숨 걸고 살아야 행복하다는 뜻이다. 이백도 재주가 있고 꿈이 큰 사람이라 서 무엇에든 목숨을 걸어야 행복한 사람인데 이렇게 역설적으로 평범한 삶을 살자고 스스로 달래고 있으니, 당시의 처지가 얼마나 힘들었는지 를 쉽게 짐작할 수 있다. 그래서 다음의 두 단락을 통해서 평범한 삶이 왜 바람직한지를 역사적 인물을 들어 끝없이 자신을 위로한다.

"보아하니 예부터 똑똑해서 높은 곳에 오른 사람들은 / 공을 이루고 나서도 물러나지 않으면 죄다 제명에 죽지 못하였네"(吾觀自古賢達人, 功 成不退皆殞身). '현달賢達'은 총명하고 재주가 있어서 출세했다는 뜻이고, '운신殞身'은 '생명을 잃다'라는 뜻이지만 여기서는 제명에 죽지 못하고 비명횡사함을 가리킨다. 아무리 변화하는 세상이라 하더라도 변화의 발 전에는 한계가 있으므로 극에 다다르면 되돌아오게 되어 있다. 이 이 치를 어기고 더 나아가려 하거나 머물러 있으면 지체된 시간만큼 한꺼 번에 내려오는 수밖에 없다. 그래서 포조鮑照의 「의행로난擬行路難」에서 "예부터 성인과 현인은 모두 빈천하게 살았다"(自古聖賢盡貧賤)고 한 것 인데, 이는 진정한 현인이라면 아예 공을 이루는 일에 참여하지 않거나 설사 공을 이루었다 하더라도 공훈을 누리지 않고 즉시 떠남을 뜻한다. 그래서 그들은 빈천하게 산다. 이 이치를 어기면 『사기』「채택蔡澤열전」 에서 거론한 상앙商鞅, 백기白起, 오기吳起, 대부종大夫種처럼 제명에 죽 지 못하는 재앙을 당하게 된다.

시인도 이러한 예를 구체적으로 열거한다. "오자서는 그 시체가 오강 위에 버려졌고 / 굴원도 끝내 상수의 물가에 투신하고 말았지"(子胥既棄 吳江上, 屈原終投湘水濱). 오자서伍子胥는 초나라 사람이었는데 부친이 참소로 억울하게 사형당하자 오나라로 달아났다. 거기서 오왕 합려闔閭의 중신이 되어 고소성을 짓는 등 많은 업적을 이루고, 다시 오왕과 함께 초나라를 침공해서 부친의 원한을 갚았다. 합려의 뒤를 이은 부차가 중원을 넘보기 위해서 제나라를 치고자 할 때, 자서는 그보다는 이웃 월나라가 더 시급하니 여기를 먼저 공격해야 한다고 여러 차례 간언하다가 결국 간신 태재비에게 참소당했다. 자서는 결국 부차가 보낸 보검으로 자결하니 그 시체를 가죽 부대에 담아서 강물에 던졌다고 한다.

굴원은 초나라 귀족 출신으로 회왕의 신임을 받아 삼려대부가 되어 내정과 외교의 대사를 도맡아 관장하였다. 그는 대내적으로는 개혁을 주도하고 대외적으로는 제나라와 연합하여 진나라에 대항할 것을 주장했으나 다른 귀족들의 참소로 추방당하였다. 그는 상강 유역을 방랑하다가 진나라 군대가 초나라 수도를 점령하자 스스로 멱라강에 투신했다. 오자서와 굴원은 자신의 재주와 능력으로 정책을 좌지우지할 수 있는 권력의 자리까지 올라갔지만, 이해관계가 얽힌 자들의 비열한 저항을 받아 비참하게 생을 마감하였다. 오나라와 초나라가 끝내 월나라와 진나라에 의해서 각각 멸망했다는 사실은 이들의 주장이 옳았음을 입증한다.

"육기는 그 웅대한 재주로 자신을 지켰다고 할 수 있나? / 이사는 말의 멍에를 그만 풀었어야 했는데 너무 늦었다"(陸機雄才豈自保, 李斯稅駕苦不早). '웅재雄才'는 '훌륭한 재주'로서 여기서는 육기의 시문과 그 재주를 가리킨다. '기豈' 자는 보통 '어찌' 또는 '설마'라는 뜻으로 쓰이는데, 여기서는 인정하기 싫지만 인정할 수밖에 없는 부정적인 추측을 의미한다. '세稅' 자는 '說'(풀 설) 자와 같고 '가駕'는 소와 말에 메우는 멍

에를 뜻한다. 따라서 '세가'는 말에서 멍에를 풀어놓는다는 뜻이 되는
데, 짐을 풀고 쉰다는 뜻으로 쓰인다. '고苦' 자는 '너무'·'심히'라는 의
미다.

육기는 원래 손권의 오나라에서 벼슬을 시작했다가 오나라 멸망 후
서진에 다시 출사하였다. 어려서부터 신동이라 불릴 정도로 문장을 잘
썼고 특히 변문을 잘 써서 그가 쓴 「문부文賦」는 명문으로 전해진다. 동
생인 육운陸雲과 함께 문명을 날려서 '태강太康 문학의 꽃'이라 칭송되
었고, 그의 시는 반악潘岳과 함께 태강 시풍을 형성했다. 그는 정쟁의
과정에서 사형당할 위기에 처했었는데 성도왕成都王 사마영이 구해주자
그에게 귀의해 있다가 나중에 하북 대도독이 되어 장사왕長沙王 사마예
를 토벌하러 갔으나 대패하였다. 이 틈에 평소 시기 질투하던 환관 맹구
가 그에게 역모의 의지가 있다고 참소하여 결국 사형에 처해졌다. 문장
과 시로 일세를 풍미하던 대문호도 일개 환관에게 당하여 형장의 이슬
로 사라진 것이다.

이사는 진나라 문인이자 정치가로 진시황 밑에서 승상의 자리까지
올랐으나 간신 조고와 권력투쟁을 벌이다 삼족三族이 멸절되는 비극을
맞은 바 있다.

"저들은 화정의 두루미 울음소리를 무슨 재주로 들을 수 있겠으며 /
상채 동문으로 나가 참매 사냥할 거라는 꿈이 말이나 될 법한가"(華亭
鶴唳詎可聞, 上蔡蒼鷹何足道)? 이 두 구절은 앞의 육기와 이사가 당한 재
앙을 뒤늦은 회한으로 묘사한다. '화정華亭'은 오늘날 상해 근교에 있는
마을로서 육기 형제가 여기서 십여 년간 같이 지냈다고 한다. '거詎' 자
는 '어찌'라는 의문대명사이고, '창응蒼鷹'은 '참매', '도道' 자는 '말하다'

라는 뜻이다. '화정학려華亭鶴唳'는 원래 『진서晉書』 「육기전」에 육기가 사형장에서 마지막으로 한 말이라고 기록한 구절인데, 유신의 「애강남부서」에서 "화정의 두루미 울음소리를 어찌 하교河橋에서 들을 수나 있겠는가?"(華亭鶴唳, 豈河橋之可聞)라고 인용함으로써 유명해졌다. '하교'는 육기가 패전한 후 참소로 형을 당한 곳이다.

『사기』 「이사열전李斯列傳」에 의하면 형을 받기 위하여 옥 밖으로 끌려 나왔을 때 이사는 함께 끌려 나온 아들에게 "내가 너와 함께 누렁이를 데리고 상채 동문 밖으로 나가서 토끼 사냥이나 하려 했었는데 이제는 불가능하구나!"라고 탄식했다고 한다. 『태평어람』에는 참매를 팔뚝에 얹고 사냥할 생각이었다고 기록하였다.

육기와 이사는 세상이 부러워하는 천부적 재능과 권력을 누렸지만 내려와야 하는 시기를 놓치는 바람에 비참한 최후를 마쳤다. 이들이 죽음에 앞서서 고백한 회한은 더 높이 올라가지 못한 아쉬움이 아니라 그저 젊은 시절 일상으로 듣고 즐기던 두루미 울음소리나 토끼 사냥 같은 놀이였다. 우리의 삶에서 가장 귀한 것이 무엇인지를 적나라하게 보여주는 예라 하겠다. 시인은 이런 맥락에서 의미 있는 삶을 실천한 인물의 예를 이어서 제시한다.

"그대는 보지 않는가, 오나라 장한이 삶에 통달한 사람이라고 칭송받는 게 / 가을바람이 불자 문득 강동 고향이 생각나서 떠났기 때문임을"(君不見吳中張翰稱達生, 秋風忽憶江東行). '달생達生'은 '삶을 통달 또는 달관하였다'라는 뜻이다. 장한은 서진의 저명한 문학가로서 오나라 사람이지만 제齊왕 사마경에게 가서 대사마 동조연東曹掾을 지냈다.

『진서』 「장한전」에 다음과 같은 일화가 있다. 어느 날 가을바람이 일자 장한은 불현듯 고향의 부추나물, 순채국, 농어회가 생각났다. 그는 "인생이란 자신이 편한 바를 얻는 게 중요하지, 그까짓 명성과 작위 따위나 얻으려고 수천 리 떨어진 곳에 와서 벼슬살이하겠는가?"라고 말하고는 고향으로 돌아갔다. 어떤 사람이 "선생께서는 한순간을 마음대로 즐기려고 사후의 이름 내는 일을 하지 않으십니까?"라고 물으니, 그는 "설사 내게 사후의 이름이 드러난다고 하더라도, 지금 여기에 있는 술 한 잔만 못하오"(使我有身後名, 不如即時一杯酒)라고 대답하였다고 한다.

그래서 시인도 이에 동조하여 그대로 읊는다. "먼저 살아 있을 때 술 한 잔을 즐겨야지 / 이 몸 죽은 후 천 년 갈 이름 따위가 무슨 필요가 있는가"(且樂生前一杯酒, 何須身後千載名)? 여기서 '차且' 자는 '잠시'·'먼저'·'당장에'라는 의미로 쓰였고, '신후身後'는 '죽은 다음'이라는 뜻이다. 또한 '수須' 자를 '기다리다'라는 의미로 풀어서 '천 년 뒤의 이름을 뭐하러 기다리는가?'라고 해석해도 된다. 이 구절은 기실 앞의 「장한전」에 나온 "설사 내게 사후의 이름이 드러난다고 하더라도, 지금 여기에 있는 술 한 잔만 못하오"라는 말을 가져다가 극적인 표현으로 다시 쓴 것이다. '일배주一杯酒'를 출구로 당겨놓으면서 '차且' 자를 앞에 쓰고, 아울러 '신후명身後名'을 '신후천재명身後千載名'으로 바꾸면서 반문 어조로 쓰면 시의 분위기가 훨씬 극적으로 고조되기 때문이다. 이것이 다시 쓰기의 묘다.

시인이 이 시의 표층에서 말하고자 하는 내용을 다른 말로 바꾸면 아마 중용中庸의 즐거움일 것이다. 뛰어난 재주로 명성과 권력의 정점에 올라가고자 하는 욕망이야말로 중용을 벗어난 행위다. 이러한 행위는 반드시 좌절과 재앙을 만나게 돼 있다. 그때 가서 중용의 즐거움을 아쉬워해봤자 돌이킬 수 없으니, 지금 생명이 붙어 있을 때 당장 눈앞에 놓여 있는 술 한 잔을 즐기는 게 현명한 삶이라고 말한다. 이 말은 시인의 진심일까, 아니면 자신을 설득하는 말일까? 이 표층 아래에 다시 심층이 있는 것일까?

「행로난」 제1수에서 환상에 관하여 이야기했다. 환상은 한마디로 현실에 희망적 의미를 코팅한 것이어서 이게 없으면 현실을 마주하기가 쉽지 않다. 의미가 없다는 건 가치가 없다는 말과 같다. 그렇다면 가치는 어디서 생기는가? 그것은 높은 목표를 설정하고 이를 실현하는 고난과 고통의 과정에서 생긴다. 그래서 사람들은 도전하고 모험하는 것이니, 시인도 앞의 시에서 큰 돛을 높이 달고 푸른 바다로 나아가자고 스스로 선동하였다. 시에서 거론된 인물들은 비록 재앙으로 생을 마쳤지만 그들의 출발은 모두 의미 또는 가치를 찾아 나선 신념의 행위였다. 가치를 찾는 과정에서 마주치는 고난과 고통, 심지어 죽음까지도 그들에게는 쾌락에 속한다.

제1수에서와는 달리 이 시에서는 저들의 도전을 허무한 행위로 본다. 물론 자신도 저러한 행위를 해봤기에 그게 어떤 것인지에 대한 깨달음이 있었을 것이다. 그러나 조조가 「거북이 아무리 오래 살아도(龜雖壽)」에서 "늙은 천리마는 마판 위에 엎드려 있는 신세라도 / 의지는 천 리를 뛰려 하고, 열사는 노쇠한 만년에 이르러서도 / 웅대한 의지가 쉬려 하질 않네"(老驥伏櫪, 志在千里. 烈土暮年, 壯心不已)라고 읊었듯이, 웅지를 품었던 열사는 쉽사리 도전과 모험을 포기하지 않는다. 시인이 비록 자신의 신념을 실현하려다가 좌절을 겪었지만, 꿈을 향한 의지는 조조의 마음과 다르지 않았을 것이다. 그런 마음이 없다면 여생이 허전하고 사는 재미도 없을 것이다. 그러나 이제 노년에 이르러 기력도 없을뿐더러 다시 딛고 일어설 기반도 사라졌다. 이제 스스로 할 일은 자신을 달래서 의지를 가라앉히는 일일 것이다. 그래서 그는 역사에서 욕망을 추구하다가 사라져간 인물들을 하나하나 열거하면서 평범하게 사는 일상의 즐거움을 힘주어 말하게 된 것이다. 이것이 아마 시인의 심층이 아닐까 한다.

「추포가秋浦歌」 기십오其十五
– 추포에서 부른 노래 (열다섯 번째 시)

白髮三千丈 (백발삼천장)
緣愁似個長 (연수사개장)
不知明鏡裡 (부지명경리)
何處得秋霜 (하처득추상)

흰머리가 삼천 길이나 되다니
저 근심 걱정에 매달리느라 이렇게 자랐구나.
맑은 거울 속이라 해도 믿지 못하겠으니
도대체 어디에서 가을 서리를 맞았단 말인가.

「추포가秋浦歌」는 연작시로서 이 시는 그중 15번째 작품이다. 추포는 오늘날 안휘성 귀지貴池 서쪽에 있던 마을 이름으로 이백은 평생 이곳을 세 번 방문하였다. 이 작품을 지었을 때는 두 번째 방문이었고 시기는 대략 천보 13년(754)인 것으로 알려져 있다. 당시 시인은 장안을 떠나 천하를 주유한 지 이미 10년이 되던 터였다. 북쪽 지방을 여행하다가 안녹산의 난을 직접 보고는 비분강개하는 마음으로 남쪽의 추포로 다시 내려온 것이다. 이 시기에 「추포가」를 연작으로 지었는데, 여기서 그는 추포의 풍물과 민속 등을 읊으면서 자신의 심경을 이입하였다. 그중에서도 여기 소개하는 이 시는 짧지만 인생을 오래 산 사람들의 심정을 진솔하게 대변하므로 전통적으로 노년층에 널리 애송되었다.

이 시는 제1·2·4구에 '장丈', '장長', '상霜'으로 압운이 되어 있지만, 평측법을 맞추지 않았으므로 오언절구가 아니라 오언고시다. 앞서도 말했지만 엄격한 시율을 지켜야 하는 율시의 한 형식인 절구는 그의 호방한 성격에 맞지 않았나 보다.

노년을 맞은 시인은 여느 노인과 마찬가지로 흰머리에서 세월을 인식한다. "흰머리가 삼천 길이나 되다니 / 저 근심 걱정에 매달리느라 이렇게 자랐구나"(白髮三千丈, 緣愁似個長). '장丈' 자는 길이의 단위로서 원래 자형이 '尺'(자 척)과 '十'(열 십) 자를 합친 모양이므로, 십 척이 한 장임을 나타낸다. 일반인의 키가 팔 척이었으므로 십 척이면 덩치 큰 남자, 즉 장부丈夫가 된다. 그래서 우리말에서는 한 장을 남자 한 사람의 키, 즉 한 길로 부른다. 평생 이발을 안 하더라도 머리칼의 길이가 삼천 길이나 된다는 건 말도 안 되지만, 우리는 이런 표현을 과장법이라 여기고 자연스럽게 받아들인다. 만일 과장법을 인정하지 않고 이를 거짓말이라고 우긴다면 그는 아마 편집증 환자일 것이다.

사람은 자기가 늙는다는 사실과 자신의 늙은 모습을 잘 인식하지 못한다. 오랜만에 보는 친구가 늙어버린 모습에 놀라면서 자신을 그에게 비추어 자신의 모습도 짐작할 뿐이다. 요즘은 그나마 사진이라도 있어서 예전에 찍어둔 모습과 비교해 스스로 늙었음을 인식할 수 있지만, 이러한 비교의 대상이 없이 하루하루 살다 보면 늙어간다는 사실은 잊고 사는 게 보통이다. 옛날에는 『효경孝經』에서 "몸과 머리칼과 피부에 이르기까지 이것은 부모에게서 받은 것이므로 감히 헐거나 다치지 않게 하는 것이 효의 시작이다"(身體髮膚, 受之父母, 不敢毀傷, 孝之始也)라고 가르쳤으므로, 대개 평생 이발하지 않고 머리를 기르며 살았다. 이 긴 머리를 자주 감는 게 쉬운 일도 아닌 데다가 당시 이리저리 유랑하며 사는 처지여서 머리를 감는 게 아주 오랜만이었을 수도 있겠다. 모처럼 풀어진 자기 머리를 보고서는 아마 '내 머리가 언제 이렇게 길어졌지?' 하며 스스로 놀랐을 터이니, 이런 경우 충분히 저런 표현이 저절로 튀어나올 수 있다.

'백발이 삼천 장'이라는 탄식 속에는 기실 참으로 오래 살았다는 의미도 함께 담겨 있다. 오래 살았다는 생각이 드는 순간 즐거웠던 일보다는 늘 근심에 시달리며 살았던 과거가 회상되었을 것이다. 시인은 추방되어 유랑하는 현재의 처지에서 생각할 것이기에 그렇다. 그래서 시인은 "저 근심 걱정에 매달리느라 이렇게 자랐구나"(緣愁似個長)라고 읊었다. '개個' 자에는 '이것'(此)이라는 뜻이 있으므로 '사개似個'는 '이같이'라는 의미가 된다. 여기서 우리는 시인이 '연수緣愁'라고 표현한 부분에 주목해야 한다.

'연緣' 자는 '실 사糸'와 '판단할 단彖'으로 이루어졌다. '단彖' 자는 흥분한 멧돼지가 좌우 안 가리고 쏜살같이 앞으로 내달리는 모양이므로 나중에는 사물을 가르는 직선을 가리키게 되었다. 따라서 '연緣' 자의 원래 의미는 '옷의 가장자리를 일직선으로 가선을 박아 꿰매다'가 된다. 다시 말해 두 개의 천 조각을 하나로 이어 붙인다는 뜻이다. 시인이 '연수緣愁'라고 쓴 것은 앞의 긴 백발이 근심과 하나로 꿰매져 있음을 말하고자 함이다. 근심이 오랜 기간 지속되다 보면 이것이 쌓여서 나중에는 백발이라는 사물이 된다는 뜻이니 이른바 '시간의 공간 되기'라고 말할 수 있을 것이다.

이처럼 근심과 걱정은 사람을 늘 괴롭혀왔다. 송나라 육유陸游가 「추흥秋興」에서 "일어나 백 바퀴를 걸으며 탄식 몇 번 하니까 / 하룻저녁에 푸르던 머리카락이 가을 서리가 되었네"(起行百匝幾嘆息, 一夕綠髮成秋霜)라고 읊었듯이, 사람들은 백발의 원인을 근심 탓으로 돌린다. 그렇다면 원하는 대로 근심에서 해방되면 인간은 만족할까? 굳이 에리히 프롬Erich Fromm의 『자유로부터의 도피』를 들먹이지 않아도 우리에게는 "걱정도 팔자다"라는 익숙한 속담이 있다. 근심 걱정은 인간에게 주어진 운명이라는 말이다. 정 걱정할 게 없으면 기인우천杞人憂天처럼 하늘이 무너지면 어쩌나 하는 걱정이라도 한다. 인간에게 불안이 있는 이상 걱정은 계속될 수밖에 없는데, 없는 불안을 일부러 만들어서 걱정한다면 그것은 역설적으로 일종의 쾌락이 아닐까? 이러한 자신의 어리석은 모순을 피하려고 시인은 근심 때문에 백발이 삼천 장이나 되었다고 너스레를 떤 것이 아닌가 싶다.

생각이 여기에 이르자 시인은 더 나아가 이런 모습을 보여준 거울까지 탓한다. "맑은 거울 속이라 해도 믿지 못하겠으니 / 도대체 어디에서 가을 서리를 맞았단 말인가"(不知明鏡裡, 何處得秋霜). 거울은 있는 모습을 그대로 비춰줄 뿐 거짓말을 하지 않는다. 그러나 길게 늘어진 백발을 보고 놀라서 거울을 들여다보니 그때서야 머리끝만이 아니라 윗머리도 백발이 되었음을 발견하고는 믿을 수가 없었다. 이것을 시인은 "도대체 어디에서 가을 서리를 맞았단 말인가"라고 탄식하였다. '추상'은 글자 그대로 늦가을에 내리는 서리다. 이미 황량해진 겨울에 내리는 눈과는 달리 아직 가을 기운이 남아 있는 상태에서 갑자기 들이닥친 흰서리는 놀라움과 추위를 동시에 충격적으로 안겨준다. 이런 된서리를 맞으면 그나마 한기를 버티던 식물들마저 다 시들어버리므로, 사람들은 이제 갈무리의 계절인 겨울이 코앞에 와 있음을 깨닫게 된다. 마찬가지로 개인도 자신의 머리가 가을 서리를 맞았음을 깨닫는 순간 자신의 인생도 막바지에서 멀지 않았음을 인식한다. 『사기』 「이사열전」의 "그러므로 서리가 내리면 풀과 꽃이 지고, 물이 흔들려 움직이면 만물이 일어나는데, 이것은 필연적인 현상이다"(故秋霜降者草花落, 水搖動者萬物作, 此必然之效也)라는 구절은 이를 가리킨다. 그래서 '추상'이라는 단어에 '준엄하고 무섭다'라는 의미가 파생되었다.

　그런데 시인은 여기서 가을 서리를 '득得'하였다고 표현했다. '득'이란 길을 가다가 우연히 주웠다는 뜻일 텐데, 머리의 서리는 시인 자신의 말대로 자기가 평생 근심으로 쌓아온 게 아니던가? 이는 자신의 늙음을 인정하기 싫다는 의지를 에둘러 나타낸 것이다. 그래서 시인은 현실을 그대로 보여주는 거울 자체를 근본적으로 부정한다. 이것이 "맑은 거울 속이라 해도 믿지 못하겠다"(不知明鏡裡)는 것이다. 글자 그대로 번역하면, "저 거울 속을 모르겠다"는 뜻이지만, 이때의 '부지不知'는 '저 거울은 모를 놈이다'라는 의미를 담고 있으므로 '믿을 수 없는 놈이다' 라는 의미로 바꿀 수 있다.

사람의 관념은 근본적으로 형이상학적이어서 외부 사물의 변화를 따라가지 못하고 늘 뒤에 처지기 마련이다. 그래서 관념과 현실이라는 물物 사이에는 언제나 차이가 벌어져 있다. 이때 사람은 따라가지 못하는 자신을 탓하기보다는 앞서가는 변화를 탓한다. 예를 들어 군대에서 행군할 때 맨 앞에서 행군을 선도하는 첨병 부대가 언제나 후방 부대로부터 비난을 듣는 것과 같은 이치다. 기실 첨병 부대는 일정한 보조로 걸어갈 뿐인데, 뒤에 따라오는 부대 중간에서 예기치 않은 자잘한 변수로 인해 약간의 지체가 발생하게 되면 그 여파가 뒤로 갈수록 축적이 되어 맨 뒤에 있는 부대는 내내 뛰어야만 하는 현상이 생겨나기 때문이다.

시인도 어느 날 문득 이 간극을 발견하고는 그 충격을 이렇게 표현했지만, 기실 그 이면을 살펴보면 현실을 인정하고 그에 복종하고 있음을 알 수 있다. 이것은 '장丈', '장長', '상霜'의 압운에서 느낄 수 있다. '장丈' 자는 젊은 장부의 혈기를, '장長' 자는 다 자란 성인의 완숙함을, '상霜' 자는 서리를 맞아 시들어가는 노년의 복종을 각각 상징하고 있기 때문이다. 젊은 혈기와 중년의 교만함은 노년의 서리를 맞아봐야 겸손해진다는 말이다. 삶이 갈무리되는 죽음 앞에서 가을 서리 맞은 초목처럼 숙연하고 복종하지 않을 수 있을까?

참고로 첨부하면, 제3·4구절은 보통 하나의 문장 또는 율시의 유수대처럼 보아서 "거울 속 백발이 어디서 얻어진 건지 알 수 없다"라고도 해석한다. 잘못된 해석은 아니다. 필자는 그보다는 위에서처럼 해석하는 편이 더 동적이고 극적 효과가 있다고 판단하였다. 늙어보니까 거울을 탓하는 게 더 자신에게 위로가 되어 자연스럽기 때문이다.

「문왕창령좌천용표요유차기聞王昌齡左遷龍標遙有此寄」
 － 왕창령이 용표로 좌천되었다는 소식을 듣고
                멀리서나마 기별을 보낸다

楊花落盡子規啼 (양화락진자규제)
聞道龍標過五溪 (문도룡표과오계)
我寄愁心與明月 (아기수심여명월)
隨風直到夜郎西 (수군직도야랑서)

버들 솜 다 떨어지고 두견새 우는 이때
전해 듣기로 나의 벗은 이미 다섯 개의 계곡을 건넜다던데.
나의 이 걱정하는 마음을 저 밝은 달에 보내면
바람 따라 곧장 야랑 서쪽에 다다르겠지.

왕창령은 이백과 매우 친한 벗이었다(이에 관해서는 앞의 왕창령의 시를 참조하기 바란다). 그가 천보(742~756) 연간에 용표龍標현의 현위로 좌천되자, 이 소식을 멀리서 듣고 그를 위로하기 위하여 지은 시다. 『신당서新唐書』「문예전文藝傳」은 좌천의 이유를 '불호세행不護細行'이라고 적었는데, 이는 무슨 큰 죄를 저질러서가 아니라 '작은 행동을 하찮게 여기는 바람에' 당한 일이라는 뜻이다. 그러나 왕창령은 신점과 헤어지며 지은 시 「부용루송신점芙蓉樓送辛漸」에서는 "낙양의 친구들이 여기저기서 묻거든 / 한 조각 얼음처럼 깨끗한 마음만이 옥병 속에 있다고 전해주오"(洛陽親友如相問, 一片冰心在玉壺)라고 자신의 결백함을 표명하였다. 장안에서 추방된 후 강남을 떠돌 때 이 소식을 들었으므로 이백은 충분히 친구의 처지를 이해하고 공감할 수 있었을 것이다.

이 시는 기구의 '제啼', 승구의 '계溪', 결구의 '서西' 등 『평수운』의 제齊운으로 압운한 칠언절구다. 시인은 벗을 위로하는 말을 시절을 알리는 시어로 시작한다. "버들 솜 다 떨어지고 두견새 우는 이때"(楊花落盡子規啼). '양화楊花'는 직역하면 버들 꽃이지만 실은 버드나무에서 만들어진 꽃 솜을 가리킨다. 일부 시집에서는 '양주화락揚州花落', 즉 '양주에 꽃이 지고'라고 쓰기도 했는데, 양주는 당시 시인이 머물던 곳이었다.

'자규子規'는 두견새의 별명으로서 전설에 의하면 촉나라 임금인 두우杜宇의 원혼이 새가 되어 매년 음력 3월이면 나타나 슬피 운다고 한다. 이 새를 고전에서는 귀촉도歸蜀道, 또는 불여귀不如歸라고도 부르는데, 이는 두견이의 울음소리가 마치 "촉으로 가는 길은 험난하니, 차라리 돌아가세"라는 말처럼 들린다고 해서 붙여진 이름이다. 송대 범성대范成大가 시 「재용전운再用前韻」에서 쓴 "촉으로 가는 길이 아무리 평지

를 밟는 것 같다 해도 / 두견이는 언제나 차라리 돌아가라고 권하네"(蜀
道雖如履平地, 杜鵑終勸不如歸)라는 구절은 매우 유명하다. 이처럼 밤에는
두견이가 가지 말고 돌아오라며 슬피 울고, 낮에는 버들 솜이 정처 없이
흩어져 날아다니는 광경 속에서 우리는 유배를 떠나는 친한 벗에 대한
애틋한 감정을 상징적으로 읽을 수 있다.

　승구에서 시인이 벗의 소식을 들었을 때 이미 그는 험한 다섯 개의
계곡을 건너 목적지에 거의 도착했던 것으로 보인다. "전해 듣기로 나의
벗은 이미 다섯 개의 계곡을 건넜다던데"(聞道龍標過五溪). '문도聞道'는
남이 전하는 말을 들었다는 뜻이고, '용표龍標'는 당시 현의 이름으로서
오늘날 호남성 검양黔陽현에 있었다. 왕창령은 이곳의 현위로 좌천되어
간 것인데, 옛 중국에는 오른쪽은 귀하고 왼쪽은 낮다는 관념이 있었으
므로 '좌천左遷'이란 낮은 자리로 강등된다는 뜻이었다. 말이 좌천이지
먼 지방으로 발령받은 것은 기실 유배나 다름없다고 봐도 무방하다. 옛
날 중국 사람들은 사람을 높여 부를 때 그가 봉직하고 있는 임지의 지
명으로 부르는 관습이 있었다. 이러한 관습은 기실 당나라 때 생겨났
다. 용표는 바로 벗이 부임해가는 현의 이름이므로 여기서 '용표'는 왕
창령을 가리킨다.

　'오계五溪'는 오늘날의 상강湘江과 검양현 경계에 위치한 진계辰溪·유
계酉溪·무계巫溪·무계武溪·원계沅溪 등 다섯 개의 강을 함께 일컫는 말
이다. 이 다섯 개의 강을 건너야 용표에 도달할 수 있으므로, 당시에는
이 일대가 사람이 살기 힘든 불모지 정도로 인식되고 있었다. 이런 곳
에 부임하는 것이 유배나 다름없으므로 시인도 동정심이 생겨 그를 위
안하기 위한 시를 썼을 것이다.

친한 벗이 황무지로 유배 가는데 멀리 있어서 직접 배웅도 하지 못한 시인은 이 안타까운 마음을 전하지 못하는 게 더욱 가슴 아팠을 것이다. 삶이란 궁즉통窮則通, 즉 "막다른 길에 다다르면 길은 다시 뚫린다"라는 격언이 있듯이, 시인은 이를 해결할 방법을 상상해낸다. "나의 이 걱정하는 마음을 저 밝은 달에 보내면 / 바람 따라 곧장 야랑 서쪽에 다다르겠지"(我寄愁心與明月, 隨風直到夜郎西). '기寄' 자는 '맡기다'·'부탁하다'라는 뜻이고, '여與' 자는 '~에게 주다'라는 뜻이므로, 이 구절은 '걱정하는 마음을 (누구에게) 전해달라고 밝은 달에 맡긴다'라는 의미가 된다.

멀리 있는 그리운 사람에게 마음을 전하고자 할 때 달을 미디어로 삼는 상상은 중국 문학에서 이백 이전에도 있었다. 이를테면, 포조鮑照는 「완월성서문해중玩月城西門廨中」에서 "달이 십오야十五夜, 십육야十六夜가 되면 / 천 리에 떨어져 있어도 그대와 함께 있음과 같네요"(三五二八時, 千里與君同)라고 하였고, 양혜휴湯惠休는 「원시행怨詩行」에서 "밝은 달이 누각을 비출 때 / 거기엔 그대 모습을 머금고 천 리를 날아온 빛도 있겠지"(明月照高樓, 含君千里光)라고 썼다. 이처럼 애틋한 마음이 있으면 이를 표현하거나 전하고 싶은 방법은 자연스럽게 나오는 법이다. 후일 송나라 때 구양수歐陽脩의 "도가 넘치는 자에게 문장은 어렵지 않게 저절로 이루어진다"(道勝者, 文不難而自至)라는 구절은 이를 두고 한 말인가?

'수풍隨風'은 '바람 부는 대로 따라서' 또는 '바람에 날려서'라는 뜻인데, 일부 시집에서는 '수군隨君'으로 적기도 했다. '야랑夜郎'은 야랑현을 가리킨다. 이곳은 호남에서도 오지 중의 오지로서 이백도 이린의 반란 사건에 연루되어 이곳에 유배 명령을 받은 적이 있었다. 다행히 가는 도중에 사면받아 돌아오긴 했지만 말이다. 야랑도 오지인데 용표는 거기서 서쪽으로 더 가야 하므로, '야랑서夜郎西'라고 표현한 것은 벗이 얼마나 먼 곳에 유배되었는지를 묘사하기 위한 수사임을 알 수 있다.

억울하게 오지로 좌천된 벗에게 애틋한 동정의 마음을 전하고픈 시인은 명월에 기탁하여 보냈고, 명월은 다시 시인의 마음을 바람에 실어 보내니까 야랑현 너머에 있는 용표까지도 단숨에 전해질 수 있었다. 라캉이 설파하였듯이 모든 편지는 대타자라는 관념적 수신자에게 도달한다. 이러한 관점에서 본다면 왕창령에게 보내고자 했던 이 시는 기실 그의 이름을 빌려 자신에게 보낸 것이라 볼 수 있다. 나중에라도 왕창령이 이 시를 읽으면 큰 위로를 받겠지만 그 전에 시인이 먼저 스스로 위로를 받았을 것이다.

「조발백제성早發白帝城」
  – 아침 일찍 백제성을 떠나며

朝辭白帝彩雲間 (조사백제채운간)
千里江陵一日還 (천리강릉일일환)
兩岸猿聲啼不住 (양안원성제불주)
輕舟已過萬重山 (경주이과만중산)

아침에 노을 구름 드리운 백제성을 작별하는가 했더니
천 리 떨어진 강릉을 하루 만에 돌아왔네.
양쪽 강 언덕엔 잔나비 울음소리 그칠 새도 없이
날랜 배는 벌써 첩첩 산을 뒤로하더라.

이 시는 칠언절구로서 『평수운』 중에서 산刪 운에 속하는 '간間'·'환還'·'산山'으로 압운하였다. 숙종 건원 2년(759)에 지어졌다. 건원 원년(758)에 이린 반란 사건에 연루되어 야랑으로 유배를 떠났는데, 백제성에 이르렀을 때 갑자기 사면되어 즉시 강릉으로 돌아오며 지은 시다. 그래서 이 시의 제목을 '백제성에서 강릉으로 내려가며'(白帝下江陵)라고 부르기도 한다.

시의 이해를 위해서 이 반란 사건에 대하여 간단히 알아보자. 이린은 현종의 열여섯 번째 아들로서 영왕에 봉해졌고, 안녹산의 난을 피해 촉으로 갔다가 강릉 대도독에 임명되었다. 이때 나이가 57세인 시인이 그를 따라다니며 그의 공적을 「영왕동순가永王東巡歌」 등의 시로 지어주었다. 그러다가 세력이 점점 커져 반란을 도모하기에 이르자 지덕 2년(757)에 토벌되고 시인도 투옥되었다. 이때 강남서도채방사江南西道采訪使인 송약사宋若思가 그를 구명해주자 그의 막료로 들어가 역시 그를 위해 공문과 시문을 지어주었다. 송약사는 이백을 매우 존경하였으므로 그를 조정에 천거했는데, 이때 반란 사건에 연루된 일이 다시 제기되어 결국 야랑으로 유배를 가게 된 것이다. 유배의 길을 떠나 백제성쯤에 이르렀을 때 숙종이 대사면을 단행하자 이 바람에 시인도 강릉으로 돌아올 수 있었다.

이백은 형식을 중시하는 율시보다는 형식에서 비교적 자유로운 고시(고체시)를 주로 짓는 시인이었는데, 이렇게 뛸 듯이 기쁜 상황에서 오히려 율시의 반쪽이라 할 수 있는 절구로 지었다는 사실은 어찌 보면 역설적이다. 해방의 기쁨이 자유로움을 넘어 일탈로 넘어갈까 봐 스스로 경계하였기 때문일까?

아무튼 시인은 강릉으로 가기 위해 백제성을 떠나는 들뜬 마음을 조용한 풍경의 묘사로 시작한다. "아침에 노을 구름 드리운 백제성을 작별하는가 했더니"(朝辭白帝彩雲間). '사辭'는 '물러나다'라는 뜻이므로, '조사백제朝辭白帝'는 '아침에 백제성과 작별하다'가 된다. '채운彩雲'은 '색으로 물든 구름'이라는 뜻이고, '간間' 자는 '격隔' 자와 같아서 '사이를 떼다', '가리다' 등의 의미가 있다. 따라서 '채운간彩雲間'은 아침노을로 물든 구름이 '백제성을 가리다', 또는 백제성이 아침노을로 물든 구름을 '갈라놓다'라는 의미가 된다.

이 구절은 번역이 까다로워서 필자는 '아침에 노을 구름 드리운 백제성을 작별하다'라고 번역했지만, 시인이 묘사하고자 했던 구문의 실제 의도는 '아침에 백제성과 작별할 때 백제성은 아침노을로 물든 구름을 사이사이 떼어놓고 있었다'였다. 이는 떠날 당시 백제성의 아침은 바람 하나 없이 매우 고요했는데, 이 상황은 다른 한편으로 보자면 빨리 목적지에 가고 싶은데 바람이 없으면 배가 늦게 가서 어쩌나 하는 걱정을 품고 있다고 봐도 무방하다.

그러나 그러한 걱정과는 달리 배는 빨라서 "천 리 떨어진 강릉을 하루 만에 돌아왔네"(千里江陵一日還). 백제성에서 강릉까지는 약 1,200리인데 그 사이에는 이른바 700리 삼협三峽도 들어가 있다. 이 뱃길은 유속이 빠르기에 바람 없이도 하루에 갈 수 있었던 것으로 짐작된다. 백제에서 강릉까지 멀기는 해도 봄에 얼음이 녹아 강물이 불면 아침에 출발해서 저녁에 도착할 수 있다는 옛 기록이 있을 뿐 아니라, "아침에 백제를 떠나 저녁에 강릉에서 잔다"(朝發白帝, 暮宿江陵)라는 속담도 있다고 한다. 이러한 속담에 근거해서 시인은 "천 리 강릉을 하루 만에 돌아왔네"라고 멋들어진 시어로 바꾼 것인데, 흔히 사람들은 이를 과장법으로 설명하지만, 기실 과장법이 아니라 평범한 소재를 금으로 변환시킨 연금술이라고 평가하는 편이 옳다.

　전구와 결구는 이렇게 속히 오는 과정을 아주 간명하게 묘사한다. "양쪽 강 언덕엔 잔나비 울음소리 그칠 새도 없이 / 날랜 배는 벌써 첩첩 산을 뒤로하더라"(兩岸猿聲啼不住, 輕舟已過萬重山). '주住'자는 '멈추다'라는 뜻이므로 '제불주啼不住'는 '울음이 멈추지 않다'가 된다. 일부 시집에서는 '주' 자를 '진盡'(다할 진) 자로 쓰기도 하는데 뜻은 마찬가지다. 장강의 양쪽 언덕에는 잔나비(원숭이)들이 중간중간에 떼지어 울기도 하는데, 배가 너무 빨리 지나가는 바람에 중간에 끊기는 부분이 감지되지 않고 연이어서 우는 것처럼 들린다는 의미다. 이처럼 배의 속도를 주체의 관점이 아닌 대상인 잔나비 울음소리의 끊이지 않는 현상으로 묘사한 것은 배가 얼마나 빨랐는지를 상상할 수 있게 해준다.

　'경주輕舟'는 '가벼운 배'라기보다는 '가벼운 느낌으로 빠르게 나아가는 배'가 더 어울린다. 이 의미는 시인이 유배 길을 올라갈 때 지은 시인 「상삼협上三峽」의 구절과 비교하면 명확히 이해할 수 있다. 이 시에서 그는 "삼일 아침에 걸쳐 황우협을 올라가도 / 삼일 저녁 걸려 간 거리가 너무나 느리네. 삼일 아침을 맞고 다시 삼일 저녁을 맞는 사이 / 나도 모르게 귀밑털이 세어버렸네"(三朝上黃牛, 三暮行太遲. 三朝又三暮, 不覺鬢成絲)라고 읊었다. 이 시 역시 "아침에 황우협을 출발하여 / 저녁에 황우협에서 자네. 삼일 아침 삼일 저녁을 가도 / 황우협은 여전히 그 자리에 있네"(朝發黃牛, 暮宿黃牛, 三朝三暮, 黃牛如故)라는 당시 뱃사람들의 노래를 가져다 다시 쓴 것으로서, 황우협의 물살이 얼마나 거셌는지를 말해준다. 이러한 물살을 거슬러 올라가본 시인이 내려올 때의 속도감을 '경輕' 자로 표현한 것을 충분히 공감할 수 있다.

속도감을 묘사한 또 하나의 구절이 '이과만중산已過萬重山'이다. '과過' 자는 원래 어떤 기준점을 지나쳤다는 뜻이고, '만중萬重'은 수많은 주름처럼 겹쳐 있는 모양을 가리킨다. 잔나비 울음소리가 끊이지 않는 가운데 어느덧 주름처럼 겹쳐진 수많은 산을 지나쳐 왔는데, 그 모양이 마치 '과過' 자가 가리키는 의미처럼 풍경이 다가오자마자 곧바로 뒤로 물러가는 것 같았다는 말이다. 이러한 묘사는 오늘날 초특급 고속열차를 타고 가면서 읊어도 조금도 손색이 없을 것이다.

이 시에 쓰인 단어들은 굳이 시어라고 할 것도 없고, 단지 뱃사람이나 여행자들 사이에서 떠도는 속담, 즉 "아침에 백제를 떠나 저녁에 강릉에서 잔다"는 말을 모티프로 해서 다시 쓴 것에 불과하다. 그래도 중국 고전 시에서 명시를 꼽을 때 반드시 거론되는 것을 보면, 평범한 건자재로도 호화 건물을 지어내는 그의 천재성을 읽을 수 있다. 주정周珽이 『당시선맥회통평림唐詩選脉會通評林』에서 "이백이 (이 속담을) 시어로 만들어 비바람을 놀라게 하고 귀신을 울게 하였다"(太白述之爲韻語, 驚風雨而泣鬼神矣)라고 평한 것은 이를 가리켜 한 말이리라.

앞에서 설명하였듯이 이백은 젊어서부터 정치적 포부를 품고 있었다. 그러나 시인으로서 그의 포부는 어디까지나 관념적이었을 뿐, 그에게 정치적 감각이 결핍돼 있음은 어쩔 수 없는 현실이었다. 이 시를 읽으면 시인의 솔직한 감정이 여실히 드러나 있음을 알 수 있는데, 그것이 말해주는 것은 그가 사면을 받기 전까지 엄청난 스트레스에 시달렸다는 사실이다. 그 스트레스의 해제와 함께 이런 시가 나왔다는 게 이 사실을 명확히 입증한다. 정치적 감각이 있는 시인이라면 아무리 기뻐도 이렇게 솔직하게 표현하지는 않는다. 정치인은 어떤 경우에라도 자신의 속내를 드러내지 않으려는 데 익숙한 사람이기 때문이다. 정치는 근본적으로 담력으로 하는 것인데 이렇게 솔직하다면 담력이 부족하다는 그의 결정적인 약점이 정적에게 들키지 않겠는가? 이렇게 복잡한 생각에 구애받지 않고 자신의 감정을 있는 그대로 표현하였기에 역사적으로 많은 사람의 공감과 사랑을 받아온 것이 아닐까 생각한다.

제2부

「황학루黃鶴樓」

昔人已乘黃鶴去 (석인이승황학거)
此地空餘黃鶴樓 (차지공여황학루)
黃鶴一去不復返 (황학일거불부반)
白雲千載空悠悠 (백운천재공유유)
晴川歷歷漢陽樹 (청천력력한양수)
芳草萋萋鸚鵡洲 (방초처처앵무주)
日暮鄕關何處是 (일모향관하처시)
煙波江上使人愁 (연파강상사인수)

옛사람은 이미 황학을 타고 떠나버렸고
이곳엔 휑하니 황학루만 남아 있네.
황학은 한번 가더니 더는 돌아오지 않고
흰 구름만 천 년 내내 정처 없이 떠가네.
맑은 물 위엔 건너편 한양의 나무들이 역력히 비치고
앵무 섬엔 향기로운 풀들이 빽빽이 들어섰네.
날은 저물어가는데 고향 가는 길은 어디에 있나?
강 위에 너울거리는 안개가 시름겹게 만드네.

　최호(704~754)는 오늘날의 하남성 개봉開封시인 변주汴州 사람이다.
현종 개원 11년(723)에 진사에 급제하여 태복시승太僕寺丞에 제수되었
고, 천보 연간에는 사훈원외랑司勳員外郎이 되었다는 기록이 있다. 『전당
시全唐詩』에 그의 작품 42편이 실려 있지만, 그중에서 「황학루」가 가장
유명하다. 전설에 의하면, 이백이 황학루에 올라가 그 경관에 감동한 나
머지 시 한 수를 지으려고 붓을 들었다가 문득 위에 걸린 최호의 시를
보고는 "눈앞에 아름다운 경치가 있지만 표현할 방도가 없었는데 / 최
호가 시로 표현한 게 이미 저 위에 있었네"(眼前有景道不得, 崔顥題詩在上
頭)라고 감탄하며 붓을 놓았다고 한다.

　이렇게 「황학루」라는 시는 천하에 이름을 떨쳤지만, 그 명성에 비해서
시인에 대한 기록은 별로 없다. 아마 그가 역임한 관직이 낮은 데다가
성격이 소탈하여 자신의 재주를 적극적으로 내세우지 않았기에 사람들
이 관심을 두지 않았기 때문으로 짐작된다. 그래서 작품은 유명한데 행
적은 별로 없는 이른바 '유문무행有文無行'의 대표적인 인물로 꼽힌다.

　황학루는 오늘날 무한武漢시 장강대교 남단 지역에 자리 잡고 있다.
이 누각은 삼국 시기 오나라 황무黃武 2년(223)에 지어진 것으로 전해
진다. 황학루라는 이름은 선인仙人이 노란 두루미를 타고 떠났다는 전
설에서 붙여진 이름인데, 『남제서南齊書』에서는 자안子安이라는 선인이
노란 두루미를 타고 가다가 이곳에 들렀다고 기록하였고, 염백근閻伯瑾
의 「황학루기黃鶴樓記」에서는 제갈량 사후에 촉한의 재상이었던 비위費
褘가 황학을 타고 떠났다고 기록하였다. 이에 관해서는 앞의 「황학루송
맹호연지광릉黃鶴樓送孟浩然之廣陵」 부분을 참고하기 바란다.

　이 시는 칠언율시로서 『평수운』 중의 우尤 운에 속하는 '루樓'·'유

悠'·'주洲'·'수愁' 자로 압운하였다. 칠언율시는 원래 수련의 첫 구절 마지막 글자인 '거去' 자도 같은 '우尤' 운으로 압운하는 게 원칙이나 여기서는 하지 않았을 뿐 아니라, 평측법도 시율에서 좀 벗어나 있는 편이다.

수련은 황학루의 전설로부터 시작한다. "옛사람은 이미 황학을 타고 떠나버렸고 / 이곳엔 휑하니 황학루만 남아 있네"(昔人已乘黃鶴, 此地空餘黃鶴樓). '석인昔人'은 '옛날 사람'인데, 이는 앞서 말한 비위나 자안 같은 전설상의 선인을 가리키고, '공空' 자는 '只'(다만 지) 자와 같다.

황학루의 이름이 전설이듯이 황학黃鶴, 노란 두루미도 전설의 새다. 여러 가지 제약과 억압으로 찌든 삶을 사는 인간이 하늘을 날아다니는 새를 선망하며 해방과 자유의 상징으로 여겼을 것은 너무나 자연스럽다. 게다가 두루미처럼 큰 새라면 인간이 말처럼 타고 날아다닐 수도 있을 터이니, 선인仙人이 하늘로 올라갈 때 이용하는 교통수단이었다고 충분히 상상할 수 있다.

신화와 전설에 등장하는 말은 주로 순백의 백마인 반면, 선인이 타고 하늘을 나는 두루미는 노란색, 황색이다. 백마는 흔치 않은 빛깔이라 멀리서도 금방 눈에 띈다. 전설에서 영웅을 백마에 태우는 것은 그를 기다리는 민중의 마음을 반영한 결과다. 한편 황색은 고대 중국의 형이상학에서 중앙을 상징한다. 고대 중원이 황토 고원이어서 생긴 오래된 관념이다. 그래서 황색은 황제를 중심으로 하는 중앙 권력을 상징하기도 한다. 이 권력은 너무나 커서 그들이 실정을 저질러도 백성으로서는 어떻게 해볼 도리가 없는 게 현실이다. 이러한 상황에서 백성이 할 수 있는 건 영웅의 출현을 기대하는 것인데, 정국이 극도로 혼란했던 남북조 당시 '혹시나' 하고 기대했던 영웅이 '역시나'로 끝나는 것을 여러 차레 경험한 민중들은 더는 영웅 서사를 기대하지 않고 대신에 선인들에게 희망을 걸게 되었다. 선인은 인간의 한계인 죽음을 이긴 사람이므로 세상을 구원할 수 있으리라는 믿음이 있었을 것이다. 그들은 두루미를 타고 날아다니므로 하늘에 가서 상제에게 백성의 어려움을 대신 신원해줄 수 있을 것이라는 믿음 말이다. 그래서 선인들이 타고 다니는 두루미에 최고 권력의 상징인 황색을 입혔으리라는 추론이다. 따라서 황학은 신화에 속하지만 황색으로 인하여 정치적 함의를 띠고 있다고 보아야 한다.

이런 전설을 생각하며 황학루에 올랐을 때 시인을 마주한 것은 선인과 황학이 떠나버리고 휑하니 남은 누각뿐이었다. 이 초라한 누각이 옛날 희망과 기대를 한껏 부풀게 해주었던 그 전설의 장소였던가? 생각이 여기에 미치면 '전설이 사라진 이 자리에는 덩그러니 황학루만 남았네'(此地空餘黃鶴樓)라는 말이 저절로 나올 것이다. 이렇듯 허무한 감정은 오늘날 우리도 명승이나 고적에 가서 종종 느끼지 않는가?

인간의 이 헛된 희망의 부침을 시인은 변함없는 자연과 대비한다. "황학은 한번 가더니 더는 돌아오지 않고 / 흰 구름만 천 년 내내 정처 없이 떠가네"(黃鶴一去不復返, 白雲千載空悠悠). '반返'자는 '되돌아오다'라는 뜻이고, '재載'자는 '年'(해 년) 자와 같은 뜻이며, '유유悠悠'는 '어디에 얽매이지 않고 한가로이 떠다니는 모양'을 형용하는 말이다.

선인이 떠났다는 전설이 관념화하면 '떠났다'라는 개념의 반대편에는 반드시 '돌아오다'라는 개념이 저절로 생긴다. 그래서 사람들은 그 '되돌아옴'을 기다리게 된다. 그러나 현실은 관념의 작용대로 실현되지 않는데, 이 지점에서 두 부류의 사람들이 나타난다. 하나는 그래도 더 기다리는 사람들이고, 다른 하나는 그것이 꿈에 불과하다는 사실을 깨닫는 사람들이다. 시인은 후자에 속해서 곧바로 인간의 모든 것은 저 하늘의 구름처럼 유유히 정처 없이 떠다닐 뿐 사람들의 희망처럼 움직여주지 않는다고 담담하게 말한다. 흰 구름은 천 년 만 년 떠가지만 언제 한 번이라도 사람들의 말에 귀를 기울이던가? 전설이 만들어지면 거기에는 자연히 희망이 덧붙여 생기는데 시인은 이것을 '공空'으로 표현했던 것 같다.

시인은 경련에서 전설의 헛된 꿈과는 달리 황학루에서 보는 경관은 매우 수려함을 묘사한다. "맑은 물 위엔 건너편 한양의 나무들이 역력히 비치고 / 앵무 섬엔 향기로운 풀들이 빽빽이 들어섰네"(晴川歷歷漢陽樹, 芳草萋萋鸚鵡洲). '천川' 자를 보통 '原'(벌판 원) 자로 해석하므로 '청천晴川'은 '햇빛에 밝게 빛나는 수면'이 된다. '역력歷歷'은 '뚜렷해서 하나하나 셀 수 있다'라는 뜻이고, '한양漢陽'은 황학루 건너편에 보이는 지명이다. '처처萋萋'는 초목이 무성하게 자란 모양을 형용한 말이고, '앵무주鸚鵡洲'는 장강 가운데에 있는 삼각주 이름이다. 맹호연孟浩然이 "전에 강가의 황학루에 올라가서 / 멀리 강 가운데 앵무주를 바라보았네"(昔登江上黃鶴樓, 遙看江中鸚鵡洲)라는 명구를 읊은 바도 있다.

전설의 거품이 빠진 황학루에서 경치를 감상하니 정말로 빼어났다. 햇빛을 받은 강물은 마치 광활한 벌판 같았고, 그 위에 반사된 건너편 한양의 나무들은 그 수를 하나하나 셀 수 있을 정도로 또렷하게 보였다. 내려다보이는 앵무주 섬에는 풀과 나무들이 무성하게 자라나 있는데, 그 풀 향기가 여기까지 전해지는 듯하였다. 시인이 '방초芳草'라고 쓴 것은 이 때문이었으리라. 헛된 전설을 걷어내고 나니 제대로 보이는 황학루의 진가를 시인은 말하고 싶었던 것 같다. 마치 전설로 인하여 누각의 진면목이 가려져 왔음을 안타까워하듯이 말이다.

『논어』「위령공」편에 "사람에게 장래에 대한 심려가 없으면, 반드시 가까운 곳의 근심거리가 생긴다"(人無遠慮, 必有近憂)라는 구절이 있다. 요즘 말로 바꾸면, 거대 담론이 사라진 자리에는 반드시 자잘한 감성의 문제가 대두된다고 말할 수 있다. 이것을 미련에서 이렇게 읊는다. "날은 저물어가는데 고향 가는 길은 어디에 있나? / 강 위에 너울거리는 안개가 시름겹게 만드네"(日暮鄉關何處是, 煙波江上使人愁). '향관鄕關'은 '고향으로 갈 때 반드시 거쳐야 하는 관문'을 뜻한다. 당시에는 지방에 가려면 반드시 관문의 검문을 받고 나가야 했기에 이렇게 표현한 것인데, 이를 근거로 향관은 '고향으로 가는 길', 또는 '고향'이라는 뜻으로 쓰이게 되었다. '시是' 자는 존재를 나타내므로 '在'(있을 재) 자와 같다.

미래에 대한 희망인 전설을 애써 부정할 때 자잘한 감성의 문제인 고향 생각이 나게 돼 있다. 시인은 문득 일어난 고향에 대한 간절한 심정을 '일모향관日暮鄕關'으로 묘사하였다. 고향 가는 길은 먼데 해가 저물어가서 조바심 나는 마음으로 비유한 것이다.

인간이란 자신의 즉자적인 존재를 끊임없이 만들어내는 대자對自로서의 존재다. 그래서 공자의 말대로 장래에 대한 염려가 없으면 가까운 데에 근심거리가 생기는 법이다. 신화·전설에 대한 기대는 현재의 고난을 아무것도 아닌 것으로 여기게 해주지만, 이 기대를 접으면 현실이 보이면서 그간 느끼지 못했던 감성적인 것들이 다가오기 시작한다. 그래서 시인도 평소 같으면 잘 느끼지 못했을 '연파煙波', 즉 물 위에 아주 미약하게 너울지는 안개의 움직임에도 시름겨워했던 것이다. 이것이 이 시가 명시로 남은 감춰진 이유다.

청나라 오창기吳昌祺는 "(이 시는) 고체시도 아니고 율시도 아니지만, 동시에 고체시이기도 하고 율시이기도 하다. 지나온 천 년 동안에 비할 데가 없는 뛰어난 시인데도 왜 당시에서는 이백만 일컫는가?"(不古不律, 亦古亦律, 千秋絶唱, 何獨李唐)라고 평하였고, 역시 청나라 조신원趙臣瑗은 "이 시의 절묘함은 첫 번째 '황학'에 있고, 두 번째 '황학'에 있으며, 세 번째 '황학'에 있지만, 그래도 독자로 하여금 반복을 지겨워하지도 않게 하고, 번거롭다고 느끼지도 않게 하며, 그것이 무슨 뜻인지 의아하게 여기지도 않게 한다"(妙在一曰黃鶴, 再曰黃鶴, 三曰黃鶴, 令讀者不嫌其復, 不覺其煩, 不訝其何謂)라고 논평하였다. 율시의 형식을 정확히 지키지도 않았고 같은 말이 반복되어서는 안 된다는 금기를 어겼음에도 이 시가 이렇게 칠언율시의 최고라고 칭송받은 것은 감성과 이성의 차이를 작품을 통해 깨닫게 해주었기 때문이리라. 이는 기실 문학의 근원적인 질문이기도 하다.

이런 이유로 남송의 엄우嚴羽는 『창랑시화滄浪詩話』 「시평詩評」에서 "당나라 칠언율시 중에서 최호의 「황학루」를 제일로 삼아야 한다"(唐人七言律詩, 當以崔顥黃鶴樓爲第一)"고 주장하였고, 청나라 손수孫洙는 그가 편찬한 『당시삼백수』에서 이 시를 칠언율시의 첫 번째 작품으로 배치하였다.

「양주사凉州詞」
- 양주 지방의 노래에 붙이는 가사

葡萄美酒夜光杯 (포도미주야광배)
欲飮琵琶馬上催 (욕음비파마상최)
醉臥沙場君莫笑 (취와사장군막소)
古來征戰幾人回 (고래정전기인회)

포도로 빚은 좋은 술 값진 술잔에 가득 부어서
마시려는데 말 위의 비파 소리가 흥을 돋우네.
취한 채 모래밭에 널브러졌다고 웃지 마시게
옛날부터 수자리 전선에 나가서 몇 사람이나 돌아왔던가?

왕한(687~726)은 당 예종睿宗 경운 원년(710)에 진사에 급제하고 현종 때 관직에 임명되었다. 나중에 지방의 도주사마道州司馬로 좌천되었다가 거기서 죽었다. 성격이 호방하고 술을 좋아하였으며, 노래 가사를 잘 지었다고 한다. 그는 시에서 짧은 인생을 아쉬워하며 즐길 수 있을 때 즐기자는 내용을 주로 읊었다. 『전당시』에 그의 시 14수가 실려 있다.

양주사凉州詞란 오늘날 감숙성 무위武威현에 있었던 양주 지방에서 불리던 악곡에 가사를 붙였다는 뜻이다. 서역이 개척되면서 그곳의 음악이 중원으로 들어와 유행하였는데, 일부 시인들이 여기에 서북 변경의 풍광과 거기서 근무하는 병사들의 애환을 묘사하는 가사를 지어 붙여 즐겼다. 이런 시를 변새시邊塞詩라고 불렀는데, 잠삼 같은 몇몇 시인은 변방 군부의 막료로 들어가 직접 참전하면서 시를 썼고, 왕창령 같은 시인은 변경의 분위기를 너무나 흠모한 나머지 일부러 그곳에 가서 변경 생활과 문화를 체험하면서 시를 썼다. 또 일부 시인은 변경 생활을 선망하지만 갈 방도가 없어서 멀리서 그 정서를 시로 쓰기도 하였는데, 왕한도 이에 속하는 시인이다.

이 시는 칠언절구이고 『평수운』 중의 회灰 운에 속하는 '배杯'·'최催'·'회回' 자로 압운하였다.

기구와 승구는 변방에서 질펀하게 벌인 주연을 묘사한다. "포도로 빚은 좋은 술 값진 술잔에 가득 부어서 / 마시려는데 말 위의 비파 소리가 흥을 돋우네"(葡萄美酒夜光杯, 欲飲琵琶馬上催). '포도미주葡萄美酒'란 잘 빚은 포도주를 가리키는데, 이는 중원에서는 보기 힘든 서역의 특산 술이다. 이런 귀한 술을 맛보는 것은 변경 생활에서만 즐길 수 있는 문화다. '야광배夜光杯'는 백옥으로 만든 술잔으로 윤기가 많이 나서 유난히 반짝거린다는 특성 때문에 붙여진 이름이다. 『해내십주기海内十洲記』에 주나라 때 서호西胡가 목왕穆王에게 이 보석을 바쳤다는 기록이 있다. '비파琵琶'는 서역의 전통 현악기로서 4현으로 음을 낸다. '최催' 자는 '재촉한다'라는 뜻인데, 여기서는 어서 술을 마시라고 재촉한다는 뜻으로 쓰였다. 일부 해석에서는 '출정을 재촉하다'라는 의미로 풀기도 하는데 이에 관해서는 뒤에서 다시 설명하겠다.

좋은 포도주를 귀한 술잔에 담아서 마신다는 것은, 기실 공자가 말한바 '문질빈빈文質彬彬', 즉 꾸밈과 바탕이 모두 훌륭해야 진정한 문화임을 가리킨다. 좋은 술은 실질이고 값진 옥배는 이를 담는 형식인데 이렇게 마셔야 문화적이라고 말할 수 있다. 이렇게 우아하게 마시려 할 때 말 위에서 비파 연주 소리가 술을 많이 마시도록 흥을 돋우고 있다. 승구의 '欲飲琵琶馬上催'는 기실 '欲飲馬上琵琶催'으로 써야 문법에 맞지만, 그러면 '측·측·측·측·평·평·평'이 되어 평측법이 맞지 않으므로 '마상馬上'과 '비파琵琶'를 바꿔서 '측·측·평·평·측·측·평'으로 만든 것이다. 서역에서는 비파는 말 위에서 연주하는 게 문화이자 제맛이므로 이렇게 흥을 돋우는 행위를 '마상최馬上催'라고 표현하였다.

이 두 구절은 삭막한 변경에서의 주연을 매우 간결하게 묘사했지만, 변경다운 환락을 그대로 보여준다. 좋은 술을 옥배에 따라 마시는 것은 문명 세계를 상징하고 포도주, 그리고 말 위에서 비파를 연주하는 것은 문명 밖의 변방 문화다. 주연에서 이 두 문화를 섞어서 즐기는 것이야말로 자연스러운 융합의 역사, 곧 '문질빈빈'의 현장이라고 말할 수 있다.

전구와 결구에서는 이렇게 질펀하게 즐기는 환락에서 삶이 얼마나 무상한지, 또 무엇을 해야 할지를 깨닫게 해준다. "취한 채 모래밭에 널브러졌다고 웃지 마시게 / 옛날부터 수자리 전선에 나가서 몇 사람이나 돌아왔던가"(醉臥沙場君莫笑, 古來征戰幾人回)? '사장沙場'은 모래밭으로서 변방의 황량한 사막을 가리키고, '정전征戰'은 변방의 수자리를 위해서 싸우러 나가는 일을 의미한다. '기幾'자는 얼마 안 되는 작은 양의 '몇'을 뜻한다.

주연이란 처음엔 점잖게 시작하지만, 술이 슬슬 들어가고 흥이 오르게 되면 질펀한 술판으로 번지는 법이다. 시인도 오랜만에 벌인 술판에서 거나하게 취하여 모래밭에 널브러진 자신을 상정한다. 그러면 이렇게 망가진 꼴을 보고 술판의 동료들은 깔깔 웃을 터이니, 이때 그는 그들에게 웃지 말라고 하면서 취한 채로 인생의 참뜻을 일갈한다. 이 땅에 나라가 세워진 이래로 이 변경을 지키기 위해서 수많은 사람이 보내졌지만, 도대체 몇 사람이나 살아서 돌아갔느냐는 근본적인 물음이다. 시인은 의문문으로 썼지만 이미 그 안에 그가 말하고자 하는 답이 들어 있다. 이곳 수자리가 이미 죽음으로 기한이 정해져 있듯이, 우리 인생도 유한하다. 그러면 여기서 할 일은 무엇인가? 즐기는 일 외에 무엇을 더 상상할 수 있는가?

필자는 앞에서 일부 시인들은 변경 생활을 선망한다고 말했다. 세상에 뭐 선망할 게 없어서 이러한 막장의 삶을 선망하나 하고 의아할 것이다. 변경에서 외적과 수시로 전투를 벌이는 일은 힘든 일이지만, 거기에는 전리품과 상급이란 게 있으니 먹고 마시고 즐기는 일이 늘 함께 있다. 언제 죽을지 모르는 상황에서는 미래를 위한 계획이 필요 없으니 이를 위한 현재의 유보도 의미 없다. 죽음은 피할 수 없는 운명임을 늘 인식하며 사는 환경이라면 그곳에 남은 건 쾌락과 자유뿐이다. 자유는 사람을 늘 내려놓고 살게 한다. 내려놓고 산다는 건 곧 진정한 쾌락이 아니던가? 내려놓고 사는 사람들의 유대가 진정한 유대이기도 하다. 그래서 자유를 갈망하는 시인들이 이러한 변방의 삶을 선망하는 것이다. 변방 수자리에서의 제한된 삶의 체험이 인생의 의미를 깨닫게 해준다는 말이다.

앞에서 '최催' 자를 '출정을 재촉하다'라는 의미로 풀기도 한다고 하였다. 이렇게 해석하면 시의 전체적인 의미가 비애와 비분강개의 분위기로 바뀐다. 술 좀 마시려는데 출격 명령이 떨어지니까 군인들이 어차피 몇 명 살아남지도 못할 싸움이라면서 자조하는 시가 되기 때문이다. 이는 쾌락과 자유를 중시하는 시인의 철학에도 맞지 않는다. 게다가 옛날 전투에서는 공격 신호를 북으로 하고 퇴각은 징으로 했는데, 소리도 작은 비파로 출격을 알린다는 건 실정에도 맞지 않는다. 위에 말한 대로 서역에서는 비파를 말 위에서 연주하는 게 문화였다. 청나라 시보화施補華가 『현용설시峴傭說詩』에서 "슬프고 애상적인 말로 읽으면 시의 깊이가 얕아지고, 해학적인 말로 읽으면 시가 절묘해진다"(作悲傷語讀便淺, 作諧謔語讀便妙)라고 평가한 것도 이러한 의미에서다. 여기서 해학적이란 인생의 의미를 시사하는 메시지라는 말과 같다. 필자의 이 글은 이를 더욱 논리적으로 구체화한 설명이라고 보면 된다.

「인일기두이습유人日寄杜二拾遺」
- 사람의 날에 두보에게 부친다

人日題詩寄草堂 (인일제시기초당)
遙憐故人思故鄉 (요련고인사고향)
柳條弄色不忍見 (유조농색불인견)
梅花滿枝空斷腸 (매화만지공단장)
身在遠藩無所預 (신재원번무소예)
心悔百憂復千慮 (심회백우부천려)
今年人日空相憶 (금년인일공상억)
明年人日知何處 (명년인일지하처)
一臥東山三十春 (일와동산삼십춘)
豈知書劍老風塵 (기지서검로풍진)
龍鍾還忝二千石 (용종환첨이천석)
愧爾東西南北人 (괴이동서남북인)

사람의 날에 시 한 수 지어 두보의 초당에 부칠 때
고향 그리워할 그 친구 생각하니 멀리서도 가엽네.
늘어진 버드나무 가지가 자태를 뽐내도 차마 볼 수 없고
매화가 가지마다 잔뜩 피었어도 괜히 애가 끊어지네.

몸이 먼 변방에 와 있어 가서 어떻게 해줄 도리는 없고
마음만 한이 되어 갖은 근심에 온갖 걱정만 더할 뿐이네.
올해 사람의 날에는 속절없이 서로 생각만이라도 하지만
내년 사람의 날에는 또 어디에 가 있으려나?
변방 수자리에 몸을 누인 후 서른 개의 봄을 맞았지만
어찌 알았으랴, 책과 검을 익힌 공부가 세상살이에 다 쇠락해버릴 줄을.
이제 다 늙어 굼뜬 사람이 2천 섬의 자리까지 욕되게 하고 있으니
동서남북 온 천지를 유랑하는 그대에게 부끄러울 뿐이오.

고적(704~765)은 천보 8년(749)에 진사에 급제했고, 천보 15년(756)에
는 당 현종을 호위하여 성도에 들어가서 간의諫議대부에 발탁되었다.
다시 회남淮南 절도사에 임명되어 영왕 이린의 반란을 진압했고, 안사
의 반군을 토벌하여 그들에게 포위된 휴양睢陽 땅을 해방했다. 팽주彭州
와 촉주蜀州 2주의 자사, 그리고 검남동천劍南東川 절도사를 역임한 후,
광덕 2년(764)에 형부시랑刑部侍郎과 좌산기상시左散騎常侍가 되었고,
나중에는 발해현후渤海縣侯에 책봉되었다. 62세가 되던 765년에 죽자
예부상서로 추서함과 아울러 충忠을 시호로 받았다. 왕창령, 왕지환, 잠
삼 등과 함께 변새시 4인으로 불린다.

　이 시는 고적이 상원 원년(760) 촉주자사로 발령되고 난 후, 마침 그
전해에 성도에 들어온 두보를 만나고 와서 다음 해 인일人日, 즉 사람
의 날에 시를 지어 보낸 것이다. 고적은 두보보다 열 살 위였다. 이 시
의 제목인 '인일기두이습유人日寄杜二拾遺'는 '사람의 날에 두보에게 시
를 부치며'라는 뜻이다. '인일人日'은 '인절人節', '인경절人慶節', '인칠일人
七日' 등으로도 부르는데, 한나라 때부터 시작된 전통 기념일로서 매년
음력 정월 7일이 이날이다. 전설에 의하면 여왜女媧씨가 세상을 창조할
때 닭·개·돼지·양·소·말의 순서로 하루에 한 가지씩 만들었는데 일곱
번째 되는 날에 사람을 만들었다고 해서 인일, 즉 사람의 날이라고 불
렀다. 다시 말해서 이날이 인류 탄생의 날이 되는 셈이다. '두이杜二'는
두 씨 가족 내에서 둘째 아들이라는 뜻으로 친한 사람들 사이에서 애
칭 정도로 부르는 이름이다. '습유拾遺'는 두보가 진사 급제는 못 했지
만 숙종 때 난리 통에 좌습유左拾遺를 제수받은 적이 있어서 이 관직명
으로 그를 일컬은 것이다.

이날에 문인들은 높은 곳에 올라가 함께 시를 짓거나 먼 데 있는 사람에게는 시를 지어 보내는 관습이 있었다. "봄에 들어선 지는 이제 겨우 이레가 되었지만 / 집을 떠난 지는 벌써 두 해가 지났네. 사람이 고향에 돌아갈 날은 기러기 돌아갈 날보다 뒤에 오겠지만 / 가고 싶은 날짜는 꽃 필 때보다 앞에 핀다네"(入春才七日, 離家已二年. 人歸落雁後, 思發在花前)라는 남북조 시인 설도형薛道衡의 시는 인일에 지어진 시 가운데 대표적이다. 고적도 이러한 관습에 따라 친구인 두보에게 시를 지어 보낸 것이다. 이 시는 고적의 만년 시 중에서 가장 감동적인 작품으로 알려져 있다. 두보는 한동안 이를 잊고 있었는데 고적이 죽은 후 문서함을 뒤지다가 우연히 이 시를 다시 발견하고는 감격해서 「추수고고촉주인일견기병서追酬故高蜀州人日見寄幷序」라는 응수시應酬詩를 뒤늦게 썼다. 서문에서 두보는 "이전에 성도에서 살 때 고적은 촉주자사로 있었다. 사람의 날에 서로를 생각하다가 시 한 수를 전해 받았는데, 글자마다 구절마다 눈물을 뿌리면서 시의 끝까지 읽어갔다. 시를 이렇게 헛되이 내쳐둔 지가 이미 십 년이나 지났고, 아무도 그의 생사를 적어주지 않은 것도 6, 7년이나 되었다"(往居在成都時, 高任蜀州刺史. 人日相憶見寄詩, 淚灑行間. 讀終篇末. 自枉詩, 已十余年; 莫記存歿, 又六七年矣)고 적었다.

이 시는 전체적으로는 칠언고시의 형태이나 실질적으로는 칠언절구 3수를 엮은 연시聯詩다. 그래서 압운도 칠언절구의 시율대로 기·승·결구의 세 군데에 두어서, 제1련은 평성平聲인 양陽 운의 '당堂'·'향鄕'·'장腸'을, 제2련은 거성去聲인 어御 운의 '예預'·'려慮'·'처處'를, 제3련은 평성인 진眞 운의 '춘春'·'진塵'·'인人'을 각각 압운하면서 환운換韻하였다. 전체적으로 의미도 각 연에서 소단락을 이룬다.

첫 연은 사람의 날을 맞아 먼 곳으로 피난 와서 고초를 겪는 친구 두보를 생각하며 마음 아파하는 내용을 묘사하고 있다. 그 첫 구절을 이렇게 시작한다. "사람의 날에 시 한 수 지어 두보의 초당에 부칠 때 / 고향 그리워할 그 친구 생각하니 멀리서도 가엽네"(人日題詩寄草堂, 遙憐故人思故鄉). 여기서 '초당草堂'은 두보가 성도에 와서 당시 성도윤成都尹이었던 엄무嚴武의 도움을 받아 지은 초가집을 가리킨다. '요련遙憐'은 '멀리서 불쌍히 여긴다'는 뜻이고, '사고향思故鄉'은 고향을 생각한다기보다는 타향에 피난 와서 갖은 고생을 하고 있으니까 편히 살던 고향을 그리워한다는 뜻이다.

다른 사람을 불쌍히 여기는 행위를 자비라고 부르는데, 자비는 높은 데서 아래로 흐르는 법이다. 두보가 성도의 초막에서 피난 생활을 하고 있을 때 시인은 촉주자사라는 지방 장관을 하고 있었으니, 같은 난세를 살더라도 형편이 꽤 좋은 편이었다고 볼 수 있다. 그래서 친구가 힘들게 사는 게 못내 안타까웠을 것이다. "늘어진 버드나무 가지가 자태를 뽐내도 차마 볼 수 없고 / 매화가 가지마다 잔뜩 피었어도 괜히 애가 끊어지네"(柳條弄色不忍見, 梅花滿枝空斷腸)라는 구절은 그 마음을 여실히 표현한다. '유조柳條'는 밑으로 축축 늘어진 버드나무 가지를 가리키고, '농색弄色'이란 아름다움을 자기 마음대로 다루며 뽐낸다는 뜻이다. '공空'은 '이유도 없이'라는 뜻이고 '단장斷腸'은 창자가 끊어지는 것처럼 아프다는 의미다. 물오른 버드나무의 아름다움을 차마 볼 수 없고, 꽃 만발한 매화 가지를 보고도 애가 끊어지는 듯한 아픔을 느낀다면, 이는 쾌락을 즐길 수 없음을 의미한다. 왜일까? 아마 이것의 본질은 죄의식일 것이다. 시인은 이 죄의식을 다음의 두 연시를 통해 하나씩 풀어 나간다.

"몸이 먼 변방에 와 있어 가서 어떻게 해줄 도리는 없고 / 마음만 한이 되어 갖은 근심에 온갖 걱정만 더할 뿐이네"(身在遠藩無所預, 心悔百憂復千慮). '번藩'은 '울타리'로서 국경이 있는 변방을 뜻하고, '예預'는 현장에 참여해서 일에 적극적으로 관여하는 것을 뜻한다. 여기서는 두보의 어려움에 동참해서 그를 도와줌을 의미한다. 친구라면 마땅히 그가 곤경에 처했을 때 달려가서 함께해야 하는데, 현실적인 제약 때문에 그렇게 하지 못한 게 못내 미안했을 것이다. 사정이 이러하니 멀리서 마음으로만 '갖은 근심에 온갖 걱정만 더하며'(百憂復千慮) 미안함을 쌓아갈 뿐이다. 시인은 이것을 '심회心悔'라고 표현하였다. 보통 사람들은 이러한 경우에 처했을 때 심적 부담감을 견디다 못해 이쯤에서 우정을 포기하고 잊는다. 그러나 시인은 이 죄의식을 솔직히 표현하면서 그 고통을 견디려 한다.

"올해 사람의 날에는 속절없이 서로 생각만이라도 하지만 / 내년 사람의 날에는 또 어디에 가 있으려나"(今年人日空相憶, 明年人日知何處)? 시인이 특히 견디기 힘든 고통은 다음 기회로 미룰 수 있는 시간이 기실 별로 없다는 사실이다. 즉 올해 사람의 날에는 어쩔 도리는 없어도 그나마 친구가 성도에 있는 걸 알아서 안도하는 마음으로 생각이라도 할 수 있지만, 내년에는 이 난세가 서로를 어떻게 떼어놓을지 알 수 없다. 그렇다면 한을 풀 수 있는 시간이 더 제한될 수밖에 없을 터이니, 그 다급함은 시인의 마음을 더욱 압박하였을 것이다. 이 두 구절은 올해와 내년으로 대장을 이루고 있는데, 각 구절에 대장으로 동원된 시어들이 세련되지 않은 평범한 단어라서 자칫 밋밋할 수 있었지만, 시간적 압박을 핍진하게 묘사하는 구성 때문에 성공적인 대장이 되었다고 평가할 수 있다.

마지막 제3수 부분에서 시인은 그 죄책감의 실상을 밝힌다. "변방 수 자리에 몸을 누인 후 서른 개의 봄을 맞았으나 / 어찌 알았으랴, 책과 검을 익힌 공부가 세상살이에 다 쇠락해버릴 줄을"(一臥東山三十春, 豈知 書劍老風塵). '동산東山'은 원래 『시경』의 편명으로서 주공周公이 동쪽 변 방을 정벌한 사건을 읊은 노래를 가리켰는데, 나중에는 원정이나 원정 을 떠나는 변방을 의미하는 말이 되었다. 따라서 '일와동산一臥東山'이 란 변방에 몸을 뉘었다는 뜻이고 '삼십춘三十春'은 30년이므로 시인이 변방 방어에 발을 들여놓은 지가 30년이 되었다고 회고하는 말이다.

이처럼 변방에서 반평생을 지내고 나면, 젊어서 갈고닦은 실력이 어 느 사이에 사라지고 만 것을 느낄 것이다. 여기서 '서검書劍', 즉 책과 검 이란 벼슬길에 나아가기 위해서 연마한 문무文武의 지식을 가리킨다. '노풍진老風塵'은 갈고닦은 실력이 풍진, 즉 바람과 먼지를 뒤집어쓰며 힘겹게 살아온 세상살이로 인하여 다 쇠퇴해버린 일을 의미한다. 이렇 게 꿈도 꾸어보지 않은 현실 앞에서 젊어서 공부 좀 한 사람이라면 "내 가 이러려고 그렇게 힘들게 공부했나?" 하는 자괴감이 들게 마련이다. 그래서 '기지豈知', 즉 '어찌 알았으랴'라는 말을 쓴 것이다. 실제로 오늘 날에도 장래에 대한 부푼 꿈을 안고 열심히 전공을 공부해서 사회에 나가면 정작 자신이 연마한 지식은 별로 쓸 일이 없다. 그래도 언젠가는 쓸 일이 있겠지 기다려보지만, 이리저리 휩쓸리며 자리를 옮겨 다니다 보면 그나마 젊은 날에 연마한 지식마저 잊어버리는 가운데 꿈은 산산 이 조각 나 있음을 발견하게 된다.

그래서 마지막 구절에 이르러 시인은 그 죄의식의 핵심을 고백한다.

"이제 다 늙어 굼뜬 사람이 2천 섬의 자리까지 욕되게 하고 있으니 / 동서남북 온 천지를 유랑하는 그대에게 부끄러울 뿐이오"(龍鍾還忝二千石, 愧爾東西南北人). 여기서 '용종龍鍾'은 '용종龍鐘'으로도 쓰는데, 이는 몸이 종처럼 무거워져서 굼뜨다는 뜻이다. 즉 자신이 나이가 들어서 행동이 둔해졌다는 말이다. '환還'은 '거기에 더하여', '게다가'라는 뜻이고, '첨忝'은 '더럽히다'라는 뜻이다. 다시 말해서 시인은 나이가 들어서 임무도 제대로 수행 못 하는데, 게다가 연봉 2천 섬을 받는 중책까지 맡고 있어서 국고만 축내고 있다는 뜻이다. 이러한 이유로 실력이 있으면서도 때를 못 만나 동서남북으로 유랑하는 두보를 생각하면 부끄럽기 짝이 없다는 게 "괴이동서남북인愧爾東西南北人"의 의미다. '爾'(너 이)와 '東西南北人'은 같은 사람을 가리키는 이른바 동격이다. 여기서 '동서남북인'은 『예기』「단궁檀弓 상上」의 "지금의 나(공자)는 동서남북으로 돌아다녀야 하는 사람이다"(今丘也, 東西南北之人也)라는 구절이 그 전고인데, 이는 일정한 거처에 머무르지 않는 사람을 가리킨다.

그렇다면 시인의 이 죄책감이 무엇 때문에 생긴 것인가? 시인은 진사에 급제한 문관이지만 오랜 기간 변방을 다스리는 직무를 맡다 보니 기실 반半 무관의 정서를 갖게 되었다고 해도 무방하다. 게다가 사후에 시호를 충忠으로 받을 정도로 평소 기질이 솔직담백하고 의협심이 강한 사람이었다. 시인은 시에서 표현한 바와 같이 젊어서 문무를 갈고닦아 실력을 키웠으나 변방만을 도는 반면에 중앙에는 간신들이 권력을 농단하고 있으니 그의 마음속에 불평등에 대한 정의감이 싹트지 않을 수 없었을 것이다.

이러한 인식의 차원에서 그나마 벼슬자리라도 하는 자신의 처지에서 두보를 보면 역으로 부끄러운 마음이 들었으리라. 게다가 두보가 「빈교행貧交行」에서 "손을 뒤집어 구름을 만들었다가 다시 엎어서 비를 만드네 / 이랬다저랬다 저 경박한 짓을 어찌 다 셀 필요가 있을까? 그대는 관중과 포숙의 가난할 적 사귐을 보지 않는가 / 이 도리를 오늘날 사람들은 흙처럼 버리네"(翻手爲雲覆手雨, 紛紛輕薄何須數. 君不見管鮑貧時交, 此道今人棄如土)라고 읊었듯이, 관포지교를 교우의 모델로 삼고 있음을 아는 시인으로서는 어려운 처지의 친구 두보에 대하여 현실적으로 아무 것도 해줄 수 없는 무기력함에 무척 괴로웠을 것이다.

윤리적인 차원에서 보면 시인의 이러한 마음은 무척 갸륵하기는 하지만, 그렇다고 해서 두보가 고적만큼이라도 출세해서 안사의 난을 피하여 그런대로 넉넉하게 살았더라면 나중에 시성詩聖이라는 칭송을 들을 만큼 명작을 낼 수 있었을까? 춥고 배고픔, 그리고 이별이라는 고통과 고난이 천재 시인에게 명시들을 토해내게 하였으니, 이는 역설적으로 후대의 고통받는 사람들에게는 크나큰 위안과 영감을 주었다. 이런 점에서 고난과 고통은 불행만은 아니고 인류에게 깨달음의 행운을 가져다주는 계기라고도 말할 수 있다.

「장사과가의택長沙過賈誼宅」
- 장사에서 가의가 살던 옛집에 들러

三年謫宦此棲遲 (삼년적환차서지)
萬古惟留楚客悲 (만고유류초객비)
秋草獨尋人去後 (추초독심인거후)
寒林空見日斜時 (한림공견일사시)
漢文有道恩猶薄 (한문유도은유박)
湘水無情弔豈知 (상수무정조기지)
寂寂江山搖落處 (적적강산요락처)
憐君何事到天涯 (연군하사도천애)

삼 년이나 이곳에 유배되어 움츠려 계시면서
만고에 초나라 나그네의 슬픔만을 남기셨네.
가을 풀을 헤치고 그분이 떠나신 뒷자리를 홀로 찾았지만
썰렁한 숲에 뉘엿뉘엿 해 기울어가는 광경만 휑하니 펼쳐지네.
한 문제는 이치에는 밝았어도 베푸는 덕은 오히려 야박하였고
상수 물은 감정이 없으니 애도한들 알기나 하려나?
외지고 적막한 강산에 낙엽 흔들리며 떨어지는 때
가엾기도 하셔라, 대체 무슨 일로 이 하늘 끝 땅까지 오셨나?

　유장경(715?~790?)은 현종 천보 연간에 진사에 급제하였고, 대종 대
력 연간에 전운사轉運使의 판관이 되었다가 무고당하여 목주사마睦州司
馬로 좌천되었다. 그는 성격이 강직하여 윗사람에게 자주 대드는 바람
에 두 번이나 좌천되었고 심지어 투옥된 적도 있다. 마지막 관직이 수주
자사隨州剌史였으므로 세상에서는 그를 유수주劉隨州라고 불렀다. 그는
고체시보다는 근체시를 잘 지었고, 특히 오언시가 유명해서 '오언장성五
言長城'의 별명을 얻었으며 작품집으로는 『유수주시집劉隨州詩集』이 있
다.

　이 시는 칠언율시로서 『평수운』의 지支 운에 속한 '지遲'·'비悲'·'시
時'·'지知'·'애涯' 자로 압운하였다. 시의 제목을 풀면 '장사에서 가의賈
誼가 살던 옛집에 들르다'라는 의미가 되는데, '과過' 자는 '지나가다가
들르다'라는 뜻이다. 시의 내용으로 보건대, 시인이 두 번째로 좌천되어
목주사마로 갈 때 쓴 것으로 추정된다. 가의는 한漢 문제文帝 때의 저명
한 문인이자 정치가였는데 권력 기득권에 중상당하여 장사에 유배되어
서 3년간 장사왕의 태부太傅를 맡았다. 나중에 장안으로 돌아오긴 했지
만 끝내 중용되지 못한 채 한을 품고 죽었다. 같은 처지에 놓인 시인은
장사를 지나다가 가의가 유배 시절 머물던 집에 들러서 자신을 그에게
투사한 시를 지은 것이다.

　수련은 가의가 유배 기간에 객지에서 느꼈을 한부터 묘사하였다. "삼
년이나 이곳에 유배되어 움츠려 계시면서 / 만고에 초나라 나그네의 슬
픔만을 남기셨네"(三年謫宦此棲遲, 萬古惟留楚客悲). '적환謫宦'이란 관직
생활 중에 잘못을 저질러서 그 벌로 오지의 낮은 자리에 발령받는 일
을 가리킨다. '서지棲遲'는 원래 새가 날개를 접고 홰에 앉아 날지 못하

는 상황을 가리키는데, 여기서는 실의에 빠져 은둔의 삶을 살게 된 처지를 의미한다. '초객비楚客悲'는 초나라에 나그네로 온 사람의 슬픔이나 한을 뜻한다. 당시 장사는 초나라 땅이었다. 초나라는 굴원 이후 유랑하는 나그네의 한을 상징하는 땅으로 작품에 자주 등장한다.

동병상련同病相憐, 즉 '같은 병을 앓는 사람끼리는 서로 불쌍히 여긴다'라는 말이 있다. 중상을 받아서 벽지로 유배 가는 시인의 마음은 천근만근 무거웠을 터이니 그는 어디에든 가서 그 무거운 짐을 덜고 싶었으리라. 마침 지나는 길에 있던 가의의 옛집은 자신의 억울한 심정을 토로할 적절한 장소였을 것이다. 가의도 개국공신인 주발周勃이 투옥되었을 때 그를 위해 상소문을 올렸다가 미움을 받아 유배되었고, 또한 유배 길에 「조굴원부吊屈原賦」라는 작품을 지었으니, 시인에게는 하소연함과 아울러 위로를 받을 수 있는 적절한 대상이었다.

옛날 지식인들에게 유배가 두려운 것은, 무엇보다 오지에 격리되어 속된 말로 '무지렁이들' 속에 뒤섞여버리는 일이기 때문이다. 그렇게 되면 재주고 뭐고 모두 쓸모가 없어져버리기 마련이다. 이것을 시인은 '서지棲遲', 즉 '새가 날지도 못하고 홰에 묶여 있다'라고 표현하였다. 그런데 이렇게 초나라에 나그네 살이 하는 슬픔을 거의 천 년이 지나서도 자신이 그대로 재현하고 있으니, 시인은 이를 "만고에 초나라 나그네의 한만을 남기셨네"라고 썼다. 게다가 가의는 3년 후 장안으로 돌아가긴 하였으나 그후에도 두각을 나타내지 못한 채 죽었으므로, 이를 생각하면 시인의 마음은 더욱 무거웠을 것이다.

함련은 위로를 얻기 위해서 찾은 그 옛집의 처량하고 쓸쓸한 광경을 묘사한다. "가을 풀을 헤치고 그분이 떠나신 뒷자리를 홀로 찾았지만

/ 썰렁한 숲에 뉘엿뉘엿 해 기울어가는 광경만 휑하니 펼쳐지네"(秋草獨尋人去後, 寒林空見日斜時). '인거후人去後'는 '사람(가의)이 떠난 뒷자리(또는 종적)'를 뜻하고, 이와 대장을 이루는 '일사시日斜時'는 '해가 기울어져 가는 저녁때'를 가리킨다.

가의가 살던 옛집을 가을 풀을 헤쳐가며 찾은 것은 동병상련에서 얻을 수 있는 일말의 위로를 위해서였지만 막상 가보니 오로지 느껴지는 건 싸늘한 숲과 거기에 던져진 기울어가는 해가 알려주는 시간뿐이었다. 대장의 출구인 '인거후人去後'가 공간적인 사물이었으면 대구에도 남아 있는 건 뭔가 보이는 '어떤 사물'이기를 기대하였는데, '일사시日斜時'라는 '시간'이다.

사람은 억울한 일을 당하는 등 자신의 의지대로 일이 진행되지 않으면 즉각 어떤 서사를 만들어내서 자신을 위로하는 경향이 있다. 시인도 마찬가지였을 것이다. 그가 찾은 옛집에는 희망이 있었던 게 아니라 기울어져 가는 해가 알려주는 무심한 시간뿐이었다. 그것도 싸늘한 숲에 던져진. 억울해하는 건 인간이므로, 그 어느 무엇도 동정해주거나 상황을 바꿔주지 않는다.

그래서 경련에서 시인은 현실을 냉정하게 말한다. "한 문제는 이치에는 밝았어도 베푸는 덕은 오히려 야박하였고 / 상수 물은 감정이 없으니 애도한들 알기나 하려나"(漢文有道恩猶薄, 湘水無情弔豈知)? '한문漢文'은 한 문제를 가리키고, '유도有道'는 '도리가 있다'라는 뜻인데 실제로는 '이치에 밝은 사람이다' 또는 '합리적인 사람이다'라는 의미다. 한 문제는 정치를 잘하면서도 매우 검소하여 한초의 이른바 '문경지치文景之治'의 발단을 열었다. '은박恩薄'은 '너그럽게 베푸는 마음이 박하다'라는 뜻이다. '상수湘水'는 장사를 거쳐 동정호로 들어가는 강물로서 고대 문학의 배경으로 자주 등장한다. '기豈' 자는 '어찌'라는 의문사지만, 여기서는 반문의 의미로 쓰였다.

한 문제는 명군이었으므로 그 밑에서는 유능한 신하가 억울한 일로 유배당할 일이 별로 없었을 것이다. 그런데도 그 예외가 가의였으니 이는 어쩔 수 없는 현실이다. 예외 없는 법은 없을 테니 말이다. 그 예외가 하필 가의라니, 이는 문제와 가의 두 사람 모두에게 불행이지만, 현실은 이처럼 냉혹하다. 이것을 시인은 '유도은유박有道恩猶薄', 즉 '문제는 합리적인 사람이지만 베푸는 덕은 오히려 야박하다'라고 표현하였다.

사람은 무엇엔가 한이 맺히면 그 말로 다 하지 못하는 심경을 자연 경물에다가 하소연한다. 시인도 그 옆을 흐르는 상수에 의지하려 하지만, 이내 강물이 무슨 감정이 있어서 이 착잡한 심경을 이해할 수 있을까 하는 현실적인 생각에 부딪히게 된다. 시인이란 누구보다 희망을 잘 빚어내는 사람이다. 그런데 그는 여기서만은 어떤 희망도 찾아낼 수 없음에 절망하는 모습을 보인다. 명군이 다스리던 시대에도 가의가 고난을 겪었는데, 혼란이 수습되지 않은 지금의 시인에게 남은 희망이 있을까?

생각이 여기에 이르면 가의에 대한 동정심을 넘어 원망이나 의문이 생긴다. "외지고 적막한 강산에 낙엽 흔들리며 떨어지는 때 / 가엽기도 하셔라, 대체 무슨 일로 이 하늘 끝 땅까지 오셨나"(寂寂江山搖落時, 憐君何事到天涯)? '적적寂寂'은 '외롭고 쓸쓸하다'라는 뜻이고, '요락搖落'은 낙엽이 바람에 흔들려 떨어지는 모양을 가리킨다. '시時' 자를 어떤 시집에서는 '處'(곳 처)로 적기도 하였다. '연군憐君'은 '그대를 불쌍히 여긴다' 또는 '그대를 동정한다'라는 뜻이고, '천애天涯'는 '하늘의 물가', 즉 '하늘 끝'으로서 가의가 유배 온 장사 땅을 가리킨다.

　사람들에게 추앙받는 인재가, 그것도 명군으로 인정받는 한 문제의 치세에서 낙엽만이 바람에 흔들려 떨어지는 이 적막한 강산에 어쩌다 유배 오게 되었을까? 우리가 모르는 사연이 있었던 것일까? 사람이 어떤 사건에 얽혀서 억울하게 곤경을 당할 때 그 속사정을 가장 잘 아는 사람은 자신이다. 그러나 사건에는 이해관계가 딸려 있게 마련이어서 진상이 쉽게 밝혀지지 않는다. 신망받던 인재가 명군에게 버림을 받았다는 이 이해 못 할 사정은 같은 처지에 속한 시인 자신이 가장 잘 알 것이다. 그래서 '가의를 동정한다'(憐君)라고 읊은 것이니, 왜냐하면 현실은 한 사람의 억울함에 귀를 기울여주지도 않고, 그의 소망대로 움직여주지도 않기 때문이다. 이러한 상황이라면 그야말로 절망이다. 그러나 관념적 대타자인 '거기'(there)로부터 쾌락이 몰려오는 것은 바로 이때다. 모든 것을 내려놓을 때 그 자리를 채워 들어오는 쾌락 말이다. 이게 어쩌면 마조히즘적인 쾌락일지 모르지만 어쨌든 마음을 비운 사람만이 누릴 수 있는 특권임에는 틀림이 없다.

「강촌江村」

清江一曲抱村流 (청강일곡포촌류)
長夏江村事事幽 (장하강촌사사유)
自去自來樑上燕 (자거자래량상연)
相親相近水中鷗 (상친상근수중구)
老妻畫紙爲棋局 (노처화지위기국)
稚子敲針作釣鉤 (치자고침작조구)
但有故人供祿米 (단유고인공록미)
微軀此外更何求 (미구차외경하구)

맑은 강물이 마을을 휘감아 흘러도
긴 여름 강촌은 일상이 적막하기만 하네.
들보 위의 제비는 제멋대로 나락들락
물 위의 갈매기는 사이좋게 아기자기.
마누라는 종이에 그림 그려 장기판 만들고
아이는 바늘 두드려 낚싯바늘 만드네.
벗이 생활비나 조금 나오는 자리만 마련해주면
이 작은 몸이 이 외에 무엇을 더 바랄까?

　이 시는 두보(712~770)가 촉 땅인 성도의 초당草堂에 살 때 지은 작품이다. 당시 친한 벗인 엄정지嚴挺之의 아들인 엄무가 성도윤으로 와 있었으므로, 그에게 생활의 도움을 받을 수 있었다. 마지막에 '벗이 생활비나 조금 나오는 자리만 마련해주었으면' 하고 바라는 구절은 이를 가리킨다.

　두보는 안사의 난이 일어나자 관직을 버린 채 가족을 데리고 성도로 피난 와서 완화계浣花溪라는 마을에다 초가집을 한 채 짓고 살았다. 이곳은 난리의 영향으로부터 약간 비켜나 있었던 데다가 앞에 말한 친구 아들이 돌봐준 덕에 그럭저럭 안정된 삶을 살아갈 수 있었다. 더구나 고된 피난 생활에서 겨우 벗어나 잠시 누린 안정된 삶은 그에게는 더없는 행복이 아닐 수 없었다. 이 시는 이러한 소박한 행복을 더 누리고 싶은 마음을 어느 여름날의 정경을 통하여 드러내고 있다.

　이 시는 칠언율시로서 『평수운』의 우尤 운에 속하는 '류流'·'유幽'·'구鷗'·'구鉤'·'구求' 자로 압운하였다.

　수련의 "맑은 강물이 마을을 휘감아 흘러도"(清江一曲抱村流)에서 '맑은 강'(清江)이란 민강岷江의 지류인 금강錦江을 가리키는데, 이 강촌을 지나는 일대를 완화계라고 불렀다고 한다. '일곡一曲'이란 강줄기가 '한 번 휘어졌다'는 뜻으로, 강물이 마을을 끼고 크게 돌아 흘러가는 모습을 가리킨다. 이는 곧 마을이 강물에 안겨 보호받는 모양으로 시인에게 비춰진 것인데, 피난에 시달려온 그로서는 어디엔가 의지하고 보호받고픈 욕망에서 이런 광경이 눈에 들어왔으리라.

　유난히 해가 긴 여름날에 이렇게 아늑하고 한적한 마을에서 일어날 일이라고는 그저 나날이 지속되는 일상 말고 또 무엇이 있으리. 이 정경을 시인은 "긴 여름 강촌은 일상이 적막하기만 하네"(長夏江村事事幽)라고 묘사하였는데, 여기서 원문의 '사사事事'는 '자잘한 일'을, '유幽'는 '조용함'을 각각 가리키므로, '사사유事事幽'는 '자잘한 일상마저 거의 보이지 않는다'라는 뜻이 된다.

수련이 정적인 한적함을 묘사하였다면 함련은 이를 동적인 면에서 그려낸다. "들보 위의 제비는 제멋대로 나락들락 / 물 위의 갈매기는 사이좋게 아기자기"(自去自來樑上燕, 相親相近水中鷗). 한적한 정경에서 움직이는 대상이 두 개가 보이는데, 그것은 부지런히 둥지를 들락날락하는 제비와 유유히 물 위를 떠다니는 갈매기다. 이 둘을 대비시켜서 기막힌 대장으로 표현하였으니, 그것이 '양상연樑上燕'(대들보 위의 제비)과 '수중구水中鷗'(강물 위의 갈매기)를 각각 뒤쪽에 놓고 그 앞에 '자거자래自去自來'와 '상친상근相親相近'이라는 중첩 형식의 일상어로 수식한 구조다.

이 시의 동기는 수련에서 보았듯이 '일상日常'인데, 이는 미련까지 일관되게 이어진다. 제비와 갈매기는 강촌에서 일상으로 보이는 사물들이고 '거래去來'와 '친근親近'이라는 말도 특별한 시어가 아니라 일상어에 지나지 않는다. 그러나 여기에 '자自'와 '상相'을 각각 넣어서 제비와 갈매기를 수식하는 중첩 구조로 만드니까 진부한 일상이 아닌 율동적인 시어가 되었다.

율시에서 함련과 경련은 반드시 대장을 이루어야 하므로, 그다음의 경련도 같은 대장으로 이어진다. 여기서는 늘 보는 마누라(老妻)와 아이(稚子)를 대비시킨다. 즉 마누라는 종이에 그림을 그려 장기판을 만들고 아이는 바늘을 두드려 낚싯바늘을 만들고 있는데, 이 역시 특별한 사건은 아니고 일상적인 일들이다. 그런데 장기와 낚시는 기실 지겨운 일상을 타파하고 재미를 일으키기 위한 도구들이다. 기나긴 여름날에 지루하지 않게 보낼 도구를 일상적인 작업으로 표현한 이 대장의 수사법은 이런 의미에서 매우 역설적이라고 말하지 않을 수 없다.

여기까지 일상을 묘사한 시는 미련에 이르러 대전환을 일으키는데, 이것도 일상의 범위를 벗어나지 않는다. "벗이 생활비나 조금 나오는 자리만 마련해주면 / 이 작은 몸이 이 외에 무엇을 더 바랄까"(但有故人供祿米, 微軀此外更何求)? 여기서 '고인故人'은 친구의 아들인 엄무를 가리킬 것이고, '녹미祿米'는 벼슬아치가 받는 봉급을 뜻한다. 따라서 "벗이 생활비나 조금 나오는 자리만 마련해주면"이란, 엄무의 도움으로 지금까지 그럭저럭 안락하게 살고는 있지만 적은 수입이라도 꾸준하게 나올 수 있는 벼슬자리를 마련해주었으면 하는 바람을 피력하고 있다. 실제로 나중에 엄무는 두보에게 검교공부원외랑檢校工部員外郎이라는 작은 관직을 마련해주기도 하였다. 두보를 두공부杜工部라고도 부르는 것은 여기에 근거한다.

목숨이 경각에 달린 채 피난 생활을 하다 보면, 행복이란 소소한 일상을 살아가는 데서 오는 것임을 깨닫게 된다. "말 타면 경마 잡히고 싶다"라는 속담이 있듯이, 행복에 대한 욕망은 끝이 없는 법이니, 시인에게 경마잡이(말몰이꾼)는 기껏 이런 일상이 좀 더 지속되었으면 하는 소박한 꿈이었을 뿐이다. 그래서 마지막에 "이 작은 몸이 이 외에 무엇을 더 바랄까?"라고 소회를 밝혔다.

사람들은 행복을 위하여 돈과 명예와 권력을 추구한다. 그러나 이 세 가지를 아무리 추구해도 그들은 결코 만족하지 못한다. 오히려 따라가면 따라갈수록 그 목표는 더 멀리 달아나 있기만 하다. 그래서 이 세 가지를 이미 얻은 것으로 보이는 사람들은 그렇지 않은 사람들보다 더 힘들고 괴로운 인생을 산다고 보아야 한다. 사람들은 행복감을 느끼기 위해서 돈을 들여 세계적인 명승이나 휴양지를 찾지만 결국 집으로 돌아오면 지겨운 일상이 기다리고 있다. "고된 바다는 망망하게 끝이 없지만, 머리만 돌리면 그 순간 거기에 뭍이 있다"(苦海無邊, 回頭是岸)라는 불교의 경구가 있다. 일상이 지겹고 따분한 것 같아도 기실 이것이 삶에서 더 중요할 뿐 아니라 행복도 가져다준다. 산해진미를 찾아다니며 맛보는 식도락가들도 궁극에는 집밥으로 돌아온다. 남보다 더 잘나 보이고 행복해 보이려고 이런저런 방식으로 겉을 꾸미지만, 꾸미고 나면 언제나 그 안쪽에 채워지지 않는 텅 빈 공간이 생긴다는 진실을 깨달아야 한다.

「구일남전최씨장九日藍田崔氏莊」
　－ 중양절에 남전에 있는 최 씨의 별장에서 짓다

老去悲秋强自寬 (노거비추강자관)
興來今日盡君歡 (흥래금일진군환)
羞將短髮還吹帽 (수장단발환취모)
笑倩旁人爲正冠 (소천방인위정관)
藍水遠從千澗落 (남수원종천간락)
玉山高并兩峰寒 (옥산고병량봉한)
明年此會知誰健 (명년차회지수건)
醉把茱萸仔細看 (취파수유자세간)

늙어가면서 가을이 슬퍼져도 억지로 대범한 척해보면서도
흥이 나니까 오늘은 그대들과 실컷 즐기네.
혹시나 성긴 머리 때문에 갓이 또 바람에 날아가서
겸연쩍게 웃으며 옆 사람에게 갓을 바로 씌워달라 할까 봐 걱정되네.
남계는 멀리 많은 갈래의 냇물을 따라 내려와 흐르고
옥산은 높이 두 준봉을 아우른 채 차갑기만 하네.
내년 이 모임에 누가 건재해 있을지 알소냐
취해서 들고 있는 이 산수유 가지나 자세히 보련다.

이 시는 두보가 남전藍田에 있을 때 최씨장崔氏莊의 중양절 연회에서 지은 작품이다. 남전은 오늘날 서안 동남 방향 섬서성 남전현에 있었다. 『속제해기續齊諧記』의 기록에 여남汝南의 환경桓景이 비장방費長房에게 가서 공부할 때 이야기가 나온다. 하루는 장방이 환경에게 "9월 9일 자네 집에 재앙이 있을 터인즉, 즉시 돌아가서 붉은 주머니를 만들어 거기에 산수유를 채운 후 가족들을 데리고 높은 곳에 올라가서 국화주를 마시게"라고 일러주었다. 환경이 시키는 대로 하고 저녁에 내려오니 개·닭·소·양이 모두 죽어 있었다. 이 사실을 장방에게 고하니, "가축들이 대신 죽었을 것이다"라고 대답하였다. 중양절이 되면 중국 사람들이 산수유 주머니를 메고 높은 곳에 올라가 술을 마시며 액을 피하고 장수를 기원하는 풍속은 이 전설에서 기원한다. 두보도 이날 최 씨의 별장에서 연회를 즐기는 가운데 문득 스스로 인생의 막바지에 와 있음을 깨닫고 그 소회를 시로 읊은 것이다.

수련은 가을 맞은 늙은이의 마음을 솔직하게 표현하는 말로 시작한다. "늙어가면서 가을이 슬퍼져도 억지로 대범한 척해보면서도 / 흥이 나니까 오늘은 그대들과 실컷 즐기네"(老去悲秋强自寬, 興來今日盡君歡). '노거비추老去悲秋'는 '늙어가면서 가을을 슬피 여긴다'라는 뜻으로서, 그렇지 않아도 쓸쓸한 가을의 정경은 노인에게 더욱 마음을 아리게 만든다. 그렇다고 해서 우울증 환자처럼 침잠한 채로 살 수는 없으므로 억지로 대범한 척하게 되는데 이것이 '강자관强自寬'이 가리키는 바다. '자관自寬'이란 직역하면 '자신을 넓게 만들다'라는 뜻이다. 노인이 되면 젊은 사람들을 의식해서 관대하거나 대범한 척하는 면이 없는 것도 아니다. 이것이 어떻게 보면 노인의 스트레스일 수도 있다. 그러다가 중양절 잔치에 가서 술을 마시다 보니 흥이 절로 나서 모든 스트레스를 잊고 벗들과 마음껏 즐겼다는 게 '흥래금일진군환興來今日盡君歡'의 의미다.

함련은 이렇게 즐기는 가운데서도 늘 마음 쓰이는 게 있었으니, 모자가 바람에 날아가면 어쩌나 하는 걱정이다. "혹시나 성긴 머리 때문에 갓이 또 바람에 날아가서 / 겸연쩍게 웃으며 옆 사람에게 갓을 바로 씌워달라 할까 봐 걱정되네"(羞將短髮還吹帽, 笑倩旁人爲正冠). '단발短髮'은 짧은 머리칼이 아니라 늙어서 머리가 다 빠져 성긴 머리칼을 가리킨다. 머리가 성겨서 갓이 머리에 잘 고정되지 않기에 '취모吹帽', 즉 바람에 갓이 날려 떨어진다는 말이다. 두보는 「춘망春望」에서도 "白頭搔更短백두소경단, 渾欲不勝簪혼욕불승잠"(흰 머리는 긁을수록 더 성겨지기만 하니 / 그야말로 비녀조차 이기지 못하려 하네)이라고 묘사했다. 늙어 머리칼이 성겨지면 비녀는 물론 모자까지도 지탱하지 못하는 서러움을 겪는다. 두 시 모두에서 '단短' 자는 '부족하다'라는 의미로 풀어야 한다.

함련의 이 구절은 '맹가락모孟嘉落帽'라는 고사에 근거한다. 『진서晉書』에 다음과 같은 기록이 있다. 문장가로 이름난 맹가孟嘉가 대장군인 환온桓溫의 참군參軍으로 있었을 때의 일이다. 환온이 막료들과 함께 중양절 잔치를 베풀고 있었는데, 갑자기 바람이 불어와 맹가의 갓이 떨어졌다. 술에 잔뜩 취한 맹가는 이도 모른 채 술을 마셨다. 당시 관습으로는 사람을 만날 때 갓을 벗는 것은 큰 실례였다. 환온은 짐짓 그가 어떻게 행동하는가 보려고 갓을 집어주지 말라고 주위에 눈짓했다. 맹가가 화장실에 다녀오려고 나가자 환온은 역시 글을 잘 쓰는 손성孫盛에게 빨리 이를 조롱하는 글을 쓰게 해서는 갓과 함께 글을 자리에 올려

놓게 하였다. 자리로 돌아온 맹가는 글을 읽어보더니 안색이 조금도 변하지 않은 채 지필을 달라고 해서 답글을 적어 내려갔는데, 그 글이 명문이어서 좌중이 모두 놀랐다는 고사다.

두보가 이 고사를 인용한 것은, 모자가 벗겨지는 일로 전설의 주인공이 된 맹가와 달리 자신은 늙어 추한 모습을 드러내어 옆 사람에게 모자를 바로 씌워달라고 부탁하기가 부끄럽다는 마음을 표현하기 위해서였다. 여기서 '수羞' 자는 '부끄러워서 어쩌나 하고 걱정한다'라는 뜻이고, '장將' 자는 '혹시나 (모자가 날아가는 일이) 장차 생길 수 있음'을 뜻하는 말이다. '還'(돌아올 환) 자는 맹가처럼 모자가 날아가는 사건이 자신에게도 '다시' 생길 가능성을 말한다. '천倩' 자는 '請'(빌 청)과 같은 뜻으로 쓰였다. 함련의 이 두 구절은 하나의 문장으로서 유수대流水對를 이루고 있으므로, 시인은 모자가 날아가 자신의 감춰진 모습이 드러남과 아울러 남에게 폐를 끼칠 게 걱정된다는 뜻이지 모자가 날아갔다는 뜻이 아니다.

경련의 대장은 문득 강물과 산으로 시선을 옮긴다. "남계는 멀리 많은 갈래의 냇물을 따라 내려와 흐르고 / 옥산은 높이 두 준봉을 아우른 채 차갑기만 하네"(藍水遠從千澗落, 玉山高并兩峰寒). 그가 머물던 남전에는 남계藍溪가 흐르고 남전산藍田山이 우뚝 솟아 있었는데, 강과 산은 인생과는 달리 변함없이 옛 모습으로 남아 있다. 눈앞에 보이는 남계의 강물은 그냥 물이 아니라 시인의 기구한 인생처럼 먼 곳의 세세한 시냇물들을 굽이굽이 지나쳐 온 물이다. 그래도 강물은 아무 말도 없이 무심하게 다시 어디론가 흘러간다. 나처럼 서러워하거나 원망하는 감정도 없이 말이다. 또한 옥산(남전산)도 높이 치솟아 높은 준봉을 모두 다

아우르고 있지만 차가운 표정만 지을 뿐 스스로 자랑스러워하지도 않
는데, 나는 술 한잔 마셨다고 왜 이리도 감정에 휘둘리는가?

늙으면 이처럼 겉보기와는 달리 의외로 예민해져서 모든 게 서럽게
느껴진다. 가을도 서럽고, 모자 날아갈까 봐 마음 쓰이고, 쉽사리 감상
에 젖는다. 시인의 말대로 평생 솔직하지 못하고 '억지로 스스로 관대한
척'(强自寬) 살아왔기 때문일까?

미련에 와서는 차원을 높여 인생의 진정한 의미를 깨닫는다. "내년
이 모임에 누가 건재해 있을지 알소냐 / 취해서 들고 있는 이 산수유 가
지나 자세히 보련다"(明年此會知誰健, 醉把茱萸仔細看). 중양절 연회는 매
년 열리기에 내년에도 정겨운 벗들을 다시 만날 수 있겠지만, 노년의 막
바지에 이른 시인이나 벗들로서는 내년의 이 모임을 기약할 수 없는 게
현실이다. 절망적이지 않을 수 없는 상황에서 시인은 문득 깨닫는다. 여
기서 할 수 있는 마지막 의미 있는 일은 무엇일까? 그렇다, 취한 눈이지
만 손에 쥔 산수유 가지를 자세히 들여다보는 일이다. 왜냐하면 의미
있는 일은 멀리 있지 않고 눈앞에 가까이 있기 때문이다. 『구약성경』에
"하나님이 보시기에 좋았더라"(「창세기」 1:25)라는 구절이 있다. 조물주가
만물을 만들고 보니 너무 잘 만들어서 아름답기는 한데, 이를 감상하고
음미해줄 눈이 없었다. 그래서 마지막으로 인간을 만들어서 창조물을
인정해주기를 원했던 것이다. 그러므로 조물주의 자연을 음미하고 거기
서 의미를 찾는 게 조물주가 원하는 인간상이다. 그러나 인간은 이러한
사명을 전혀 의식하지 못하다가 삶을 얼마 남기지 않고서야 비로소 창
조물의 아름다움과 함께 그 의미를 깨닫게 된다. 이것이 "취해서 들고
있는 이 산수유 가지나 자세히 보련다"라는 마지막 구절이 뜻하는 바

다. 이처럼 예술은 언제나 지금 눈앞에 놓인 사물을 보는 일에 충실하
게 함으로써 사람들에게 의미를 감지하게 해주는 기능을 하는 것이다.

「곡강曲江」

朝回日日典春衣 (조회일일전춘의)
每日江頭盡醉歸 (매일강두진취귀)
酒債尋常行處有 (주채심상행처유)
人生七十古來稀 (인생칠십고래희)
穿花蛺蝶深深見 (천화협접심심현)
點水蜻蜓款款飛 (점수청정관관비)
傳語風光共流轉 (전어풍광공류전)
暫時相賞莫相違 (잠시상상막상위)

조정에 출근했다 돌아오면 날마다 봄옷까지 저당 잡혀서는
하루도 빠짐없이 강 머리에 나가 술에 절어 돌아온다네.
술 외상값은 예사로 가는 곳마다 있지만
사람이 일흔까지 사는 일은 예부터 드물다지.
꽃 사이를 누비는 호랑나비는 꽃밭 깊숙이까지 드나들고
물 위에 점 찍으며 노는 잠자리는 느긋하게 날아다니네.
봄에게 말 전하노라, 함께 빈둥거리면서
잠시만이라도 즐길 터이니, 떠나가지 말자꾸나.

이 시는 칠언율시로서 『평수운』 중의 미微 운에 속하는 '의衣'·'귀歸'·'희稀'·'비飛'·'위違' 등 다섯 글자로 압운하였다.

이 시는 안사의 난이 아직 진행되고 있던 늦봄에 씌었다. 곡강은 곡강지曲江池라고도 불렸는데, 장안성 남쪽에 있는 강으로 명승지였으므로 상춘객들이 많이 와서 산책하며 쉬기도 했다고 한다. 시의 내용으로 보면, 두보도 퇴근 후에는 이곳을 자주 찾아 술을 마시며 시름을 잊으려 했던 것 같다.

그래서 시는 "조정에 출근했다 돌아오면 날마다 봄옷까지 저당 잡혀서는 / 하루도 빠짐없이 강 머리에 나가 술에 절어 돌아온다네"(朝回日日典春衣, 每日江頭盡醉歸)로 시작한다. '朝'(조정 조) 자는 조정에 출근하는 일을 가리키는데, 당시 두보는 좌습유左拾遺의 직책을 수행하고 있었다. 좌습유는 일종의 간관諫官으로서 황제의 정책 결정에서 빠뜨린 부분을 점검해서 보충하는 일을 하였다.

'전典' 자는 '저당을 잡힌다'라는 뜻이므로, 두보는 술 사 먹을 돈이 없어서 매일 당장 입을 봄옷까지 저당 잡혀 퇴근 후 강 머리에 나가 늘 취하여 돌아왔다는 고백이다. 여기서 보통 사람들은 이해가 안 되는 부분이 봄옷을 저당 잡혀 술을 사 먹었다는 말이다. 사람은 지금 당장 절실한 것을 먼저 하는 게 상식이다. 그렇다면 술과 봄옷 중 어느 것이 더 절실한가? 늦봄의 계절은 하루 중 기온 차가 심하여 반드시 봄옷을 챙겨 입어야 건강을 유지할 수 있지만 술은 안 마신다고 당장 어떻게 되는 게 아니므로, 당시로서 절실한 것은 봄옷이었다. 그런데도 두보는 절실한 봄옷을 술과 맞바꾸어 마셨으니, 그의 가치관이 보통 사람과 다름을 금세 알 수 있다.

고해와 같은 이 힘든 세상을 맨 정신으로 산다는 게 얼마나 힘든 일인지는 세상을 좀 살아본 사람이라면 익히 안다. 사리 분별을 할 줄 아는 사람일수록 살아가기가 더 힘든 게 현실이다. 세상이 관념적인 정의대로 돌아가는 게 아니기 때문이다. 이 스트레스를 이길 수 있는 가장 손쉬운 방법이 바로 술을 마시고 취하는 것이다. 두보가 퇴근 후에 매일 빠지지 않고 옷을 저당 잡혀서까지 취하는 것은 바로 이 때문일 터이니, 그에게 봄옷과 술 중에서 어느 것이 더 절실할지는 군이 묻지 않고도 알 수 있을 것이다.

사람은 원래 환상으로 사는 동물이다. 고된 현실을 직시하지 못하도록 환상이나 꿈으로 코팅해서 본다는 말이다. 술이 바로 이런 기능을 한다. 오늘날은 환상을 창출해내는 각종 미디어가 극도로 발달해서 술의 기능을 대체하는 바람에 사람들이 옛날처럼 곤죽이 되도록 마시지 않는다. 영화와 티브이를 보면서 환상에 빠지는 시간 외에는 맨 정신으로 현실을 살아가야 하는 문화 속에서 술꾼들은 기피 대상이 되고, 이 때문에 일부는 알코올 중독자로 전락하기도 한다.

경관이 좋은 곡강 가에서 술로 시름을 잊으니 가난한 시인은 날로 외상 술값이 늘어날 수밖에 없을 터였다. 이것이 '외상 술값이 예사로 가는 곳마다 있다'(酒債尋常行處有)라는 구절인데, '尋常심상'이란 '너무 일상적이어서 전혀 이상하지 않다'라는 뜻이다. 시인이 이렇게 외상값에 구애받지 않고 술을 마실 수 있는 것은 그나마 이렇게라도 즐길 수 있는 여생이 얼마 남지 않았다는 자각에서다. 그래서 그는 "사람이 일흔까지 사는 일은 예부터 드물다지"(人生七十古來稀)라고 말한다. 이 구절은 예부터 내려오던 '칠십자희七十者稀'(일흔 살에 이른 사람은 드물다)라는 성어를 다시 쓴 것인데, 진부한 성어를 이렇게 시어로 만들면 짧은 인생에 대한 자각이 더욱 두드러져 보인다. 이 시가 758년에 씌었고 770년에 죽은 두보가 대략 47세쯤 되었을 때이므로, 인생의 한계를 느끼고 여생이나마 즐겼으면 좋겠다는 생각을 했을 터이다.

그러면서 "꽃 사이를 누비는 호랑나비는 꽃밭 깊숙이까지 드나들고 / 물 위에 점 찍으며 노는 잠자리는 느긋하게 날아다니네"(穿花蛺蝶深深見, 點水蜻蜓款款飛)라고 노래한다. 예술은 형태를 보는 행위이자, 이 형태에서 일어난 감응을 표현하는 행위이다. 호랑나비가 꽃밭 깊숙이까지 드나들고 잠자리가 물에 점을 찍듯이 날고 있을 때, 이들에게 무슨 계획이 있어서 이러는 것일까? 이들은 아마 지금 해야 할 일을 하거나, 아니면 지금을 즐기는 것일 게다. 인간의 삶도 이런 것이 아닐까?

생각이 여기에 이르자 시인은 저 관념 속에서 자신을 지배하는 대타자(Other)에게 호소한다. "봄에게 말 전하노라, 함께 빈둥거리면서 / 잠시만이라도 즐길 터이니, 떠나가지 말자꾸나"(傳語風光共流轉, 暫時相賞莫相違)라고. 여기서 '전어傳語'란 '말 좀 전하자'라는 뜻이고, '풍광風光'은 '봄의 풍경'을 뜻하며, '공류전共流轉'은 '함께 빈둥거리다'라는 뜻이므로, 직역하면 '봄에게 말 전하노니, 함께 빈둥거리자'라는 의미가 된다. 그리고 미련의 두 구절은 유수대의 대장 구조이므로 앞의 '전어傳語', 즉 전하고자 하는 말의 내용이 마지막 구절에까지 걸려서, '잠시라도 즐기려 하니 거절하지 말아다오'라는 뜻이 된다. 여기서 '상相' 자는 모두 대명사 '지之' 자의 의미로 푸는 것이 옳다.

마지막에 즐긴다는 뜻으로 '상賞' 자를 썼는데, 이 글자의 구체적인 행위를 지적하자면 앞의 '공류전共流轉', 즉 '함께 빈둥거리다'로 봄이 옳다. 세상에 재미있는 놀이가 아무리 많아도 빈둥거림보다 편안한 게 없기 때문이다. 시인도 봄 자체가 좋아서 봄이 가는 것을 아쉬워한다기보다는 아늑하고 따스한 날씨에 술을 마시다 보니 외상값이나 나라의 난리 같은 걱정거리를 잊고 빈둥거리는 게 편안해서 이렇게 표현하였을 것이다.

「객지客至」
– 손님이 오시네

*최 현령의 방문을 기뻐하며(喜崔明府相過)

舍南舍北皆春水 (사남사북개춘수)
但見群鷗日日來 (단견군구일일래)
花徑不曾緣客掃 (화경부증연객소)
蓬門今始爲君開 (봉문금시위군개)
盤飧市遠無兼味 (반손시원무겸미)
樽酒家貧只舊醅 (준주가빈지구배)
肯與鄰翁相對飮 (긍여린옹상대음)
隔籬呼取盡餘杯 (격리호취진여배)

집의 남쪽이나 북쪽이나 눈 녹은 물로 가득한데
보이는 건 날마다 찾아오는 갈매기 떼뿐이네.
꽃잎 떨어진 길은 손님을 위해 아직 쓸지 않았고
쑥대로 얼기설기 엮은 문은 오늘에야 비로소 임을 위해 열어놨다오.
소반 위의 음식은 장이 멀어 나란히 놓은 찬이 없고
술통의 술은 집이 가난하여 아직 거르지도 않은 막걸리뿐이라오.
이웃집 영감과 함께 마주 앉아 마시는 것도 괜찮으시다면
울타리 너머로 집에 남은 술이라도 죄다 가져오라고 부르리다.

이 시는 칠언율시로서 『평수운』의 회灰 운에 속하는 '래來'·'개開'·'배醅'·'배杯' 등 네 글자로 압운을 했다. 칠언율시이므로 원래는 수련의 출구도 평성으로 압운해야 하지만 측성으로 두었다.

앞에서 언급한 대로 두보는 안사의 난이 일어나자 성도로 피난 와서 완화계라는 마을에 초가집을 한 채 짓고 살았다. 먼 피난길에 갖은 고초를 겪다가 겨우 초막이라도 하나 지었으니 생활은 그런대로 안정되었을 때이다. 이 시가 761년에 지어졌으니까 당시 두보의 나이는 50세쯤이었을 것이다.

두보는 '손님이 오시네'(客至)라는 제목 아래에 '최 현령의 방문을 기뻐하며'(喜崔明府相過)라고 스스로 주를 달았다. '최'는 모친의 성씨고, '명부明府'는 현령을 부르는 말이며, '상과相過'는 '방문하다'라는 뜻이므로, 현령인 외삼촌이 방문한다는 소식에 너무 기뻐서 지은 시임을 알 수 있다.

시는 "집의 남쪽이나 북쪽이나 눈 녹은 물로 가득한데 / 보이는 건 날마다 찾아오는 갈매기 떼뿐이네"(舍南舍北皆春水, 但見群鷗日日來)라는 수련으로 시작한다. 초막이 강이 굽이쳐 흐르는 완화계 가에 지어졌으므로 눈 녹은 물이 집의 남과 북, 즉 위아래로 철철 흐르고 있었음을 짐작할 수 있다. 도잠陶潛의 "눈 녹은 봄물은 사방의 못을 가득 채우고"(春水滿四澤)라는 구절을 상기하면, '개춘수皆春水'는 '눈 녹은 물로 가득하다'라고 번역하는 게 적절할 것으로 보인다. 이렇게 시인의 초막은 봄의 생기로 가득 차 있는데, '오로지 보이는 건 날마다 날아오는 갈매기 떼뿐'이니 그 외롭고 답답함이 오죽했을까? 사람이란 생존이 경각에 달렸을 때는 어떤 생각도 할 겨를이 없지만, 한고비 넘기고 나면 향수라든가 고독 같은 감성적 결핍을 느끼게 된다. 수련은 바로 이러한 시인의 마음을 그대로 드러내준다.

이러던 차에 손님이, 그것도 외삼촌이 온다고 하니 기쁜 마음으로 맞을 채비를 안 할 수가 없다. "꽃잎 떨어진 길은 손님을 위해 아직 쓸지 않았고 / 쑥대로 얼기설기 엮은 문은 오늘에야 비로소 임을 위해 열어놨다오"(花徑不曾緣客掃, 蓬門今始爲君開). 손님 맞을 때 가장 먼저 해야 할 일이 마당을 쓰는 일이다. 마침 들어오는 길에 봄꽃이 피어 있지만 더러는 여기저기 꽃잎이 떨어져 있다. 손님을 기분 좋게 하려면 깨끗이 쓸어야 하겠지만 자연 그대로의 아름다움을 보이려면 그대로 두는 것도 좋을 성싶다. 그 이유는 반가운 손님을 '위해서'(緣)다. '연緣' 자를 '이유'로 금세 알 수 있는 것은 대구의 '위爲' 자를 참조함으로써다. 율시에서는 함련과 경련은 출구와 대구를 반드시 대장을 맞춰야 하기 때문이다. 그런데 왜 하필 '연緣' 자인가? 이 글자는 원래 저고리를 지을 때 등쪽의 두 천을 맞대서 꿰맨 가운데 가선을 가리킨다. 두 조각의 천을 이어준다는 의미에서 '인연'이라는 뜻이 생긴 것이다. 그러니까 '연' 자를 통해서 손님과 꽃을 인연 관계로 만들었다는 말이다.

시인은 '화경花徑'에 대한 짝으로 '봉문蓬門'을 들고 있다. 집이 가난하여 지붕을 기와로 올리지 못하고 쑥대로 엮어 올린 허름한 대문을 가리킨다. 옛날에는 특별한 손님이 온다거나 집안에 행사가 있을 때만 대문을 열어놓고, 평시에는 옆에 만든 쪽문으로 다녔다. 그간에 찾아오는 손님도 없이 외롭게 지냈으므로 대문을 열 일이 없었지만, 이제 특별한 손님이 방문한다고 하니 그야말로 '오늘에야 처음으로 손님을 위해 열어놓은 것'(今始爲君開)이다. 그간에 닫혀 있던 대문을 오랜만에 열어젖힐

때의 그 벅참과 즐거움은 경험해보지 않은 사람은 이해하기 어렵다. 우리나라의 가옥도, 전통가옥이든 양옥이든, 대문이 엄연히 있지만 이를 사용하지 않고 옆문이나 쪽문으로 드나드는 게 일반적인 문화다. 어떤 이는 자기 집에 들어가는데 왜 버젓이 대문으로 들어가지 않고 쪽문으로 허리 굽혀 들어가는 바보짓을 하느냐고 비아냥거리지만, 그 대문을 쓸 때의 특별한 의미를 부여하고 즐기려는 심오한 의도를 이해하지 못한 소치다. 손님이 이 구절을 읽었을 때 느끼는 감동을 상상한다면, 주인의 이러한 세심한 행위가 얼마나 귀한지를 수긍할 수 있지 않을까?

"소반 위의 음식은 장이 멀어 나란히 놓은 찬이 없고 / 술통의 술은 집이 가난하여 아직 거르지도 않은 막걸리뿐이라오"(盤飧市遠無兼味, 樽酒家貧只舊醅). 경련도 대장이 기막히게 잘 짜여 있다. 먼저 형식적으로 보면, '반손盤飧'(소반 위의 밥)과 '준주樽酒'(술통에 담긴 술), '시원市遠'(장이 멀어서)와 '가빈家貧'(집이 가난하여), '무無'(없다)와 '지지只'(단 하나), '겸미兼味'(나란히 놓은 찬)과 '구배舊醅'(오래된 막걸리) 등으로 짝을 이루고 있다. 손님을 대접하는 두 가지 요소, 즉 음식과 술을 대비시켜서 어려운 생활 환경 때문에 변변히 준비하지 못하여 송구하다는 뜻을 매우 현실감 있게 표현하였다. 음식은 사는 곳이 너무 오지라서 장이 먼 관계로 '요리를 두 개 이상 나란히 놓지 못하였고'(無兼味), 술은 집안이 가난하여 사람들이 찾아올 일이 없으니 새 술을 받아놓지 못해 '단지 전에 담가놓고 거르지도 않은 채 방치한 막걸리밖에 없다'(只舊醅)고 고백한다.

물질적인 문화에 찌든 요즘 사람들의 인식으로 이 시를 대하면, 두보가 참으로 궁상을 떤다고 폄훼할 수도 있을 것이다. 그러나 물자가 부족하던 어려운 시절이라면 없는 살림에 정성을 다하여 상을 차려놓고 이

렇게 표현한다면, 대접받는 손님의 처지에서는 진수성찬 앞에 앉은 것
보다 더 감동적일 것이다.

『설문해자說文解字』에서는 '祠'(봄 제사 사) 자를 풀이하면서 "(봄에 지
내는 제사는) 제물은 적고 문사가 많다"(品物少多文詞也)라고 덧붙였다. 즉
봄에는 양식을 겨우내 다 먹어서 제사상에 올릴 게 없으므로 제물은
소략한 대신에 풍년을 갈구하는 간절한 마음을 말로 표현한다는 뜻이
다. 『주역』에도 "이렇게 진실한 마음이라면, 그 이로움이 봄 제사를 지
내는 데서 나오는 듯할 것이다"(孚乃利用禴)라는 구절이 있다. 이처럼 진
정한 감동은 물질에서 나오는 게 아니라 언어의 아름다운 표현에서 나
오는 것이다.

귀한 손님을 대접하는 예의는 미련에 와서 극적 전환을 이룬다. "이웃
집 영감과 함께 마주 앉아 마시는 것도 괜찮으시다면 / 울타리 너머로
집에 남은 술이라도 죄다 가져오라고 부르리다"(肯與鄰翁相對飲, 隔籬呼取
盡餘杯). 손님의 처지에서 보자면 방문은 어떤 경우에나 긴장하지 않을
수 없다. 아무리 아랫사람이라도 남의 집에 가서는 실례하지 않도록 시
종 조심해야 하기 때문이다. 그래서 손님이 방문하면 맨 처음 하는 인
사말이 '자기 집에 오신 것처럼 편히 여기세요'라는 말이다. 중국에서는
'賓至如歸빈지여귀'(손님이 오시면 집에 돌아오신 것처럼 해드린다)라고 말하
고, 영어에서도 "Make yourself at home"이라고 권한다. 손님이 긴장
을 풀고 편히 있는 것은 점잖고 예의 바른 분위기에서는 거의 불가능하
다. 자기 집이 편안한 것은 꾸밈이 없는 솔직한 감정으로 돌아갈 수 있
어서다. 기왕에 현령이라는 높은 분이 시골의 조카를 찾으셨으니 예교
禮教니 뭐니 하는 것은 모두 잊고 세속의 상常것들과 어울리는 게 어떻

겠느냐고 조심스럽게 제안하는데, '긍肯' 자가 바로 이 의미다. '인옹鄰翁', 즉 이웃집 영감은 오래 살아서 설사 상것이라도 세상 물정을 알 터이니 편한 술자리의 대화 상대가 될 수 있었으리라.

미련의 출구는 이렇게 제안하는가 싶더니 대구는 사실상 이웃집 영감을 부르기로 하고 당장에 울타리 너머로 소리쳐 오라고 할 것같이 묘사한다. 그것도 그냥 오지 말고 집에 혹시 남아 있을 술을 죄다 갖고서 말이다. 여기서 '배杯' 자는 '술잔'이지만 실은 술을 지시하는 환유換喩다. 이렇게 제안하는 척하면서 기실은 등을 떠밀어버리는 표현이 바로 유수대의 맛이다.

특히 '울타리 너머로 집에 남은 술이라도 죄다 가져오라고 부른다'라는 구절을 주목할 만하다. 울타리는 개인과 개인을 나누는 물리적 장애로서 이를 경계 삼아 밖으로 나가면 예의를 지켜야 한다. 따라서 이웃을 부르려면 문을 나가 이웃의 문 앞으로 가야 한다. 그런데 여기서는 이 울타리 너머로 사람을 부르면서 그것도 술까지 가져오라고 하겠단다. 이렇게 자연스럽게 하나 되는 정감이 바로 귀한 분들이 경험하지 못한 상것들의 문화다. 이렇게 하면 접대받는 손님에게도 소탈한 심성을 드러나게 해드리는 일이 되므로 이보다 더 귀한 대접은 없을 것이다.

「천말회이백天末懷李白」
– 하늘 끝 땅에서 이백을 생각하며

凉風起天末 (양풍기천말)

君子意如何 (군자의여하)

鴻雁幾時到 (홍안기시도)

江湖秋水多 (강호추수다)

文章憎命達 (문장증명달)

魑魅喜人過 (이매희인과)

應共冤魂語 (응공원혼어)

投詩贈汨羅 (투시증멱라)

서늘한 바람이 하늘 끝 땅에서 불기 시작한 이때

님의 심경은 어떠하오?

고니와 기러기는 언제나 오려는지

강과 호수엔 가을 물도 많이 불었는데.

훌륭한 글은 지은이의 운명이 잘되기를 미워하고

악인은 사람이 잘못되기를 좋아하는 법.

마땅히 억울한 혼과 함께 말이라도 나누어야 할지니

시 한 편 던져서 멱라강으로 보내시구려.

두보는 화주華州에 좌천되었다가 대기근이 발생하자 화주참군의 관직을 버리고 오늘날의 감숙성 천수天水시에 있던 진주秦州로 이사하였다. 그때 친구인 이백이 이린의 반란 사건에 연루되어 오늘날 귀주성 서부에 있던 오지인 야랑에 유배되었는데, 가는 도중에 사면받았다는 소식이 들려왔다. 호남 끝에서 진주까지 너무나 먼 거리여서 이를 확인할 길이 없으므로 답답하고 그리운 마음에 이 시를 지었다고 한다. '천말天末'은 '하늘 끝'으로서 머나먼 거리를 뜻하고, '懷'(품을 회) 자는 '그리워하다'라는 뜻이다.

진주는 북쪽 변방에 가까운 지역이므로 가을바람이 일찍 분다. 땅끝에 와서 가을의 스산함을 감지하면 가장 먼저 생각나는 게 고향과 그리운 사람들인데, 시인은 이백의 근황이 무척 궁금하였던 듯하다. 그래서 수련에 "서늘한 바람이 하늘 끝 땅에서 불기 시작한 이때 / 님의 심경은 어떠하오?"(凉風起天末, 君子意如何)라고 썼다. 우리는 사람을 오랜만에 만나면 흔히 의례적인 인사말로 "어떻게 지내?" 하고 묻는다. 이는 기실 내용이 비어 있는 말로서 대화를 유지하겠다는 의지를 나타낼 뿐이지 정말로 상대방이 어떻게 지내는지 알고 싶어서 물어보는 게 아니다. 그런데도 상대방이 진지하게 그간의 일을 소상히 보고한다면 사회성이 좀 모자라는 사람으로 취급받을 것이다. 이렇게 의례적인 표현은 내용이 없는 진부한 말에 불과해서 사람들이 건성으로 듣는 경향이 있지만, 알고 보면 매우 유용한 기능을 수행함으로써 대화자들이 편할 때가 많다.

시인이 이백과 아무리 친하더라도 지금 귀양 가는 처지의 사람에게 처음 말을 걸 때 딱히 할 말이 없는 게 현실이다. 이를테면, 상갓집에 문상 갔을 때 상주에게 어떻게 말해야 위로가 되겠는가? 그렇다고 아무 말도 안 하자니 그것도 너무나 어색하다. 이럴 때 무난하게 쓰는 말이 의례적인 인사말이다.

시인도 아직 확인되지 않은 소문에 근거해서 "당신 사면받았다면서요?"라고 했다가 아니면 어떡하나 하는 노파심이 있었을 것이다. 그래서 먼저 의례적인 인사말로 "심경이 어떠하오?"라고 물어보았을 것이다. 친구에게 뭔가 변화가 있다면 사실을 말할 터이니, 함께 기뻐함은 그때 해도 늦지 않다. 이렇게 진부한 인사말도 시인에 손에 들어가면 참신하게 살아남을 우리는 이 구절을 통해 명백히 알 수 있다.

함련은 희소식을 확인하고 싶어 안달하는 마음을 표현하고 있다. "고니와 기러기는 언제나 오려는지 / 강과 호수엔 가을 물도 많이 불었는데"(鴻雁幾時到, 江湖秋水多). 철새인 고니와 기러기는 예로부터 서신을 가져오는 메신저를 상징하는 말로 자주 쓰여왔다. 따라서 고니와 기러기를 기다린다는 것은 이백이 사면되었다는 소문을 확인하는 소식을 갈망한다는 뜻이다.

갈망하는 소식을 이제나저제나 기다리다 보면 점점 마음이 다급해지면서 혹시나 소식 전하는 전령에게 무슨 일이 생긴 거나 아닌가 불안한 생각이 들기 마련이다. 이 마음을 표현한 것이 "강과 호수엔 가을 물도 많이 불었는데"(江湖秋水多)라는 구절이다. 걱정에 걱정을 더하다 보면 전혀 터무니없는 걱정에 이르게 되기도 한다. 혹시나 가을이 되면 태풍으로 물이 불어나는 남쪽의 강과 호수 때문에 못 오는 게 아닌가 하는 기우杞憂까지 하게 된다는 말이다. 북쪽에서 날아오는 철새가 남쪽의 영향을 받는 게 말이 안 되지만, 걱정으로 초조한 사람에게는 얼마든지

가능한 상상이다.

경련에서는 이백이 이렇게 고초를 겪게 된 근본적인 원인을 생각하면서 철학적인 차원에서 친구를 위로한다. "훌륭한 글은 지은이의 운명이 잘되기를 미워하고 / 악인은 사람이 잘못되기를 좋아하는 법"(文章憎命達, 魑魅喜人過). '명달命達'이란 '명운이 현달하다'라는 뜻이므로, '훌륭한 글은 지은이의 운명이 잘되기를 미워한다'는 정의를 풀어 말하자면, 뛰어난 글재주를 지닌 천재는 인생이 기구할 수밖에 없는 게 운명이라는 뜻이다. 속어에도 재승박명才勝薄命, 즉 재주가 뛰어나면 척박한 운명을 산다는 말이 있듯이, 실제로 뛰어난 재주의 소유자는 평범한 사람들의 기대와는 달리 기구한 인생을 살거나 요절하는 경우가 허다하다. 그가 발견하거나 발명한 세계는 보통 사람들의 상상을 뛰어넘는 것이어서 정상적이지 않은 사람으로 오해받거나 시기와 질투를 받기에 세속에서 살아가기가 힘들다. 그뿐 아니라 그의 재주를 착취하려는 자까지 모여들면 정상적인 삶은 근본적으로 불가능하다. 장자莊子가 설파했듯이 나무가 재목으로 쓸 만하면 목수가 베어가기 마련이고, 이상은李商隱이 「이하소전李賀小傳」에서 한탄했듯이 천재의 글재주는 옥황상제도 하늘에서 필요하여 일찍 데려가는 법이다. 따라서 천재 시인 이백이 이런 고초를 겪는 것은 어쩔 수 없는 그의 운명이라고 위로한다.

이어서 "악인은 사람이 잘못되기를 좋아"한다고 말한다. '악인'은 '이매魑魅'를 번역한 말인데, 이매란 옛날 전설에 등장하는 도깨비로 밤중에 산길을 가는 사람을 골탕 먹이기 좋아한다고 전해진다. 옛날에는 짓궂은 아이들이 한적한 길에 풀을 엮어놓거나 얕은 구덩이를 파놓고 밤길을 가는 사람들이 걸려 넘어지게 하는 장난을 쳤는데, 이를 도깨비가 한 짓이라고 여기곤 하였다. 따라서 이 구절은 원래 '도깨비는 사람이 실수하는 걸 보고 즐긴다'라는 뜻이지만, 시인의 의도는 악한 심성을 가진 소인배는 뛰어난 재주를 가진 사람을 곤경에 빠뜨리기를 좋아한다는 걸 말하기 위함이었다. 다시 말해 소인배가 천재를 시기·질투해서 잘나가는 꼴을 보지 못하는 것 또한 그의 운명이기도 하다는 뜻이다.

이것은 특정한 사람의 잘못이라기보다 세상이 만들어지는 근본적인 구조에 속한 것이므로 누구를 탓할 수도 없다. 그래서 미련에서 시인은 천재가 당해야 하는 이 억울함을 그나마 해소하는 방도를 제시하였는데, 똑같은 처지에서 한을 품고 죽은 또 한 사람의 천재 시인에게 하소연하자는 게 그것이다. "마땅히 억울한 혼과 함께 말이라도 나누어야 할지니 / 시 한 편 던져서 멱라강으로 보내시구려"(應共冤魂語, 投詩贈汨羅). '억울한 혼'(冤魂)은 전국 시기 초나라 시인인 굴원을 가리킨다. 그는 우국충정의 마음으로 임금을 보필하였으나 간신들의 참소를 받아 추방당했다. 강남 지역과 동정호 주변을 유랑하면서 한 맺힌 심경을 시로 쓴 것이 저 유명한 고전인 「이소離騷」를 비롯한 초사楚辭였다. 그는 초나라가 진나라에 속절없이 무너지는 것을 보고서는 심히 절망한 나머지 멱라강汨羅江에 투신함으로써 기구한 일생을 마감했다.

억울한 일이나 감정이 있는 사람은 어디엔가든 가서 토로해야 살 수가 있다. 이것을 흔히 '신원伸冤', 즉 억울함을 내뱉는다고 말한다. 이렇게 하지 않으면 남이나 자신에게 폭력을 가하게 되는데, 후자는 흔히 자살로 나타난다. 이 구절은 '마땅히'(應)라는 말을 사용하여 억울하게 죽은 원혼인 굴원과 '대화함'(共語)으로써 억울한 심정을 해소하라는 조언과 염려를 표현하고 있다.

그는 대화하는 방법까지 제시하고 있는데, 시 한 편을 써서 멱라강에 던져 보내라는 것이다. 굴원이 멱라강에 투신한 이후 그의 우국충정을 기리기 위해 음력 5월 5일 단옷날이 되면 사람들은 찹쌀떡을 댓잎에 싸서 강물에 던졌다. 물고기들에게 이것을 먹고 굴원의 시신을 건드리지 말라는 의미에서다. 시인은 이 의식처럼 시 한 편 써서 강물에 던져 보내라고 말한다.

라캉은 「'도둑맞은 편지'에 관한 세미나」에서 "모든 편지는 수신자에게 도착한다"고 하였다. 이백이 자신의 심경을 시로 적어 굴원에게 보낸다면 그 사연은 반드시 그가 듣게 되어 있다. 굴원이 내 마음속에서 내 글을 속속들이 읽고 있으니 거기에는 오해가 있을 수 없다. 그렇다면 이백의 신원은 성공한 셈이 된다. 억울함이 해소되는 것만 한 쾌락이 세상에 또 어디 있겠는가?

「절구絶句」 세 번째 시

兩個黃鸝鳴翠柳 (양개황리명취류)
一行白鷺上青天 (일항백로상청천)
窗含西嶺千秋雪 (창함서령천추설)
門泊東吳萬里船 (문박동오만리선)

두 마리 노란 꾀꼬리는 푸른 버들가지에서 울고

한 줄 흰 해오라기 떼는 파란 하늘로 올라가네.

창문 안에는 서쪽 준령의 천 년 설이 담겨 있고

대문 앞에는 만 리 밖 동쪽 오나라로 떠날 배들이 닻을 내렸네.

이 시는 칠언절구로서 『평수운』 중의 선先 운에 속하는 '천天'과 '선船'으로 압운하였다. 칠언절구는 기구의 마지막 글자도 압운해야 하지만, 여기서는 측성인 '류柳'자를 두어서 기구와 승구가 '평·평·측·측·평·평·측 / 측·측·평·평·측·측·평'의 정격 리듬이 이루어지게 하였다.

두보의 친구 아들인 엄무가 중앙 부처로 발령받아 장안으로 돌아가자 촉 땅에 동란이 일어났다. 두보는 난리를 피해 낙양으로 내려가 있었는데, 엄무가 다시 성도부윤成都府尹 겸 검남劍南 절도사가 되어 돌아왔다. 그래서 두보도 다시 성도의 초당으로 돌아와 그의 도움으로 안정된 생활을 누리게 되었다. 절구 4수는 바로 이 시기에 나왔다.

이 시는 그 내용을 그대로 색채 그림으로 옮겨 그릴 수 있을 정도로 풍경을 잘 묘사한 작품이면서도 시인의 미묘한 감성이 녹아 들어가 있음을 느낄 수 있다. 우선 이 시는 칠언절구인데도 네 구절이 두 구절씩 매우 정교하게 대장을 이루고 있다. 먼저 기구와 승구를 보면, '양개兩個'(두 마리)와 '일항一行'(한 줄), '황리黃鸝'(노란 꾀꼬리)와 '백로白鷺'(흰 해오라기), '명鳴'(울다)과 '상上'(오르다), '취류翠柳'(비췻빛 버드나무)와 '청천靑天'(파란 하늘) 등으로 정확하게 단어의 속성이 들어맞는다. 다시 전구와 결구를 보면, '창窗'(창문)과 '문門'(대문), '함含'(품다)과 '박泊'(머물다), '서령西嶺'(서쪽의 준령)과 '동오東吳'(동쪽의 오나라), '천추千秋'(천 년)와 '만 리萬里', '설雪'(눈)과 '선船'(배) 등으로 역시 정교하게 짝이 맞는다.

이뿐 아니라 색깔과 동정動靜, 그리고 원근과 시공의 대비도 매우 자연스럽게 조화를 이루고 있다. 이를테면, 꾀꼬리의 노란색은 해오라기의 흰색과 대장을 이루고 있지만, 당구當句 내에서도 노랑은 비췻빛 버드나무와 어울리고, 흰색은 푸른 하늘을 배경으로 아름다움을 자아낸다.

꾀꼬리는 버드나무 가지에 앉아서 울지만 해오라기 무리는 하늘을 날아가고, 서쪽 준령, 즉 민산岷山(5,588m)의 만년설은 변함없이 고요하지만 강가에 정박 중인 오나라행 배들은 분주히 만 리를 떠날 준비를 하고 있다. 아울러서 가까이는 꾀꼬리가, 멀리는 해오라기가 각각 보이고, 창밖 멀리로는 천 년의 시간을 지나온 눈 덮인 준령이, 대문 앞 가까이로는 만 리의 여정을 시작할 배들이 각각 보인다.

짧은 절구에서 이렇게 정교한 대장을 구성하려면 어딘가 억지로 꾸민 구석이 보이는 게 보통이다. 그런데 이 시는 아무리 읽어봐도 인위적인 손질 자국이 보이지 않고 오히려 자연스럽게만 느껴진다. 옛날 곽한郭翰이 만났던 선녀의 옷에 바느질한 자국이 보이지 않았다던 '천의무봉天衣無縫'이 바로 이런 경지이리라. 나중에 어쭙잖은 시인들이 이를 억지로 흉내 내려다 율시의 전성기는 내리막길에 들어서게 된다.

풍경화와 같은 이 시에도 극적인 전환이 있는데, 그것은 전구와 결구인 "창문 안에는 서쪽 준령의 천 년 설이 담겨 있고 / 대문 앞에는 만 리 밖 동쪽 오나라로 떠날 배들이 닻을 내렸네"(窗含西嶺千秋雪, 門泊東吳萬里船)에서 찾을 수 있다. 앞서 언급한 바대로 전구는 천추의 녹지 않는 눈을 통해 변함없이 영원함을, 결구는 만 리 밖 동오에 대한 동경을 통해 '나'(주체)의 확장을 각각 상징하고 있다. 서로 상충할 것 같은 이 두 가지, 즉 영원히 변치 않음과 주체의 확장은 사람의 영원한 욕망이다. 시인으로서는 모처럼 맞이한 안정된 생활이니 이 상태가 깨지지 않고 지속되기를 바랄 것이고, 반면에 아무리 안정되었다 하더라도 이것이 지속되면 지루할 것이므로 뭔가 신명 나는 확장의 계기가 오기를 욕

265

망함은 숨길 수 없는 현실이다.

앞의 「객지客至」에서 '집의 남쪽이나 북쪽이나 눈 녹은 물로 가득하
다'(舍南舍北皆春水)고 묘사하였듯이, 봄이 되면 초당 앞의 완화계에는 눈
녹은 물이 불어 제법 큰 배들이 여기까지 들어왔다고 한다. 오나라는
옛날부터 경치가 좋고 물산도 풍부해서 살기 좋다는 관념이 있었을 뿐
만 아니라, 당시 안사의 난으로부터 비켜서 있어서 피난 생활에 지친 두
보로서는 막연히 가고 싶은 동경의 대상이었을 것이다. 이러한 꿈이 '동
오만리선東吳萬里船'에 담긴 것이다. 따라서 서쪽 준령의 '천추설'과 동오
행 '만리선'의 대비는 이 두 가지 모순된 욕망을 그대로 드러낸 멋진 경
구다.

「여야서회旅夜書悔」
　　－ 쪽배에서 묵으며 아쉬움을 적다

細草微風岸 (세초미풍안)
危檣獨夜舟 (위장독야주)
星垂平野闊 (성수평야활)
月涌大江流 (월용대강류)
名豈文章著 (명기문장저)
官應老病休 (관응로병휴)
飄飄何所似 (표표하소사)
天地一沙鷗 (천지일사구)

가녀린 풀이 산들바람에 흔들리는 강 언덕에
돛 내린 높은 돛대처럼 홀로 밤 배를 대었네.
별은 너른 평야 위에 주렁주렁 매달려 있고
달은 강물 위에 둥둥 떠서 흐르네.
이름은 글로써 좀 알려졌을지 모르지만
벼슬자리는 늙고 병들어서 그만두어야 했네.
떠돌아다니는 이 꼴은 무엇과 비슷할까?
이 넓은 천지간 모래톱에 앉은 물새 한 마리겠지.

성도윤 엄무의 막료로서 관직을 맡아오던 두보는, 엄무가 갑자기 병으로 죽자 작은 배를 한 척 사서 자기 가족을 태우고는 강을 따라 내려가면서 여기저기 떠돌아다니며 살았다. 이 시는 두보의 배가 오늘날의 중경重慶인 투주渝州와 충주忠州 어간을 지날 때 쓴 것으로 전해진다.

두보는 천재 시인이었지만 생활 능력은 부족하여 늘 어렵게 살아왔는데, 난리까지 만나 고향을 떠나 촉 땅으로 유랑하다가 다행히 친구의 아들인 엄무 덕에 성도에서 잠시 안정되는 듯하더니, 그가 죽자 다시 유랑을 떠난 것이다. 이 시를 지을 때가 765년이고 그가 죽은 해가 770년이니까 평생을 힘겹게 살아오면서 쌓이고 쌓인 감정과 회한이 이 시에 다 녹아 있다고 보아도 무방하다.

수련은 배를 타고 내려가다가 밤이 되어 어느 낯선 강 언덕에 배를 대놓고 쉬는 풍경부터 묘사한다. "가녀린 풀이 산들바람에 흔들리는 강 언덕에 / 돛 내린 높은 돛대처럼 홀로 밤 배를 대었네"(細草微風岸, 危檣獨夜舟).

여기서 우리는 중국어의 속성에 대해 잠시 생각할 필요가 있다. 잘 알려져 있다시피 중국어는 단어의 형태 변화가 없이 단어들이 연결되어 문장을 만드는 고립어다. 벽돌을 옆으로 붙여가듯 단어들이 이어지는 형식이므로 문장의 의미는 기본적으로 그 순서대로 형성해가야 한다. 이를테면, '세초미풍안細草微風岸'을 직역하는 투로 읽으면 '가느다란 풀과 미세한 바람이 있는 언덕'이라는 기본적 의미가 형성된다. 그러나 우리말로 푼 이러한 의미는 도무지 시적 감흥이 생기지 않는다. 중국인의 경우는 시어의 운율과 평측법이 감성적으로 인지된 상태에서 읽기 때문에 '풀, 바람, 언덕' 사이의 공간을 시적 의미로 메울 수 있다. 반면에 운율과 어법이 다른 외국어는 이것이 불가능하므로 명시적인 의미를 구체적으로 드러내서 번역해야 한다. 그래서 필자는 "가녀린 풀이 산들바람에 흔들리는 강 언덕에"라고 구체화한 것이다. 이렇게 해도 여전히 원문이 품고 있는 시적 의미는 다 드러내지 못한 채 버려져 있다고 보아야 한다.

다음 함련의 '성수평야활星垂平野闊'은 이러한 차이가 더욱 두드러진다. 이를 직역 투로 바꾸면 '별이 평야에 드리워져 있고, 그 평야는 확 트여 있다'가 된다. 이 다섯 개의 벽돌이 품는 의미를 우리말로 드러내려면 그들(벽돌) 사이에 회반죽을 붙여서 '별은 너른 평야 위에 주렁주렁 매달려 있고'라고 다시 이어줘야 한다.

"가녀린 풀이 산들바람에 흔들리는 강 언덕에"라는 묘사로 보아 강변의 고즈넉한 곳 아무 데나 배를 대었던 듯하다. 예나 지금이나 부두 등 접안시설에 대려면 아무래도 비용이 들었을 테니 말이다. 캄캄한 밤 아무도 없는 강가에 홀로 배를 댄 모양을 '위장독야주危檣獨夜舟'라고 표현하였는데, '危檣'이란 '높은 돛대'이지만 쉬느라 돛을 내려놓았을 터이므로 더욱 외로워 보이기에 '獨'(홀로 독) 자를 꾸미는 말로 썼으리라.

가족을 데리고 정처 없이 떠내려가는 시인의 처지에서 그나마 잠시 눈을 붙일 수 있는 이 시간은 돛을 내려놓은 돛대처럼 외롭지만 그래도 자유를 느낄 수 있는 때였을 것이다. 직장을 잃고 살기 위해 또 다른 대처를 찾아가는 시인이 제대로 먹고 다닐 리 없었을 터이니, 배고픈 그에게 밤하늘의 별과 강물에 비친 달이 보였다는 것은 먹는 일보다 더 중요한 자유가 그의 영혼에서 꿈틀거렸기 때문이리라.

"별은 너른 평야 위에 주렁주렁 매달려 있고 / 달은 강물 위에 둥둥

떠서 흐르네"(星垂平野闊, 月涌大江流). 밤하늘의 별과 달을 이토록 아름
답게 묘사하는 것은 자유로운 영혼이 아니고서는 불가능하리라. 이러한
광경을 맛볼 수 있는 것만으로도 생명을 가진 사실이 의미가 있고, 게
다가 이렇게 아름다운 말로 표현할 수 있음은 더욱 감사할 일이다. 이러
한 시인에게 배곯는 일이 무슨 대수이겠으며, 오히려 배고픔이 그의 눈
을 맑게 해주었을 수도 있다. 단지 가족의 배고픔이 그에게는 참을 수
없는 현실적 고통이었겠지만, 이 고통을 잊고 자유로울 수 있는 시간이
바로 이 시간이었다는 말이다.

경련은 함련의 아름다운 경물에 대비되는 자신의 현실적인 신세를
한탄하듯 묘사한다. "이름은 글로써 좀 알려졌을지 모르지만 / 벼슬자
리는 늙고 병들어서 그만두어야 했네"(名豈文章著, 官應老病休). '명名'자
와 '관官'자를 대장으로 묶었으므로, 자신의 명성과 벼슬에 대하여 말
하고 있음을 알 수 있다. 명성에 대해 말하면서 '豈'(어찌 기) 자를 썼다.
이 글자에는 '어찌'라는 의미 외에 '~라고 말하기가 어렵다'라는 의미가
들어 있으므로, '명기문장저名豈文章著'는 문장으로써 저명해졌다고 말
하기가 어렵다는 뜻이 된다. 뒤집어 말하면, 자신이 시인으로서는 이름
이 좀 알려지기는 했다는 일종의 겸사謙辭로 보면 된다. 그러나 이름난
시인이면 뭐 하나? 능력도 배경도 없어서 늙고 병들었다는 구실로 낮은
벼슬자리나마 그만두어야 했으니, 앞으로 살아갈 일만 막막할 뿐이다.

그래서 시인은 미련에서 이렇게 왜소한 꼴로 떠돌아다니는 자신을 무
엇에 비유할 수 있는지 묻는다. "떠돌아다니는 이 꼴은 무엇과 비슷할
까"(飄飄何所似)? 여기서 '飄'(떠돌 표) 자는 낙엽 같은 것이 바람에 이리
저리 떠돌아다니는 모양을 형용하는 말로서 정처 없이 무작정 배를 타

고 내려가는 자신을 가리킨다. 이 물음에 대하여 시인은 "이 넓은 천지간 모래톱에 앉은 물새 한 마리겠지"(天地一沙鷗)라고 스스로 대답한다. 이 넓은 천지에서 모래톱에 앉아 있는 저 한 마리 갈매기는 눈에 잘 띄지도 않을뿐더러 설사 없어졌다 하더라도 누가 궁금해하지도 않을 만큼 보잘것없다.

　자신을 하찮은 한 마리 물새에 견준 것은, 어쩌면 시인의 자기 연민처럼 보일 수 있다. 그러나 '천지'는 그가 묘사한 것만큼이나 광활하고 변함없이 흐른다. 이 가운데 사는 인생은 두보처럼 관직에서 쫓겨난 사람만이 아니라 세상 부러운 것 없는 황제라 해도 한 마리 물새에 지나지 않는다. 갈매기는 그것이 미물이라도 살아 있어서 마음대로 날 수 있으니, 이 깨달음이 있다면 그는 자유로울 수 있고 아울러 아름다운 시를 지을 수 있다. 따라서 이 구절은 진부한 자기 연민이 아닌 명작으로의 반전이라고 말할 수 있는 것이다.

「숙부宿府」
– 숙직을 서는 깊은 밤에

淸秋幕府井梧寒 (청추막부정오한)

獨宿江城蠟炬殘 (독숙강성랍거잔)

永夜角聲悲自語 (영야각성비자어)

中天月色好誰看 (중천월색호수간)

風塵荏苒音書絶 (풍진임염음서절)

關塞蕭條行路難 (관새소조행로난)

已忍伶俜十年事 (이인령빙십년사)

强移栖息一枝安 (강이서식일지안)

깊은 가을의 본부 막사는 우물가 오동 잎 소리로 썰렁한데

홀로 자는 강가 성곽엔 밀랍 화만 다 꺼져가네.

한밤 내내 들리는 뿔피리 소리는 슬픈 사연을 스스로 말하지만

허공에 뜬 달빛은 저 아름다움을 누가 보아줄까?

험난한 세상을 울고 웃으며 살다 보니 집 소식이 감감해져

낙엽 진 관문 요새가 적막하기만 하니 고향 길 나서기가 심히 어렵다네.

이미 참고 홀로 살아온 지가 십 년이나 된 일이니

억지로 이 자리에 앉혀 좀 살 만하기는 해도

그저 가지 하나 차지한 만족뿐인 것을.

이 시는 764년 성도에서 씌었다. 당시 엄무가 성도윤 겸 검남 절도사로 다시 부임해와서 두보를 절도사 참모와 검교공부원외랑檢校工部員外郎 자리에 앉혀주었다. 공부원외랑이란 오늘날의 군대로 말하면 공병부대의 부副부대장에 해당하였다. 이러한 관직이 두보 같은 시인에게는 어울리지 않지만 엄무가 무관이었으므로 그로서는 성의를 보여 만든 자리였다.

두보는 평소 「봉증위좌승장이십이운奉贈韋左丞丈二十二韻」에서 밝힌 바처럼 "임금을 잘 모셔 요순 임금의 위로 오르게 하고, 나아가 풍속을 순박하게 만드는 것"(致君堯舜上, 再使風俗淳)이 그의 이상이었다. 그러니 자기 적성에 맞지 않지만 엄무의 극진한 후원에 보답하기 위해 일단 떠맡아 앉은 것으로 보인다. 이러한 마음은 「견민봉정엄무이십운遣悶奉呈嚴武二十韻」의 "인정에 묶여 자신을 알아주는 사람에게 보답하느라, 시간만 헛되이 보내서 작은 충성만을 드러냈을 뿐"(束縛酬知己, 蹉跎效小忠)이라는 구절에서 엿볼 수 있다. 그러나 막상 군대 조직에 들어가 보니, 정상적인 인사 조치가 아니라서 막료들의 시기와 질투를 받아 무척 괴로웠던 것으로 보인다. 그래서 오래 버티지 못하고 사직하고 나왔는데, 이 시는 바로 이 어려운 관직 시기에 지은 작품이다.

수련은 제목이 말하는 바와 같이 숙직하는 본부 막사의 밤 풍경을 그리고 있다. "깊은 가을의 본부 막사는 우물가 오동 잎 소리로 썰렁한데"(清秋幕府井梧寒)에서 '청추淸秋'는 '청명한 가을'이란 뜻으로 '깊은 가을'을 가리킨다. '막부幕府'는 군대에서 사령관과 그의 참모들이 있는 곳으로서 오늘의 개념으로 말하자면 본부 막사가 된다. 두보는 절도사의 참모였으므로 여기서 자면서 숙직 근무를 했던 것 같다.

깊은 가을의 밤이면 꽤 쌀쌀했을 터이므로 시인은 이를 '정오한井梧寒', 즉 우물가의 마른 오동 잎이 바삭거리는 소리로써 감각적으로 묘사하였다. 마른 오동 잎 소리로 가을을 묘사한 예는 백거이의 「조추독야早秋獨夜」 중 "우물가 오동나무는 마른 잎이 되어 떨고, 이웃집 다듬이 소리는 가을 소리 되어 퍼지네"(井梧凉葉動, 隣杵秋聲發)에서도 보인다.

먹고사는 일에도 쪼들리지 않고 시 짓기를 좋아하는 자유로운 영혼이 속세의 군대에서 당직 근무를 서자니 참으로 힘든 일이었겠지만, 그래도 아무도 간섭하지 않는 이 한밤에 홀로 있으니까 쉽게 잠이 오지 않았을 것이다. "홀로 자는 강가 성곽엔 밀랍 홰만 다 꺼져가네"(獨宿江城蠟炬殘). 본부 막사는 밤새 불을 밝혀놓아야 하는데, 밀랍으로 만든 횃불이 다 타서 꺼질 때가 되어간다는 것은 당번 군졸도 잠이 들어 아직 교체를 못 하고 있음을 말해준다. 곧 깊은 밤이 되도록 시인은 잠을 이루지 못하고 있다는 말이다.

이어서 함련은 그때까지 들려오던 뿔피리 소리와 중천에 떠오른 달빛을 묘사한다. "한밤 내내 들리는 뿔피리 소리는 슬픈 사연을 스스로 말하지만 / 허공에 뜬 달빛은 저 아름다움을 누가 보아줄까"(永夜角聲悲自語, 中天月色好誰看)? 여기서 '角'(뿔 각) 자는 뿔피리를 가리키고, '悲自語'는 '슬픔 또는 슬픈 사연을 스스로 말한다'라는 뜻이 된다. 자크 데리다 Jacques Derrida가 일찍이 "텍스트 바깥에는 아무것도 없다"고 설파하였듯이, 작품(텍스트)이란 아무리 저자가 어떤 의도를 갖고 만들었다 하더라도 작품은 그냥 작품일 뿐 저자의 의도를 대변하지 않는다. 앞의 데리다의 명제를 "텍스트밖에 없다"(Text only)라고 비틀어 말해도 의미는 변함이 없다. 그래서 뿔피리를 부는 사람이 그냥 재미로 불었다 하더라도 이를 듣는 시인은 어떤 슬픈 사연을 구구절절 하소연하는 말로 들은 것이다. 바꿔 말하면, 뿔피리 소리의 애절한 가락에 동조된 시인이 자신의 슬픈 사연을 거기에 투사하여 누군가에게 하소연하였다는 말이다.

이어지는 달빛에 대해서도 시인은 "저 아름다움을 누가 보아줄까?"라고 묻는다. 아름다움을 표현하는 행위는 궁극적으로 누군가에게 보여주기 위한 것인데, 저 달은 다들 잠든 이 밤에 도대체 누구더러 보라고 아름다움을 연출한단 말인가? 여기서도 시인은 자신의 불우한 처지를 투사하고 있다. 자기의 이상은 임금을 보필하여 요순 임금의 경지에 이르게 하는 것인데 현실은 군대 막사에서 숙직이나 서고 있으니, 중천에 뜬 달을 보는 순간 저 달은 누굴 보라고 아름다움을 발하는 것인가 하는 한탄이 나올 만했을 것이다.

슬픔과 한탄을 이어서 경련은 고향으로 돌아가지 못하여 더욱 애절한 향수를 그리고 있다. "험난한 세상을 울고 웃으며 살다 보니 집 소식이 감감해져 / 낙엽 진 관문 요새가 적막하기만 하니 고향 길 나서기가 심히 어렵다네"(風塵荏苒音書絶, 關塞蕭條行路難). '풍진風塵'은 '어렵고 힘든 세상살이'를 뜻하고, '임염荏苒'은 원래 '약함과 강함의 기복'을 의미하므로 여기서는 '희로애락의 세월을 보내다'라는 뜻으로 번역하였다. 즉 난리를 피해 이곳저곳을 떠돌며 기복 있는 삶을 살다 보니 어느새 가족과 연락이 두절되었다는 말이다. 오늘날 우리 일상에서도 힘든 세상을 꾸역꾸역 살다 보면 잊어서는 안 될 사람을 어느 순간부터 까맣게 잊고 사는 수가 종종 있다. 이런 사실이 불현듯 떠오르게 되면 스스로 깜짝 놀라며 죄책감에 빠지곤 하는데, 이를 변명하고 싶을 때 '험난한 세상을 울고 웃으며 살다 보니 집 소식이 감감해졌네'(風塵荏苒音書絶)라는 표현은 자신에게 위로가 될 만하다.

그래서 고향 찾아 길을 나서볼까 마음먹지만 현실이 녹록지 않다. 당시 안사의 난은 끝났어도 토번吐蕃의 침입으로 성도에서 나가는 관문과 요새가 모두 닫혀서 나갈 수가 없었기 때문이다. 이것을 시인은 '관새소조關塞蕭條', '관문과 요새들이 낙엽 져 적막하다'라는 말로 묘사하였다. 즉 관문과 요새를 닫아놓으니까 사람들이 다니질 않아서 낙엽만 떨어져 있을 뿐 적막하다는 말이다. 그래서 '행로난行路難'(고향길 나서기가 어렵다)이라고 표현한 것인데, 이 구절에서는 한대 말 「고시십구수古詩十九首」 분위기가 절로 풍기고 있다.

이렇게 고향으로 돌아가고 싶지만 어쩔 수 없이 포기하는 일이 반복되다 보니 시인은 이에 대하여 가책하게 되는데, 이것을 미련에서 "이미 참고 홀로 살아온 지가 십 년이나 된 일이니 / 억지로 이 자리에 앉혀 좀 살 만하기는 해도 그저 가지 하나 차지한 만족뿐인 것을"(已忍伶俜十年事, 强移栖息一枝安)이라고 표현하고 있다. 여기서 '영빙伶俜'은 '홀로' 또는 '외로이'라는 뜻이므로, 이렇게 고향에 가고 싶어도 그때마다 현실적인 제약 때문에 어쩔 수 없이 참고 살아온 게 벌써 십 년이나 일상적인 일이 되었다는 말이다. 그러면서 한편으로 자신에게 일어나는 질문, 즉 '나 자신 이미 이 작은 벼슬살이에 그런대로 만족해 다시 힘든 여정을 떠나는 게 싫어서 그런 게 아닌가?'라는 물음에 그는 단호하게 '강이서식일지안强移栖息一枝安'이라고 대답한다. '강이强移'란 절도사 엄무와의 정의 때문에 마지못해 공부원외랑 자리에 앉은 사실을 가리킨다. 즉 작은 벼슬자리라도 얻어서 그런대로 안락한 생활을 누리는 건 사실이지만, 그래봤자 그 편안함이란 기껏 뱁새가 깊고 넓은 숲속에서 나뭇가지 하나에 깃들여 사는 것에 불과하다고 말한다. 여기서 '일지안一枝安'은 『장자』「소요유逍遙游」편의 "뱁새가 깊은 숲에 집을 짓고 산다 해도 그 것은 나뭇가지 하나에 지나지 않는다"(鷦鷯巢于深林, 不過一枝)를 전고로 한 말이다. 이로써 시인이 비록 현실적인 제약 때문에 원치 않는 일은 하고 있어도 품었던 이상과 희망은 버리지 않고 있음을 알 수 있다. 이 것이 바로 인간이 고귀한 이유이기도 하다.

「삼절구三絶句」기이其二
– 절구 3편 (두 번째 시)

二十一家同入蜀 (이십일가동입촉)
惟殘一人出駱谷 (유잔일인출락곡)
自說二女嚙臂時 (자설이녀교비시)
回頭却向秦雲哭 (회두각향진운곡)

스물한 가구가 함께 촉 땅으로 들어갔는데
오로지 한 사람만 남아서 낙곡을 빠져나왔다네.
자기 스스로 두 딸과 팔을 깨물며 헤어진 일을 말할 때마다
머리를 돌려 물러나 진나라 쪽 구름을 향해 통곡하였네.

「삼절구三絶句」 중의 두 번째 시다. 765년 검남 절도사 엄무가 죽은 후 그의 부하들이 서로를 죽이는 난동이 일어났다. 그리고 그해 9월에 는 회흘回紇, 토번吐蕃, 당항黨項, 강羌, 토욕혼吐谷渾 등의 이민족들이 장안 부근까지 쳐들어와서 노략질을 자행하였으므로, 대량의 난민이 촉 땅으로 피해 달아났다. 그런데 여기서 황당한 일은 오랑캐를 토벌하 러 온 관군이 피난민을 노략질하고 여자들을 유린한 것이었다. 이 사실 은 세 번째 절구의 "어전의 군대가 날래고 용맹하기는 하나 / 횡포하기 가 완전 오랑캐와 같네 / 듣자 하니 한수 가에서 무고한 백성을 죽이고 / 아녀자들이 관군 안에 잡혀 있다 하네"(殿前兵馬雖驍雄, 縱暴略與羌渾 同. 聞道殺人漢水上, 婦女多在官軍中)에 그대로 묘사되어 있다.

이 시는 두보가 만난 어느 난민의 슬픈 이야기를 듣고 지은 작품이 다. 기구와 승구에서 "스물한 가구가 촉 땅으로 함께 들어갔는데 / 오 로지 한 사람만 남아서 낙곡을 빠져나왔다네"라고 한 말은 앞서 말한 이민족의 침략을 피해 촉 땅으로 피난 온 상황을 이야기한다. 촉 땅으 로 가려면 낙곡駱谷이라는 험준한 긴 골짜기 길을 통과해야 하는데, 같 은 동네 사람들 스물한 가족, 즉 적게 잡아도 대략 일백여 명이 이곳에 들어갔지만 겨우 자기 한 사람만 살아 나왔다는 것이다.

승구와 결구에서는 홀로 살아남은 사람이 그간의 처절했던 과정을 전하며 슬퍼하는 이야기를 묘사한다. "자기 스스로 두 딸과 팔을 깨물 며 헤어진 일을 말할 때마다 / 머리를 돌려 물러나 진나라 쪽 구름을 향해 통곡하였네"(自說二女齧臂時, 回頭却向秦雲哭). '자설自說'이란 험준한 낙곡을 건너온 일을 시인에게 하소연하듯 말하였다는 뜻이고, '교비齧 臂'란 옛날에 혈육이나 절친한 친구 간에 헤어질 때 이별의 아픔을 잊

지 말자는 의미에서 각자 자기 팔을 깨물었던 일종의 이별 의식을 가리
킨다. 이를 '교비위맹嚙臂爲盟', 즉 '팔을 깨물어 맹세를 삼다'라고 부른
다. 낙곡은 촉 땅으로 들어가는 유일한 길로서 절벽 길이 매우 험준하
여 이에 익숙하지 않은 사람들은 대부분 추락하였다고 한다. 이렇게 운
명을 알 수 없으니 이 길로 들어서기 전에 가족들 간에 서로 이별 의식
을 먼저 하면서 각자도생各自圖生을 시도하였다는 뜻이 된다.

이런 험난한 과정에서 살아남은 자가 두 딸의 죽음을 눈앞에 속수무
책으로 보면서 견뎌야 했던 이야기를 할 때 그 비통함이 북받쳐 오름을
참기란 엄청 힘들었을 것이다. 그래서 남자는 말하다가 머리를 돌려 뒤
로 물러나 낙곡이 있는 진나라 쪽 하늘 위에 떠 있는 구름을 향해 통
곡하였던 것이다. 이것이 살아남은 자의 슬픔이리라. 사람이 아무리 가
족과 마을, 직장 등 사회 공동체를 이루고 살아도 궁극적으로 살아남는
것은 혼자의 힘으로 할 수밖에 없다는 슬픔을 시인은 남자와 함께 공
감한다.

승구에서 '살아남은 자'를 '잔殘' 자로 썼는데, 이 글자는 뼈를 바르고
남은 '찌꺼기'를 뜻한다. 사실 그간에 당한 고통으로 말하자면 길을 건
너오지 못하고 죽은 자들이야말로 고통의 본류이고 살아남은 자는 고
통의 찌꺼기에 불과하다. 그런데도 찌꺼기가 그 고통을 견디기 힘들었다
고 하소연하는 것은 어찌 보면 역설적이다. 찌꺼기의 진정한 고통은 아
마 '머리를 돌려 뒤로 물러나 낙곡이 있는 진나라 쪽 하늘 위에 떠 있
는 구름을 향해 통곡한 일'이었을 것이다.

아울러 이 시에서 눈여겨볼 부분은 평측과 압운이 시율詩律에 맞지
않는 파격이라는 사실이다. 이를테면 '곡谷'과 '곡哭'은 입성入聲이어서,

압운은 반드시 평성平聲으로 해야 하는 규칙을 어겼다. 두보는 율시의 대가답게 격률에 충실한 시인이므로 이같은 파격은 그리 흔하지 않다. 그러나 이렇게 다급하고 절실한 남자의 이야기를 시율에 맞춰 지었다면 현실감이 감쇄하였을 것이다. 위기의 순간에 잠시 원칙을 벗어날 줄 아는 지혜, 이것이 두보의 인간다운 감성이다.

「일모日暮」
　　- 해 저물고 나서

牛羊下來久 (우양하래구)
各已閉柴門 (각이폐시문)
風月自淸夜 (풍월자청야)
江山非故園 (강산비고원)
石泉流暗壁 (석천류암벽)
草露滴秋根 (초로적추근)
頭白燈明裏 (두백등명리)
何須花燼繁 (하수화신번)

소와 양들이 내려온 지도 한참이나 되어서
다들 섶으로 만든 문 안에 들어가 있네.
바람과 달은 맑은 밤에 보는 그대로인데
강산은 옛 고향 뜰에서 보는 바가 아니로구나.
돌 틈의 샘은 뒷벽 아래로 졸졸 흐르고
풀에 맺힌 이슬은 똑똑 가을 뿌리 적시네.
등불 속을 들여다보는 머리 다 센 노인
뭣 하려고 심지에 꽃불 일어나는지 굳이 기다리나?

이 시는 오언율시이고, 『평수운』의 원元 운에 속하는 '문門'·'원園'·'근根'·'번繁' 자로 압운하였다. 대종 대력 2년(767) 가을에 시인이 기주夔州 양서瀼西에 잠시 기거할 때 쓴 작품이다. 양서는 사천 지방에 속한 땅으로 주위는 절벽 같은 산들로 둘러싸여 있지만 땅은 평평하고 물이 많았는데 이 풍경이 시에 그대로 녹아 있다.

수련은 해가 진 저녁의 풍경을 소와 양들을 우리로 들여놓은 모습으로 묘사한다. "소와 양들이 내려온 지도 한참이나 되어서 / 다들 섶으로 만든 문 안에 들어가 있네"(牛羊下來久, 各已閉柴門). '시문柴門'은 자잘한 땔감 같은 나무로 얼기설기 엮어서 만든 문을 가리킨다. '폐閉' 자는 '문 안에 가두다'라는 뜻이다.

일상으로 지나가는 하루의 시간 중에서 특별히 의미를 두는 때는 사람마다 다르다. 농부는 기운이 넘쳐서 일의 능률이 오르는 이른 아침에, 교사는 오늘은 무엇을 가르칠까 기대 부푼 첫 교시에, 학생은 그날의 수업을 마치고 하교하는 때에 의미를 두려 할 것이다. 노인을 잠시 멈추게 해서 문득 생각에 잠기게 하는 시간은 아마 해가 서산에 기울어가는 저녁나절이 아닌가 싶다. 저녁노을로 물든 하늘을 인식하였을 때 자신이 와 있는 인생의 좌표를 잠깐이라도 상기해보지 않는 사람은 별로 없을 것이다. 인생의 막바지에 이른 시인도 평화로운 마을의 저녁 풍경에 하고 싶은 말이 없을 수 없었으리라.

그래서 시인은 『시경』의 「군자우역君子于役」 편의 "날이 저물어 소와 양도 내려왔는데, 역사에 가신 우리 님이여 / 내 어이 그립지 않으리!"(日之夕矣, 羊牛下來. 君子于役, 如之何勿思)라는 구절을 떠올리며 지난날의 그리운 것을 그리려 한다. 소와 양은 낮에는 일하거나 풀을 뜯으러 밖에 나갔다가 저녁이 되면 돌아와 우리 안에서 쉬는데 이보다 더 일상적인 것은 없다. 이는 일상적이면서도 기실 바쁜 일상이니, 이 일이 끝나면 더 큰 정적이 찾아오면서 이윽고 지난날이 다가온다는 말이다. 마치 역사에 나간 남편이 소와 양을 우리에 넣은 후에 그리워지듯이.

함련은 저녁 일상의 익숙함과 낯섦을 문득 느낌으로써 고향을 떠올린다. "바람과 달은 맑은 밤에 보는 그대로인데 / 강산은 옛 고향 뜰에서 보는 바가 아니로구나"(風月自淸夜, 江山非故園). '청야淸夜'는 달이 보이는 맑은 밤을, '고원故園'은 고향의 뜰을 각각 가리킨다.

이 구절에서 중요한 글자는 출구의 '자自' 자와 대구의 '비非' 자다. 이 두 글자는 대장을 이루고 있으므로 대비하여 의미를 풀어야 시인의 의도를 파악할 수 있다. 전자는 '있는 그대로 똑같다'라는 뜻이고, 후자는 '다르다'라고 풀어야 문맥이 통한다. 바람과 달은 고향의 맑은 밤에 보는 바 그대로이고, 강산은 고향의 뜰에서 보는 바와 다르다는 말이다. 따라서 출구는 익숙한 광경이고 대구는 낯선 풍경이니, 낯섦과 익숙함이 함께 작용하여 고향 생각이 나게 한 것이다.

경련은 함련의 정경 묘사로부터 더욱 미세하게 들어가서 가을 저녁의 감각을 정교하게 그려낸다. "돌 틈의 샘은 뒷벽 아래로 졸졸 흐르고 / 풀에 맺힌 이슬은 똑똑 가을 뿌리 적시네"(石泉流暗壁, 草露滴秋根). '암벽暗壁'은 '그늘진 벽'인데 그늘은 집의 뒤편에 생기므로 '뒷벽'으로 번역하는 게 옳다. 경련도 대장을 구성해야 하므로 '류流' 자와 '적滴' 자도 대비적으로 해석해야 한다. 즉 전자는 샘물이 졸졸 흐르는 모양으로, 후자는 물방울이 똑똑 떨어지는 모양으로 각각 풀어야 대장의 맛이 난다.

가축들도 들어와 잠들기 시작한 집에 이내 찾아든 것은 적막이다. 이 적막을 시인은 돌 틈에서 나와 뒷벽을 따라 흐르는 샘물 소리와 풀잎에 맺힌 이슬이 가을 풀뿌리에 떨어지는 소리로 표현했다. 이슬 떨어지는 소리가 들린다고 상상하면 얼마나 조용한 정경인지를 우리는 충분히 짐작할 수 있다. 길게 설명할 필요도 없이 이것이 바로 시가 언어예술임을 보여주는 단적인 본보기다. 『두시언해』를 비롯한 일부 시집에서는 이 구절을 '草露滿秋根'(가을 이슬은 가을 뿌리에 가득하네)라고 쓰기도 하였는데, 대장의 차원에서 보면 '만滿' 자보다는 '적滴' 자가 더 운치도 있고 어울린다.

이렇게 저녁의 풍경과 정경을 그려오다가 미련에 이르러서는 그 속에 있는 자기 모습을 살짝 희화화하면서 삶의 알 수 없는 부조리함을 건드려본다. "등불 속을 들여다보는 머리 다 센 노인 / 뭣 하려고 심지에 꽃불 일어나는지 굳이 기다리나"(頭白燈明裏, 何須花爥繁)? 출구에는 어려운 단어는 없어도 우리말로 옮기는 게 쉽지 않다. 중국어는 앞에서부터 차례차례 의미를 만들어가는 게 중요하므로, 전체의 개략적 뜻은 '머리가 센 사람이 등불 속을 들여다본다'가 된다. 여기서 '등명燈明'은 '등불'로 풀면 된다. '수須' 자에는 '모름지기'와 '기다리다'라는 의미가 함께 들어 있으므로 '굳이 기다리다'로 푸는 게 옳다. '화신花爥'이란 뭔가? 등불의 심지가 타들어갈 때 다 탄 부분은 까만 깜부기가 되어 붙어 있다가 이게 너무 길어지면 무게를 못 이기고 떨어져 나간다. 그러면 남은 심지의 끄트머리에 새로 생긴 부분이 나타나면서 불꽃이 순간적으로 확 타오른다. 그때 실로 엮은 심지의 모양에 따라 심지 끝에 꽃다발 모양이 형성되는데, 바로 이것을 '화신'이라고 불렀다. 화신이 예쁘게 나오면 곧 좋은 일이 있을 징조라고 본 것이 당시의 민속이었다. 여기서 '繁'(번거로울 번) 자는 화신이 활짝 펴서 아름답게 형성됨을 뜻한다.

이 조용하고 아름다운 저녁에 머리가 다 센 노인이 등불을 유심히 들여다보고 있는데, 이는 다름 아닌 심지의 화신이 언제 화려한 모습을 연출하는가를 보기 위함이었다. 화신이 아름답게 타면 좋은 일이 있을 징조라니까 이런 모습은 자연스러운 행위겠지만, 일면 따지고 보면 참으로 의미 없는 일이자 바보 같은 짓임에 틀림이 없다. 이게 미신이고 아니고를 떠나서, 설사 사실이라고 하더라도 속된 말로 "다 늙어서 이제 무슨 부귀영화를 보겠다고?"라는 비아냥이 절로 나올 수 있다는 것이다.

거듭 이야기하지만 삶이란 기실 순간순간을 환상으로 살아가는 게 본질이다. "사람은 제 잘난 맛에 산다"라는 속담도 있지 않던가? 그런데 환상으로만 살아가면 자칫 발을 헛디뎌 넘어질 수 있으므로, 이를 방어하는 기제가 자기 반성과 메타meta 인식이라는 기능이다. 자기 자신의 객관적 모습을 알기 위한 것이다. 너무 환상에 절어 살아도 곤란하지만, 반대로 자신에 대한 메타 인식이 너무 강해도 바람직하지 않다. 속된 말로 '내 꼴이 찌질'하니까 거기에 맞춰 대충 살아야 한다면 그 삶이 온전할 수 있을까? 시인도 피난살이에 지쳐 있는 상태이니 다른 생각 말고 그냥 먹고살 궁리만 하며 살아야 할까? 아무리 피난살이라 하더라도 삶은 삶이므로 아무런 환상이 없이는 고된 삶을 이겨 나가기가 쉽지 않은 것 또한 현실이다. 그렇다고 무슨 좋은 일 하나 있을 처지도 아니니까, 거대한 환상은 언감생심焉敢生心이고, 등불 심지의 작은 화신에 기대어본다. 살날이 얼마 남지 않았더라도 지금 희망이라는 환상을 만들어야 내일을 기다릴 수 있지 않을까? 시인은 "뭣 하려고 심지에 꽃불 일어나는지 굳이 기다리나?"라고 겸연쩍은 듯 물었지만, 이게 삶의 본질이자 자신을 사랑하는 행위다. 고난을 이기는 힘이기도 하고.

「강한江漢」
- 장강과 한수 사이를 떠돌아도

江漢思歸客 (강한사귀객)
乾坤一腐儒 (건곤일부유)
片雲天共遠 (편운천공원)
永夜月同孤 (영야월동고)
落日心猶壯 (낙일심유장)
秋風病欲蘇 (추풍병욕소)
古來存老馬 (고래존로마)
不必取長途 (불필취장도)

장강과 한수 사이 떠돌며 집에 갈 날만 꼽는 나그네
이 넓은 천하에 고지식해서 출세 못 한 지식인에 지나지 않네.
한 조각 구름과 함께 하늘 멀리 떠다니고
기나긴 밤에는 달이 외로움을 같이 나눠준다네.
지는 해를 바라보아도 마음은 오히려 씩씩해지고
가을바람을 맞아도 병은 좋아질 듯하네.
예부터 늙은 말을 두어 길러온 것은
굳이 긴 여행에 써먹으려는 게 아니라네.

　이 시는 오언율시로서 『평수운』의 우虞 운에 속하는 '유儒'·'고孤'·'소
蘇'·'도途' 자로 압운하였다. 두보가 57세 되던 대력 3년(768) 정월에 기
주를 떠나 호북의 강릉江陵과 공안公安 등지를 떠돌 때 지은 작품이다.
당시 시인은 오랜 기간의 표류 생활로 인하여 고향으로 돌아갈 희망은
거의 없어지고 생계가 날로 궁핍해지던 때였다. '궁즉통窮則通', 즉 '막다
른 길에 몰리면 새로운 길이 뚫린다'라는 말이 있듯이 사람이란 궁지에
몰리면 포기하는 게 아니라 오히려 살길을 찾을 힘을 내게 마련이다. 이
게 삶의 본질이기 때문이다. 시인도 이런 경험을 한 후 이를 시로 표현
한 것이 아닐까 하는 추측이다.

　수련은 시인 자신의 모습을 그리면서 시작한다. "장강과 한수 사이
떠돌며 집에 갈 날만 꿈는 나그네 / 이 넓은 천하에 고지식해서 출세
못 한 지식인에 지나지 않네"(江漢思歸客, 乾坤一腐儒). 강한江漢은 장강과
한수를 뜻하는데 여기서는 그 사이의 땅인 강릉과 공안 지역을 가리킨
다. '건곤乾坤'은 '하늘과 땅'이라는 뜻으로서 넓은 천하 세상을 가리킨
다. '부유腐儒'란 직역하면 '썩은 선비'라는 뜻인데, 『두시언해』에서는 이
를 "腐儒는 言但守陳腐之見이오 不達時宜也ㅣ라", 즉 '부유는 진부한 견
해만을 지키고 그 시대에 적절한 의제에 통달하지 못한 사람'이라고 풀
이하였다.

　수련에서 묘사하는 시인의 자화상은 세상과 적당히 타협하지 못해
서 머나먼 타지를 유랑하게 된 어리석은 사람임을 깨닫는 모습이다. '사
귀객思歸客' 즉 오로지 집에 갈 날만을 손꼽아 기다리는 나그네 신세의
사람에게 삶의 안정이 있을 리 만무하다. 한유는 「송맹동야서送孟東野
序」에서 "무릇 사물은 자신의 평정을 얻지 못하면 소리 내어 웁니다"(大

凡物不得其平則鳴)라는 말로 문학의 본질을 설명하였다. 사람은 불안정한 상태가 되면 이를 회복하려고 몸부림치는 과정에서 작품을 내게 된다는 뜻이다. 두보의 이러한 곤경도 그를 대시인으로 만드는 계기가 되었을 것이다.

이백은 글쓰기의 천재가 세속의 글쓰기로 시험받을 수 없다고 하여 과거시험을 보지 않고 유능한 인재가 등용되는 전설적인 추천 방식을 추구하다가 제대로 된 관직 한 번 제수받지 못하고 추방의 고난을 당했다. 이백처럼 두보도 세속적인 글쓰기에 관심이 없이 예술적 글쓰기에만 심취한 나머지 번번이 과거에 낙방하여 평생 고생만 하는 신세가 되었다. 그가 세속과 조금만 타협했다면 이렇게 살았겠는가? 시인은 이것을 '부유腐儒'라고 표현하였다. '부유'는 『두시언해』의 풀이처럼 세속에서 읽을 수 있고 또 써먹을 수 있는 통속적인 글은 안 쓰고 돈도 안 되는 시 나부랭이만 쓰는 한심한 지식인을 뜻한다.

앞에서 읽은 두보의 시 「여야서회旅夜書悔」에 "떠돌아다니는 이 꼴은 무엇과 비슷할까? / 이 넓은 천지간 모래톱에 앉은 물새 한 마리겠지"(飄飄何所似, 天地一沙鷗)라는 구절이 있었는데, 이 시의 수련과 유사한 수사 구조로 되어 있다. 여기서 '일一' 자는 거대한 천지 안에서 물새 한 마리는 하찮은 존재임을 나타낸다. 마찬가지로 '건곤일부유乾坤一腐儒'는 자신이 이 넓은 천하에서 글은 좀 읽고 쓸 줄 알지만 고리타분하기 그지없는 한낱 지식인에 불과함을 이제야 알았다는 뜻이다.

함련은 이를 이어받아서 그 결과 자신이 어떤 처지에 있게 되었는지를 묘사한다. "한 조각 구름과 함께 하늘 멀리 떠다니고 / 기나긴 밤에는 달이 외로움을 같이 나눠준다네"(片雲天共遠, 永夜月同孤). 함련은 출구와 대구의 대장을 맞춰야 하므로 도치법을 통하여 단어의 순서를 약간 바꿨다. 함련의 서술적 의미는 '낮에는 조각구름이 먼 하늘을 함께 떠다니고 밤에는 달이 외로움을 함께 나눈다'이다. 따라서 출구는 '편운공원천片雲共遠天'이 되어야 하는데, 그러면 각운도 맞지 않고 대구인 '영야월동고永夜月同孤'와 대장도 구성되지 않는다. 그래서 단어를 도치시켜서 '片雲天共遠'으로 바꾼 것이다.

함련은 유랑하는 자신의 신세를 밤의 외로운 달과 낮의 조각구름으로 비유한 것인데, 이는 자신이 '시의時宜'를 모르는 이른바 '부유'이기에 생긴 결과다. 지식인은 많은 책을 읽어서 지식을 쌓은 사람이기에 관념적일 수밖에 없다. 관념적인 눈으로 세속을 보면 지식이 너무 얕아 보여서 거기에 어울리기가 꺼려진다. 그래서 지식인은 세상으로부터 초월적이고 고답적이 될 수밖에 없으므로 외롭게 사는 운명에 처한다. 그러나 그 천박한 세속에도 그들이 모르는 세계가 또 있다는 사실을 대개 나이가 들어 성숙해지거나 공부를 더 깊이 하면 알게 된다. 온갖 고초를 겪으며 살아온 시인도 아마 이러한 경지에 도달한 것이 아닌가 싶다.

깨달은 순간 다른 세상이 열리면서 개인의 삶은 바뀌게 마련인데, 이러한 전환을 경련은 잘 말해준다. "지는 해를 바라보아도 마음은 오히려 씩씩해지고 / 가을바람을 맞아도 병은 좋아질 듯하네"(落日心猶壯, 秋風病欲蘇). '낙일落日'은 '지는 해'를, '유장猶壯'은 '오히려 씩씩하다'를 각각 의미한다. '욕欲'은 '~하려 하다'라는 뜻이고, '소蘇'는 '되살아나다'라는 뜻이므로, '욕소欲蘇'는 '병이 회복되려 한다'가 된다. 일부 시집에서는 '疏'(성길 소) 자로 적기도 하였는데, '병의 통증이 가벼워지다'라는 의미로 풀면 기실 이게 더 감각적이다.

좌절의 상태에서 희망을 말하는 이러한 표현은 두보 만년의 시에서 잘 보이지 않는 수사다. 이는 앞서 말했듯이 깨달음에서 온 표현으로 보인다. 자신이 고지식해서 스스로 고립되었음을 깨닫고 세속적인 의제가 무엇인지 알았다면, 이제 무언가를 해볼 만하다는 의지를 갖게 되었을 것이다. 의지가 충만한 사람에게는 세상의 사물이 당장 달라 보인다. 전 같았으면 지는 해를 바라보고 우울했을 텐데 오히려 씩씩한 기운이 일어난다. 또한 늙은이는 가을바람이 불기 시작하면 한기가 스며들어와 온몸이 쑤시기 마련인데 오히려 지병도 나을 듯 느껴진다. 관념이 사물의 속성을 바꾸는 예라 부를 수 있다. 늦었지만 이제라도 누가 일을 맡겨주면 잘할 수 있을 것 같은 자신감이 든다.

그래서 미련은 다 늙어 깨달았어도 그 나이에 잘할 수 있는 일이 있을 것이라는 희망을 투사해본다. "예부터 늙은 말을 두어 길러온 것은 / 굳이 긴 여행에 써먹으려는 게 아니라네"(古來存老馬, 不必取長途). '존存' 자는 '폐기하지 않고 두고 기른다'라는 뜻이고, '불필不必'은 원래는 '반드시 ~하는 건 아니다'라는 뜻이지만 여기서는 '전혀 아니다'라는 뜻으로 쓰였다. '장도長途'는 '장거리 여행'을 뜻한다.

'고래존로마古來存老馬'는 『한비자』「설림說林 상上」의 노마식도老馬識道라는 고사가 그 출전이다. 제환공이 고죽국孤竹國을 토벌하고 돌아올 때 길을 잃었다. 그때 관중이 늙은 말의 지혜를 활용해보자고 건의하자 환공이 늙은 말을 하나 골라서 풀어준 후 그 뒤를 따라갔더니 과연 제 길로 돌아오게 되었다는 고사다.

젊은 말은 오로지 힘만 쓰느라고 다른 것을 볼 틈이 없었지만, 늙은 말은 상대적으로 가벼운 짐을 맡았으므로 이것저것 볼 수 있는 여유가 있었다. 늙은 말의 지혜란 그 본질이 여유다. 경험이 많아서 일을 쉽게 할 수 있는 요령이 있으니 자연히 여유가 생긴다. 그 여유의 시간에 정보를 많이 얻을 수 있으므로 그게 모이면 지혜가 된다. 사람도 마찬가지다. 노인은 여유가 있어서 아무리 위급한 상황이 닥쳐도 당황하지 않고 해결 방안을 찾아낸다. 시간적 여유가 많은 사람 중에서 예술적·학문적 창의성을 발휘하는 예술가와 학자가 많이 나오는 이유다. 시인이 비록 늦게 깨닫긴 했지만, 여전히 기회가 있으리라 믿는 이유이기도 하다. 시계의 정오 열두 시는 같은 자리지만 오전이 끝나는 점과 오후가 시작하는 점이 함께 공존한다. 깨달음의 순간이 바로 이 지점이므로 '부유腐儒'는 새로운 세상을 기대할 수 있는 것이다.

시인이 젊었을 때는 아무도 가려 하지 않는 시인의 길을 고지식한 지식인의 아집이라는 힘으로 버텨서 나아갔다. 이것은 '장도長途', 즉 힘든 '장거리 여행'이고, 그 결과로 불후의 명시가 탄생할 수 있었다. 이것이 젊은 시절의 '시의時宜'였다. 그러나 이제 힘을 쓰지 못하는 노인이 된 마당에 여유를 갖고 보니까 젊을 때 볼 수 없었던 세상이 느껴졌으니, 이제 세속에서 이 늙은 몸으로써 할 일이 무엇인지, 즉 '시의'를 알겠다는 뜻이다.

이러한 해석이 자못 도전적으로 보일 수도 있겠지만, 이렇게 정오 열두 시에 처한 시인의 상황으로 풀어야 말년에 이른 시인의 깊은 깨달음을 이해할 수도 있고, 시의 깊이도 더욱 확장할 수 있을 것이다.

「등고登高」
　　- 높은 돈대에 올라가며

風急天高猿嘯哀 (풍급천고원소애)
渚清沙白鳥飛回 (저청사백조비회)
無邊落木蕭蕭下 (무변락목소소하)
不盡長江滾滾來 (부진장강곤곤래)
萬里悲秋常作客 (만리비추상작객)
百年多病獨登臺 (백년다병독등대)
艱難苦恨繁霜鬢 (간난고한번상빈)
潦倒新停濁酒杯 (요도신정탁주배)

바람 제법 세차지고 하늘이 높아져 잔나비 울음소리 슬피 들릴 때
맑고 흰 모래톱에는 물새들 날아갔다가 돌아오네.
끝이 없는 나무들은 마른 잎새를 우수수 떨어뜨리고
다함이 없는 장강 물은 굼실굼실 굽이쳐 오네.
만 리 밖 슬픈 가을마다 늘 나그네 신세 면치 못하니
만년에 지병이 많아도 홀로 돈대에 올랐네.
힘든 피난살이라도 서리 같은 귀밑털이 늘어나는 건 심히 서러우니
늙고 병들어도 탁주 잔 앞에서 새삼스레 망설이네.

이 시는 대력 2년(767) 가을 시인이 기주夔州에 있을 때 지어졌다. 안사의 난은 평정되었으나 지방 군벌들이 일어나 서로 싸울 때였으므로 여전히 혼란스러웠고 백성은 살기 어려웠다. 엄무가 병으로 죽자 작은 배를 한 척 사서 장강을 따라 내려가 기주에 다다른 두보는 그곳 도독의 도움을 받아 3년간 살았지만, 여전히 생활고와 병에 시달렸다. 이 기간에 9월 9일 중양절을 맞아 관습에 따라 백제성 밖에 있는 높은 돈대에 올라가 이 시를 지었다. 시는 가을의 쓸쓸한 정경과 만년의 외로운 심경을 처절하도록 아름답게 그려냈다. 칠언율시의 시율을 정확히 지키면서도 그 형식이 전혀 느껴지지 않을 정도로 시정을 한껏 끌어냈으므로 후대에 '칠률지관七律之冠', 즉 칠언율시의 최고봉이라고 칭송되었다.

이 시는 『평수운』의 회灰 운에 속하는 '애哀'·'회回'·'래來'·'대臺'·'배杯' 자로 압운하였다. 오언율시는 수련의 대구에만 압운하면 되지만, 칠언율시는 수련의 출구와 대구 모두에 압운해야 한다.

수련은 높은 돈대에 올라 거기서 내려다보이는 가을 강의 경관을 묘사하는 구절로 이루어졌다. "바람 제법 세차지고 하늘이 높아져 잔나비 울음소리 슬피 들릴 때 / 맑고 흰 모래톱에는 물새들 날아갔다가 돌아오네"(風急天高猿嘯哀, 渚淸沙白鳥飛回). '원소猿嘯'는 잔나비(원숭이)가 울부짖는 소리를 뜻하고, '저渚'는 물가의 모래톱을 가리킨다.

기주는 장강의 백제성보다 약간 상류에 있고, 좁은 협곡으로 유명하다. 협곡이라서 평상시에도 바람이 부는데 가을이라서 더욱 세차졌을 테고, 맑은 하늘은 높아 보였을 것이다. 이것을 '풍급천고風急天高'라고 묘사한 것인데 이는 기실 우리가 가을을 천고마비의 계절이라고 부르는 것처럼 매우 진부한 표현이다. 그러나 이 진부함을 단번에 쓸어버린 게 뒤에 이어지는 '원소애猿嘯哀'다. 이 구절은 남북조 시기 시인인 역도원酈道元이 「삼협三峽」이라는 시에서 "텅 빈 계곡에 (잔나비 울음소리가) 울려오면, 그 애절함이 계속 메아리쳐서 오래 있어야 사라진다"(空谷傳響, 哀轉久絕)라고 쓴 것을 참조하면 이해가 간다. '바람은 빠르고 하늘은 높다'라는 표현은 단순하고 밋밋할 뿐이지만 여기에 여운을 마련해 준 게 나그네의 애절함을 연상케 하며 계곡에 메아리치는 잔나비 울음소리라는 말이다.

눈길을 위에서 아래로 돌려 강가를 보니 맑은 물가 흰 모래톱에 물새들이 한가롭게 빙빙 날다가 앉곤 한다. 이 구절도 앞의 출구와 마찬가지로 '저청사백渚淸沙白'은 '물가는 맑고 모래는 희다'라는 '주어+술어' 구조의 반복으로 매우 단순하고 진부하다. 그러나 이를 구해준 게 '조비회鳥飛回', 즉 물새가 날아올랐다가 다시 제자리로 돌아오는 광경이다. 여기서 '회回' 자를 '廻'(빙빙 돌 회) 자로 해석하기도 하는데, 그러면 별 특징 없는 물가와 모래 위에 물새들이 빙빙 날아다니는 광경이 더해진 게 되므로, 출구에서의 위험처럼 자칫 여운 없이 밋밋해질 수 있다. 그렇지만 '回'(돌아올 회) 자로 해석하면 새가 자기가 날고 싶을 때 날아올랐다가 다시 내려와 앉는 모습이 되어 그리운 고향으로 가지 못해 슬퍼하는 시인의 마음을 더욱 아프게 하는 여운이 생긴다. 그래서인지 『두시언해』도 "믌ᄀᆞᅀᅵ 몰ᄀᆞ며 몰애 ᄒᆡᆫ디 새 ᄂᆞ라 도라오놋다"(물가이 맑으며 모래 흰데 새 날아 돌아오놋다)라고 번역하였다.

수련의 이 두 구절은 읽으면 머릿속에 자연스럽게 그림이 그려지는 특징을 보인다. 이는 정교한 대장 때문이다. 수련은 대장을 하지 않아도 되지만 시인은 대장을 이중으로 구성하였다. 우선 출구와 대구의 각 글자 조합, 즉 '풍급風急'과 '저청渚淸', '천고天高'와 '사백沙白', '원소애猿嘯哀'와 '조비회鳥飛回' 등이 모두 정확히 짝을 이룬다. 거기다 각 구절 안에서도 주어인 '풍風'과 '천天', 술어인 '급急'과 '고高', 그리고 역시 주어인 '저渚'와 '사沙', 술어인 '청淸'과 '백白' 등이 짝을 이룬다. 이것을 시율에서는 자대自對라고 부른다. 원래 대장이란 대비되는 두 개의 단어를 나란히 나열하여 서로의 속성을 돋보이도록 하는 게 목적이므로, 이렇게 이중으로 짝을 지어 묘사하면 쉽게 그림을 상상할 수 있다. 그래서 대장을 함부로 쓰면 진부해질 위험이 있는데, 이 시에서의 대장은 전혀 그런 감이 없이 산뜻하기만 하다.

수련이 경관의 묘사로 시작하였다면 함련은 같은 경관이라도 시인의 정서가 좀 더 개입된 정경의 단계로 들어간다. "끝이 없는 나무들은 마른 잎새를 우수수 떨어뜨리고 / 다함이 없는 장강 물은 굼실굼실 굽이쳐 오네"(無邊落木蕭蕭下, 不盡長江滾滾來). '무변無邊'은 '가장자리가 없다', 즉 '끝이 없다'라는 뜻이고, '낙목落木'은 '낙엽을 지닌 나무'이며, '소소蕭蕭'는 나뭇잎이 우수수 떨어지는 소리의 의성어다. '부진不盡'은 '끝이 나지 않는다'라는 뜻이고, '곤곤滾滾'은 강이 세차게 굽이쳐 흐르는 모양의 의태어다.

함련은 원래 율시에서 대장을 구성해야 하는 곳이다. 그래서 출구의 '무변無邊'과 대구의 '부진不盡', '낙목落木'과 '장강長江', '소소하蕭蕭下'와 '곤곤래滾滾來'가 각각 정확히 짝을 이룬다. 대장은 앞서 말했듯이 형식을 지켜야 하는 일종의 규범이므로 여기에 집중하다 보면 표현이 진부해지거나 판에 박힌 발언이 나올 수 있다. 그러나 대장은 어디까지나 리듬이자 형식미이므로 이를 소리 내어 읽는 절주 가운데서 생성되는 의미를 찾아야 한다.

함련을 반복해서 읽다 보면, 끝이 없이 펼쳐진 숲의 나무들이 바람이
불 때마다 우수수 낙엽을 떨어뜨리는 모양과 멀리 끝이 보이지 않는 곳
으로부터 굽이쳐 흘러와서 한없이 흘러가는 물줄기가 쉽게 그려진다.
그러면서 변화를 반복하며 무한히 생명을 이어가는 자연의 존재가 와
닿는다. 인간은 변치 않음을 숭배하는 형이상학적 관념을 가진 동물이
다. 그런데 현실이 형이상학적이지 못한 데서 오는 슬픔 때문에 시인은
이렇게 표현하였던 것일까?

그래서 경련에서 시인은 이번엔 현실을 대장으로 묘사한다. "만 리 밖
슬픈 가을마다 늘 나그네 신세 면치 못하니 / 만년에 지병이 많아도 홀
로 돈대에 올랐네"(萬里悲秋常作客, 百年多病獨登臺). '만 리萬里'는 고향에
서 멀리 나와 떠도는 상황을 뜻하고, '작객作客'은 '나그네가 되다'라는
뜻이다. '백 년百年'은 사람의 일생을 상징하는 말인데, 여기서는 인생을
거의 다 산 만년을 의미한다. '대臺'는 경치를 감상하기 위하여 높은 곳
에 지어놓은 돈대나 정자를 뜻한다.

경련도 대장을 구성해야 하는 곳이므로, 출구의 '만 리萬里', '비추悲
秋', '상작객常作客'과 대구의 '백 년百年', '다병多病', '독등대獨登臺'가 각
각 정확히 짝을 이룬다. 안녹산의 난 이후 피난을 떠나 이 먼 기주까지
떠돌아다닌 지가 10여 년이나 되었는데도 집에 돌아가지 못한 채 매번
가을을 나그네 신세로 맞고 있으니 슬픈 가을이 될 수밖에 없다. 온 가
족이 높은 곳에 올라가 수유 꽃을 머리에 꽂고 국화주를 마신다는 중
양절이지만, 시인은 어쩔 수 없이 혼자, 그것도 지병을 앓는 상태로 돈
대에 올라가는 게 슬픈 현실이다.

이러한 현실을 대장으로 구사한 문학적 수사는 현실보다 더욱 절박하게 느껴진다. 머나먼 타향에서 번번이 나그네로서 슬픈 가을을 맞이하고, 만년에 지병을 안고서도 관습에 따라 높은 곳에 올라가는 시인의 모습이 대장에 의해 입체적으로 그려질 때 그 처량함은 가슴을 아리게 하는 쾌락을 제공한다. 왜냐하면 깊은 슬픔을 느끼는 경험도 일종의 쾌락이기 때문이다. 게다가 기력도 없는 노인이 병구를 이끌고 높은 곳에 오르는 것은 현실적으로는 비합리적으로 보일 수 있다. 그러나 이는 관습에 의한 행동으로서 어떤 형태로든 재앙은 면했으면 하는 아주 소박한 소망을 상징한다. 즉 끝까지 희망의 끈을 놓지 않는 것, 이것이 인간이 가져야 할 삶에의 의지다.

이러한 의지는 다음의 미련으로 연결된다. "힘든 피난살이라도 서리 같은 귀밑털이 늘어나는 건 심히 서러우니 / 늙고 병들어도 탁주 잔 앞에서 새삼스레 망설이네"(艱難苦恨繁霜鬢, 潦倒新停濁酒杯). '간난艱難'은 '힘들고 고생스럽다', '고한苦恨'은 '심히 한스럽다', '번繁' 자는 '많다', '숫자가 늘어나다', '상빈霜鬢'은 '서리 맞은 것처럼 희게 된 귀밑털'을 각각 뜻한다. '요도潦倒'는 '늙고 병들어 초라해진 모양'을, '신新' 자는 '방금' 또는 '새삼스럽게', '정停' 자는 '멈추다' 또는 '멎다'를 각각 의미한다.

앞서 설명했듯이 시인은 오랜 기간의 피난살이에서 생사의 고비를 넘기고 이제 중양절을 맞아 남들을 따라 높은 곳에 올라와 있다. 그곳에서 시인은 어떤 생각을 했을까? 언제쯤이나 고향에 갈 수 있을까, 아니면 앞으로 얼마나 많은 고생을 더 해야 할까 하는 두려움에 젖어 있었을까? 앞으로 있을지 모르는 재앙을 피하고 싶은 마음에 이 높은 곳까지 올라왔으니 별의별 생각과 걱정이 다 들었겠지만, 시인은 놀랍게도 서리가 하얗게 내려앉은 귀밑털이 늘어나는 것을 심히 서러워한다고 고백하였다. 끼니를 걱정해야 할 만큼 생활고를 겪는 사람이 세월이 하염없이 감으로써 앞으로 살날이 자꾸 줄어드는 일을 걱정하는 게 살아 있음의 증거인가? 그래서 시인은 현실적인 갈등을 대구에서 솔직한 모습으로 묘사한다.

'요도潦倒', 즉 '늙고 병들어 몰골이 망가진' 노인에게 술을 권하면 그는 어떻게 반응할까? 아마 둘 중의 하나일 것이다. 대부분이 건강을 이유로 거절할 것이고, 아주 드물게 이제 곧 죽을 거 마지막으로 마시고 죽자는 각오로 받는 사람이 있을 것이다. 그런데 여기서 두보는 탁주 잔을 '신정新停'했다고 표현하였다. 즉 '새삼스럽게' 또는 '방금' 멈췄다는 말인데, 술잔을 받아 들긴 했지만 마시려다가 문득 마실까 말까 잠시 망설인다는 뜻이다. 갑자기 왜 그랬을까? '새삼스럽게'라는 단어는 이전까지는 거절하지 않고 마셔왔음을 시사하지 않는가? 아마 좀 더 살아야겠다는 생각이 문득 들었던 모양이다. 이 삶에의 충동은 어디서 왔을까?

이 시의 수련부터 묘사해온 가을의 정경은 비록 홀로 쓸쓸히 올라와 감상한 것이긴 해도 애절할 정도로 아름다웠다. 그것이 그토록 아름다웠던 것은 역설적이게도 시인이 고향을 떠나 홀로 힘든 피난살이를 했기에, 그리고 늙고 병들어 살날이 얼마 안 남았다는 결정적인 결핍이 있었기에 가능했을 것이다. 시인에게 이러한 경험은 곧 주체할 수 없는 감동이었을 터인즉, 삶에의 충동은 여기서 나왔을 것이다. 그래서 독한 술도 아닌 탁주 잔을 들고 망설인 것이니, 이 갈등하는 모습이 인생의 진정한 아름다움이 아닐까? 힘들고 고생스러운 '간난艱難'을 불행으로

여기고 쾌락을 돈을 주고 사는 데 길든 현대인 중에서 이 아름다움과
감동을 이해하는 사람은 많지 않을 것이다.

「풍교야박楓橋夜泊」
　　　- 풍교에 배를 대고 자면서

月落烏啼霜滿天 (월락오제상만천)
江楓漁火對愁眠 (강풍어화대수면)
姑蘇城外寒山寺 (고소성외한산사)
夜半鐘聲到客船 (야반종성도객선)

초승달 지고 까마귀 울어대 서리 기운 하늘 가득 채울 때
강변 단풍과 고깃배 등불이 시름 반 잠 반으로 짝을 이루어주네.
고소성 밖 어느 적막한 산사
깊은 밤 범종 소리 이 나그네의 뱃전까지 왔네.

장계(생졸연대 미상)에 관해서는 잘 알려진 바가 없는데, 대체로 유장경劉長卿과 같은 시기에 활동했던 것으로 짐작된다. 『당재자전唐才子傳』(권3)의 기록에 의하면, 그는 천보 12년(753)에 예부시랑 양준楊浚 아래에서 진사에 급제했다고 한다. 천보 14년(755)에 안사의 난이 일어나 다음해 6월에 현종이 촉으로 달아나는 바람에 많은 문인도 강소江蘇와 절강浙江 지역으로 피난하였다. 이때 시인도 거기에 합류했는데, 이 시는 어느 가을 저녁 소주성蘇州城 밖 풍교楓橋라는 곳에 정박했을 때 지었다고 알려져 있다.

이 시는 칠언절구로서 『평수운』의 선先 운에 속하는 '천天'·'면眠'·'선船' 자로 압운하였다.

풍교는 옛날 소주성의 서문 밖에 있던 나루다. 오늘날 강소성 소주시 창문閶門 밖에 있다. 풍교는 봉교封橋의 오기라는 등 여러 가지 이설이 분분하지만, 이는 이 시가 유명해지자 서로 작품의 배경이 자기네 동네라고 우기는, 오늘날의 원조 다툼과 같은 현상이므로 자세히 다루지 않겠다. '야박夜泊'은 밤에 배를 강가에 접안하고 쉼을 뜻한다.

기구起句는 늦가을 강가의 쌀쌀한 저녁을 피부로 느낄 수 있을 정도로 묘사한다. "초승달 지고 까마귀 울어대 서리 기운 하늘 가득 채울 때"(月落烏啼霜滿天). '월月'은 초저녁에 떴다가 바로 졌으므로 초승달이다. '오제烏啼'는 '까마귀가 울다'라는 뜻으로 해가 지면 낮 동안 흩어졌던 까마귀들이 한데 모여들어 재잘거림을 가리킨다. 늦가을 날씨는 일교차가 커서 해가 떨어지면 금세 추워진다. 게다가 물의 도시 소주는 습기가 많아서 옷 틈새로 스며드는 한기가 특별히 매서운데, 이것을 시인은 '상만천霜滿天', 즉 '서리가 하늘을 가득 채웠다'라고 표현하였다.

장안에서 내려온 북방인으로서는 피부를 찌를 만큼 차가웠을 터이니 서리로 비유한 것은 매우 핍진하다고 볼 수 있다.

여기서 이러한 한기를 더욱 강력하게 증폭하는 게 평측의 배열이다. 율시와 절구는 평측법을 맞춰야 하는데, 평성平聲은 고정된 높은 소리이고 측성仄聲은 고정되지 않고 기울어진 소리다. 기구는 측성으로 시작하는데 '월락月落'은 두 글자 모두 측성 중에서도 입성入聲이므로 달이 아래로 '떨어진' 상황을 강렬하게 드러낸다. 반대로 '오제烏啼'는 둘다 평성이므로 앞의 '월락'과의 고도차를 더욱 넓힌다. 이렇게 고조된 상태에서 '평·측·평'으로 부침하는 '상만천霜滿天'이 이어지므로, 이 구절은 '달이 지고 까마귀들이 모여 우니까 찬 기운이 하늘을 가득 메운다'라는 의미로 와닿게 된다. 이러한 구성 때문에 이 시는 시작부터 경구가 되는 것이다.

승구承句는 오랜 여행의 피로와 가을밤의 아름다운 정경에 교차하여 잠에 빠져들지 못하는 심경을 그린다. "강변 단풍과 고깃배 등불이 시름 반 잠 반으로 짝을 이루어주네"(江楓漁火對愁眠). '강풍江楓'은 '강변의 단풍'을, '어화漁火'는 밤 고기잡이배에 달아놓은 어등漁燈을 각각 가리킨다. '대對'는 '짝을 이루다'라는 뜻으로서 율시에서 대장을 만드는 이른바 촉대屬對와 같은 의미다. '수면愁眠'은 '시름겨워하는 상태와 잠에 빠진 상태', 즉 이것저것 걱정하다가 잠깐씩 잠이 드는 모습을 상정하면 된다.

이 구절은 문구, 즉 텍스트 자체를 읽으면 감동이 느껴지는데 막상 어떤 의미로 인하여 감동이 오는가를 물으면 분석해서 답하기가 매우 어렵다. 평론가들의 해석을 모두 찾아봐도 속 시원히 해설해준 사람은 없고 대충 얼버무리는 수준을 넘지 못한다. 이 구절은 상징적인 단어들로 징검다리를 만든 것이므로 철저하게 시인의 처지에 서서 징검다리 사이를 상상하여 채워야 한다.

앞서 말했듯이 시인은 안사의 난을 피해 강남 지역으로 내려갔다. 비록 피난길이지만 감수성이 예민한 시인의 처지에서 아름다운 것은 언제나 아름답다. 공자가 일찍이 "군자는 밥 한 끼 먹을 시간에라도 인仁과 갈라져서는 안 되는 것이니, 위급한 때라도 여기에 있어야 하고 곤경에 처해서도 여기에 있어야 한다"(君子無終食之間違仁, 造次必於是, 顚沛必於是)고 말한 적이 있는데, 예술가는 인仁은 아니더라도 적어도 아름다움에 관해서는 어떤 위급한 곤경에서도 맛볼 줄 알고 즐길 줄 안다. 더구나 강남 지역은 시인이 처음 가본 땅이라 그곳의 가을은 이국적이어서 더욱 감동이 컸을 것이다. 저녁에 연극 공연을 보고 들어오면 흥분이 가라앉지 않아 잠이 잘 오지 않듯 시인도 낮에 느낀 감동의 여운에 젖어 있었으리라.

그러나 오랜 여행으로 인한 피로에 눈은 저절로 잠겼으려니 그때 눈에 들어온 풍경은 밤에 고기잡이 나온 배들이 켜놓은 어등이었다. 몽롱한 상태에서의 등불은 마치 꿈을 꾸듯 환상적으로 느껴졌을 것이다. 낮에 느꼈던 감동은 잠을 방해해서 자꾸 현실의 걱정으로 이어지게 하지만, 밤의 고깃배 등불은 아련히 잠에 빠져들게 할 터이니 이것은 한 쌍처럼 전자는 시름으로, 후자는 얕은 잠으로 각각 시인의 밤을 지새우게 하였다는 말이 된다. 원문으로 직역하자면, '강풍江楓'과 '어화漁火'가 '수愁'와 '면眠'을 '대對', 즉 '짝을 이루게 하였다'라는 뜻이 된다. 이것이 우리가 이 구절을 읽을 때 막연히 느껴지는 의미의 분석적인 뜻이 된다. 이는 어쩌면 시율에 젖어 사는 당시 시인들이 사물을 볼 때 자신도 모르게 대장 형식으로 인식하는 습관에서 나온 결과일지도 모른다.

전구轉句에 이르면 시름과 얕은 잠의 시간이 깊은 밤에 이르렀음을 성 밖 어느 산사의 정경을 통해 그린다. "고소성 밖 어느 적막한 산사"(姑蘇城外寒山寺). '고소성姑蘇城'은 소주의 별명인데 성의 서남쪽에 있는 고소산으로 인해 붙여진 이름이라고 한다. '한산사寒山寺'는 일반적으로 풍교 부근에 있는 절 이름으로 해석하지만, '한산寒山'을 쓸쓸하고 적막한 산으로 풀기도 한다. 필자도 후자로 해석하는 편이 시의 맥락에 적합한 것 같아서 이를 따른다.

착잡한 시름과 꿈인 듯 생시인 듯 얕은 잠을 반복하면서도 어느덧 시간은 흘러 자정이면 울리는 종소리가 들려오자 시인은 적막한 산사를 떠올렸다. 그 적막함은 번화하고 세속적인 소주성 밖이어서 더욱 조용하게 느껴진다. 소주성의 바깥쪽에 있는 한산사라는 특정 절보다는 좀 더 멀리 있을 것으로 추측되는 어떤 불특정한 절이 더욱 어울린다는 말이다. 풍교를 처음 찾은 나그네에게는 한밤중을 알리는 '절'에 의미가 있을 뿐 그가 특정한 절에 관심이나 있었을까? 이렇게 해석해야 다음 구절의 '종소리가 뱃전까지 도달하는 거리'(到客船)가 느껴지기도 한다.

결구結句는 한밤중까지 이어지던 시름겨운 얕은 잠이 먼 산사에서 들려오는 종소리에 사라진 듯 묘사한다. "깊은 밤 범종 소리 이 나그네의 뱃전까지 왔네"(夜半鐘聲到客船). '야반夜半'은 자정子正 어간의 시간으로서 한밤중을 가리킨다. '종성鐘聲'은 범종 소리인데 한밤중의 타종에 관해서는 의구심을 표시하는 사람들이 종종 있다. 어떤 이는 『남사南史』에 야반에 타종하였다는 기록이 있다고 주장하지만, 그렇다 하더라도 납득되지 않는 점이 있는 건 사실이다. 추측건대, 초저녁에 들린 종소리를 서정성을 높이기 위하여 적막한 한밤중에 들려온 소리로 묘사하였으리라. 시란 언어의 소리 요소인 시니피앙signifiant의 예술이므로 반드시 의미에서의 동일성을 추구할 필요는 없다.

아무튼 눈앞에 아른거리는 시각적 자극으로 인해 깊은 잠에 빠지지 못하는 시인의 귓전에 멀리 산사에서 울리는 범종 소리는 순식간에 청각적 쾌락으로 국면을 전환한다. 이것을 '도객선到客船'이라고 표현하였다. '도到' 자는 뭔가 기다리던 것이 '도착하였음'을 함의한다. 저 멀리 산사에서 우연히 울린 종소리가 다른 곳으로 갈 줄 알고 관심을 안 두었었는데, 그 소리가 내 뱃전에 와 있다는 말이다. 그 반가운 마음에 이제 시름은 저절로 접어지고 편안히 잠에 빠지게 되었을 것으로 충분히 짐작이 가게 만드는 구절이다. 여기서 '到' 자 대신에 '來'(올 래) 자를 썼다면 이 맛이 나지 않았을 것이다. 왜냐하면 '來' 자는 기대도 하지 않았는데 우연히 온 것이기 때문이다.

「배신월拜新月」
　　– 초승달에 기원하네

開簾見新月 (개렴현신월)
便即下階拜 (변즉하계배)
細語人不聞 (세어인불문)
北風吹裙帶 (북풍취군대)

발을 걷자 초승달이 나타나니
곧바로 섬돌 밑 내려가 두 손 모아 절하네.
속삭이는 말 다른 이에겐 들리지 않지만
북풍이 치마 띠를 살짝 펄럭여주네.

이단(약 737~약 784)은 젊어서 여산廬山에 살면서 당시 시승詩僧으로 이름나 있던 교연皎然에게 배웠다. 대력 5년에 진사에 급제하여 비서성 교서랑校書郞과 항주사마杭州司馬를 지냈다. 대력십재자大歷十才子 중의 한 사람으로 불릴 만큼 글재주와 능력이 있었으나, 만년에 관직을 그만 두고 호남의 형산衡山에 은거하여 스스로 형악유인衡岳幽人이라고 불렀다. 『이단시집李端詩集』 3권이 남아 있다.

이 시는 오언절구처럼 보이지만, 평측법을 지키지도 않았고 압운한 '배拜'자와 '대帶'자도 평성이 아니므로 고체시古體詩, 즉 오언고시다. 시의 제목인 '배신월拜新月'은 '초승달에 절하며 기원한다'라는 뜻이다. 달에다가 소원을 비는 이른바 배월拜月 의식이나 사상은 멀리 주나라의 "천자는 봄에는 해에 아침 인사를 드리고, 가을에는 달에 저녁 인사를 올린다"(天子春朝日秋夕日)라는 말에서 기원했다고 전해진다. 이 구절이 『예기禮記』의 기록이라고 하지만 기실 찾아볼 수 없다. 아마 『예기』의 이름을 빌린 구전인 것으로 짐작된다. 아무튼 이로부터 추분날에 달에 제사 지낸다는 이른바 추분제월秋分祭月이란 의식이 생겨났는데, 이는 원래 황실의 의식이었으므로 일반 백성과는 관련이 없었지만 나중에 점차 민간에도 퍼져서 달에 복을 기원하는 풍습으로 자리를 잡아갔다.

시인 이단과 동시대에 살았던 시견오施肩吾의 「유녀사幼女詞」를 읽어 보면 이러한 풍습의 일면을 알 수 있다. "여자아이가 이제 겨우 여섯 살이 되었으니 / 뭘 어떻게 해야 좋을지 아직 모를 나이지. 해 지고 난 집 앞뜰에 서서 / 어른들 따라 초승달에 절하네"(幼女才六歲, 未知巧與拙. 向夜在堂前, 學人拜新月). 아무것도 모르는 여섯 살짜리 여자아이가 어른들이 초승달에 절하는 모양을 보고 그대로 따라 하는 귀여운 모습을 그린 시다. 이 광경으로 추측건대 당대까지만 해도 저녁에 초승달이 떠오를 때 소원을 빌었던 것으로 보인다.

그러다가 북송에 와서 초승달이 보름달로 바뀐 것으로 보인다. 송대 김영지金盈之의 『취옹담록醉翁談錄』에 대략 다음과 같은 기록이 있다. '송나라 수도인 개봉開封에는 다른 곳에서 볼 수 없는 이색적인 문화가 생겼는데, 청소년들이 추석날 밤이 되면 누각에 올라가거나 아니면 집 안 뜰에서 보름달에 분향하고 절하며 기원한다. 이때 남자는 조기에 과거에 급제하기를, 여자는 달처럼 얼굴이 희고 예뻐지기를 각각 기원한다.' 이것이 개봉에서 새로 생긴 의식이니 요즘 말로 바꾸자면 '서울의 새 트렌드'인 셈이다. 즉 그전까지는 당대의 유습을 이어받아 초승달에 기원했는데, 유행의 첨단도시인 개봉에서 처음으로 보름달에 기원하기 시작하면서 다른 지역도 따라 하기 시작했다는 의미가 된다.

이러한 배월 의식에서 처녀들은 사랑하는 자기 짝을 찾아달라고 기원하며 달에 중매 기능을 부여하였다. 달은 두 사람을 모두 볼 수 있기 때문이다. 이로부터 중매쟁이라는 뜻의 '월하노인月下老人' 또는 '월로月老'라는 말이 나왔다.

"발을 걷자 초승달이 나타나니 / 곧바로 섬돌 밑 내려가 두 손 모아 절하네"(開簾見新月, 便即下階拜). '현見' 자는 '現'(나타날 현) 자와 같다. 한문에서 존재와 출현을 나타낼 때는 그 대상(초승달)이 목적어 자리에 와서 '현신월見新月'처럼 쓴다. '변즉便即'은 앞의 조건이 충족되자 즉시 이어지는 행위를 가리킬 때 쓰이는 허사다. '하계下階'는 '섬돌 아래로 내려가다'라는 뜻이다.

주렴을 걷어 열자 초승달이 나타났다는 말은 이를 이제나저제나 기다렸음을 나타낸다. 초승달에 소원을 빌기 위해서라면 어디든 초승달 보이는 곳에서 절하면 될 법도 한데, 이 여인은 황급히 섬돌 아래로 내려가서 기도하였다. 흔히 기도는 정성을 모으는 일이라고 한다. 이것을 '치성致誠드린다'고 하는데 이때는 거짓말을 하거나 속이면 안 된다. 치성의 대상이 되는 신은 기도하는 '나'(주체)의 속을 훤히 다 알고 있기에 속일 수 없다. 거짓이 없음을 입증하기 위하여 '나'는 저절로 형식을 만들어내는데, 그것이 낮은 곳으로 내려가 절하는 것이다. 낮은 곳으로 내려가야 겸손한 마음을 갖추고 신을 대하고 있음을 드러낼 수 있기 때문이다. 따라서 치성은 형식을 동반한다.

"속삭이는 말 다른 이에겐 들리지 않지만 / 북풍이 치마 띠를 살짝 펄럭여주네"(細語人不聞, 北風吹裙帶). '세어細語'는 '작은 소리로 속삭이는 말'을 뜻하고, '군대裙帶'는 '치마의 허리를 묶은 띠'를 가리킨다.

어떤 소원을 달에 기원할 때 치성드리는 게 중요하다면, '나'가 원하는 것을 굳이 말로 표현하지 않아도 될 듯하다. 왜냐하면 신은 '나'의 마음을 이미 다 알기 때문이다. 그러나 여인은 작은 소리로라도 말로 표현한다. 앞서 치성은 형식이 중요하다고 하였듯이 소원도 말로 표현하는 게 무엇보다 중요하다. 말로 표현해서 그것이 감각할 수 있는 게 되어야 비로소 존재의 터전이 될 수 있고 나아가 소원의 정체가 명확해질 것이기 때문이다. 다시 말해서 세계를 형성하는 말(로고스)이 있다면, '나'의 생각이 먼저 말로 표현되어야 그것이 로고스에 의해서 실현되는 과정을 겪을 것이라는 뜻이다. 우리 속담에도 "말이 씨가 된다"라고 하지 않던가? '나'의 소원이 어떻게 이루어질지는 일단 표현되어야 알 수 있다.

그렇다면 그 소원을 왜 다른 사람이 듣지 못하게 작은 소리로 속삭일까? 그 이유는 두 가지일 터이니, 하나는 사랑하는 사람을 만나게 해달라는 남우세스러운 기원일 가능성이 크고, 둘째는 그 소원이 너무 소중하여 혼자만 간직하고 싶어서였을 것이다.

신에게 소원을 빈 사람은 응답을 간절히 원한다. 응답이란 다른 말로 바꾸면 인정이 된다. '나'의 기원이 어떤 형태로든 응답을 받았다면 이는 신에게 존재로서 인정받았음을 의미한다. 사람에게는 존재로 인정받는 게 쉽지 않아서 이 때문에 인간관계에서 여러 가지 갈등이 발생한다. 그러나 치성으로 신에게 기원하는 사람은 그에게 인정받고 위로를 받는다. 왜냐하면 신은 관념 속의 대타자이므로 '나'가 언제라도 기댈 수 있기 때문이다. 그래서 「마가복음」(11:24)에도 "그러므로 내가 너희에게 말하노니 무엇이든지 기도하고 구하는 것은 받은 줄로 믿으라 그리하면 너희에게 그대로 되리라"라는 구절이 있지 않던가?

이 여인도 기원한 즉시 응답을 받았으니 그것이 "북풍이 치마 띠를 살짝 펄럭여주네"라는 말이다. 치마 띠가 바람에 펄럭이는 게 어떻게 기원에 대한 응답이냐고 따질 수도 있겠지만, 세계를 그렇게 보는 게 시이자 문학이다.

세상일이란 바로 코앞의 일이라도 어떻게 전개될지 전혀 알 수 없으므로, 인간은 언제나 불안에 휩싸여 있을 수밖에 없다. 사람은 불안한 상태에서는 마음 놓고 계획하거나 일할 수 없으므로 어떻게든 안전장치를 마련해놓으려 한다. 그래서 형성된 질서가 법과 제도 등을 대표로 하는 상징계다. 문학도 상징체계를 만드는 대표적인 장치다. 무슨 일이 일어날지 모르는 실재의 상태를 어떻게든 '나'가 받아들일 수 있는 현실로 구성해내야 '나'가 안심할 것이 아닌가? 이 현실의 구성을 문학이 담당한다는 말이다.

여인도 미래가 불안하기에 달에 기원하였던 것이고, 이게 응답을 받아야 안심하며 기다릴 수 있을 것이다. 그래서 시인은 북풍이 치마 띠를 펄럭인 광경을 보고 기원에 대한 응답으로 엮었다. 더구나 바람이 불어온 북쪽은 전통적으로 임금이 앉아 있는 방향이니, 신 역시 그 방향에서 응답을 주었음이 틀림없을 것이다.

여기서 또 하나 주목할 만한 것이 '작은 목소리로 속삭인 기원'에 대하여 '북풍이 치마 띠를 불어 펄럭여주었다'라는 표현의 섬세함이다. 오늘날 일부 종교에서 기도하거나 응답받았다고 간증할 때 속된 말로 '엎어지고 뒤집어지는' 거친 행위로 진실성을 입증하는 현상과 비교된다. 이 정교하고 섬세한 표현에서 우리는 신의 섭리를 느낄 수 있다. 『중용』에 "정교함에서 진심이 생길 수 있다"(曲能有誠)라는 구절이 있고, "신은 디테일에 있다"라는 격언도 있지 않던가?

인간은 다듬어지지 않은 야만을 가꾸어서 문화로 만들며 역사를 발전시켜왔다. 문화를 만든 것은 예술인데 이는 근본적으로 정교함을 추구하는 행위다. 이런 의미에서 마지막 구절은 우리에게 야만과 문화의 차이가 무엇인지를 다시금 깨닫게 해주었다고 평가할 수 있다.

「유거幽居」
- 빛없이 살아가는 삶

貴賤雖異等 (귀천수이등)
出門皆有營 (출문개유영)
獨無外物牽 (독무외물견)
遂此幽居情 (수차유거정)
微雨夜來過 (미우야래과)
不知春草生 (부지춘초생)
青山忽已曙 (청산홀이서)
鳥雀繞舍鳴 (조작요사명)
時與道人偶 (시여도인우)
或隨樵者行 (혹수초자행)
自當安蹇劣 (자당안건열)
誰謂薄世榮 (수위박세영)

귀한 사람과 천한 사람이 아무리 등급이 다르다 해도
대문을 나가면 모두 각자 부지런히 꾀하는 일이 있다.
홀로 내 몸 밖의 일에 얽매임 없으니
이게 아무렇지도 않은 게 빛없이 사는 삶인 것을.

이슬비 지난밤에 내렸었거니
모르긴 해도 봄풀 돋아났겠네.
푸른 산 문득 새벽빛 밝아오니
뭇 새들 집 주위에 재잘대네.
가끔 도인과 함께 만나기도 하고
때로는 나무꾼을 따라나서기도 한다네.
아둔하고 못나서 이러는 걸 그냥 당연히 여기는 것일 뿐인데
세상 부귀영화를 천히 여긴다고 누가 그러던가?

위응물(?~791?)은 경조 위씨韋氏 소요공방逍遙公房이라는 명문 대가족 출신이다. 그의 선조가 서한 초 큰 공을 세워 가문을 세운 후 위진 남북조를 거쳐 당대에 이르기까지 막대한 영향력을 행사하며 대가문을 유지해왔다. 그래서 위응물도 음서로서 벼슬길에 나아갔는데, 15세에 현종을 측근에서 모시는 금위禁衛 무관이 되었고 나중에는 강주자사江州刺史, 검교좌사낭중檢校左司郎中, 소주자사蘇州刺史 등을 역임하였다. 그래서 세상에서는 그를 '위소주韋蘇州', '위 좌사韋左司', '위강주韋江州' 등으로 불렀다. 그는 산수·전원파 시인이었으므로, 후대 사람들은 왕유王維, 맹호연孟浩然, 유종원柳宗元 등과 함께 '왕·맹·위·유'라고 병칭하였다.

위응물은 15세에 출사하여 54세에 이르기까지 40년의 관직 생활을 하면서 두 번 잠시 쉰 적이 있었는데, 이 시는 관직을 그만두고 쉬는 기간에 지어진 것으로 추측된다.

이 시는 오언고시의 형식으로 씌었고, 산수시로 분류된다. 유거幽居란 빛나지 않게 숨어 산다는 뜻으로서 은거隱居와 비슷한 말이다.

첫 구절은 사람은 귀한 자나 천한 자나 모두 살아가는 일에 정신없이 바쁘다는 말로 시작한다. "귀한 사람과 천한 사람이 아무리 등급이 다르다 해도 / 대문을 나가면 모두 각자 부지런히 꾀하는 일이 있다"(貴賤雖異等, 出門皆有營). '이등異等'은 '등급을 달리하다'라는 뜻이고, '영營' 자는 '꾀하다', '도모하다'라는 뜻이므로 '유영有營'은 사람은 각자 먹고 살기 위한 생업을 갖고 있다는 의미다.

사회는 생산 효율을 높이기 위해서 질서를 세웠다. 그것이 예禮와 법法인데, 이는 귀천을 나누는 것에서 시작한다. 즉 재주와 능력이 있는 자는 높은 자리에서 계획과 전략을 세워 앞에서 선도하고, 그렇지 못한 자는 아래에서 저들의 명령에 따라 주어진 일을 수행하는 구조다. 겉으로 보면 아래에 있는 '천한' 자는 죽어라 일만 하는 반면에, 위의 '귀한' 자는 빈둥빈둥 놀고먹는 것처럼 보인다. 그러나 실제로 사람이 살기 위해서는 귀천을 가리지 않고 누구나 부지런히 일해야 한다. 아래에 있는 자들은 자신의 노동력으로 살아야 하니 당연히 쉬지 않고 몸을 움직여야 하지만, 위에 있는 자들도 그렇게 하지 않을 수 없다. 왜냐하면 재주와 능력을 계속 발휘하지 않으면 언제 자신의 자리가 위태로워질지 알 수 없기 때문이다. 게다가 인간에게는 욕망이라는 게 있어서 아무리 평생 놀고먹을 만큼 충분한 재물을 갖췄어도 자신의 욕망을 실현하기 위해 끊임없이 도전하는 수고로움과 위험을 누가 시키지 않아도 스스로 무릅쓴다. 이처럼 인생은 타의에 의한 노동의 압박에 시달리기도 하지만 스스로 사서 고생하기도 하는 험난한 길의 연속이어서 사람이면 누구나 고뇌에 시달린다.

첫 구절은 다음의 이 구절을 말하기 위한 배경이었다. "홀로 내 몸 밖의 일에 얽매임 없으니 / 이게 아무렇지도 않은 게 빛없이 사는 삶인 것을"(獨無外物牽, 遂此幽居情). '외물外物'은 내 몸 밖에 있는 사물이나 일을 뜻하고, '견牽'은 '얽히거나 끌려다님'을 의미한다. '수遂' 자는 '편안히 여기다'라는 뜻이고, '정情' 자는 '실제 정황'이나 '사정'을 가리킨다.

신분을 가리지 않고 다들 세상일에 얽혀서 정신없이 살아가는데, 자신만이 홀로 그런 따위에 휘둘리지 않고 살아갈 수 있는 것은 다음의 두 가지가 갖춰져야 가능하다. 첫째는 일하지 않고도 살 수 있을 만큼 재물이 풍족하거나, 둘째는 굳이 배불리 먹으려 하지 않고 배고픔을 면

할 만큼만 먹는 데 만족하면서 사는 이른바 지족知足의 경지에 이르렀을 때다. 앞서 설명했듯이 재물이 설사 풍족하다 하더라도 욕망에 휘둘리면 재물을 더 많이 모으기 위하여, 또는 명예와 권력을 추구하기 위하여 세상일에 얽매일 수밖에 없다. 따라서 시인이 '외물'에 얽히지 않는다는 것은 욕망을 눌러 이기고 지족의 상태에 있음을 나타낸다.

'수차遂此'는 '이것을 편안하게 여기다'라는 뜻인데, '이것'이란 앞서 말한 바깥의 세상일에 휘둘리지 않는 것으로서 구체적으로는 부귀영화를 향한 욕망의 억제를 가리킨다. 가혹한 노동보다 더 힘든 게 욕망을 억제하는 일이다. 그런데 이를 편안히 여긴다고 말하면 역설적으로 편안하지 않은 게 현실일 것이다. 따라서 '수차'는 편안하게 여기는 게 아니라, '그냥 아무렇지도 않게 여기는' 경지가 되어야 할 것이다.

이렇게 살 수 있어야 비로소 '유거정幽居情', 즉 '빛없이 사는 삶의 현실'이 된다. '정情' 자는 『설문해자』에 의하면 '보이지 않는 가운데 드러나는, 하고자 하는 바'(人之陰氣有欲者)다. 인간의 모든 현상은 어떤 보이지 않는 의도에 따라 일어나는 현실의 일면이니 이것이 '정情' 자의 본래 의미이다. 따라서 '정' 자는 '실정'·'현실'·'정황' 등의 의미로부터 시작하는 게 옳다. 이 글자를 흔히 '감정'으로 풀이하는데 이는 현상을 구성하는 구체적인 표현 중의 하나일 뿐이다. 그러므로 세상일에 얽매이지 않고 사는 이 힘든 일을 아무렇지도 않게 여길 수 있어야 비로소 은거의 현실적인 삶이 된다는 게 이 구절의 함의다.

다음 구절부터는 은거하는 삶의 색다른 재미를 구체적으로 그린다. "이슬비 지난밤에 내렸었거니 / 모르긴 해도 봄풀 돋아났겠네"(微雨夜來過, 不知春草生). '미우微雨'는 '미세한 비', 즉 '이슬비'를 뜻하고, '래과來

過'는 비가 왔다가 지금은 그쳤다는 의미다. '부지不知'는 '아직 밖에 나가보지 않아서 정확히는 모르지만 아마도'라는 의미를 나타낸다.

유거幽居의 생활은 조용하기에 평소 도회에서는 들리지 않던 소리가 들린다. 이슬비 내리는 소리는 들리지 않지만, 이것이 모여서 어디엔가 똑똑 떨어지면 조용한 밤을 울려서 이슬비를 짐작게 한다. 세상일에 얽혀 있지 않으니 일찍 일어날 일도 없어서 비 온 뒤의 푸릇푸릇한 광경을 이불 속에서 상상한다. 이러한 사소한 쾌락을 시인은 '부지不知', 즉 '모르긴 해도'라는 말로 표현한다.

이 구절은 맹호연의 「춘효春曉」 가운데 '지난밤 비바람 소리 들렸으니 / 꽃잎 많이도 떨어졌겠네'(夜來風雨聲, 花落知多少)라는 구절을 연상시킨다. 후자는 강한 비바람 소리로 꽃잎이 우수수 떨어졌음을 짐작게 하는 표현이라면, 전자는 미세한 보슬비로 풀잎이 파릇파릇 돋아나 촉촉해진 모양을 상상하게 한다는 점에서 매우 대비된다.

"푸른 산 문득 새벽빛 밝아오니 / 뭇 새들 집 주위에 재잘대네"(靑山忽已曙, 鳥雀繞舍鳴). '서曙' 자는 새벽빛이 밝아옴을 뜻한다. '조작鳥雀'은 주로 인가 주위에 서식하는 뭇 새를, '요사繞舍'는 '집을 둘러싸다'를 각각 의미한다.

이 구절도 앞에 이어서 은거의 즐거움을 묘사한다. 지난밤 이슬비가 내린 후 새벽빛이 비치면 맑은 아침이 전개되는데, 시인은 이를 '푸른 산이 갑자기 밝아졌다'고 표현했다. 비가 먼지를 씻어내니까 맑아진 하늘을 이렇게 묘사하였으리라. 새벽빛에 비친 맑은 하늘을 묘사하는 데 '이己'(이미 이) 자는 매우 정교하게 쓰였다. 왜냐하면 완료의 의미를 나타내는 이 글자가 밝음 자체를 완성했기 때문이다.

맑은 아침에 즐거움을 더해준 게 뭇 새들의 지저귀는 소리다. 특히 비온 뒤의 새소리는 더욱 청량하다. 이 구절에서도 앞의 「춘효」와 또 비교된다. 맹호연은 새소리를 듣고 일어나 지난밤에 내린 비바람을 기억했는데, 위응물은 지난밤 내린 비를 먼저 기억하고 나서 새소리를 인식했다. 자연스럽기는 맹호연의 묘사이므로, 위응물의 이 시는 「춘효」의 영향을 받지 않았나 하는 느낌이 든다.

"가끔 도인과 함께 만나기도 하고 / 때로는 나무꾼을 따라나서기도 한다네"(時與道人偶, 或隨樵者行). '시時'자는 '때때로', '가끔'이라는 뜻이고, '우偶'(짝 우) 자는 '마주 대하고 말하다'라는 뜻이다. '초자樵者'는 나무꾼을 가리킨다.

아무리 세속을 떠나 숨어 지내더라도 사람은 만나야 하고 또 만날 수밖에 없다. 궁극적인 쾌락은 인간과의 만남에서 발생하기 때문이다. 그래서 시인이 만나는 사람은 두 부류다. 하나는 도사이고 다른 하나는 나무꾼이다. 도사와 나무꾼은 사회적 신분으로 보자면 양극단에 처한 사람들인 듯하지만, 기실 같은 속성의 사람들이다. 도사는 공부를 많이 하고 수양한 사람이고 나무꾼은 산을 오르내리며 땔감을 해다가 시장에 파는 사람으로, 그들은 하는 일은 다르지만 평생 자기 일에 전념한 전문인이다. 도사는 관념적으로 사유하는 일에 능숙하고, 나무꾼은 몸을 움직여 산을 타므로 산에 관해서는 경험이 풍부하다. 그래서 미래가 궁금하면 도사에게 묻는 것이고, 산에 가면 나무꾼의 말을 듣는 법이다. 즉 관념과 경험이라는 영역이 다를 뿐 이들의 지식은 전문적이라는 면에서는 같다. 도사는 관념적이므로 '우偶', 즉 마주하고 대화하는 반면, 나무꾼은 경험적이므로 '수행隨行', 즉 따라나선다고 표현한 것이다. 인생에서의 전문 지식을 들어 깨닫는 기회를 얻는 것만큼 즐거운 일이 얼마나 있을까?

보통 사람들이 이러한 즐거움을 이해하지 못하고 여우와 신 포도처럼 낙오자가 은거를 억지로 미화하고 정당화한다고 오해할 수도 있으므로 마지막 구절에서 이를 부인한다.

"아둔하고 못나서 이러는 걸 그냥 당연히 여기는 것일 뿐인데 / 세상 부귀영화를 천히 여긴다고 누가 그러던가"(自當安蹇劣, 誰謂薄世榮)? 여기서 '자당自當'은 '스스로 당연히 여기다'라는 뜻이고, '안安' 자는 '만족해한다'라는 뜻이다. '건蹇'(절뚝발이 건) 자는 '굼뜨다'라는 뜻이므로 '안건렬安蹇劣'은 '아둔하고 못난 자로서 이 정도면 만족한다'라는 의미가 된다. '수위誰謂'는 '누가 그런 말을 하던가?'라는 뜻이므로 기실 부정의 의미가 된다. '박薄' 자는 '천박하게 여기다'라는 뜻이고, '세영世榮'은 '세속적인 부귀영화'이므로, '박세영薄世榮'은 '세상 부귀영화를 천히 여긴다'라는 의미가 된다.

시인은 고위 관직을 그만두고 평범한 서민의 일상으로 돌아온 것을 '유거幽居'라고 하였다. 아무리 유거가 좋다 하더라도 세속의 부귀영화를 누리던 시인이 전과 다른 삶을 살려면 욕망을 이겨야 하므로 기실 쉬운 일이 아니었으리라. 그의 생애에 관한 기록이 부족해서 어떤 연유로 은거의 삶을 선택했는지 구체적으로 알 수 없지만, 정말로 '아둔하고 못나서'(蹇劣) 그런 것은 아닐 것이다. 부귀영화를 누리며 살아보니 그게 스트레스만 받을 뿐 그다지 가치 있는 삶은 아니어서 결단했을 수도 있고, 여우와 신 포도의 우화처럼 현실이 내 뜻대로 안 돼서 합리화의 차원에서 선택했을 수도 있다. 이유가 어떻든 초야에 묻혀 서민의 일상을 산다는 건 매우 불편한 일임이 틀림없다. 따라서 고뇌 끝에 이러한 삶을 선택한 사람은 처음에 갈등하는 마음을 다스려서 속히 유거의 삶에 적응해야 한다.

그러려면 이러한 삶이 스스로 실현되도록 자신을 위로하고 격려해야 한다. 앞에서 세상일에 몸이 끌려다니며 혹사당하지 않고 유유자적하는 일, 한가하게 전원의 풍경을 즐기는 일, 좋은 이웃과 대화하는 일 등은 모두 유거의 행복한 삶의 단면들이다. 이런 긍정적인 단면들에 대한 표현은 적응을 위한 일종의 자기 암시로 작용한다. '아둔하고 못난 사람이 이 정도의 삶을 사는 게 어디냐?'라고 스스로 만족시키는 것만큼 효과적인 자기 암시는 별로 없을 것이다.

더구나 재주가 없어서 어쩔 수 없이 서민의 삶을 사는 것보다 부귀영화를 누려보고 나서 선택한 삶이니 여한도 없다. 기실 이런 사람이 유거의 참뜻을 안다. 사람은 모두 자신의 욕망을 좇아서 자기 삶을 살아가는데, 이는 누구도 말릴 수 없는 자유다. 그러나 시인은 욕망을 좇아 힘들게 사는 삶보다는 다 내려놓고 평범하게 사는 게 더 의미 있다는 믿음을 경험을 통해 자연스럽게 갖게 된 듯하다. 이것이 "세상 부귀영화를 천히 여긴다고 누가 그러던가?"라는 말이다. 다시 말해서 여우가 못 따먹은 포도를 신 포도라서 안 먹는다고 합리화한 게 아니라, 부귀영화도 좋지만 나는 이 삶을 선택했다는 뜻이다.

마지막 구절에서 표현이 자연스럽지 않은 면이 보이긴 하지만, 세속의 부귀영화를 부정하고 산으로 피해 숨은 은자와는 달리 여전히 세속에 살긴 하되 평범한 서민의 삶을 살겠다는 의지를 피력하였던 것으로 보인다. 명문 가문 출신으로 음서로 고위 관직까지 지냈으니 당연히 이런 생각을 가질 만도 하리라.

　후대 평론가들은 시인을 같은 전원·산수 시인인 도연명과 자주 비교하였다. 대표적으로 명대 육시옹陸時雍은 "도연명은 느긋하게 줄줄 흘러가고, 위응물은 담백하게 고요하다"(淵明陶然欣暢, 應物澹然寂莫)라고 평하였다. 여기서 '담백하게 고요하다'라는 평가는 어려움 없이 평탄하게 살아온 그의 삶이 작품에 반영된 결과이리라. 이 시가 평범한 전원생활을 잔잔하게 묘사한 명시로 평가받음에도 사람들의 입에 회자될 만한 경구가 없는 것은 이 때문일 것이다.

「적중작磧中作」
  – 사막 한가운데서 붓을 들다

走馬西來欲到天 (주마서래욕도천)
辭家見月兩回圓 (사가견월량회원)
今夜不知何處宿 (금야부지하처숙)
平沙萬里絶人烟 (평사만리절인연)

말 달려 서역에 오니 하늘에까지 다다르려 하네.
식구들과 작별하고 둥그레진 달을 두 번이나 보았구나.
오늘 밤은 또 어디서 묵어야 하나?
광활한 모래 아득한 곳에 사람 사는 흔적 전혀 없는데.

잠삼(715~770)은 관료 집안 출신이지만 부친이 일찍 죽는 바람에 가세가 기울어져서 형에게 글을 배웠다고 한다. 20세에 장안에 가서 벼슬을 구했지만 여의치 않다가 30세가 되어서야 진사에 천거되어 병조참군兵曹參軍에 제수되었다. 천보 연간에 두 번 변경 지방에 나가서 6년간 근무하였다. 안사의 난 이후 조정으로 돌아와 두보의 추천으로 우보궐右補闕, 기거사인起居舍人 등의 관직을 거쳐 가주자사嘉州刺史가 되었다. 그래서 세인들은 그를 잠가주岑嘉州라고 불렀다. 나중에 해직되어 성도의 여관에서 객사했다고 한다. 성당 시기 변새邊塞 시파의 대표적 시인인 고적高適과 함께 고잠高岑으로 병칭되었다. 시집으로 『잠가주시집岑嘉州诗集』이 남아 있다.

제목인 '적중작磧中作'은 '사막 가운데서 지은 시'라는 뜻이다. '적磧' 자는 사막이라는 뜻이지만, 구체적으로는 오늘날 신강 지방에 있는 은산銀山 또는 은산적銀山磧을 지칭한다. 이 시는 대략 천보 8년(749) 제1차 변경 출정 시에 지어졌다. 이때는 그가 고선지高仙芝 장군의 막료로 안서安西 지방에 따라갔을 시기였다. 당시 우위위록사참군右威衛錄事參軍으로서 출정의 상황을 상세히 기록하는 게 그의 임무였다. 이 시는 부임지로 가는 도중에 사막에 야영하면서 지은 것으로 짐작된다.

이 시는 칠언절구여서 기·승·결구에 압운해야 하므로 『평수운』의 선先 운에 속하는 '천天'·'원圓'·'연煙' 자로 압운하였다. 전체적으로 기·승구에서는 사막의 광활한 광경을 시공간적으로 그렸고, 전·결구에서는 이렇게 아득한 사막을 행군하는 자신의 심경을 표현하였다.

"말 달려 서역에 오니 하늘에까지 다다르려 하네"(走馬西來欲到天). '주마走馬'는 '말을 타고 달리다'라는 뜻이고 '서래西來'는 '여기 서쪽 지방에 왔다'라는 뜻이다. '욕欲' 자는 '~하려 하다', '도천到天'은 '하늘에 도달하다'라는 뜻이다.

이 시는 전체적으로 매우 평이한 글자로 씌었고, 언어의 구성도 단순하다. 이를테면 '주마서래走馬西來'(말을 달려서 서쪽에 왔다)는 너무 단순해서 함축성이 결여되어 시답지 않게 보인다. 그러나 반전이 있는데 그게 '욕欲' 자로써 이루어진다. '욕도천欲到天'은 '하늘에까지 다다르려 한다'라는 뜻이 되는데, 이는 사막의 끝이 하늘과 맞닿아 있어서 나온 표현이다. 다시 말해 자신들이 사막을 따라 멀리까지 왔지만, 이제 얼마나 안 있으면 곧 하늘에 도착할 것이라는 뜻이니, 읽는 이로 하여금 사막이 얼마나 넓은지를 쉽게 짐작게 한다. 이것이 '欲' 자 하나로 가능하였다는 말이다.

"식구들과 작별하고 둥그레진 달을 두 번이나 보았구나"(辭家見月兩回圓). '사辭' 자는 '물러나다'라는 뜻이므로 '사가辭家'는 '집안 식구들과 하직 인사하다'라는 뜻이 된다. '양회원兩回圓'은 '(달이) 두 바퀴째 둥글게 되다'라는 뜻으로서 두 달의 시간이 지났음을 가리킨다.

'사가견월량회원辭家見月兩回圓'을 정확히 풀어 말하면 다음과 같다. '장안의 집을 하직하고 나서 매일 달을 봐왔는데 달이 두 바퀴째나 둥그레졌다.' 이 말은 보름달이 두 번이나 떴다는 뜻이고 이는 두 달의 시간이 지났다는 의미가 된다. 이렇게 긴 시간을 보내고도 아직 목적지에 도착도 하지 않았으니 사막길이 얼마나 먼지를 앞의 기구에 이어 충분히 짐작하고도 남음이 있을 것이다.

광활한 사막 길을 가는 일은 근본적으로 고되지만, 무엇보다 힘든 건 가도 가도 똑같은 경치만 보이는 지루함이리라. 여기서 변화하는 것은

오직 매일 저녁에 떠오르는 달의 모양뿐이다. 그래서 새로 떠오를 달의
모양만을 기대하면서 행군하는 게 아마 유일한 낙이었으리라. 필자도
옛날에 군 생활을 할 때 제대가 두어 달 남은 고참병들이 작업모 안에
달력을 그려놓고 하루가 지날 때마다 가위표로 지워 나가는 행위를 일
상적으로 보아왔다. 제대 날짜를 받아놓으면 시간이 지루하게도 안 가
니까 이렇게 해서라도 지겨운 마음을 달래보려는 시도였을 것이다. 시인
의 마음도 이와 같아서 여행의 지루함과 고됨을 달이 변하는 모양을 보
며 스스로 달랬던 듯하다. 이를 짐작할 수 있는 흔적이 '囘'(돌 회) 자다.
즉 보름달이 두 바퀴를 돌아 제자리에 올 때까지 계속 따라갔다는 말
이 될 테니 말이다. 그래서 이 구절에서는 '양회원兩囘圓'이 돋보이는 것
이다.

그냥 '두 달이 지났다'고 하지 않고 '달이 두 번 둥그레졌다'라고 표현
했는지를 이제 이해할 수 있다. '兩囘圓'이라고 하면 달이 매일 변화하
며 순환하는 광경이 저절로 그려지기 때문이다. 단순히 전자로 기술하
면 '두 달'의 긴 시간이 순간처럼 지나가지만, 후자로 묘사하면 두 바퀴
를 도는 시간의 움직임이 느껴지고 공감을 일으킨다. 이러한 퍼포먼스
가 바로 문학의 힘이다. 출정의 상황을 상세히 기록해야 하는 문관 참
모로서 시인은 매우 적절한 인물이었음을 짐작할 수 있다.

"오늘 밤은 또 어디서 묵어야 하나? / 광활한 모래 아득한 곳에 사
람 사는 흔적 전혀 없는데"(今夜不知何處宿, 平沙萬里絶人烟). '평사平沙'는
'광활한 사막'이고, '인연人烟'은 '사람이 밥을 짓기 위해 피우는 연기'라
는 뜻이므로 '사람이 사는 흔적' 또는 '인적기人跡氣'라는 의미가 된다.
따라서 '절인연絶人烟'은 '사람이 사는 흔적이 전혀 없다'가 된다.

홀로 타지를 여행하다 보면 가장 걱정되는 게 잠자는 일이다. 먹는 일이야 어떻게든 해결할 수 있고, 정 불가능하면 굶을 수도 있다. 한 끼 굶는다고 어떻게 되는 않을 것이기 때문이다. 그러나 잠을 자기 위해서는 안전 확보가 절대로 필요하다. 아무 데나 누워 잤다가는 얼어 죽거나 들짐승 또는 강도를 만날 수 있기에 말이다. 그래서 시인은 여행 중의 가장 근본적인 걱정을 토로한 것이다. 설사 길잡이가 있고 다음 숙영지가 있다고 해도 중도에 사막 폭풍이나 습격 등 돌발 변수가 있어서 제시간에 못 대면 완전 노숙을 할 수도 있으니 어디서 잘지 알 수 없다고 말한 것이다.

이러한 상황에서 다음에 이어지는 "광활한 모래 아득한 곳에 사람 사는 흔적 전혀 없"다는 구절은 아예 절망적으로 들린다. '평사만리平沙萬里'와 '절인연絶人烟'을 구성하는 일곱 글자가 모두 절망적이기 때문이다. 그러나 『주역』에서 "역이란 극에 도달하면 변화하고, 변화하면 발전한다"(易窮則變, 變則通)고 했다. 막다른 골목을 만나도 두려워할 것이 없는 까닭은 그곳에 반드시 다른 데로 나갈 출구가 있을 것이기 때문이다. 『주역』에서 곤困 괘를 '형통하다'라고 기술한 이유다. 따라서 어려움에 부닥쳤을 때 차라리 자신을 궁지로 몰아넣으면 오히려 구원의 기회가 생긴다. 앞서도 소개했듯이 불가佛家에 "힘든 인생의 바다가 망망하게 끝이 없어도, 머리만 돌리면 거기가 바로 해안인 것을"(苦海無邊, 回頭是岸)이라는 격언이 있다. 즉 절망적인 상황에서 깨달음과 감응이 일어나기에 이 쾌락이 어떠한 난관도 이겨 나갈 힘을 준다는 말이다.

우리가 절망적인 상황에 부닥쳤을 때 친구나 이웃을 붙잡고 하소연하거나, 그것이 여의치 않으면 홀로 조용히 기도하거나, 성경이나 불경 또는 비슷한 심경을 글로 쓴 어떤 이의 작품을 읽으며 위로를 받는다. 이렇게 하는 것은 내가 무의식적으로 의존하는 관념 속의 대타자에게 편지를 쓰는 행위다. 대타자에게 내 마음을 전하고 나면 진정되면서 탈출구가 보이기 시작한다. 이것이 앞서 이야기한 궁통窮通, 즉 아무리 막다른 골목이라도 끝까지 가보면 거기에 탈출구가 있다는 말이다. 시인은 망망한 사막을 오래 여행하면서 이런 경험을 여러 차례 하였을 것이다. 이는 관념적으로 깨달은 게 아니라 절실한 경험으로 터득한 것이어서 굳이 어려운 말로 표현할 필요가 없을뿐더러 아예 난삽한 말로 나오지도 않는다. 이 시가 쉬운 듯 심오한 것은 이 때문이다.

「과벽탄戈壁灘」
　　－ 고비사막에서

沙上見日出 (사상견일출)
沙上見日没 (사상견일몰)
悔向萬里來 (회향만리래)
功名是何物 (공명시하물)

사막 위에서 일출을 보고
사막 위에서 일몰을 보네.
이 이역만리 땅을 향해 달려온 게 후회되나니
그까짓 공명이 도대체 뭐라고.

이 시의 원래 제목은 「일몰하연적작日没賀延磧作」이다. '하연賀延'은 원명이 '모허이엔莫賀延'이고 '적磧'은 '사막'을 가리킨다. '모허이엔치莫賀延磧'는 오늘날 하순꺼삐哈順戈壁 또는 하순사막으로 불리는데, 신장 위구르 자치구와 감숙성의 경계 지역에 있다. 당나라 때는 이곳을 기점으로 서쪽을 역서域西라고 불렀고, 오늘날 서역이라고 부르는 지역은 바로 이곳에서 시작한다. 따라서 제목의 뜻은 '해 질 녘 하연사막에서 짓다'가 된다. '꺼삐탄戈壁灘'은 고비Gobi사막이라는 뜻으로서 '탄灘' 자는 돌이 많은 사막을 가리킨다. 고대의 실크로드가 시작되는 옥문관玉門關 서북의 황량하고 드넓은 지역을 고비사막이라고 불렀다. '고비'는 몽골어로 '초목이 자라기 어려운 땅'이라는 뜻이다.

당나라 승려인 현장玄奘 법사가 일찍이 태종 정관貞觀 원년(627)에 건너갔던 고비사막을 한 세기가 지난 천보 13년(754)에 잠삼이 안서安西 서북 절도사인 봉상청封常青 막부의 판관으로 부임하는 길에 지나면서 이 시를 지었다.

이 시는 승구와 결구의 마지막 글자를 '몰没'과 '물物'로 압운하였다. 이 두 각운은 원래 평성으로 압운해야 하는데, 여기서는 입성인 측성으로 해서 격률시의 규칙에 어긋난 듯 보인다. 그러나 중당中唐 이후에 측성으로 압운하는 시가 종종 보이므로 이 시는 오언고시가 아니라 오언절구로 보는 게 옳다.

"사막 위에서 일출을 보고 / 사막 위에서 일몰을 보네"(沙上見日出, 沙上見日没). 이 두 구절은 마지막 '출出' 자와 '몰没' 자만 다를 뿐 같은 말을 반복한다. 이것은 매일 사막을 걸으면서 같은 광경만을 보는 괴로움에 공감하게 하는 효과를 불러일으킨다. 해가 뜰 때부터 질 때까지 뜨

거운 태양과 모래 외에는 아무것도 없는 황량한 땅을 표현하는 데 이보다 더 핍진한 말이 어디 있겠는가? 같은 말을 반복하는 것은 시에서 금기시되어 있지만, 보이는 게 이것밖에 없는데 무엇을 더 적는다는 말인가? 같은 게 반복되는 지루함은 인간이 가장 힘들어하는 것 가운데 하나이니 이 단순한 구절만으로도 시인의 고통은 충분히 짐작하고도 남는다.

인간은 실낱같은 희망이라도 있으면 뭐든 참고 견딘다. 앞으로 있을 희망만으로도 동기부여는 충분하기 때문이다. 그런데 이 황량한 사막의 끝에 간다고 해서 무슨 희망이 있을 것 같지 않다는 게 시인의 심정이었을 것이다. 남들보다 늦게 벼슬길에 들어선 데다가 낮은 자리를 전전하던 시인으로서는 비록 변방의 관직이지만 군부의 막료인 판관判官 직책이 주어졌을 때 이만하면 괜찮은 벼슬이라고 생각했을 것이다. 병조참군 출신으로 변방에 근무하면서 큰 공을 세우면 중앙의 높은 자리로 돌아오거나 지방 장관으로 승진할 가망성이 있기 때문이다. 판관은 절도사·관찰사·방어사防御使 등의 지방 장관 아래에 두었던 직속 참모였다. 그래서 과감하게 사막을 건너기로 마음먹었던 것인데, 막상 사막 길을 걸어보니 자신이 상상했던 세계와는 거리가 한참 멀었다. 여기서 시인은 궁극적인 의혹을 제기하면서 다음과 같이 읊는다.

"이 이역만리 땅을 향해 달려온 게 후회되나니 / 그까짓 공명이 도대체 뭐라고"(悔向萬里來, 功名是何物). '회悔' 자는 '후회하다'라는 뜻으로서 이곳 이역만리 땅에 온 것을 후회한다는 말이다. '물物' 자는 '물건'이라는 뜻인데, 이 글자의 원래 뜻은 '빛깔'이었다. 예나 지금이나 물건의 품질은 빛깔로 결정한다. 오늘날에도 '한물갔다'라든가, '물이 바랬다' 등의 표현은 이를 뜻한다. 따라서 여기의 '物물' 자는 '눈에 띄는 가치 있는 물건'이라는 의미를 품고 있다.

부친이 일찍 죽는 바람에 가세가 기울어져서 형에게 글을 배웠을 정도이니 그가 관가에서 발휘할 수 있는 경쟁력은 자신의 재주 외에는 거의 없었을 것이다. 이러한 환경에서 승진하려면 이른바 오지에서 공을 세워 돌아오는 게 가장 효과적이었을 터라 남들이 기피하는 만 리 밖 고비사막으로 간 것이었는데, 이게 상상 밖으로 고된 길이었으니 자연히 자신이 추구하는 공명에 대해 깊은 회의를 가질 수밖에 없었을 것이다.

공명이란 글자 그대로 공을 세워 이름을 드날리는 것이므로 시인은 '物물'이라고 표현하였다. 즉 속된 말로 '때깔이 나서 눈에 띄는 사물'이라는 뜻이다. 그래서 자신도 현혹되어 선뜻 나섰던 것인데 과연 이게 이 고생을 치르고서라도 얻을 만한 것인가 하는 근본적인 의구심이 닥친 것이다. '도대체 어떤 물건가?'(是何物시하물)라는 시인의 물음에는 이 마음이 담겨 있다.

『左傳좌전』「양공24년」에 삼불후三不朽라는 말이 나온다. 사람이 하는 일 중에서 영원히 썩지 않을 위대한 일을 가리키는데, 덕을 닦아 사람들을 감화시키는 입덕立德, 힘써 어떤 일을 성공시켜 사람들을 유익하게 하는 입공立功, 훌륭한 말이나 글을 써서 사람들에게 귀감을 보여주는 입언立言이 그것이다. 여기서 시인이 추구한 것은 두 번째 입공이다. 세 가지 모두 힘든 일이긴 하지만, 입공은 특별히 몸과 마음이 고달프고 힘들다. 아무리 고달프고 힘들더라도 그게 정말로 영원히 썩지 않는 것이라면 어떻게든 견디겠는데, 기실 모든 공명은 시간이 지나고 나면 아무것도 아닌 허업虛業에 불과하다. 허업이라는 사실이 평소에는 절대 깨달아지지 않지만, 어려운 과정에 막상 부닥쳐서 생각이 많아지면 이 짓을 왜 하나 하는 의구심이 든다. 시인의 경우처럼 말이다.

생각이 여기에 미치면 다른 무엇보다 평범한 일상의 가치가 더욱 절실히 느껴진다. 〈고향의 푸른 잔디〉(Green, Green Grass of Home)는 1960~70년대에 크게 유행했던 팝송이다. 사형 집행을 앞둔 사형수가 꿈에서 고향을 다녀온 이야기를 엮은 노래인데, 형장으로 떠나기 전의 극한 상황에서 그가 그리워한 것은 가장 평범한 고향의 푸른 잔디였다는 것이다.

잠삼과 같은 변새 시인인 왕창령의 「규원閨怨」이라는 시가 있다. 새색시가 변방에 수자리하러 가서 큰 공을 세워 돌아오라고 신랑을 떠밀어 보냈는데, 봄날에 옷을 차려입고 봄맞이 나갔다가 버드나무에 물오른 경치를 보고는 "높은 자리 찾으러 신랑 등 밀어 보낸 일을 후회하네"(悔教夫婿覓封侯)라고 읊었다. 잠삼이 이 시에서 드러낸 마음과 매우 흡사하다. 사람들이 환호하고 갈채를 보내는 공명보다 더 가치 있는 게 지금 내 앞의 버드나무에 깃든 봄기운을 즐기는 일이 아닐까. 잠삼의 이 시는 공명을 위해 내 몸을 혹사하는 헛된 일을 깊이 들여다보게 하는 철학적인 작품이라고 해도 과언이 아니리라.

「봉입경사逢入京使」
　　　- 장안 가는 전령과 마주치다

故園東望路漫漫 (고원동망로만만)
雙袖龍鐘淚不乾 (쌍수룡종루불건)
馬上相逢無紙筆 (마상상봉무지필)
憑君傳語報平安 (빙군전어보평안)

동쪽으로 우리 집을 바라보면 길이 아득히 멀어 보이지도 않으니
두 소매가 굼뜨다 여길 만큼 훔쳐대도 눈물은 마르지 않네.
말 타고 가다가 장안 가는 전령을 만났는데 하필 종이와 붓이 없어서
그에게 나 잘 있다고 꼭 전해달라 신신당부하네.

이 시는 대략 천보 8년(749)에 지어진 것으로 짐작된다. 이때는 잠삼의 제1차 종군 시기로서 안서安西 절도사 고선지 장군의 막부 서기로 따라갔다. '입경사入京使', 즉 당나라 수도인 장안으로 가는 전령을 임지로 가는 중간에 만났는지, 주둔지에 정착한 뒤 작전을 하다가 만났는지는 확실하지 않지만, 집을 떠난 지는 매우 오래된 듯하다. 시에 흐르는 정서로 보자면 후자일 가능성이 크다.

그가 종군 시기에 쓴 시는 대체로 두 가지 정서를 보인다. 하나는 사내대장부로 태어나서 용감하게 험지로 나아가 외적의 침입을 방어함으로써 나라와 백성을 안정시켜야 한다는 대아大我적인 의지를 보이는 것이다. 「송이부사부적서관군送李副使赴磧西官軍」의 "공명은 오로지 말 위에서 쟁취함을 지향하는 법이니 / 진정 그대야말로 영웅이자 대장부로다"(功名祇向馬上取, 眞是英雄一丈夫)가 그 대표적인 구절이다. 다른 하나가 그럼에도 간간이 일어나는 개인적 감정과 고뇌의 표출인데, 이 시가 그 대표적인 예다.

이 시는 평측법이 잘 맞지 않아서 고체시로 보는 사람도 있지만, 기·승·결의 마지막 글자가 모두 평성인 한寒 운으로 압운되어 있으므로 칠언절구로 봄이 옳다.

"동쪽으로 우리 집을 바라보면 길이 아득히 멀어 보이지도 않으니 / 두 소매가 굼뜨다 싶을 만큼 훔쳐대도 눈물은 마르지 않네"(故園東望路漫漫, 雙袖龍鐘淚不乾). '고원故園'은 '옛집의 뜰'로서 두고 온 자기 집을 가리키고, '만만漫漫'은 '아득히 멀다'라는 뜻이다. '쌍수雙袖'는 두 소매나 두 팔을 뜻한다. '용종龍鐘'은 원래 '용을 새긴 종'이라는 뜻인데, 큰 종은 덩치가 커서 소리가 천천히 울려 퍼지는 속성이 있으므로 '굼뜨다'

라는 파생의로 자주 쓰인다. 여기서 어떤 이는 '물에 흠뻑 젖은 모양'이라고 억지 해석을 하기도 하는데 '용종'의 사전적 의미에는 그런 뜻이 없다. '쌍수용종雙袖龍鐘'이란 두 소매가 굼뜨다 싶을 만큼 눈물을 닦아도 눈물이 마르지 않고 줄줄 흐른다는 뜻이다.

아무리 원대한 꿈과 강인한 의지를 품고 변방 방어 임무에 봉사한다 해도 집과 가족이 그리운 건 어쩔 수 없는 감정이다. 그럴 때마다 장안이 있는 동쪽을 바라보면 사막으로 뻗은 길이 아득하게 멀리 느껴질 뿐이다. 그 길은 공간적으로도 멀고 험하지만, 임기를 마칠 때까지 시간적으로도 한참이나 남았으므로 더욱 아득했을 것이다. 생각이 여기에 미치면 아무리 사내대장부라도 눈물을 흘리지 않을 수 없으리라.

이렇게 집과 가족 생각으로 깊은 시름에 잠겨 있을 때, 우연히 장안으로 가는 전령의 말을 만났다. "말 타고 가다가 장안 가는 전령을 만났는데 하필 종이와 붓이 없어서 / 그에게 나 잘 있다고 꼭 전해달라 신신당부하네"(馬上相逢無紙筆, 憑君傳語報平安). '봉逢' 자는 '만나다'라는 뜻이고, '지필紙筆'은 '종이와 붓'으로서 필기구를 뜻한다. '마상상봉馬上相逢'은 말을 타고 가다가 우연히 마주쳤다는 말인데, 마주친 사람은 제목에서 '입경사入京使', 즉 '장안으로 들어가는 전령'이라고 밝혔으므로 다시 쓰지 않았다. '빙憑' 자는 '의지하다' 또는 '맡기다'라는 뜻이고, '전어傳語'는 '말 전하다', '보평안報平安'은 '잘 지내고 있음을 알리다'라는 의미다.

집 생각이 간절한 마당에 고향으로 간다는 사람을 만나면 얼마나 반갑겠는가? 즉시 아내와 자식들을 그리워하는 마음을 구구절절이 적어서 가는 편에 전하고 싶었을 것이다. 두보가 쓴 「월야억사제月夜憶舍弟」

의 "편지를 부쳐도 하도 멀어서 잘 가지도 않는데 / 하물며 아직 전란이 끝나지 않았음에랴?"(寄書長不達, 況乃未休兵)라는 구절에서 알 수 있듯이 먼 거리의 서신은 원래 잘 전달되지 않는다. 이런 가운데서 이렇게 확실한 전령이 수도로 간다는데, 어떻게 쪽지라도 보낼 생각이 안 들까? 그러나 작전 중에 우연히 마주쳤으니 종이와 붓이 있을 리 없었다. 전령은 한시바삐 길을 재촉해야 하는 사람이니 잠시나마 잡아둘 수는 없고 해서 다급한 마음에 뭐 중요한 한마디라도 전하고 싶었다. 하고 싶은 수많은 말 중에 순간적으로 거르고 걸러 전령에게 부탁한 말이 '보평안報平安', 즉 '나 잘 있다고 말해주시오'다. '평안平安'이란 전쟁 같은 게 없어서 매우 일상적이고 안전하다는 뜻이다.

위험한 곳에 싸우러 나가 있는 남편이나 자식에게서 오는, '평상적으로 잘 지내고 있다'라는 전갈만큼 반가운 소식은 없다. 그가 전투에 나가서 혁혁한 전공을 세우고 있다는 소식을 들으면 기쁜 마음 이전에 '저러다 무슨 일이나 생기는 게 아닐까?' 하는 걱정이 앞서기에 그렇다. 우리 옛날 6·25 휴전 이듬해부터 널리 불린 가요로 〈향기 품은 군사 우편〉이라는 노래가 있다.

> 행주치마 씻은 손에 받은 님 소식은
> 능선의 향기 품고 그대의 향기 품어
> 군사 우편 적혀 있는 전선 편지에
> 전해주는 배달부가 싸리문도 못 가서
> 복받치는 기쁨에 나는 울었소

여기서 젊은 아낙이 편지를 읽기도 전에 기뻐 울음을 터뜨린 것은 남편이 살아 있다는 증거를 손에 쥐었기 때문이리라. 이처럼 가족에게 걱정을 안 끼치게 하는 배려야말로 아내에 대한 애틋한 사랑의 처음일 것이다. 에스엔에스SNS가 발달해서 하시라도 소식과 하고픈 말을 전할 수 있는 오늘날의 사람들은 이 애틋함을 이해할 수 없다. 소식과 정보의 전달이 실시간으로 이루어질 정도로 충분하고 편리해도 애틋함은커녕 오히려 오해만 만연하고 가짜뉴스가 아닐까 하는 의혹에 시달릴 뿐이다.

시인은 일찍이 「처음으로 농산을 지나가는 길에 판관 우문에게 바치는 시(初過隴山途中呈宇文判官)」에서 "만리 밖에 나와서 임금님이 맡기신 일을 받들어 시행할 때 / 이 한 몸에 바라는 바는 하나도 없네. 요새 방어가 힘든 일임도 잘 알고 있는데 / 어찌 처자식 때문에 다른 생각을 하겠는가"(萬里奉王事, 一身無所求, 也知塞垣苦, 豈爲妻子謀)라고 읊은 적이 있다. 이렇게 비장한 각오로 임무를 수행하는 시인이 장안 가는 전령 편에 처자식에게 자신의 안부를 꼭 전해달라고 당부하는 모양이 모순처럼 보일지 모르지만, 이게 대장부의 솔직하고 인간적인 면모다. 이러한 감성 없이 비장함만 있다면 그것이 곧 파시즘이다.

「대원중로인代園中老人」
- 밭일 중인 늙은이를 대신해서 적는다

佣賃難堪一老身 (용임난감일로신)
蹯蹯力役在青春 (파파력역재청춘)
林園手種唯吾事 (임원수종유오사)
桃李成陰歸別人 (도리성음귀별인)

품삯 받고 일하는 건 늙은 한 몸이 견디기에 어려운데
머리 허옇게 세도록 힘써 일해온 게 청춘부터라네.
숲과 밭에서 손수 심는 건 오로지 내 일이었음에도
복숭아와 자두가 그늘지도록 우거지면 다른 사람에게 돌아간다네.

경위는 생졸 연대와 생평에 관한 상세한 기록이 전하지 않아서 대략 763년 전후에 활동했던 시인으로 추측할 뿐이다. 대종代宗의 대력大曆 연간에 명성을 떨쳤던 열 명의 시인을 대력십자大曆十子라고 부르는데, 그중의 한 사람이었다. 보응寶應 원년에 진사에 급제하였고 관직은 우습유右拾遺를 지냈다. 그의 시는 인위적으로 자구를 다듬지 않은 가운데 저절로 격조가 드러나는 특색을 갖고 있는데, 이 시가 그대로 보여준다.

이 시는 『평수운』의 진眞 운에 속하는 '신身'·'춘春'·'인人' 자로 압운하였으므로 칠언절구다. 품삯을 받고 남의 농사를 지어주는 늙은 농부를 대신해서 그의 고된 노동과 부조리한 계약 관계를 고발하는 형식으로 지어졌다. 늙은 농부는 하고픈 말이 있어도 글을 쓸 줄 모르니까 그를 동정해서 붓을 들어 대신 표현해주었다는 말이다.

시의 내용은 두 부분으로 나뉜다. 기구와 승구는 평생 품팔이로만 농사를 지어온 힘든 삶을 그렸고, 전구와 결구는 힘들여 농사를 지어봤자 결국 모든 소출은 땅 주인에게 돌아가는 부조리를 하소연한다. 그래서 오늘날의 평론가들은 이 시가 봉건 사회 지주계급의 인민에 대한 노동 약탈을 고발한 시라고 평가한다.

"품삯 받고 일하는 건 늙은 한 몸이 견디기에 어려운데 / 머리 허옇게 세도록 힘써 일해온 게 청춘부터라네"(佣賃難堪一老身, 皤皤力役在青春). '용임佣賃'은 '삯을 받고 품을 팔다'라는 뜻이고, '난감難堪'은 '감당하기 어렵다'라는 뜻이다. '파파皤皤'는 '머리가 하얗게 세다', '력역力役'은 '힘들여 노동하다'라는 뜻을 각각 나타낸다. '재在' 자는 '~로부터'라는 의미로 씌었다. 즉 '종從' 자와 같은 의미다.

'품삯 받고 일하는 게 늙은 한 몸이 견디기에 어렵다'라는 말은 늙은이라서 품값이 싸서 힘들다는 뜻이다. 품 팔아 일하는 것은 당연히 효율과 능력에 따라 값이 다를 터이니, 젊은 사람은 품이 높고 늙은이는 낮을 수밖에 없다. 그러나 먹고 살려면 어제만큼은 벌어야 하니 자연히 노동시간이 길어져 늙은이로서는 감당하기 어려울 수밖에 없다.

사람은 노년이 편해야 행복한 삶을 살았다고 말할 수 있다. 청장년 시기에는 좀 어려운 삶을 살더라도 힘과 희망이 있으므로 견딜 수 있을뿐더러 나아가 그 어려움을 즐길 수도 있다. 그러나 노인은 힘도 없고 앞날도 그리 많지 않아서 고통을 참아내기가 쉽지 않다. 노인이 비참하게 늙어가는 모습은 젊은이들에게 자기의 미래 모습을 미리 보여주는 것이어서 그들에게 희망을 사라지게 할 수 있다. 그래서 맹자는 "머리가 희끗희끗한 사람들이 길에서 짐을 지거나 이게 하지 않아야 하고, 일흔 살 노인들에게는 비단옷을 입히고 고기를 드시게 해야 한다"(頒白者不負戴於道路矣. 七十者衣帛食肉)고 역설하였다.

이상이 개인적인 노화에서 일어나는 부조리를 읊었다면 다음은 노인이 겪는 사회적인 부조리를 꼬집는다. "숲과 밭에서 손수 심는 건 오로지 내 일이었음에도 / 복숭아와 자두가 그늘지도록 우거지면 다른 사람에게 돌아간다네"(林園手種唯吾事, 桃李成陰歸別人). '수종手種'은 '손으로 직접 심다'라는 뜻이고, '성음成陰'은 '나무가 그늘처럼 우거지다'라는 뜻으로서 '과실을 많이 맺다'라는 의미를 나타낸다. 숲과 밭에서 직접 노동해서 작물을 심고 가꾼 것은 '나'(노인)인데, 정작 작물이 익어 과실이 생기면 가져가는 것은 다른 사람, 즉 땅 주인이다. 속되게 말하자면, "재주는 곰이 놀고 돈은 X놈이 받는다"라는 의미다.

앞에서 언급한 바와 같이 이 시를 지주계급의 인민에 대한 노동 착취를 고발한 시라고 평가해도 틀린 말은 아니다. 실제로 그런 행위를 사실적으로 그렸으니까 말이다. 그러나 좀 더 본질적인 차원에서 생각해보자.

인생을 좀 오래 살고 노년에 이르러 삶을 거시적으로 되돌아보면 사회라는 게 이렇게 부조리한 구조로 형성돼 있음을 깨닫게 된다. 역사가 흐르면서 이 구조가 개선되는 듯 보여도 궁극적으로는 이 얼개에서 벗어나지 못한다. 누구든 결국엔 다 남 좋은 일만 하며 살다가 일생 마친다. 이를테면 오늘날 경매장에서 수십억, 수백억에 거래되는 명작 그림에 대하여 원작 화가가 한 푼이라도 가져가는가? 아주 가까운 예로 자식을 금지옥엽 키워서 버젓하게 내놓은들 그게 며느리나 사위 좋은 일이지 늙은 부모가 무슨 보답이라도 받는가? 앞서 말한 "재주는 곰이 넘고 돈은 X놈이 받는"게 인생이다. 그래서 삶을 허업虛業, 즉 헛고생이라고 말하는 것이다. 시인처럼 저렇게 인도주의를 발휘해서 노인을 대변해도 그 역시 'X놈'에 불과하게 되고 동시에 누군가를 위해 재주를 넘게 될 뿐이다. 이 구조에서 벗어나 있는 사람이 하나라도 있는가?

삶과 사회는 이런 구조가 꼬리에 꼬리를 물고 이어진다. 그러면 각자는 이게 허업인 줄 알 텐데 왜 그 고리를 끊지 못하는가? 그것은 자신도 이 구조에서 반대급부를 얻기 때문이다. 미켈란젤로가 메디치 가문의 부가 없었다면 그 거대한 건축물과 작품들을 설계하고 만들 수 있었을까? 필자가 아는 어느 전직 건설 노동자는 자신이 대기업 건설사에서 일할 때 중동에다 세계에서 가장 높고 화려한 건축물을 짓는 일에 참여했다고 늘 자랑한다. 그의 방에는 당시에 입었던 회사 로고가 박힌 작업복이 훈장처럼 걸려 있다. 이것을 헤겔의 '주인과 노예의 변증법'으로 말하면, 노예는 주인을 위해 온종일 노동에 시달리지만 노동으로 세계를 만드는 쾌락을 주인 대신 즐기는 특권을 가진 것이다. 현자들이 말하듯이 노동이 삶의 깨달음을 얻는 계기가 된다면 노예는 궁극적으로 주인이 된다.

시인이 밭의 노인을 보는 토대와 노인이 세계를 보는 토대는 다르다. 따라서 그를 대신하는 글은 어디까지나 시인의 관점이다. 시인이 걱정할 일은 아닌 듯하다. 노인을 의식화해도 그에게서 달라진 건 없고, 그에게서 이득을 챙기는 'X놈'만 달라질 뿐이다. 인간에게서 탐욕을 없애지 않는 한 이 구조는 바뀌지 않는다. 『주역』의 원리처럼 세상은 누가 뭐라 하지 않아도 스스로 변화한다. 시간이 지나면 주인의 생각도 바뀌고 노인의 생각도 바뀐다. 아울러 시인의 생각도 바뀐다. 노인은 그냥 놓아두고 시인 자신의 욕심이나 다스려보자고 읊음이 어떨지.

「추회秋懷」 기이其二
– 이 가을에 드는 생각 (두 번째 시)

秋月顏色冰 (추월안색빙)

老客志氣單 (노객지기단)

冷露滴夢破 (냉로적몽파)

峭風梳骨寒 (초풍소골한)

席上印病文 (석상인병문)

腸中轉愁盤 (장중전수반)

疑懷無所憑 (의회무소빙)

虛聽多無端 (허청다무단)

梧桐枯崢嶸 (오동고쟁영)

聲響如哀彈 (성향여애탄)

가을 달빛에 안색이 얼음장인데

이 늙은 나그네는 의지와 기력마저 다 쇠하였네.

차가운 이슬 방울져 떨어질 때마다 차가워 꿈이 깨고

선뜩한 바람은 뼈를 빗질하듯 싸늘하게 파고드네.

자리 위에는 병자의 흔적이 아예 찍혀 있고

창자 가운데는 시름 가득 담긴 쟁반이 빙빙 돌고 있네.

이것저것 억측이 자꾸 들지만 기실 근거도 없고

허황한 이야기 듣는 건 많아도 단서는 없지.

오동 잎 말라서 삐쭉삐쭉해지니

바람에 흔들려 우는 소리가 슬픈 곡조를 타는 듯하구나.

맹교(751~814)는 젊은 시절에 생활이 빈곤하여 호북·호남·광서廣西 등지를 전전하였고 과거시험도 몇 번 보았으나 번번이 낙방하였다. 46 세가 되어서야 진사에 급제하였고, 정원貞元 연간에 율양溧陽현 현위에 제수되어 내려갔다. 그러나 그는 공무는 하지 않고 늘 시 짓기에만 전념 했으므로 감봉당하는 징계를 받기도 했다. 그는 일희일비하면서 힘겹게 살아가는 세속의 고된 현실을 시로 많이 읊었으므로 시수詩囚라는 별 칭을 얻었는데, 표현에 화려한 수식이 전혀 없이 싸늘할 정도로 간결하 였으므로, 나중에 소식蘇軾이 가도賈島와 한데 묶어서 '교한도수郊寒島 瘦', 즉 '맹교는 썰렁하고 가도는 비쩍 여위었다'라고 평가하였다. 맹교의 자 동야東野를 빌린 『맹동야시집孟東野詩集』 10권이 전해지고 있는데 그중에 오언고시가 가장 많다.

이 시는 노년에 낙양에 정착했을 때 지은 것으로 「추회秋懷」 15수 중 제2수다. 당시 그는 하남윤河南尹 정여경鄭餘慶 막부의 하급 관리로 일 하고 있었는데, 병들고 가난해서 삶이 말이 아니었다. 「추회」 15수는 이 러한 그의 노년의 고된 삶을 토로한 시인데 이 중에서 제2수가 가장 감 동적인 작품으로 평가되어왔다.

이 시는 오언고시이므로 시율에 얽매이지 않았다. 고시답게 짜임새가 정교하지 않아서 떠오르는 생각을 두서없이 적어 내려갔다는 느낌이 들 정도지만, 삶을 처절하면서도 진지하게 살지 않고서는 나올 수 없는 표현들로 점철되어 있다.

제1련은 노쇠한 자기 모습을 그리면서 시작한다. "가을 달빛에 안색 이 얼음장인데 / 이 늙은 나그네는 의지와 기력마저 다 쇠하였네"(秋月 顔色冰, 老客志氣單). '노객老客'은 자기 자신을 가리키는데, 늘그막에 이르면 곧 세상을 떠나야 함을 알기에 '나그네'라고 표현한 것이리라. '지기志氣'는 '의지와 기력'을 말하고, '단殫' 자는 '다하여 없어지다'라는 뜻이다.

노년에 이르렀다는 징후가 가장 현저하게 드러나는 곳은 얼굴이다. 얼굴의 주름은 말할 것도 없고 무엇보다 핏기가 없다. 서늘한 공기를 통해서 비치는 가을 달빛은 핏기 없는 얼굴을 더욱 희게 보이게 한다. 그래서 '얼음장'(冰)이라는 말에서 처량하게 늙은 늙은이의 모습을 쉽게 상상해볼 수 있다. 몸이 이렇듯 노쇠하였으니 거기서 강인한 의지나 기력 같은 것은 기대할 수 없다. 조조는 「거북이 아무리 오래 살아도(龜雖壽)」에서 "늙은 천리마는 마판 위에 엎드려 있는 신세라도 / 의지는 천리를 뛰려 하고, 열사는 노쇠한 만년에 이르러서도 / 웅대한 의지가 쉬려 하질 않네"(老驥伏櫪, 志在千里. 烈士暮年, 壯心不已)라고 읊었지만, 그것은 몇몇 영웅적인 열사의 경우일 테고, 평생 시나 지으면서 살아온 늙은이에게서 그러한 의지를 기대하기란 절대 쉽지 않다. 오랜 지병을 앓아온 노인에게는 실상 미래가 없는데 의지는 고사하고 기력조차 없는 게 현실이므로 시인은 '다할 단殫' 자를 썼다.

제2련은 가뜩이나 편치 않은 몸이 가을밤의 추위에 시달리는 광경을 그린다. "차가운 이슬 방울져 떨어질 때마다 차가워 꿈이 깨고 / 선뜩한 바람은 뼈를 빗질하듯 싸늘하게 파고드네"(冷露滴夢破, 峭風梳骨寒). '적滴' 자는 '방울져 떨어지다', '몽파夢破'는 '꿈이 깨다', 즉 잠이 깬다는 뜻이다. '초풍峭風'은 '선뜩하게 추운 바람'이고, '소골梳骨'은 '뼈를 빗질하다', 즉 뼈를 빗으로 긁어낼 만큼 아프다는 뜻이다.

가장 추울 때는 말할 것도 없이 한겨울이다. 그러나 체감으로는 오히려 늦가을이나 이른 봄이 더 춥게 느껴진다. 늦가을은 아직 추위에 적응이 안 된 상태여서 그렇고, 이른 봄은 이제 추위는 갔다는 성급한 마음에 미리 몸이 이완되었기에 그러하다. 이것을 시인은 "차가운 이슬 방울져 똑똑 떨어질 때마다" 깜짝 놀라 꿈이 깬다고 묘사하는데, 한겨울 물방울의 차가움은 일상에서 쉽게 경험한다. 필자가 옛날 보병학교에서 훈련받을 때 3월 한밤중에 갑자기 상의를 홀랑 벗고 집합하라기에 자다 말고 뛰어나갔더니, 구대장이 철모에 담은 물을 손으로 튕기듯 우리 가슴에 뿌리고 다니는데 '악' 소리도 못 내고 참느라 정말 춥고 힘들었던 기억이 난다. 물론 이 시에서는 이슬방울이 직접 시인에게 떨어지는 건 아니지만, 그만큼 춥기에 이슬방울 떨어질 때의 한기 때문에 잠이 깬다고 묘사한 것이다.

제1, 2련까지는 외부에서 이불 속까지의 광경을 묘사하였다면, 제3련은 몸 안의 상황을 그린다. "자리 위에는 병자의 흔적이 아예 찍혀 있고 / 창자 가운데는 시름 가득 담긴 쟁반이 빙빙 돌고 있네"(席上印病文, 腸中轉愁盤). '인印' 자는 '도장이 찍히듯이 흔적이 눌려 있다'라는 뜻이고, '병문病文'은 병자가 오래 누워 있어서 자리에 남긴 자국이나 무늬를 가리킨다. '장중腸中'은 직역하면 '창자 안'이지만 실은 '가슴'이나 '흉중'을 가리킨다. '수반愁盤'은 '근심이 담긴 쟁반'이므로, '전수반轉愁盤'은 갖가지 근심이 끊이지 않고 돌고 돌며 이어진다는 의미가 된다.

'자리 위에 병자의 자국이 도장 찍혀 있다'라는 말은 이부자리를 거두지 않은 채 늘 누워 있어서 생긴 현상이므로 병을 얻어 자리에 누운 지 오래되었음을 알 수 있다. 사람이 오래 누워 있으면 잡념이 많아진다. 이것을 시인은 '창자 안에서 근심 담긴 쟁반이 빙빙 돌고 있다'고 묘사하였다. 오랜 기간 누운 채 새로운 정보도 없이 머리 안에 든 정보만 갖고서 이리저리 생각하다 보면 나중에는 자연히 어느 한쪽으로만 생각이 좁혀지면서 믿음이 증폭하게 된다. 따라서 걱정은 더욱 많아지면서도 어떻게 해볼 도리는 없으니 답답할 수밖에 없는데, 이것을 우리는 '애가 탄다' 또는 '애를 태운다'라고 표현한다. 이 '애'가 바로 '장腸', 즉 창자다.

시인은 이 잡념을 물리치기 위해서 제4련에서 과감하게 이성적인 사유를 불러온다. "이것저것 억측이 자꾸 들지만 기실 근거도 없고 / 허황한 이야기 듣는 건 많아도 단서는 없지"(疑懷無所憑, 虛聽多無端). '의회疑懷'는 '의심하는 마음을 품다'라는 뜻이고, '소빙所憑'은 '근거하는 바', 즉 증거를 뜻한다. '허청虛聽'은 '말도 안 되는 말을 듣다'라는 뜻이고, '단端' 자는 '실마리' 또는 '근거'를 뜻한다.

늙고 병들어 자리에 누운 지 오래여서 주변 사람들과 소통이 안 되니까 스스로 추리에 빠질 수밖에 없다. 노인은 오래 살다 보니 이것저것 주워듣고 본 게 많아서 젊은 사람들이 못 하는 상상을 잘한다. 『구약성경』「요엘서」에도 "그 후에 내가 내 영을 만민에게 부어주리니 너희 자녀들이 장래 일을 말할 것이며 너희 늙은이는 꿈을 꾸며 너희 젊은이는 이상을 볼 것이라"(2:28)라는 구절이 있다. 여기서 꿈을 꾼다는 말은 달리 말하면 상상을 잘한다는 뜻이다. 노인은 상대방의 말 한마디와 행위 하나하나에서 그 밑에 숨긴 의미를 잘 파악한다. 노인과 대화할 때 젊은이들이 답답함을 느끼는 것은 노인들은 되도록 적은 말수에 많은 의미를 은밀히 부여하려 하기 때문이다. 좀 더 고급스러운 말로 바꾸면 '미언대의微言大義'를 실행한다는 말이다. 공자가 예순 살에 이르러 '이

순耳順'하였다고 했는데, 바꿔 말하면 작은 말 한마디를 듣고도 거기에 숨겨진 의미를 파악할 수 있게 되었다는 뜻이다.

그런데 이게 잘못 나아가면 타인의 의도하지 않은 하찮은 말이나 행위에 억지로 의미를 부여하는 부작용을 낳기도 한다. 정보가 부족한 상태에서 추리의 방향이 잘못 정해지면 머리 안에서 스스로 이상한 내러티브를 만들어 오해나 곡해에 빠진다. 이 때문에 노인은 잘 삐친다는 말을 자주 듣는다. 그래도 시인은 공부를 많이 한 지식인이라 자신을 돌아볼 능력이 있으므로 "이것저것 억측이 자꾸 들지만 기실 근거도 없고" 하면서 오해와 곡해에 빠지는 자신을 바로잡는다.

또 하나 노인에게 잘 안 통하는 게 개꿈 같은 허황한 이야기다. 젊은이들은 경험도 적고 앞으로 살날이 많으므로 꿈과 이상이 잘 먹힌다. 반면에 노인은 오래 살면서 산전수전 다 겪었으므로 그런 게 시간이 지나고 나면 거의 개꿈에 지나지 않는다는 현실을 잘 안다. 그래서 젊은이와 늙은이는 근본적으로 소통이 어려운 관계에 있다. 오랜 기간 자리에 몸져누워 있는 시인에게 주위의 가족이나 친구들은 위로한답시고 희망적인 말을 많이 해주었을 것이다. 이게 '허청다虛聽多'가 가리키는 바일 터다. 그러나 누구보다 자신의 건강 상태를 잘 아는 시인은 이런 말들이 그저 듣기 좋으라고 한 말일 뿐 아무런 근거도 없음을 잘 알고 있다. 이것을 '무단無端'이라고 표현했는데, '단端'은 '실마리'라는 의미로서 허황한 말은 근거 없이 만들어졌으므로 믿을 만한 작은 꼬투리도 찾을 수 없다는 뜻이다.

이처럼 노인의 속성을 잘 파악하고 있는 시인은 쓸데없는 잡념이나 망상에 휘둘리지 않으려고 무진 애를 쓴 흔적을 역력히 내보인다. 이러한 내적 갈등은 하나의 처절한 싸움일 수 있다. 이성적인 사유로써 이 싸움을 이겨내고 진정을 찾은 시인은 이제야 비로소 바깥에서 마른 오동 잎이 부스럭거리는 소리를 들을 수 있게 된다.

"오동 잎 말라서 삐쭉삐쭉해지니 / 바람에 흔들려 우는 소리가 슬픈 곡조를 타는 듯하구나"(梧桐枯崢嶸, 聲響如哀彈). '오동梧桐'은 '오동나무' 지만 여기서는 '오동나무 잎'을 가리킨다. '쟁영崢嶸'은 원래 '가파른 산 의 모양'인데, 여기서는 오동 잎이 바짝 말라서 삐쭉삐쭉해진 모양을 형 용한다. '성향聲響'은 '소리가 울린다'는 뜻이고, '애탄哀彈'은 '슬픈 연주' 또는 '슬프게 연주하다'라는 뜻이다.

복잡한 잡념에서 벗어난 시인에게 들려온 건 가을바람에 흔들리며 울리는 마른 오동 잎 소리였다. 늦가을에 바짝 마른 오동 잎은 바람이 스칠 때마다 스산한 소리를 만들어낸다. 이것을 시인은 오동 잎이 슬픈 곡조를 타는 것 같다고 묘사한다. 물리학에서 같은 주파수를 찾아 거 기에 맞추는 일을 '동조同調한다'라고 말한다. 기분이 좋은 사람은 밝고 경쾌한 음악에, 울적한 사람은 무겁고 슬픈 음악에 각각 동조하고 반응 한다. 노년의 이 처량한 분위기에서 들려오는, 가을바람에 울리는 마른 오동 잎 소리는 충분히 그의 기분에 동조할 수 있고 아울러 위로할 수 있을 것이다. 한유韓愈는 다름 아닌 이 시인 맹교가 먼 임지로 떠날 때 위로하기 위해 지은 시 「송맹동야서送孟東野序」에서 "무릇 사물은 자신 의 평정을 얻지 못하면 소리 내어 웁니다"(大凡物不得其平則鳴)라고 문학 을 규정한 바 있다. 시인이 이렇게 갈등하다가 마른 오동 잎 소리를 연주 로 듣게 된 것도 평정을 잃고 울다가 새로운 평정을 찾아가는 문학 행위 였을 것이다. 이것이 병들어 누워 있음에도 삶이 즐거운 이유이리라.

「오의항烏衣巷」
- 오의항의 제비처럼

朱雀橋邊野草花 (주작교변야초화)
烏衣巷口夕陽斜 (오의항구석양사)
舊時王謝堂前燕 (구시왕사당전연)
飛入尋常百姓家 (비입심상백성가)

들꽃 만발한 주작교 언저리
제비 마을 어귀엔 지는 해 비스듬히 비추고.
옛날 떵떵거리던 왕씨 사씨 대청 앞 제비는
예사 백성의 집으로 날아드네.

  유우석(772~842)은 중당 말기의 저명한 시인으로서 백거이와 함께 유백劉白으로 불렸다. 백거이는 그에게 시호詩豪라는 별명을 붙여주기도 하였다. 유우석은 대대로 유학자를 배출한 명문 집안에서 태어나 일찍이 감찰어사에 제수되었다. 정치적으로 혁신을 주장하여 영정永貞 혁신을 주도한 왕숙문王叔文파에서 중심적 활동을 하였다. 나중에 혁신운동이 실패하자 낭주사마朗州司馬로 좌천되었다.

  경종敬宗 보력寶曆 2년(826), 시인이 화주和州자사로 재직할 때 낙양으로 돌아오다가 오늘날의 남경인 금릉金陵에 들러 고적을 돌아보며 옛날을 회상하는 연작시를 지었다. 여기에 「금릉오제金陵五題」라는 이름을 붙였는데 이 시는 이 중에서 두 번째 작품이다.

  이 시는 칠언절구이므로 기·승·결의 마지막 글자에 『평수운』의 마麻 운에 속하는 '화花'·'사斜'·'가家' 자로 압운하였다. 시는 두 부분으로 나뉘는데, 기·승구는 해가 지는 예사로운 시골 마을의 풍경을 묘사하였고, 전·결구는 제비가 예사롭게 날아다니는 광경을 그리고 있다. 그야말로 특이할 게 별로 없는 매우 평범한 시로 보인다.

  "들꽃 만발한 주작교 언저리 / 제비 마을 어귀엔 지는 해 비스듬히 비추고"(朱雀橋邊野草花, 烏衣巷口夕陽斜). '주작교朱雀橋'는 '제비 마을'(烏衣巷) 근처에 있는 다리 이름이고, '화花' 자는 명사지만 여기서는 '피다'라는 동사로 활용되었다. '오의烏衣'는 '검은 옷'이라는 뜻으로 '제비'를 가리킨다. '항巷'은 '거리' 또는 '마을'을 뜻하고, '사斜'는 지는 해가 비스듬히 비추는 모양을 나타낸다.

  오의항은 원래 삼국 시기 오나라 임금의 경호부대인 금군禁軍의 주둔지였다. 당시 병사들이 검은색 군복을 착용하고 있었으므로 사람들이 그 지역을 '검은 옷을 입은 사람들의 마을', 즉 오의항이라고 불렀다. '오의'는 '제비'를 가리키기도 하고, 왕씨와 사씨가 살던 시기부터 이미 이 마을에는 제비가 많이 서식했다고 했으므로 여기서는 오의항을 '제비 마을'로 번역하였다. 왕씨와 사씨란 동진東晉 시기에 권력의 중심에 있으면서 이곳에 거주한 왕도王導와 사안謝安, 두 명문 대가족을 가리킨다. 당시 사람들은 그 집안의 자제들을 오의랑烏衣郎이라고 불렀다 한다. 당나라가 들어선 후 오의항은 무너져 폐허가 되었다.

왕도는 서예가로도 이름을 날렸고, 중국 산수시의 지경을 개척한 사령운謝靈運과 사조謝朓가 모두 사안의 가문에서 나왔다. 다시 말해서 오의항은 권력의 정점에 있는 사람뿐만 아니라 시문과 서예 등 문화적인 명성이 자자한 사람들이 사는 동네였는데, 시인이 방문했을 때는 아무것도 남지 않고 폐허가 된 상태였다. 이것을 시인은 주작교 언저리에 만발한 들꽃과 석양의 그림자 드리워진 마을 어귀의 광경을 그림으로써 묘사하였다.

사람이면 누구나 선망하는 권력과 명성은 한번 장악하면 영원히 지속될 수 있을 것 같지만, 시곗바늘이 정오 열두 시가 되는 순간 오전의 정점이자 오후의 시작을 알리듯이, 극점에 이르자마자 쇠퇴의 영역으로 들어간다. 이 진행의 과정을 누구나 뻔히 알고 있어서 막을 수 있을 것 같아도 이게 불가능하다. 그래서 일정 기간이 지나고 나면 모든 게 간밤의 꿈이 된다. 장강의 물이 뒷 물결에 밀려 내려가듯 권력과 명성이 사라진 뒤에 남는 건 무상無常함과 폐허에 자라난 무심한 들꽃뿐이다.

이런 허무한 광경을 미연에 방지하려는 듯 권력은 자신의 변치 않는 존재와 위엄을 드러냄으로써 타인들이 감히 넘보지 못하게 하려 한다.

이를 위해 권력자들이 가장 많이 사용하는 방법이 건축물을 축조하는 일이다. 시각적 형식을 통해서 보여주는 것이야말로 가장 쉽고도 압도적인 권력 행사와 과시의 방식이기 때문이다. 그러나 시각적인 형식이 효과가 있는 것은 권력이 지배력을 발휘할 수 있을 기간뿐, 그가 힘을 잃는 순간 압도적이었던 웅장한 건축물은 분노와 응징의 대상이 되어 기왓장처럼 무너지게 돼 있다.

이러한 현상을 『신약성경』에서도 다음과 같이 기술하였다. "예수께서 성전에서 나와서 가실 때에 제자들이 성전 건물들을 가리켜 보이려고 나아오니, 대답하여 이르시되 너희가 이 모든 것을 보지 못하느냐 내가 진실로 너희에게 이르노니 돌 하나도 돌 위에 남지 않고 다 무너뜨려지리라"(「마태복음」 24:1~2). '돌 하나도 돌 위에 남지 않은' 상태, 그것을 이 시에서는 '野'(거칠 야) 자로 묘사하였다. 이 글자는 인간의 손이 닿지 않은 야만의 상태를 가리키는 말로서, 시인은 이 상태를 야생초가 만개한 광경으로써 표현했다. 장엄한 건축물을 세워 으스대는 행위를 문화라는 말로 꾸미고는 있지만, 그 종말은 야만으로 돌아간다. 들꽃에는 인간적인 형식과 꾸밈이 전혀 없고, 기울어져 가는 석양에는 인간들이 부여한 의미가 완전히 사라져버리는 캄캄한 밤만이 남아 있으므로, 시인은 이 두 가지 사물로써 제비 마을의 운명을 그렸다.

적막하고 애잔한 기·승구의 분위기는 전·결구에 와서 동적으로 변하는데, 이것이 오히려 앞의 회한을 치유한다. "옛날 떵떵거리던 왕씨 사씨 대청 앞 제비는 / 예사 백성의 집으로 날아드네"(舊時王謝堂前燕, 飛入尋常百姓家). '왕사王謝'는 앞서 말한 왕도와 사안의 두 명문 가족을 말하고, '당堂' 자는 원뜻은 '대청'이지만 여기서는 고대광실高大廣室의 호화 저택을 가리킨다. '심상尋常'은 원래 길이를 재는 단위였다. 옛날에 깊이를 잴 때는 성인의 키를 기본 단위로 해서 '仞'(길 인)이라 하였고, 너비는 두 팔을 편 길이를 기본 단위로 해서 '尋'(발 심)이라 하였다. '심'이 두 개, 즉 두 발이면 '상常'이라 불렀다. 일상에서 흔히 재는 길이는 대체로 한두 발 정도였으므로 '심상'은 나중에 '보통' 또는 '일상'의 의미로 쓰이게 되었다. 따라서 '심상백성가尋常百姓家'는 '아주 흔히 볼 수 있는 일반 백성의 집'이라는 뜻이 된다.

　권력과 명성이 최고조에 달한 명문 가족들이 살 때 오의항이 얼마나 유명했던지 오늘날도 부잣집 아이들을 오의자제烏衣子弟라고 부를 정도다. 그래서 이 마을에는 아무나 못 들어갔지만, 제비만은 함부로 집을 짓고 마음대로 드나들었을 터이니 당시 사람들은 어쩌면 이러한 제비를 부러워했을 수도 있으리라. 고대 신화에서 삼족오三足烏 등 각종 새가 주요하게 등장하는 것은 이들이 가고 싶은 데를 자유로이 갈 수 있기 때문이 아니었던가?

　제비는 인간의 형식이 드러내려는 의도에 전혀 관심이 없다. 인간이 아무리 고대광실을 장엄하게 지어도 자기 집을 붙여두는 물질에 불과하다. 그래서 호화 저택이 무너져 '심상한' 백성의 집이 되어도 아랑곳하지 않고 날아 들어간다. 들꽃과 백성은 고대광실이 무너진 후에 그 위에 자리 잡고 살지만, 제비는 전과 후를 가리지 않고 '아무렇지도 않게'(尋常) 드나든다.

　이 시는 전통적으로 권력과 영화의 무상과 허무함을 읊은 시로 읽혀왔다. 시인에게 그러한 마음이 없었던 것은 아니지만, 그의 내면을 더 파고 들어가보면 그의 욕망은 무심한 제비에 있었음을 파악할 수 있다.

인간은 남이 만든 시각적 형식에 마음을 빼앗기고 또 흔들린다. 이러한 경험이 지속되다 보면 쌓이고 쌓여서 회한으로 남는다. 시인은 오의항의 제비를 보면서 그처럼 '아무렇지도 않게' 가고 싶은 데로 날아가고 앉고 싶은 데 앉고자 하는 욕망을 드러냈다고 볼 수 있다. 그렇다면 들꽃에서 받은 감상感傷을 제비에게 위로받은 게 아닐까?

「방언放言」 기삼其三
– 할 말은 하련다 (세 번째 시)

贈君一法決狐疑 (증군일법결호의)
不用鑽龜與祝蓍 (불용찬귀여축시)
試玉要燒三日滿 (시옥요소삼일만)
辨材須待七年期 (변재수대칠년기)
周公恐懼流言日 (주공공구류언일)
王莽謙恭未簒時 (왕망겸공미찬시)
嚮使當初身便死 (향사당초신변사)
一生眞僞復誰知 (일생진위부수지)

그대에게 의혹을 푸는 방법을 하나 알려드릴 텐데
그러면 거북점을 치거나 박수무당과 점쟁이를 찾을 필요가 없을 것이오.
진짜 옥인지 검증하려면 사흘 밤낮을 꼬박 태워보면 될 것이고
좋은 재목인지 가리려면 만 칠 년을 오롯이 기다리면 될 것이오.
주공은 두려워했다지요, 유언비어가 떠도는 기간 동안
왕망도 겸손하고 공손했지요, 왕위를 찬탈하기 전까지는.
만약에 바로 이때 이들이 죽어버렸다면
그들의 일생이 진짜인지 가짜인지 누가 또 알 수 있으리?

백거이(772~846)는 자는 낙천樂天, 호는 향산거사香山居士이고 오늘날 섬서성에 있던 하규下邽 사람이다. 정원貞元 16년(800)에 진사에 급제해 좌습유에 제수된 후 항주杭州와 소주蘇州 자사를 거쳐 태부太傅 등의 직책을 맡았다. 원진元稹, 유우석劉禹錫 등과 함께 신악부新樂府 운동을 이끌었으므로 원백元白 또는 유백劉白 등으로 병칭되었다. 백거이는 "문장은 현실의 시기에 맞춰서 저술해야 하고, 시가는 현실의 사건에 맞춰서 지어야 한다"(文章合爲時而著, 歌詩合爲事而作)고 주장했는데, 여기서 '위시爲時'와 '위사爲事'는 요즘 말로 '시사時事'에 해당하므로 그는 현실주의적인 문학을 주창했음을 알 수 있다. 이러한 문학관에 따라 그는 세속 사람 누구나 쉽게 읽을 수 있도록 평이하고 통속적인 필체로 작품을 썼다. 장편 서사시 「장한가長恨歌」, 「매탄옹賣炭翁」, 「비파행琵琶行」 등은 이러한 특징을 잘 드러낸 대표작이다. 문집으로는 『백씨장경집白氏長慶集』이 전한다.

원화元和 5년(810)에 친구인 원진이 기득권 세력에게 미움을 받아 강릉 사조참군士曹參軍으로 좌천되었는데, 거기서 「방언放言」 5수를 지었다. 그리고 5년 뒤에 이번에는 백거이가 강주사마江州司馬로 좌천되었다. 원진이 이 소식을 듣고 「문낙천수강주사마聞樂天授江州司馬」를 지었다. 백거이가 좌천되어 가면서 이에 화답한 시가 원진의 시와 제목이 같은 「방언」 5수고, 이 시는 그중의 세 번째 작품이다. '방언放言'이란 누구 눈치도 보지 않고 마음대로 하고 싶은 말을 한다는 뜻이다.

이 시는 칠언율시로서 『평수운』의 지支 운에 속하는 '의疑'·'시蓍'·'기期'·'시時'·'지知' 자로 압운하였다. 앞서 설명했듯이 오언율시와 달리 칠언율시는 수련의 출구와 대구 모두에 압운해야 하므로 협운協韻한 글자가 모두 다섯 개가 된다.

백거이와 친구 원진이 귀양을 가게 된 것은 조정에 대고 옳은 말을 했으나 이 말이 불편한 기득권자들이 왜곡하여 참소한 결과이다. 이러한 상황에서 이들은 도대체 진실이란 무엇인가에 대한 고뇌가 없을 수 없었으리라. 그래서 시인은 '방언'이라는 이름 아래 하고 싶은 말을 거침없이 토로하였다. 앞서 언급했듯이 시인은 누구나 쉽게 읽을 수 있도록 평이하고 통속적인 필체로 작품을 썼으므로, 이 시 역시 어려운 말이나 내용이 없다. 그래서 네 개의 연聯을 따라가다 보면 진실의 속성과 피할 수 없는 모순을 이해하게 된다.

"그대에게 의혹을 푸는 방법을 하나 알려드릴 텐데 / 그러면 거북점을 치거나 박수무당과 점쟁이를 찾을 필요가 없을 것이오"(贈君一法決狐疑, 不用鑽龜與祝蓍). '일법一法'은 '하나의 방법'이고, '호의狐疑'는 '여우처럼 의심이 많다' 또는 '머뭇거리다'라는 뜻이다. '증군일법결호의贈君一法決狐疑'는 목적어와 주어가 중복된 겸어兼語 구조의 문장으로서 '일법'은 앞에 있는 '증贈' 자의 목적어이면서 뒤에 이어지는 '결호의決狐疑'의 주어가 된다. 그래서 직역하면, '그대에게 하나의 방법을 줄 텐데, 그 방법은 의혹을 판별해줄 수 있다'가 된다. '찬귀鑽龜'는 '거북의 갑을 뚫다'라는 뜻이지만, 실은 '거북점을 치다'를 의미한다. '축시祝蓍'는 '박수무당'과 '점칠 때 쓰는 톱풀'을 각각 뜻하지만 기실 모든 점치는 행위를 가리킨다.

인간은 미래가 불투명하면 이러지도 저러지도 못해서 불안해한다. 시에서의 '호의狐疑'는 '여우처럼 의심이 많다'라는 뜻도 되지만 '유예猶豫'라는 말과 같아서 '머뭇거리다'라는 뜻도 되는데, 이는 미래를 알 수 없어서 불안해하는 모양을 나타낸다. 그래서 이를 해결하기 위하여 점을 치는데, 시에서 '거북점을 치거나 박수무당과 점쟁이를 찾는 것'은 바로 이 때문이다.

진실도 미래에 속한다. 진실이 아닌 걸 좇다가 나중에 진실이 밝혀지면 낭패가 되기에, 어디에든 기댈 곳을 찾아야 그나마 안심이 되지 않을까? 기실 점이란 꼭 믿어서 친다기보다는 나중에 진실이 아님이 밝혀졌을 때 그 탓을 받아줄 희생양을 미리 만들어놓기 위한 방도이리라. 낭패의 탓을 자신에게로 돌릴 수는 없지 않은가? 그러나 시인은 점처럼 우연에 기반한 방법에 모험을 걸지 않고도 명쾌하게 알 수 있는 법을 원진에게 제안한다.

"진짜 옥인지 검증하려면 사흘 밤낮을 꼬박 태워보면 될 것이고 / 좋은 재목인지 가리려면 만 칠 년을 오롯이 기다리면 될 것이오"(試玉要燒三日滿, 辨材須待七年期). '시試' 자는 '검증하다'라는 뜻이므로 '시옥試玉'은 '진짜 옥인지 알아보다'라는 뜻이 된다. 따라서 이와 대장 관계를 이루는 '변재辨材'는 '진짜 재목임을 변별하다'라는 의미를 나타낸다. '기期' 자도 출구의 '만滿' 자와 대장 관계이므로 '꽉 채운 일 년'이라는 뜻을 갖는다.

진짜 옥이라면 3일 밤낮을 불에 태워도 색깔이 변하지 않을 테고, 진짜 좋은 재목이라면 7년을 놔두어도 좀도 먹지 않고 썩지도 않을 터이니, 오랜 시련의 기간을 겪게 해보면 진실을 알 수 있다는 말이다. 한여름 들판을 보면 모두 잘 영글어가는 곡식처럼 보이지만 태풍이 지나가고 나면 어느 집 농부가 농사를 잘 지었는지를 알 수 있고, 나라에 큰 전쟁을 치러 봐야 진정한 장군이 드러나는 것처럼. 그런데 당장 써야 하는 지금 그 진실을 알 수 없다는 데에 문제가 있다. 그래서 어쩔 수 없이 물건의 때깔을 보거나 다른 사람의 추천을 받을 수밖에 없는데, 기실 이는 앞서의 거북점이나 박수무당 또는 점에 의존하는 것이나 크게 다를 게 없다. 때깔로 판단하자면 가짜가 진짜보다 더 진짜같이 보인다는 데 비극이 있고, 누구의 추천을 받는다 해도 그 추천자는 또 어떻게 믿을 것인가? 결국 시간이 지나 겪어보지 않는 한 절대로 알 수 없기에 우리는 진실에 접근할 방법이 없는 것이다.

"주공은 두려워했다지요, 유언비어가 떠도는 기간 동안 / 왕망도 겸손하고 공손했지요, 왕위를 찬탈하기 전까지는"(周公恐懼流言日, 王莽謙恭未篡時). '공구恐懼'는 '두려워 떨다', '유언流言'은 '근거 없이 떠도는 말', 즉 '유언비어'를 가리킨다. '겸공謙恭'은 '겸손하고 공경하다', '찬簒' 자는 '왕위를 탈취하다'라는 뜻이다.

주공은 주지하다시피 무왕의 동생으로서 형을 도와 주나라를 창업하고 또 안정시키는 데 크게 기여하였다. 무왕이 죽고 어린 조카가 성왕으로 즉위하자 섭정 자리에 올라 그를 성심껏 보필하였다. 그러나 그를 시기하는 자들이 주공이 조카에 대해 두 마음을 갖고 있다고 유언비어, 즉 가짜뉴스를 퍼뜨렸다. 주공은 즉시 재상의 자리를 내려놓고 동쪽 지방으로 가서 오해가 풀릴 때까지 조용히 숨어 지냈다고 한다. 이 고사는 『서경書經』 「금등金藤」 편에 실려 있다. 아무리 결백해도 참언하는 무리는 꼭 있게 마련인데, 이때에도 진실은 시간이 지나야 드러나는 법이다.

왕망은 한나라 평제를 충성을 다해 모시는 척했는데 황제가 죽자 그의 두 살짜리 어린아이를 옹립하고는 섭정의 자리에 있다가 스스로 황제가 되어 국호를 신新(9~23년)으로 바꾸었다. 이렇게 왕위를 찬탈한 역적도 젊은 시절 관직 생활을 시작할 때는 성실하게 직무를 수행했고 사람들에게 공손하였다. 그뿐 아니라 나중에 고위직에 올라갔을 때는 현명한 인재들을 극진히 예우했고, 청렴결백하기까지 했다. 그는 언제나 자신의 봉급을 식객들에게 나누어주고 자신의 거마를 팔아 가난한 자들을 구제했으므로 백성들이 그를 칭송하는 노래를 부를 정도였다. 황실의 귀족들과 백성이 모두 그를 믿고 따랐지만, 끝에 가서 그가 왕위를 찬탈할 줄은 전혀 예상하지 못하였다. 다행히 시간이 충분히 지나서 진실이 드러났지만, 찬탈하기 전에 그가 죽었더라면 진실은 끝내 밝혀지지 않았을 것이다.

그래서 시인은 다음과 같이 시를 맺는다. "만약에 바로 이때 이들이 죽어버렸다면 / 그들의 일생이 진짜인지 가짜인지 누가 또 알 수 있으리"(嚮使當初身便死, 一生眞僞復誰知)? '향사嚮使'는 '만일에', '당초當初'는 '초반부에 있을 때', '변便' 자는 '곧', '부復' 자는 '다시'라는 뜻을 각각 나타낸다.

앞서 말한 대로 왕망이 한을 찬탈하는 악행을 보았으니 망정이지, 그 전에 죽었다면 그는 허약한 황실을 받들고 인재를 공경하며 백성을 불쌍히 여긴 훌륭한 정치인으로 기록되었을 것이다. 이것이 하나의 사건은 그 자체로는 아무런 의미가 없고 뒤에 오는 사건에 의해 사후적으로 서사적 의미를 생성하게 된다는 프로이트Freud의 이른바 사후성事後性의 원리를 그대로 말해준다. 앞에서 뱉은 소리(말)는 뒤에 이어지는 소리까지 들어야 말의 의미가 드러나지 않던가? 그래서 학자는 연구의 마지막 결과물인 논문으로, 작가는 그가 창작해낸 작품으로 각각 평가받는 게 옳다. 그의 평소 삶이 개차반이거나 부도덕하다 하더라도 그 자체로는 별 중요한 의미가 없으니 그가 남긴 마지막 논문이나 작품이 훌륭하다면 그것이 그의 삶을 송두리째 규정하고 합리화할 수 있기 때문이다. 다 같이 세속적인 삶을 사는 인간들인데 그 누구에게 성인이 되라고 기대할 수 있는가?

그나마 포스트모던 이전 시기까지만 해도 시간이 지나면 진실이 밝혀질 것이라는 믿음 덕에 진실에 대하여 두려운 마음이 있었다. 그런데 진실과 가짜의 경계가 무너진 오늘날에는 진위에 대한 판별이 극히 어려워지거나 거의 무의미해졌다. 따지고 보면 사회와 문화 자체가 버츄얼virtual과 시뮬레이션으로 이루어져 있는데 진짜와 가짜를 따지는 일이 무슨 의미가 있을까?

진실은 오직 디엔에이DNA에만 있을 뿐이라고 믿었는데 그나마도 이를 조작할 수 있다고 하니, 이제 남은 건 무엇이든 믿는 것밖에 없다. 따라서 오늘날 갈수록 심해지는 진영 대결은 신도들 간의 믿음 경쟁에 지나지 않는다. 진실에 복종하는 마음이 사라졌는데 무엇으로 설득할 수 있을까? 혐오와 공포의 말과 이미지가 난무하는 것은 이 때문이다. 허위와 허위가 쌓이고 쌓여서 무너지는 날이 오더라도 이러한 믿음의 대결은 좀처럼 그칠 것으로 보이지 않는다.

진실을 갈급해하는 시인과 그의 친구 원진은 핍박받더라도 시간이 지나면 언젠가는 진실이 드러날 것이라는 희망을 품고 살아갈 수 있지만, 허위 속에 사는 사람들은 자신을 받쳐줄 굳건한 기초가 없어서 언제나 불안하다. 아무리 믿음이 강하다 해도 가짜를 믿는 사람은 혐오와 공포로써 믿게 된 것이므로 시간이 지나면 스스로 의심하는 마음이 싹트게 되어 있다.

「문낙천제강주사마聞樂天除江州司馬」
– 백거이가 강주사마로 좌천되었다는 소식을 듣고

殘燈無焰影幢幢 (잔등무염영당당)
此夕聞君謫九江 (차석문군적구강)
垂死病中驚坐起 (수사병중경좌기)
暗風吹雨入寒窓 (암풍취우입한창)

바닥난 등잔에 불꽃이 거의 없어 그림자 흔들거리는
이 저녁에 그대가 구강 땅에 귀양 간다는 소식을 들었소.
죽음이 드리운 병상에서 깜짝 놀라 벌떡 일어났지만
한밤 바람만이 비를 불어와 차가운 창문을 두드리는구려.

원진(779~831)은 어려서부터 재주가 남달라서 약관의 나이에 명경과에 급제(793년)했고, 장경長慶 2년(822)에 공부시랑工部侍郎에 임명된 후 동주자사同州刺史로 나갔다가 다시 장안으로 들어와 상서우승尚書右丞이 되었다. 대화大和 5년에 죽었는데, 당시 나이 53세였다.

원진은 백거이와 같은 명경과에 급제하면서 함께 문학 활동을 하게 되었다. 두 사람은 신악부 운동을 창도하면서 원화체元和體를 만들어냈으므로 세상에서는 이들을 원백元白이라고 병칭하였다. 원화 5년(810)에 원진은 불법을 자행하는 관료들을 탄핵하다가 환관들과 충돌을 일으켜 강릉 사조참군士曹參軍으로 좌천되었는데 나중에 다시 통주사마通州司馬로 옮겼다.

원화 10년(815)에 백거이가 재상 무원형武元衡 암살 사건의 진상을 철저히 조사하여 진범을 처벌하라고 상서를 올렸다가 지방 번진藩鎭 호족을 옹호하는 세력들에게 참소를 당해 강주사마江州司馬로 좌천되었다. 이 사건이 나중에 명시「비파행琵琶行」이 나오는 배경이 되기도 하였다. 백거이가 강주로 귀양 간다는 소식을 들었을 때, 원진은 옮겨간 통주에서 중병을 앓고 누워 있던 차였다. 함께 문학 활동하던 친한 친구가 자신처럼 유배되어 간다는 소식에 참담함을 느끼면서 이 시를 지어 백거이에게 보낸 것이다.

이 시는 칠언절구이므로 기·승·결구에 각각 『평수운』의 강江 운에 속하는 '당幢'·'강江'·'창窗' 자로 압운하였다. 신문학 운동을 창도한 시인답게 쉬운 글자로써 평이하게 지었다.

시는 빈한한 살림에 병석에 누워 있는 자신의 모습을 그리면서 시작한다. "바닥난 등잔에 불꽃이 거의 없어 그림자 흔들거리는 / 이 저녁에 그대가 구강 땅에 귀양 간다는 소식을 들었소"(殘燈無焰影幢幢, 此夕聞君謫九江). '잔등殘燈'은 기름이 다 떨어져서 불꽃이 거의 죽어가는 등불을 가리키고, '당당幢幢'은 흔들리는 모양을 나타내는 의태어다. '적謫'은 '귀양 간다'는 뜻이고 '구강九江'은 구강군九江郡, 즉 강주江州를 말한다.

'잔등무염殘燈無焰'이란 직역하면 '바닥난 등잔에 불꽃이 없다'인데, 불꽃이 없는데도 그림자가 흔들릴 수는 없다. 따라서 기름이 바닥나서 불꽃이 거의 죽어간다고 이해해야 한다. 이것이 고립어인 중국어의 특성이자 한시의 맛이다. 이 한 구절로 시인의 귀양 생활이 얼마나 빈궁하고 고된지를 알아차릴 수 있다. 이렇게 일상을 살아가는 저녁에 문득 친구인 백거이가 강주로 귀양 간다는 소식을 들었다.

여기서 잠시 '적謫', 즉 귀양 간다는 말의 의미를 살펴보자. 우리는 보통 죄를 짓고 그 벌로 귀양 간다고 하면 삭탈관직하고 나서 목에 칼을 씌우거나 몸을 묶어 사람이 별로 살지 않는 산골이나 바닷가에 연금하는 것을 연상한다. 중국에도 그런 형벌이 없는 건 아니지만, 대체로 귀양이라 하면 지방 오지의 하급 관리로 좌천시키는 조치를 가리킨다. 그래서 이 시의 제목에서도 "낙천이 강주사마에 제수되다"(樂天除江州司馬)라고 하여 '除'(임명할 제) 자를 쓴 것이다.

좌천이란 기실 권력투쟁의 후과인 경우가 많으므로 처벌을 지나치게 하면 자칫 피비린내 나는 보복전이 끊임없이 일어날 수 있다. 그래서 정치적으로 타협한 것이 좌천의 방법이다. 이 방법은 결과적으로 긍정적인 효과도 냈는데, 우선 인재를 보호하여 나중에 크게 활용할 수 있었다. 재주가 있는 사람들은 적지謫地에서 불편하게는 살아도 자신의 시간을 많이 가진 셈이 되므로 저작 활동에 전념하기도 하였다. 그래서 중국 문인들의 명작이 이렇게 적지에서 나오거나 적어도 그 경험이 바탕이 된 경우가 허다하다. 아울러 문화라 할 것도 없는 산골 오지에 중앙의 고위 관직자나 유명 문인이 내려와 장기간 사는 바람에 고급스러운 문화가 일부 보급되는 부수적인 효과가 생겨나기도 하였다.

오지 강릉에서 이미 5년 이상을 살아본 시인이 백거이의 소식을 듣자 가슴이 덜컹 내려앉았으니, 이 마음을 그는 다음과 같이 묘사한다. "죽음이 드리운 병상에서 깜짝 놀라 벌떡 일어났지만 / 한밤 바람만이 비를 불어와 차가운 창문을 두드리는구려"(垂死病中驚坐起, 暗風吹雨入寒窓). '수사垂死'는 '죽음이 드리우다'라는 뜻이므로 '수사병중垂死病中'은 곧 죽을지도 모르는 중한 병을 앓고 있다는 뜻이 된다. '경좌기驚坐起'는 '깜짝 놀라서 벌떡 일어나 앉다'라는 뜻이고, '암풍暗風'은 '컴컴해서 어디서 불어 들어오는지 모르는 바람'이라는 뜻이다.

시인은 당시 중병을 앓고 있어서 일어나지 못하고 누워만 있는 형편이었다. 그런데도 왜 백거이가 강주로 귀양 간다는 소식을 듣고 깜짝 놀라 벌떡 일어났을까? 자신이 강릉으로 귀양 갈 당시 백거이가 여기저기에 탄원서를 내고, 심지어 상소 올릴 자격도 없는데 상소를 올림으로써 참소당하는 등 적극적으로 구명운동을 하였기에, 끝내는 그도 좌천될 줄을 시인도 짐작하고 있었을 텐데 말이다. 귀양은 불명예도 불명예지만 귀양살이 자체가 힘든 것이기에, 그것도 자신을 위해 구명운동을 하다가 이렇게 되었으니 시인은 중병 환자의 처지도 잊고 벌떡 일어났을 것이다.

그러나 백거이의 입장에서 보면 구명운동이 자신에게 해가 될 수도 있는 위험한 행동이라는 걸 모르고 하진 않았을 것이다. 보통 사람들이 의인에 대하여 이해하지 못하는 부분이 있는데, 그것은 그들이 의를 저버리고 비굴하게 사는 것을 의로움으로 인하여 핍박받는 것보다 더 힘들어할 뿐 아니라, 그 핍박을 오히려 더 기꺼워한다는 사실이다.「마태복음」(5:10)에도 "의를 위하여 핍박을 받은 자는 복이 있나니 천국이 저희 것임이라"라는 구절이 있지 않던가? 따라서 백거이에게 친구의 억울함을 신원伸寃하다가 처벌받는 게 무슨 대수였을까? 시인은 백거이의 이러한 성격을 잘 알기에 더 괴로웠을 것이다.

그가 친구를 위하여 귀양이라는 처벌을 기꺼이 감수하더라도, 귀양살이가 어떤 것인지 이미 겪어본 시인으로서는 걱정이 앞서지 않을 수 없었을 것이다. 이를테면, 백거이가 지방의 수장도 아니고 하위 참모로 발령받아 갔으니 현지 사람들의 텃세와 괄시는 검증하지 않아도 충분히 짐작할 수 있다. 고대부터 '향촌부유용리鄕村腐儒庸吏', 즉 '시골에서 글줄만 읽을 줄 아는 편협한 지식인과 복지부동하면서 월급만 축내는 관리'라는 말이 있을 정도이니 이들이 중앙에서 좌천되어 내려온 사람에게 오죽했겠는가? 물론 개중에는 인재를 알아보고 잘 대해준 사람도 없지는 않았겠지만, 대부분 소인배는 동네 개들이 늪에 빠진 호랑이를 능멸하듯 작은 권력을 한껏 부렸을 것이다. 시인 자신은 5년을 시달리다가 겨우 통주로 빠져나왔지만, 이제 친구가 그 지경이 되었으니 걱정이 안 될 리가 없다. 오늘날 직장이나 군대에서도 평판이 안 좋은 상사가 어느 부서장으로 새로 발령받아 간다고 하거나, 악명 높은 지휘관이 있는 부대에 친구가 배속되면 그 밑에서 근무했던 사람들이 그를 동정하고 걱정하는 이치와 같다.

이것이 사실이냐고 되물을 필요가 없는 게, 이는 이른바 사람 사는 세상의 이른바 인지상정이기 때문이다. 오늘날에도 첫아들을 본 부모, 특히 아버지에게 처음 떠오르는 생각은 '이 아이도 군대엘 가야 하겠구나'라는 걱정이고, 첫딸을 본 순간 어머니에게 드는 생각이 '이 아이도 아이를 낳는 고통을 겪어야 하겠구나'라는 걱정이라 하지 않던가? 귀양살이가 아무리 억울하고 불명예스러운 사건이라 하더라도 막상 아무도 아는 사람이 없는 벽지에 가면 다 적응하고 살게 마련이다. 그러나 토박이들의 텃세와 부조리한 '이지메いじめ'는 피할 수 없는 현실이기에 감당하기 힘든 게 사실이다. 기실 벽지 살이에서 이것 외에 힘든 게 무엇이 있겠는가?

이렇게 걱정이 늘어졌지만 늙고 병들어 누운 시인은 할 수 있는 게 없다. 친구는 자신이 귀양 갈 때 위험을 무릅쓰고 적극적으로 구명운동을 해주었건만, 무기력한 시인은 아무것도 해줄 게 없어서 더욱 미안할 뿐 뭐라고 할 말조차 없다. 이것을 시인은 "한밤 바람만이 비를 불어와 차가운 창문을 두드리는구려"라고 표현하였다.

아무 생각이 없는 절망의 상태에 빠지면 순간적으로 평소 무심했던 사물이 보이거나 소리가 들린다. 실재의 세계는 늘 주체의 환상으로 덮여 있어서 자신이 보고 싶은 것만 보고 듣고 싶은 것만 듣는 법이다. 그러다가 어떤 충격으로 환상이 깨지면 순간적으로 아무것으로도 덮이지 않은 날것 자체의 세계가 느껴지고, 이는 엄청난 공포감을 불러일으킨다. 이 공포를 방어하기 위하여 순간적으로 평소 무관심했던 사물로 다시 덮어버리는데, 이게 어디서 불어 들어오는지 모르는 바람이 몰고 온 빗방울이 창문을 두드리는 소리다. 이 소리도 하나의 환상으로서 미안하고 무기력함으로 인해 절망에 빠진 시인의 고통을 덮어 잠시나마 잊게 해준다. 이처럼 인간은 언제나 현재를 살아가고, 이 시는 이를 잘 보여준다.

「강설江雪」
 – 차디찬 강에 눈이 내려도

千山鳥飛絶 (천산조비절)
萬徑人蹤滅 (만경인종멸)
孤舟簑笠翁 (고주사립옹)
獨釣寒江雪 (독조한강설)

천 개도 넘는 산에는 새 한 마리 날지 않고
만 갈래로 이어진 길에는 사람 발자국 하나 보이지 않네.
외로운 조각배 도롱이 삿갓 쓴 늙은이
홀로 차디찬 강을 낚네, 눈이 여전히 내려도.

유종원(773~819)은 자가 자후子厚이고, 오늘날 산서성 운성에 있었던 하동河東군 사람이다. 그래서 그를 유하동柳河东 또는 하동선생河東先生이라고 불렀다. 정원 9년(793)에 진사에 급제해 집현전 서원정자書院正字에 제수된 후 감찰어사를 지냈다. 나중에 왕숙문王叔文 그룹에 합류하여 영정혁신永貞革新을 주도했다가 실패한 후 영주사마永州司馬로 좌천되었으나 10년 뒤 유주자사柳州刺史로 자리를 옮겼다. 그래서 세인들은 그를 유유주柳柳州라고 불렀고, 또한 한유와 함께 고문운동을 창도하였으므로 한류韓柳라고도 병칭하였다. 그는 고문체로 쓴 산문에서 큰 문학적 성과를 이루었음에도 아이러니하게도 변문騈文 작품도 일백 편이 넘는다. 문집으로는 『유하동집柳河東集』이 있다.

이 시는 유종원이 영주에 좌천되어 있을 시기(805~815)에 지어졌다. 그는 영정혁신 운동에 주도적으로 참여해서 안으로는 환관의 전횡을 막고 밖으로는 번진藩鎭의 발호를 제압하려 했다. 그러나 반대 세력의 반발로 개혁이 실패로 돌아가는 바람에 영주로 쫓겨나게 되었다. 이러한 억울한 심경으로 나날을 보내면서 많은 작품을 써냈는데 이 시도 그중의 하나다.

이 시는 오언절구이나, 평측법에서 평성으로 압운하는 일반적인 시율과 달리 입성의 설屑 운에 속하는 '절絶'·'멸滅'·'설雪' 등 측성으로 압운하였다. 중당을 지나면서 측성운으로도 압운하는 시가 종종 보이므로 기실 시율에 어긋난다고 볼 수는 없다. 또한 오언절구라면 승구와 결구에만 압운하면 되는데, 굳이 기구에까지 압운하였는데 이것도 범상치 않다.

범상치 않은 것은 평측법에도 보인다. 전체 평측법을 표시해보면 다음과 같다. 중국어의 성조를 이루는 사성四聲, 곧 평성平聲, 상성上聲, 거성去聲, 입성入聲 중에서 'ㅇ'으로 표시한 것이 평성이고, '●'은 나머지 상성·거성·입성을 아우르는 측성仄聲이다.

ㅇㅇ●ㅇ● (운)

●●ㅇㅇ● (운)

ㅇㅇ●●ㅇ

●●ㅇㅇ● (운)

측성으로 압운하였으니 전체적인 평측이 달라지는 것은 당연하겠으나, 중요한 변화는 실점失粘이 돼 있다는 사실이다. 율시는 출구와 대구가 둘씩 짝을 지어서 하나의 연聯을 구성하므로 자칫 각 연이 모래알처럼 흩어질 수 있다. 이를 막기 위하여 각 연의 대구는 다음 연의 출구와 같은 평측을 사용해야 하는데 이를 '점粘'이라 한다. 즉 연과 연을 떨어지지 않도록 풀로 붙인다는 의미가 된다. 따라서 오언율시의 반쪽인 오언절구도 전구는 승구의 평측인 '●●ㅇㅇ●'을 기본 형태로 받아야 했는데, 오히려 'ㅇㅇ●●ㅇ'로 뒤집었다. 전형적인 실점, 즉 '풀로 이어 붙이기'를 하지 않았다. 이는 의도적인 상징으로 보아야 하므로 뒤에서 다시 설명하겠다.

당시唐詩는 성당 말기부터 중당에 이르면서 통속화가 상당히 이루어졌으므로 시율도 꽤 느슨해졌고 시어도 많이 쉬워졌다. 이 시에도 이런 현상이 그대로 나타나서 단어는 평이하고 전고典故도 없다. 그래서 시를 소리 내어 읽으면 글자 간의 관계가 저절로 이어지고 그대로 그림이 그려진다.

"천 개도 넘는 산에는 새 한 마리 날지 않고 / 만 갈래로 이어진 길에는 사람 발자국 하나 보이지 않네"(千山鳥飛絶, 萬徑人蹤滅). 기구와 승구 두 구절은 정확히 대장을 이룬다. '천산千山'과 '만경萬徑', '조비鳥飛'와 '인종人蹤', 그리고 '絶'(끊어질 절)과 '滅'(사라질 멸)이 각각 짝이 맞는다. 우리말과 중국어의 속성이 상이하여 저 기막힌 대장을 살리지 못한 번역의 한계에 깊은 아쉬움을 느낀다. 정말로 "번역은 반역"이라는 격언을 실감한다. 번역은 제대로 못 했어도 이 대장이 어떤 의미를 갖는지 분석해보자.

먼저 눈 내리는 천지를 '천산'과 '만경'으로 대비한다. 전자는 눈으로 덮인 수많은 산봉우리를 가리키지만, 이는 기실 산을 여백으로 하는 하늘을 의미한다. 왜냐하면 대구에서 묘사했듯이 땅에서 사람의 자취가 사라짐으로써 태초로 돌아간 것처럼, 새가 날아다니던 흔적을 지움으로써 고요한 하늘이 되었기 때문이다. 수많은 갈래로 얽힌 길로 그려진 땅이 인간의 영역이라면 산으로 둘러싸인 하늘은 새의 영역이다. 하늘은 새가 지배하고 땅은 인간이 지배하는데, 눈 내리는 천지는 새의 비상이 끊어졌고 인간의 발자취가 죄다 사라졌으니, 야만과 문명이 모두 사라진 적막 세계를 이보다 더 압도적으로 그릴 수는 없을 터이다.

게다가 평측의 운용은 이러한 분위기를 더욱 부추긴다. 기구의 평측은 원래 '○○●●○'이어야 하나, 각운이 측성이어서 '○○●●●'이 되므로 이를 구하기 위해 '○○●○●'로 바꾼 것이다. 여기서 각운의 글자인 '절絶' 자와 '멸滅' 자는 입성으로서 짧고 강하게 읽으므로 저절로 절박한 어감이 생성된다. 그래서 출구의 '비절飛絶'을 '평측(○●)'으로 읽으면 새가 날아가다가 갑자기 뚝 떨어져버리는 느낌이 난다. 대구의 '종멸 蹤滅'도 '평측(○●)'으로 읽으면 마찬가지로 사람이 발자국을 남기며 걸어가다가 순식간에 모두 사라져버림이 강하게 드러난다. 이러는 가운데 다음의 전구와 결구에서 은근한 반전이 일어난다.

"외로운 조각배 도롱이 삿갓 쓴 늙은이 / 홀로 차디찬 강을 낚네, 눈이 여전히 내려도"(孤舟簑笠翁, 獨釣寒江雪). '사립簑笠'은 '도롱이와 삿갓'으로서 비나 눈이 올 때 착용하던 비옷과 모자다. '독조한강설獨釣寒江雪', 이 구절은 번역하기가 매우 까다로운데, 그냥 서술형으로 말하자면 '눈 내리는 차가운 강에서 홀로 낚시질을 한다'라고 할 수 있다. 그러나 중국어는 벽돌을 하나하나 쌓듯이 의미를 만들어가는 언어이므로 우리말처럼 앞뒤 단어의 관계를 재가며 읽으면 시의 맛이 사라진다. 그래서 단어를 벽돌처럼 쌓아보면, '홀로 낚시를 한다'+'차가운 강을'+'눈이 내린다' 등이 되는데, 이는 곧 '홀로 차가운 강물을 낚시하고 있는데 눈이 내린다'라는 의미와 같다.

천지가 종말을 맞은 듯이 적막한 가운데 아무도 없는 강에는 외로운 조각배에 몸을 실은 한 늙은이가 도롱이와 삿갓을 쓰고 홀로 낚시질을 하고 있어도 눈은 계속 내리고 있다. 생계를 위해 하든 취미로 하든, 눈이 많이 내리면 낚시꾼은 강으로 나가지 않는다. 그런데도 굳이 낚시하러 나가는 사람이 있다면 그는 젊은이라기보다는 고집스러운 노인네일 가능성이 크다. 젊은이는 눈을 핑계로 쉬려 하겠지만 노인은 쉬면 뭣 하나 하는 마음을 늘 갖고 있어서이리라.

눈이 오든 비가 오든 오래 살아온 사람에게는 그날이 그냥 그날이다. 그래서 시인은 저 어부에 자신을 투사하였을 것이다. 오지에 귀양 와

한을 품고 사는 시인에게는 화려한 도회지나 구석진 벽지가 다 거기서 거기라는 고집스러움이 있기 때문이다. 그래서 시인은 홀로 강에 나가서 물고기를 낚는 게 아니라 '차디찬 강물을 낚는다'(釣寒江)라고 묘사하였을 것이다. 문왕을 기다리던 강태공 여상도 바늘에 미끼를 달지 않은 채로 낚시질을 하지 않았다던가? 조각배 하나에 의지하여 저 차가운 강물에 맞서는 어옹漁翁에 자신의 모습을 그려 넣고 싶었음은 충분히 상상할 수 있다.

이렇게 조용한 듯하면서도 그 안에 엄청난 힘이 느껴지는 광경에 화룡점정을 한 글자가 마지막 '설雪' 자다. 늙은이가 고집스럽게 차디찬 강물에 맞서고 있을 때, 눈은 그칠 기색도 없이 하염없이 내린다. 마치 어옹의 의지를 꺾으려는 듯이 말이다. 세상은 내가 당한 어려움에 관하여 관심이 없다. 내가 겪어야 하는 외로움과 고난은 오롯이 내가 감당하는 수밖에 없다. 막다른 곳에 이르면 거기엔 다른 길이 열려 있는 법임을 새기면서.

이 광경에서 시인은 우리가 이 시에서 느끼는 것보다 더 강한 구원의 감응을 경험했을 것이다. 이것이 이른바 정중동靜中動인데, 이는 앞의 기·승구가 묘사한 절대적인 적막감 위에서 가능하였다. 이러한 반전에 강력한 구동력을 제공한 게 앞서 설명한 전·결구의 실점이다. 기·승구의 가지런한 대장에서 떨어져 나와야 귀양 온 늙은이의 불편한 심기가 은근히 드러남과 아울러 고난에서 오는 감응이 일어날 게 아닌가? 이러한 형식적 부조리가 섞이지 않았다면 이 시는 매우 목가적인 산수시나 전원시로 남았을 것이다.

「개수가開愁歌」
　－ 근심을 털어내는 노래

秋風吹地百草乾 (추풍취지백초건)
華容碧影生晚寒 (화용벽영생만한)
我當二十不得意 (아당이십부득의)
一心愁謝如枯蘭 (일심수사여고란)
衣如飛鶉馬如狗 (의여비순마여구)
臨歧擊劍生銅吼 (임기격검생동후)
旗亭下馬解秋衣 (기정하마해추의)
請貰宜陽一壺酒 (청세의양일호주)
壺中喚天雲不開 (호중환천운불개)
白晝萬里閑凄迷 (백주만리한처미)
主人勸我養心骨 (주인권아양심골)
莫受俗物相塡豗 (막수속물상전회)

가을바람 땅 위를 불어대니 온갖 초목이 메마르고
화산의 위용이 푸른 그림자 드리우니 저녁의 한기가 드러나네.
나이 스무 살이 되어도 내 있을 자리 하나 얻지 못하였으니
온 마음이 근심으로 시들어버린 게 마치 말라버린 난초 같구나.

입은 옷은 메추라기 깃 같고 타고 다니는 말은 강아지만 하니
갈림길이라도 만나면 검을 뽑아 내리치며 쇳소리로 울부짖는다.
깃발 꽂힌 술집 앞에 말을 내려 갓 입은 가을옷을 풀어주고
인심 좋은 의양 사람에게 외상술 한 병 달라 부탁하네.
술병 안에 대고 하늘을 불러 외쳐도 구름은 걷히지 않고
대낮 만 리 밖에서도 하릴없이 처량하게 멍할 뿐.
주인장 나를 다독이길, 기백을 살리셔야지
속된 것 받아서 마음 요란하게 채우지 말라 하시네.

이하(790~816)는 자가 장길長吉이고 오늘날 하남성 의양宜陽 서쪽에 있던 복창福昌 사람이다. 당나라 황실의 먼 인척이지만 가세가 일찍이 기울어 매우 어렵게 살았다. 어려서부터 시를 잘 지어서 당시 대문호였던 한유와 황보식皇甫湜에게 천재로 인정받았다. 한유의 권유로 장안으로 올라가 진사과 시험에 합격했으나, 그의 재주를 시기한 자들이 가휘家諱를 범했다는 이유를 들어 끝내 낙방시켰다. 부친의 이름이 진숙晉肅인데 '晉' 자가 진사과進士科의 '진進' 자와 기실 같은 글자라는 이유였다. 그가 역임한 봉례랑奉禮郞은 황족의 음서로 받은 것이었다. 그의 시에는 억울한 사건에 대한 비분강개함이 바탕에 어둡게 배어 있으면서도, 표현이 화려하고 감각적이며 신화 전설을 활용하여 상상의 세계를 창조한 경지는 중국 시에서 매우 보기 드물었다. 그래서 엄우嚴羽의 『창랑시화滄浪詩話』는 이를 이장길체李長吉體라고 이름 붙였다. 그는 겨우 26세의 젊은 나이로 생을 마감했으며 시집으로는 『창곡집昌谷集』이 있다.

가휘를 범하였다는 말도 안 되는 평계로 과거에 낙방한 시인은 엄청난 정신적 타격을 받았고, 이 때문에 세상의 부조리에 대해 분개하는 정서를 이 시에 담았을 것으로 짐작된다. 제목 중 '개開' 자에는 '펴다'·'늘어놓다'·'사라지다' 등의 의미가 들어 있으므로, '개수開愁'는 '근심을 다 털어놓고 풀어버리다'라는 의미가 된다. 청운의 꿈을 품고 사회에 나간 젊은이들은 정도가 차이가 있을 뿐 거의 시인과 같은 좌절을 겪는다. 그래서 재주는 있으나 사람이나 때를 만나지 못한 이른바 회재불우의 젊은이들에게 이 시는 큰 공감과 더불어 적지 않은 위안을 주었다.

이 시는 시율의 구애를 받지 않는 칠언고시로 씌었다. 각 대구의 마지막 글자에 압운하였으나, 하나의 운을 끝까지 유지하는 이른바 일운도저一韻到底가 아니라, 네 구마다 각운을 바꾸는 환운換韻 방식이다. 이를테면, '한寒'과 '란蘭', '후吼'와 '주酒', '미迷'와 '회迴' 등으로 압운을 바꾸었다는 말이다.

시는 한기가 서린 늦가을 화산의 스산한 저녁나절 풍경으로 시작한다. "가을바람 땅 위를 불어대니 온갖 초목이 메마르고 / 화산의 위용이 푸른 그림자 드리우니 저녁의 한기가 드러나네"(秋風吹地百草乾, 華容碧影生晚寒). '화용華容'은 '화산華山의 모습', '벽영碧影'은 '푸른빛의 산그림자', '만한晚寒'은 '저녁나절의 쌀쌀함'을 각각 의미한다.

시의 내용으로 보아 시인은 집을 떠나 화산을 여행 중이었던 것으로 보인다. 때가 가을이었으므로 초목이 이미 단풍 들고 시들었을 터이나 시인은 이를 가을바람이 땅 위를 불어서 온갖 초목이 메말라버린 것으로 묘사하였다. 이렇게 뒤집어서 표현하면 가을의 아름다움보다는 쓸쓸하게 버려졌다는 원한 같은 게 감각적으로 느껴진다. 이 수법은 대구에서도 그대로 썼다. 저녁나절의 가을 산은 원래 추운데도 그림자 진 바위의 짙은 푸른색이 한기를 만들어낸다고 본 것이다. 같은 추위라도 바위가 만들어낸 것은 더욱 춥게 느껴질 수밖에 없다. 가을을 단풍의 아름다움으로 묘사하지 않고 이렇게 메마름과 추위로 그린 것은 그의 화산 여행이 그리 즐거운 동기로 출발한 게 아님을 추측할 수 있다.

"나이 스무 살이 되어도 내 있을 자리 하나 얻지 못하였으니 / 온 마음이 근심으로 시들어버린 게 마치 말라버린 난초 같구나"(我當二十不得意, 一心愁謝如枯蘭). '득의得意'란 '포부를 실현할 기회를 얻다'라는 뜻으로서 보통 과거와 같은 큰 시험에 합격했을 때 쓴다. '일심一心'은 '온 마음이 오로지 하나의 근심으로 채워진 상태', '수사愁謝'는 '근심으로 마음이 시들어짐', '고란枯蘭'은 '말라버린 난초'를 각각 뜻한다.

"나이 스무 살이 되어도 내 있을 자리 하나 얻지 못하였"다는 말은 장안에 가서 과거에 합격했음에도 엉뚱한 이유로 좌절된 사건을 가리키는 듯하다. 『논어』에서 공자가 "나는 열다섯에 배움에 뜻을 두었다"(吾十有五而志于學)고 말하였듯이, 옛날에는 열다섯 살부터 성인의 교육을 받기 시작했으므로 총명한 수재들은 스무 살 이전에 과거에 급제하여 벼슬길에 나아갔다. 소년 시절에 이미 한유에게 인정받을 정도면 스무 살 이전에 관직에 나아가는 일은 그리 어렵지 않았을 테지만, 전혀 생각지도 않던 이유로 좌절을 겪었으니 장래에 대한 포부는 한순간에 무너졌을 것이다.

좌절감이 온 마음을 사로잡아 아무 일도 손에 잡히지 않았을 터이니 이를 치유코자 화산 여행을 떠났을 것이다. 그러나 천재의 가치를 알아보지 못하는 천박한 세속인에게 당한 우울한 마음은 화산의 위용으로도 위로가 되지 못했다. 그래서 '마음이 근심으로 시들어 있는 게 말라버린 난초와 같다'라고 토로하였다. 중국 고대에는 대부大夫가 일흔 살이 되면 모든 공직에서 물러나야 하는데 이를 '사謝'라고 했다. 시에서 이 글자를 쓴 것은 더는 갈 데가 없는 시인의 절망적인 상황을 묘사한 것이리라. 아무리 그윽한 향을 뿜는 난이라 하더라도 시들어버리면 무슨 쓸모가 있겠는가?

"입은 옷은 메추라기 깃 같고 타고 다니는 말은 강아지만 하니 / 갈림길이라도 만나면 검을 뽑아 내리치며 쳇소리로 울부짖는다"(衣如飛鶉

馬如狗, 臨歧擊劍生銅吼). '순치鶉' 자는 '메추라기', '구狗' 자는 '개'를 각각 뜻한다. '임기臨歧'는 '갈림길을 만나다', '동후銅吼'는 '구리가 부딪는 소리'를 각각 의미한다.

'입은 옷은 메추리 깃 같고, 타고 다니는 말은 강아지만 하다'는 말은 벼슬길에서 밀려나 하릴없이 지방을 떠도는 초라한 자신의 모습을 그린 자학적인 표현이다. 메추라기는 철새임에도 깃털이 짧고 작아서 높이, 그리고 멀리 날지 못한다. 그래서 옛날부터 남루한 옷차림을 볼품없는 이 새에 비유하였다. 『순자』「대략大略」의 "자하는 가난해서 옷차림이 메추라기를 걸치고 다니는 것 같았다"(子夏貧, 衣若懸鶉)라는 구절이 그 대표적인 예다. 메추라기는 점무늬가 많아 마치 여러 가지 깃을 모아서 기운 것처럼 보였기 때문이다.

또한 '말이 강아지만 하다'라는 말은 말이 수척해서 형편없이 작다는 뜻이다. 『후한서後漢書』에도 "수레는 닭이 자는 홰처럼 얼기설기하고, 말은 강아지만 하다"(車如鷄棲馬如狗)라는 구절이 있다. 높은 관직에 이르는 길로 들어섰다면 윤기 흐르는 말이 끄는 번듯한 수레를 타고 다녔겠건만, 감각적인 젊은 시인이었으니 이렇게 비교되는 외양과 외모에 얼마나 민감했을까? 당시는 기울어져 가는 풍요의 시대였으니 그의 자조감은 더 깊었을 것이다. 차라리 실력이 부족해서 낙방했다면 더욱 매진하면 되겠지 하는 희망이라도 있었을 터인데, 앞길을 아예 치워버렸으니 좌절 이외에는 어떤 선택도 할 수 없었으리라.

그래서 여행길을 가다가 갈림길이 나오면 문득 자신의 처지가 떠오르면서 울분이 터져 나왔을 테고, 이 울분을 삭이기 위해 차고 있던 칼을 빼내 내리쳤을 것이다. 남조 시인 포조鮑照도 그의 「의행로난擬行路難」에

서 "칼을 빼서 기둥을 후려치고는 길게 탄식하였노라"(拔劍擊柱長嘆息)
라고 격정을 토로한 바 있다. 시인이 어디를 내리쳤는지는 알 수 없으나,
어디엔가 부딪는 곳에서 강한 금속성의 소리가 났을 터이다. 이때 시인
은 그냥 칼만 내리친 게 아니고 울부짖는 소리와 함께 강한 분노를 표
출하였을 것이니, 이것을 '(칼에서) 구리가 부딪는 큰 소리가 나다'(生銅
吼)라고 표현하였다. 칼은 철로 만들었음에도 여기서 구리의 소리가 난
다는 것은, 구리가 소리를 낭랑하게 잘 내는 금속이기 때문이다. 부딪
친 칼에서 구리 소리가 난다는 묘사는 기실 자신의 울부짖음을 그 안
에 감춰놓았다는 뜻과 다름없다. 그 분노의 순간에도 감각적인 시인은
여운 있게 잘 울리는 구리의 낭랑한 소리를 기억했던 것이다.

 "깃발 꽂힌 술집 앞에 말을 내려 갓 입은 가을옷을 풀어주고 / 인심
좋은 의양 사람에게 외상술 한 병 달라 부탁하네"(旗亭下馬解秋衣, 請貰
宜陽一壺酒). '기정旗亭'은 '깃발을 꽂아놓은 역마을'이라는 뜻으로서 주
막을 가리킨다. '세貰' 자는 '외상'을 뜻하고, '의양宜陽'은 하남성에 있던
지명인데, 여기서는 그곳의 주막집 주인을 지시한다.

 '갓 입은 가을옷을 풀어주다'라는 말은 술 사 먹을 돈이 없어서 가
을옷을 벗어 맡겨놓고 마신다는 뜻이다. 좌절해서 터덜터덜 가는 여
행길에 그나마 위안이 될 만한 낙이 있다면 그것은 주막이다. 당시 시
인의 주머니 사정을 오늘의 우리가 알 길은 없지만, 넉넉하지는 않았
을 것이다. 그래도 유일한 낙인 주막을 지나칠 수는 없었을 터인즉, 옷
이라도 잡혀서 마셔야 했다. 당시는 가을이었으니 무엇보다 옷이 요긴
했겠지만 당장은 술이 더 다급하였다. 언제나 현재를 중요하게 여기고
살아가는 감성적인 시인에게는 나중에 올 추위 걱정은 그다지 의미가

없기 때문이다.

술을 마시기 위해서 옷을 저당 잡히는 일을 전의典衣라고 한다. 이 책의 앞에서 보았듯이 두보의 「곡강曲江」에는 "조정에 출근했다 돌아오면 날마다 봄옷까지 저당 잡혀서는 / 하루도 빠짐없이 강 머리에 나가 술에 절어 돌아온다네"(朝回日日典春衣, 每日江頭盡醉歸)라는 구절이 있다. 이 구절을 설명하면서 필자는 고해와 같은 이 힘든 세상을 맨 정신으로 산다는 게 정말로 힘든 일이므로 사람은 환상으로 세상을 덧씌워보려 한다고 말한 바 있다. 환상을 덧씌울 때 매우 효과적인 도구가 술이다. 그러므로 현실이 힘든 사람은 당장 입을 옷이라도 내놓고 술을 마시는 것이다.

예나 지금이나 술집 주인에게 가장 큰 걱정거리는 외상 술값이다. 그래서 아무에게나 저당 잡고 외상술을 주지 않는다. 그런데 시인에게는 선뜻 주었던 모양이다. 술집 주인을 '의양'이라는 지명으로 환유적으로 표현한 것은 이에 대한 고마움이 배어 있는 게 아닌가 싶다. 이렇게 써주면 의양이 인심 좋은 마을로 인식될 수 있지 않을까. 게다가 이름도 '宜'(마땅할 의) 자에 '陽'(빛 양) 자다. 침잠하게 가라앉은 분위기에서 인심 좋은 동네 이름 하나 덕에 밝은 희망으로 반전될 수 있겠기에 말이다. 마지막 구절에 가면 그 가능성이 보인다.

"술병 안에 대고 하늘을 불러 외쳐도 구름은 걷히지 않고 / 대낮 만리 밖에서도 하릴없이 처량하게 멍할 뿐"(壺中喚天雲不開, 白晝萬里閑凄迷). '환천喚天'은 '하늘을 부르다'라는 뜻으로서 '억울한 심정을 하늘에게 호소한다'라는 의미를 담고 있다. '만 리萬里'는 집을 떠나 멀리 여행길에 있음을 가리키고, '한閑' 자는 '어쩔 도리 없이 가만히 있음'을, '처미凄迷'는 '처량하게 멍하니 있음'을 각각 의미한다.

술병 안에 대고 하늘을 불러 외친다는 말은 술에 취해서 하늘이라는 관념적인 '그분'에게 호소한다는 뜻이다. 주체의 관념 안에 있는 '그분'은 '나'의 생각을 하나도 빠짐없이 알고 있다고 가정된 신적인 주체다. 우리는 일상에서 억울하고 분한 사연이 있을 때 누구든 이웃을 붙잡고 호소하고 싶어 한다. 그 이웃이 '나'의 호소를 이해하든 말든 상관이 없다. 왜냐하면 '나'는 이웃에게 하소연한다는 핑계로 '그분'에게 호소하는 것이기 때문이다. 우리가 평소 말하는 행위도 기실 '그분'에게 하는 것이라고 보아야 한다. 왜냐하면 우리가 대화하는 현실의 이웃은 늘 오해하는 상대이기에 근본적으로 대화의 상대가 될 수 없다. 내 말을 상대방이 오해만 한다고 생각하면 대화를 시작할 수 없지 않은가. 따라서 내 말을 백 퍼센트 이해하는 '그분'에게 말한다고 상정해야만 상대방과 대화할 수 있다.

시인도 하늘을 소환하여 그에게 신원하였지만, 현실은 어디까지나 현실일 뿐이므로, 그를 억누르고 있는 '구름은 걷히지 않는다'(雲不開). 컴컴한 밤도 아닌 '백주白晝', 즉 아무리 음험한 부조리라도 죄다 보이는 벌건 대낮에, 그것도 장안에서 만 리나 떨어진 이곳에 와 있는데도.

"하릴없이 처량하게 멍할 뿐"(閑凄迷)인 것 또한 장안에서와 마찬가지다. 필자는 '한閑' 자를 '하릴없이'라고 번역하였는데, 이는 '한' 자가 대문이 반쯤 열린 틈으로 밖의 나무가 보이는 광경처럼 누구도 개입하려는 의지가 없이 그냥 받아들여야 하는 상황이기 때문이다. 그래서 이어서 "처량하게 멍할 뿐"이라고 묘사한 것이다. 하늘에 호소해도 달라지는 것은 아무것도 없으니 좌절은 더욱 클 뿐이다. 여기서 시인은 술집 주인의 말을 빌려 반전을 꾀한다.

"주인장 나를 다독이길, 기백을 살리셔야지 / 속된 것 받아서 마음 요란하게 채우지 말라 하시네"(主人勸我養心骨, 莫受俗物相塡豗). '심골心骨'은 '정신적인 뼈', 즉 '기백'을 뜻하고, '막莫' 자는 '~하지 말라'라는 부정어를, '상相' 자는 일방적인 동작과 행위를 나타내는 말을 각각 의미한다. '전회塡豗'는 '시끄럽고 요란한 것으로 채운다'는 뜻이다.

이 두 구절은 율시에서 대장의 한 종류인 유수대처럼 출구와 대구가 하나의 문장을 이루고 있어서 '주인'이 '나'에게 권하는 내용이 마지막 '전회'까지 걸린다. '주인'은 당연히 의양 사람 술집 주인을 가리킨다. 시인이 술을 마시며 자신의 처지에 비분강개하자 이를 측은히 여긴 주인이 뭐라고 위로의 말을 하였던 듯하다. 술집이라는 데가 세상의 모든 희로애락이 한데 모이는 데가 아니던가? 이런 광경을 수도 없이 보아온 덕에 요즘 말로 하자면 전문 상담사가 이미 다 되어 있을 터이니, 이런 사람에게는 어떤 말을 해주어야 할지 잘 알고 있었을 것이다. 주인이 조언한 말은 '심골心骨', 즉 '마음의 뼈대'를 잘 기르라는 것이었는데, 요즘 말로 하자면 기백을 잃지 말고 '멘탈'을 다잡으라는 충고였다. 그러기 위해서는 '막수속물莫受俗物' 즉 속물에 물들어서 '전회塡豗', 즉 요란한 것으로 마음을 채우지 말라고 한다. 속물이란 세속적인 문화를 가리키는데, 이는 겉으로 드러내는 모습의 천박함을 뜻한다. 원래 문화란 겉으로 드러내는 형식의 총화라고 볼 수 있는데, 깊이 사유하지 않고 감성으로만 표현한 형식은 금방 싫증을 느끼게 되므로 천박하다고 여기게 된다.

벼슬길로 나아가 고관대작이 되면 윤기 흐르는 말이 끄는 으리으리한 수레를 타고 다닐 것이라는 믿음이야말로 대표적인 세속적 가치의 형식이다. 이러한 세속적 형식은 감성에 호소하므로 요란하게 만들 수밖에 없다. 이것이 천박함의 본질이다. 그래서 주인은 이 천박한 가치로써 자신의 마음을 요란하게 흔들지 말라고 타이른 것이다. 속된 것을 하도 많이 봐와서 그 결말이 어떠한지도 다 안다는 뜻이겠다. 어쩌면 문인으로서 반드시 해야 할 더 중요한 일이 당신에게 있다는 함의를 주인은 말하고 싶었을 수도 있다.

그렇다면 그 중요한 일은 무엇인가? 『좌전』에서 언급한 영원히 썩지 않는 일 세 가지(三不朽), 곧 입덕立德·입공立功·입언立言 중에서 시인에게 해당하는 일은 마지막의 입언, 즉 작품을 짓는 일일 것이다. 세속에서 출세하거나 먹고사는 일에 전념하다 보면 작품을 쓰기 힘들다. 실제로 오늘날 유명 문인을 대학에 교수로 초빙해가는 예가 적지 않지만, 오래지 않아 사직하고 나오는 경우가 종종 있다. 대학에서 가르치고 잡무를 하다 보면 글 쓸 시간이 거의 없기 때문이다. 글 쓰는 일도 기실 일종의 제조업이다. 작품에 심혈을 기울이려면 시간이 절대적으로 필요하다. 입언에 뜻을 둔 사람은 대학교수라는 세속적인 허울에 얽매이지 않고 아까운 시간을 자기 작품에 쏟는다.

세속에서의 희로애락은 인생의 의미를 깨닫게 해주지만, 그 속에서 먹고살면서 글을 쓰기에는 시간이 너무나 모자란다. 그래서 진정한 예술가와 학자는 춥고 배고플 수밖에 없다. 이 시인이 짧은 인생을 살았음에도 훌륭한 시를 많이 남긴 것은 벼슬길의 좌절로 모진 경험을 했을 뿐 아니라 그로 인해 글 쓸 시간을 많이 얻은 덕분이 아니었을까? 그렇다면 술집 주인 의양 사람의 한마디는 시인에게 큰 영감을 주었으리라.

「상산부수역商山富水驛」
– 상산 부수역 유감遺憾

益戇由來未覺賢 (익당유래미각현)
終須南去吊湘川 (종수남거조상천)
當時物議朱雲小 (당시물의주운소)
後代聲華白日懸 (후대성화백일현)
邪佞每思當面唾 (사녕매사당면타)
清貧長欠一杯錢 (청빈장흠일배전)
驛名不合輕移改 (역명불합경이개)
留警朝天者惕然 (유경조천자척연)

강직함이 넘치는 신하는 옛날부터 현인으로 인정받지 못하였으니
가의는 끝내 남쪽 지방으로 쫓겨가며 상수에서 굴원을 위로하였네.
당시에 물의를 일으킨 주운의 행위는 하찮은 일이었을지 몰라도
후대에 그의 명예로운 이름은 밝은 햇빛 아래 걸려 있게 되었네.
교활한 말로 아첨하는 자를 볼 때마다 면전에 대고 꾸짖으면서도
청빈한 그는 언제나 한 잔 술도 외상으로 마셨다지.
역참의 이름을 그렇게 가벼이 바꿔서는 안 되는 게
이름을 남겨놓아야 천자를 알현하는 자들이 보고 긴장하기 때문이지.

두목(약 803~852)은 문종文宗 대화大和 2년(828)에 진사에 급제하여 홍문관 교서랑校書郎에 제수되었고, 후에 강서·회남에서 막료로 지내다가 황주黃州·지주池州·목주睦州·호주湖州 등지의 자사를 거쳤으며, 마지막 관직을 중서사인中書舍人으로 마쳤다. 그의 시는 매우 맑고 아름다우면서도 감각적인 게 독보적인 특징이다. 칠언율시와 절구를 잘 지었다.

상산商山은 오늘날 섬서성 상현商縣에 있던 지명이고, 부수역富水驛은 그곳에 있던 역참의 이름으로 원래 이름은 양성역陽城驛이었다. 그런데 이 이름이 충직한 간관으로 이름을 떨친 간의대부諫議大夫 양성과 글자가 같아서 그를 존중하는 의미에서 부수富水로 이름을 바꾸었다. 그의 이름을 함부로 부를 수 없다는 의미에서다. 두목은 문종 개성開成 4년(839) 선주宣州에서 장안의 우보궐右補闕로 부임해 가는 도중에 부수역에 들렀을 때 이렇게 역참의 이름이 바뀐 것을 보고 유감遺憾의 마음을 시로 읊은 것이다.

양성(736~805)은 중조산中條山에 은거해 있었는데 당 덕종이 불러내어 간의대부에 임명하였다. 그는 성격이 올곧아 누구에게도 직간을 잘한다는 평판이 자자해서 임명한 것인데, 한유의 「쟁신론爭臣論」에 의하면 그는 그 자리에 앉은 뒤 상당히 오랜 기간 간관의 역할을 하지 않았던 듯하다. 이에 한유가 앞의 글을 써서 통렬히 비판했던 것인데, 이 글 때문이었는지 양성은 간신 배연령裴延齡의 승상 임명을 적극적으로 반대하여 마침내 임명을 취소시켰다. 이 일로 배연령의 참소를 받아서 도주道州자사로 좌천되었다. 사람들은 그의 위대한 이름을 시골 역의 이름으로 쓸 수 없다고 하여 역명을 바꾸었지만, 두목은 오히려 그의 올곧은 비판 정신을 기리기 위해서라도 바꾸지 말았어야 했다는 유감을 시로 표현했다. 이 시는 칠언율시로서 『평수운』 중 선先 운에 속하는 현賢·천川·현懸·전錢·연然으로 압운했다.

시인은 먼저 양성의 강직한 직간 사건이 그에게서 우연히 생긴 게 아니라 역사적인 맥락이 먼저 이어져 왔음을 순서대로 이야기한다. "강직함이 넘치는 신하는 옛날부터 현인으로 인정받지 못하였으니 / 가의는 끝내 남쪽 지방으로 쫓겨가며 상수에서 굴원을 위로하였네"(益戇由來未覺賢, 終須南去吊湘川). '익당益戇'은 '넘칠 만큼 우직하다', '유래由來'는 '예로부터 내려오다', '각현覺賢'은 '현자임을 알게 되다', '조吊'는 '조문하다'·'위로하다', '상천湘川'은 '멱라강汨羅江'을 각각 뜻한다.

'익당'에는 전고가 있다. 『한서漢書』 「급암전汲黯傳」에 의하면, 급암이라는 사람이 직간하기를 좋아해서 한 무제 앞에서도 거리낌 없이 질책하였다. 무제가 듣다못해 "심하구나, 급암의 우직함이!"(其矣, 汲黯之戇也)라고 버럭 화를 내었다는 기록이다. 돌부처도 미소 짓게 할 정도로 부드럽고 매끈한 말로 아첨해도 모자랄 판에 지존을 우직하게 쪼아대는 신하를 누가 현명하다고 인정해줄 수 있을까? 죽지 않은 게 그나마 다행이라 할 것이다. 이런 위험을 무릅쓰고 이 일을 하는 바보가 있었으니 시인은 급암을 먼저 꼽았다. 옛날부터 이런 바보는 아무도 인정해주지 않는 게 보통이지만, 시인은 '각현覺賢'이라는 말을 써서 그가 실제로는 현인이었음을 깨닫게 해준다.

대구는 '조상천吊湘川', 즉 '상강에 위로의 말을 전하다'라는 말로 보아 가의賈誼가 멱라강을 지나다가 저 유명한 「조굴원부吊屈原賦」를 지은 일을 가리키고 있음을 알 수 있다. 가의는 재주가 출중했으므로 한 문제의 총애를 받아 약관의 나이에 박사에 임명되어 황제와 자주 독대하였다. 그는 개국 공신들을 지방으로 분산시키는 개혁적인 정책을 수시로 진언했으므로 그들에게 미움을 사서 참소를 당했다. 결국 문제는 그를 멀리 남쪽으로 좌천시켜서 장사왕의 태부가 되게 하였다. 장사로 가는 도중에, 멱라강에 투신한 굴원에게 자신의 처지를 투사하여 「조굴원부」를 지은 사실을 이 구절은 가리키고 있다. 황제가 총애하는 총명한 젊은이로서 조금만 참았더라면 앞길이 양양하게 보장되었을 텐데 젊은 패기로 직언하다가 귀양 가는 신세가 된 것이다.

율시에서 함련은 대장을 이루어야 하므로 출구의 '주운朱雲', 즉 '붉은 구름'은 대구의 '백일白日', 즉 '흰 해'와 짝이 잘 맞는다. 그런데 여기의 '주운'은 일반명사가 아니라 한나라 성제成帝 때 지방 관리의 이름이다. "당시에 물의를 일으킨 주운의 행위는 하찮은 일이었을지 몰라도 / 후대에 그의 명예로운 이름은 밝은 햇빛 아래 걸려 있게 되었네"(當時物議朱雲小, 後代聲華白日懸). '물의物議'는 '사회적 논란'을 뜻하고, '백일白日'은 '대낮'으로서 '명명백백함'을 의미한다.

『한서』「주운전」에 의하면 주운은 괴리현槐里縣의 현령이었는데, 당시 장우張禹라는 자가 자신이 성제의 사부임을 빌미로 호가호위하면서 승상의 자리에까지 오르자, 황제에게 알현을 간청하여 조정에 서게 되었다. 그가 황제의 보검을 자신에게 주면 그 칼로 간신을 직접 처단하겠다고 아뢰니, 황제가 그 간신이 누구냐고 물었다. 한 치의 망설임도 없이 '장우'라고 대답하자 황제가 감히 일개 지방 관리가 대신을 비방하느냐면서 당장 끌어내다가 처형하라고 명령하였다. 좌우의 시종들이 와서 끌어내자 주운은 조정의 난간을 붙잡고 버티며 직간을 계속하는 바람에 난간이 부러졌다. 이때 좌장군 신경기辛慶忌가 직과 목숨을 걸고 나서서 간언을 허용하라고 간청해서 겨우 목숨은 건질 수 있었다. 이후 주운절함朱雲折檻, 즉 '주운이 난간을 부러뜨리다'라는 성어가 생겨나서 목숨을 건 직간을 상징하는 말이 되었다.

요즘 속된 말로 '듣도 보도 못한 잡놈'인 시골 지방관이 근엄한 조정에서 감히 승상의 인사 문제를 들먹이며 소동을 일으켰으니 이를 시인은 '물의物議'라고 표현하였다. '물物'은 원래 '빛깔'을 뜻하는 말이므로, 사람들이 이 정신 나간 듯한 사람의 행위에 대하여 이러쿵저러쿵 말이 많은 것은 겉에 보이는 빛깔만 보고 평가한 결과라는 말이다. 그러나 그가 얼마나 훌륭한 일을 했는지는 나중에 저절로 알려졌으니, 시인은 대구에서 그의 명성이 후대 사람들까지 훤히 볼 수 있도록 하늘 높이 걸려 있다고 말한다.

위의 가의와 주운의 맥을 잇는다는 의미에서 비로소 경련에 와서 양성을 언급한다. "교활한 말로 아첨하는 자를 볼 때마다 면전에 대고 꾸짖으면서도 / 청빈한 그는 언제나 한 잔 술도 외상으로 마셨다지"(邪佞每思當面唾, 清貧長欠一杯錢). '사녕邪佞'은 '요사하고 교활한 말로 아첨하다'라는 뜻이고, '타唾' 자는 '침을 뱉다'라는 뜻으로서 꾸짖음을 의미하며, '흠欠' 자는 '빚' 또는 '외상'을 뜻한다.

양성이 중조산에 은거하고 있을 때 인품이 소탈하면서도 강직하다는 평판이 있었기에 덕종이 그를 불러 간의대부에 임명했다. 이러한 그의 성격은 간관의 임무에 매우 적합했다. 그래서 시인도 그가 아첨하는 자를 보면 그 자리에서 외상 없이 꾸짖었지만, 동시에 소탈하였기에 술 한 잔 살 돈이 없어서 외상술을 마셨다고 말한다. 훌륭한 간관의 이미지를 깔끔하게 보여주는 구절이다.

그러나 간의대부의 자리에 있는 사람이 술 한 잔을 외상으로 마셨다는 말은 현실성이 없어 보인다. 이는 아마 야인으로 은거할 때 있었던 일로서 간관의 임무를 충실히 수행하였음을 강조하기 위해 대구의 위치로 가져와 대장을 만들었던 것 같다. 아무튼 간의대부는 정치적으로 첨예한 문제를 다루기에 언제나 이해 집단으로부터 보복당할 위험이 상존하는 매우 어려운 자리다. 따라서 그 자리를 오래 지키기가 어려우므로 임기 기간에 하나의 난제만 해결해도 사람들로부터 칭송을 듣는다. 한유에게 비난을 들었듯이 양성도 처음에는 소극적이어서 이렇다 할 실적을 내지 못하다가, 나중에 덕종이 간신 배연령을 승상에 임명하자 이를 극력 반대하여 마침내 임명을 번복시킨 것이다. 이 사건 하나로 양성은 역사에 길이 남는 간관의 대명사가 되었다.

이후 양성이 배연령 일당에게 참소를 당하여 좌천된 데서도 드러나듯이 간관은 늘 불이익을 당할 위험에 처해 있으므로 부귀영달을 추구하는 사람은 이 임무를 맡을 수 없다. 언제든 쫓겨나도 개의치 않을 만큼 야인 또는 은둔 생활에 적응돼 있어야 한다. '한 잔 술도 외상으로 마신다'는 말은 양성이 간관이 될 수 있는 덕성을 이미 갖추고 있었다는 의미로 해석해야 한다.

미련은 이렇게 간관의 맥을 이은 양성을 존경한다는 의미에서 역참의 이름을 바꿨다는데 이는 오히려 그 위대한 맥을 끊는 행위임을 지적한다. "역참의 이름을 그렇게 가벼이 바꿔서는 안 되는 게 / 이름을 남겨놓아야 천자를 알현하는 자들이 보고 긴장하기 때문이지"(驛名不合輕移改, 留警朝天者惕然). '불합不合'은 '맞지 않는다'라는 뜻으로 여기서는 '~해서는 안 되었다'라는 의미로 씌었다. '경警' 자는 '경계하다', '조천자朝

天者'는 '천자를 알현하는 자', '척연惕然'은 '두려워하는 모양'을 각각 뜻한다.

양성이 간신을 승상 자리에서 몰아냈음에도 그에 대한 보복으로 좌천당하자 이를 안타깝게 여긴 사람들이 많았다. 그에 대한 존경을 어떻게든 표시해서 그 마음을 후대에 길이 남기고자 했던 상산 사람들은 그의 위대한 이름을 함부로 누추한 시골 역에 쓸 수 없다고 양성역을 '부수역'으로 개명한 것인데, 옛날에는 피휘避諱라 하여 임금이나 부모와 조상, 그리고 스승 등 존경하는 사람의 이름을 함부로 입에 올리지 않는 관습이 있었다. 우리나라에도 이런 예가 있는데, 대구를 옛날에는 '대구大丘'로 썼지만 영남 유생들이 공자의 이름인 '구丘' 자를 함부로 쓸 수 없다고 하여 지금의 '구邱' 자로 바꾼 게 그 대표적인 예다. 오늘날 축구와 야구 등 프로 스포츠에서 구단의 명성에 크게 기여한 스타 선수가 은퇴하면 그를 기념하기 위하여 그의 등번호를 영구 결번으로 지정하는 것도 역시 유사한 관습이라 하겠다.

언어는 물질적인 기표(시니피앙)를 도구로 하여 의미를 주고받는다. 물질로 이루어진 기표·기호가 아니면 의미는 만들어지지 않는다. 말도 소리라는 물질적 질료로써 언어적 형식을 만들어낸 결과다. 아무리 간절한 관념이 머릿속에 있어도 말로 표현하지 않으면 전달할 길이 없다. 따라서 기표·기호가 사라지면 의미가 생성되지 않고 마음도 전달되지 않는다. '양성역'을 '부수역'으로 바꾸면 그 순간에는 양성을 존경하는 마음이 표현되지만, 세월이 오래 지나서 역의 옛 이름이 잊히면 존경하는 마음도 사라진다. 앞서 말한 영구 결번의 경우도 결번시킬 당시에는 등번호의 주인공이 영원히 기억될 것 같지만, 없어진 번호와 함께 그 주인공도 잊힐 위험을 안고 있다. 차라리 그 번호를 그의 뒤를 이을 만한 스타에게 부여해주는 게 기억에는 도움이 될 것이다.

 '역참의 이름을 그렇게 가벼이 바꿔서는 안 된다'고 말하는 시인은 언어의 이러한 원리를 알았던 듯하다. 바꿔 말하면 이는 존경하는 마음보다 이름을 기억함이 더 중요하다는 뜻일 텐데, 마음이라는 관념은 사라지지만 기표는 남을 것이기 때문이리라. 그렇다면 '양성'이라는 기표는 후대에 어떤 의미를 생성시킬 것인가? 인간은 본성이 탐욕적이어서 역사를 잘 기억하지 못한다. 그래서 양성의 이름이 곳곳에 보이도록 해놓아야 긴장을 늦추지 않게 된다. 이것이 '유경조천자척연(留警朝天者惕然)'인데, 풀어 말하자면 '이름이 보이도록 남겨놓아서 천자를 알현하는 자들이 보고 두려워 떨도록 경계시킨다'라는 의미가 된다.

「청명淸明」
　－ 청명 절기를 맞아

淸明時節雨紛紛 (청명시절우분분)
路上行人欲斷魂 (노상행인욕단혼)
借問酒家何處有 (차문주가하처유)
牧童遙指杏花村 (목동요지행화촌)

청명이 있는 이 시절에 이슬비까지 흩날리니
길 떠난 행인은 혼을 떼어내듯 벅차구나.
잠시 물어보세나, 술집은 어디에 있는가?
목동이 멀리 살구꽃 핀 마을을 가리키네.

이 시는 칠언절구이므로, 『평수운』 중 원元 운에 속하는 '분紛'·'혼魂'·'촌村' 자로 압운하였다.

시는 길 떠난 여행자인 화자가 봄비를 만나서 일어난 감회를 묘사하며 시작한다. "청명이 있는 이 시절에 이슬비까지 흩날리니 / 길 떠난 행인은 혼을 떼어내듯 벅차구나"(淸明時節雨紛紛, 路上行人欲斷魂). '청명淸明'은 봄의 절기 이름이고, '분분紛紛'은 '흩날리다', '욕欲'은 '~하려 하다', '단혼斷魂'은 '혼을 잘라내다'라는 의미를 각각 나타낸다.

청명은 곡우穀雨와 함께 계춘季春의 절기로서 보통 4월 초(음력 3월)에 온다. 시인은 이 청명을 '시절時節'이라는 말과 함께 썼는데, '시절'이란 청명이 일년 24절기 중에서 딱 한 번 오고 지나가버린다는 의미를 담고 있다. 두보의 「강남에서 이구년李龜年을 만나다(江南逢李龜年)」에 "꽃이 지는 이 시절에 다시 그대를 만났구려"(落花時節又逢君)라는 구절이 있는데, 여기서도 '시절'은 '꽃잎이 다 져버린 바로 이 시기'를 가리킨다. 다른 시기가 아닌 '딱 떨어진 이 시기'야말로 이구년의 가치가 드러나는 시점이기 때문이다. 이에 관해서는 졸저 『한자의 역설』(삼인) 188쪽을 참고 바란다.

이처럼 '한 번밖에 없는 끊어진 시점을 지나감'을 나타내는 '시절'이라는 말에는 아쉬워하는 마음이 배어 있다. 봄날의 대표적 절기인 청명은 글자 그대로 '맑고 밝은' 봄날이어야 할 것 같은데, 오히려 이슬비가 흩날리고 있으니 의외로 더욱 청명다운 생기가 느껴진다. 시인은 이를 '우분분雨紛紛', 즉 '비가 흩뿌려 떨어진다'라고 묘사했는데, '흩뿌려진다'는 말은 비가 주류를 형성하지 않고 골고루 적셔준다는 말과 다름없다. '맑고 밝은 것'에는 태양과 같은 주류가 있지만, 흩뿌리는 이슬비에는

이런 게 없다는 말이다. 이렇게 청명에 고루 내리는 이슬비라는 특별한
환경은 시인에게 놓치기 싫은 벅찬 감동과 생기를 느끼게 하였으리라.

 '길 떠난 행인'은 자신을 가리키는 말일 터이니, 나그네는 도달해야
할 목적지가 있다. 그러나 아무리 속히 가야 할 사연이 있다 하더라도
이 특별한 순간에 감지된 벅찬 감응을 감수성 예민한 시인은 진정시킬
수가 없다. 오히려 어서 가야 할 사연이 있기에 더욱 감당하기 어려웠
을 수도 있다. 왜냐하면 이 벅찬 순간은 한번 가면 다시 오지 않기 때
문이다.

 이 주체할 수 없는 감응을 시인은 '욕단혼欲斷魂', 즉 '혼이 떨어져 나
가는 듯하다'고 표현했다. 이와 비슷한 표현 중에 '욕단장欲斷腸', 즉 '애
를 끊어내는 듯하다'라는 말이 있다. 애는 창자를 뜻하는데, 창자가 꼬
이거나 했을 때의 고통은 당해본 사람이 아니면 모른다.

> 한산섬 달 밝은 밤에 수루戍樓에 홀로 앉아
> 큰 칼 옆에 차고 깊은 시름 하는 차에
> 어디서 일성호가一聲胡笳는 남의 애를 끊나니

 전선의 달밤에 지은 이순신 장군의 이 시는 '애를 끊는 고통'이 어떤
느낌인지 짐작하게 해준다. '혼이 떨어져 나가는 고통'도 이와 같을 것이
니, 이는 바꾸어 말하면 죽음의 고통을 뜻한다. 죽음이란 육체적으로는
고통을 겪을 수밖에 없지만, 관념적 대타자, 즉 자연의 품에 안긴다는
점에서는 지고한 쾌락이기도 하다. 이 이중적인 감응을 감당하려면 술
이 필요하다. 한편으로는 '혼이 떨어져 나가는' 고통을 덜기 위해서, 다

른 한편으로는 쾌락을 좀 더 증폭시키기 위해서 말이다.

그래서 시인은 즉시 술집을 찾는다. "잠시 물어보세나, 술집은 어디에 있는가? / 목동이 멀리 살구꽃 핀 마을을 가리키네"(借問酒家何處有, 牧童遙指杏花村). '차문借問'은 남에게 뭔가를 물어볼 때 쓰는 말로서 이때의 '차借' 자는 '도움을 구하다'라는 뜻이다. '요지遙指'는 손가락으로 먼 곳을 가리킨다는 뜻이고, '행화杏花'는 살구꽃이다.

목동에게 묻고 또 그가 대답해주는 걸로 나오지만, '차문借問'이란 고전 시가에 자주 등장하는 시어로, 기실 관념 속의 대타자에게 묻는 말이다. 그만큼 절실하다는 뜻이다. 그래서 술집을 묻는 말의 구성도 '주가하처유酒家何處有'로 되어 있다. 중국어에서 존재를 묻는 말의 구조는 '장소어+有+존재의 대상'이므로, 원칙적으로는 '何處有酒家'로 써야 하지만, '酒家'가 절실하므로 도치했던 것이다. 당나라 유언사劉言史의 「꽃을 찾아서(尋花)」라는 시에 "좀 물어봅시다. 이리저리 날아다니는 꾀꼬리와 나비, 그리고 그윽한 꽃은 어디에 있는지 아시오?"(借問流鶯與飛蝶, 更知何處有幽花)라는 구절이 있는데, 여기서 '하처유유화何處有幽花'라고 쓴 예를 보면 참고가 될 것이다. 최호의 「황학루黃鶴樓」에서는 '일모향관하처시日暮鄉關何處是'(날은 저물어가는데 고향 가는 길은 어디에 있나?)라고 하여 '유有' 자 대신에 '시是' 자를 썼는데, 사물의 존재를 나타낸다는 의미에서는 같은 뜻이라고 볼 수 있다.

술집을 찾는 나그네의 물음에 목동은 멀리 '행화촌杏花村', 즉 살구꽃 핀 마을을 가리켰다. 봄에 잎이 나기 전에 꽃이 먼저 피는 나무는 복숭아나무, 살구나무, 벚나무, 앵두나무, 자두나무 등 무수히 많다. 이들은 대체로 장미과에 속하는 나무들이고 꽃 색깔도 서로 비슷해서 멀리서 보면 구분이 잘 안 된다. 목동이 살구꽃이라고 말해줬으면 모를까, 멀리서 특정하기는 쉽지 않다. 필자가 이렇게 불필요하게 따지는 것은 시인의 머릿속에는 살구꽃이 더 절실하지 않았을까 하는 짐작 때문이다.

중국 고전에서 행림杏林, 즉 살구나무 숲은 존경받는 의원이나 인술仁術을 상징한다. 이는 위나라 건안建安 연간에 신의神醫로 불리던 동봉董奉의 고사에서 비롯되었다. 『신선전神仙傳』에 의하면, 동봉은 산골에 살면서 사람들을 치료해주고 돈을 받지 않았다고 한다. 대신에 중병을 낫게 해주면 살구나무 다섯 그루, 가벼운 병을 낫게 해주면 한 그루씩을 각각 가져다 심게 하였다. 이렇게 하기를 몇 년이나 했더니 십만여 그루가 넘어서 숲을 이루었다는 이야기다. 이로부터 행림이 존경받는 의원을 가리키는 상징적인 말이 되었다.

시인이 갈급하게 찾았던 술 또는 술집은 그의 '혼을 떼어내는 듯한' 고통을 치료해줄 신의와 같은 존재였으리라. 이렇게 갈급한 존재를 목동은 '손가락으로 멀리 가리킨다'고 시인은 표현하였다. 욕망의 대상은 너무 가까이도 아니고 약간 멀리 떨어져 있을 때 절실하고 아름답다. 옛날에 목마른 나그네가 물을 좀 달라 하면 바가지에 버드나무 잎을 하나 띄워서 주는 관습이 있었다. 후후 불면서 천천히 마시라는 배려에서다. 이처럼 간절한 욕망일수록 간격을 유지해야 한다. 이처럼 살구꽃임을 알 수 있을 만큼 적당히 '멀리' 있어야 기대할 만한 희망이 만들어지고 또 그만큼 기쁨의 시간이 연장된다.

유장경劉長卿의 「청명이 지나고 나서 성에 올라가 바라보다(淸明後登城眺望)」라는 시에 보면 마지막에 "장안은 어느 쪽에 있는가? / 멀리 석양의 끝을 가리키네"(長安何處是, 遙指夕陽邊)라는 구절이 있다. 여기서도 장안이 있는 곳을 '멀리' 가리키고는 있지만, '석양변夕陽邊', 즉 해가 넘어가는 저 끄트머리이므로 시인이 닿기에 너무 멀다. 이렇게 대상이 너무 멀면 희망은 사라지고 아쉬움만 남는 법이다.

「산행山行」
    – 바위산을 오르며

遠上寒山石徑斜 (원상한산석경사)
白雲生處有人家 (백운생처유인가)
停車坐愛楓林晚 (정거좌애풍림만)
霜葉紅於二月花 (상엽홍어이월화)

멀리 차디찬 바위산을 넘으려니 돌밭 길이 가파르기도 한데
흰 구름 피어나는 곳인데도 사람 사는 집이 있구나.
수레를 세운 건 단풍 숲 다 져가는 게 아까워서니
서리 맞은 잎이 춘삼월 꽃보다 더 붉네.

이 시는 칠언절구로서 『평수운』 중에서 마麻 운에 속하는 '사斜'·'가家'·'화花' 자로 압운을 했다. 여기서 '사斜'는 현대 중국어로 '시에xie'라고 읽히지만, 이 시를 읽을 때는 압운을 맞추려고 일부러 고대음인 '시아xia'로 읽는다. 그래야 압운한 곳들이 모두 'a'로 여운이 남는다.

이 시는 크게 두 부분으로 나뉘는데, 기·승구는 산길에서 바라보는 전체적인 가을의 경관을, 전·결구는 눈앞에 보이는 단풍잎의 아름다움을 맛보는 순간을 각각 묘사하고 있다. 우리는 무엇인가를 맛보거나 감상할 때 앞에 놓인 대상에 먼저 집중하는 게 보통이다. 가까운 데 있는 게 먼 데 있는 것보다 더 직접적이어서 중시될 수밖에 없기 때문이다. 이에 비하여 대상을 정말로 즐길 줄 아는 사람은 그 주위의 사물이나 상황을 먼저 살펴보고, 더 나아가면 보이지 않는 그 뒤까지도 상상해본다. 그러다가 차츰 대상으로 눈길을 옮겨 관찰하면서 대상을 결정짓는 맛 또는 가치가 어디서 어떻게 이루어지는지를 상상하며 느낀다. 이 것이 바로 감상感賞, 즉 '맛을 즐기는'(appreciate) 과정이다. 초대받은 집이나 식당에서 요리를 즐길 때 이 과정을 적용해보면 금세 알 수 있다. 요리를 대하기에 앞서 먼저 집과 정원, 그리고 집 안의 인테리어와 가구 등을 살펴본 후 점차 식탁과 식탁보, 그리고 마침내 음식이 나오면 요리를 담은 접시 등 식기를 보고 나서 마지막에 요리의 만듦새와 맛을 음미하며 거기서 가치를 찾아본다. 오감을 즐기기 위해 만들어진 모든 것은 이런 식으로 감상한다.

시인도 늦가을 산을 오르면서 이런 과정을 그대로 따른다. "멀리 차디찬 바위산을 넘으려니 돌밭 길이 가파르기도 한데 / 흰 구름 피어나는 곳인데도 사람 사는 집이 있구나"(遠上寒山石徑斜, 白雲生處有人家). 시인이 가파른 산길을 왜 가게 되었는지는 알 수 없지만, 수레를 타고 먼 길을 가고 있는 것으로 보아 공무로 출장을 가거나 개인적인 볼일을 보러 높은 고개를 넘어가는 모양이다. 장거리 여행의 경우 지루함 때문에 대개는 졸며 가지만, 감수성이 예민한 시인은 밖의 경치를 감상한다. 그는 먼저 이제 넘어가야 할 먼 산을 바라보고 그리로 다가가는 구불구불 이어진 가파른 경사길을 '석경사石徑斜'라고 묘사한다. 여기서 '한산寒山'은 늦가을의 찬 기운이 느껴지는 산을 가리키지만, 동시에 멀리 보이는 산을 지시하기도 한다. 왜냐하면 산의 추운 느낌은 내 피부에 직접 와닿는다기보다 차디찬 바위로 뒤덮인 어두침침한 푸른색에서 오는데, 이는 멀리 보일수록 더욱 차갑게 느껴지기 때문이다.

'가파른 고갯길'이 이미 산의 깊음을 말해주고 있는데, '흰 구름 피어나는 곳'(白雲生處)이라고 하니 거기에다가 험준함까지 더해준다. 여기에 작은 반전을 일으킨 게 '유인가有人家', 즉 '사람 사는 집이 있다'는 말이다. 아무도 없는 깊은 산속이나 산길을 홀로 걸을 때면 누구나 자신도 모르게 긴장한다. 도로가 발달한 오늘날에도 깊은 산골 오지의 길을 혼자 걷거나 운전하면 긴장되지 않는가? 그러다 인가가 눈에 띄면 갑자기 긴장이 풀어지고 안심이 된다. 자신이 야만 상태에 던져져 있지 않고 여전히 문명 안에 있다는 확신이 들기 때문이리라. 이러한 심리 상태에서 시인은 위 구절을 떠올렸을 것이다.

시인이 여전히 긴장 상태에 있었다면 빨리 벗어나려고 길을 재촉했겠지만, 인가에 안도감을 얻은 시인은 '수레를 세우고'(停車) 속히 가려는 목적지에서 눈앞의 사물로 눈길을 옮긴다. "수레를 세운 건 단풍 숲다 져가는 게 아까워서니 / 서리 맞은 잎이 춘삼월 꽃보다 더 붉네"(停

車坐愛楓林晚, 霜葉紅於二月花). '좌坐'자는 '왜냐하면' 또는 '~ 때문에'라는 뜻이고, '애愛'자는 '아까워하다', '만晚'자는 '전성기를 넘긴', '상엽霜葉'은 '서리 맞은 잎', 즉 '단풍잎'을 각각 의미한다. '어於'자는 '~보다'라는 의미를 나타내는 조사이고, '이월화二月花'는 '2월에 피는 꽃'인데 2월은 양력으로 3월이 되므로 우리말로는 '춘삼월'에 해당한다고 볼 수 있다.

마음이 느긋해진 시인의 눈에 붉게 물든 단풍 숲이 들어온다. 그런데 그 단풍은 '풍림만楓林晚', 즉 한창때를 지나 시들어 말라가는 시기의 단풍이다. 일반적으로 단풍이 전성기를 지나면 이를 보러 오는 사람들도 뜸해진다. 힘들여 올라가서 볼 가치가 없기 때문이다. 아마 시인도 같은 마음이었으리라. 그런데 회광반조回光返照라는 말이 있다. 해가 서산으로 넘어갈 때 태양이 산 너머로 완전히 떨어지기 직전에 빛의 반사로 인해 갑자기 밝아지고 나서 어두워지는 현상을 말한다. 성냥개비 같은 것이 다 타고 꺼지기 직전에 빛이 확 밝아지고 나서 사라지는 것도 회광반조라고 부른다. 단풍이 비록 전성기를 지나 말라가고는 있지만 끄트머리에 다다라서 마지막 아름다움을 모두 발하게 되는데 시인은 바로 이 순간을 보았던 것이다. 그러자 이 마지막 광채를 놓치면 안 된다는 조급한 마음에 수레를 세웠다. 이것을 시인은 '수레를 세운 것은 마지막에 발하는 단풍의 아름다움을 놓치기 아까워서였다'라는 의미로 시어를 만들었다. 이것은 마치 오늘날 방송 쇼핑 채널에서 쇼호스트가 "이제 상품의 재고가 몇 개 안 남았습니다. 서두르세요!"라고 닦달하는 말에 전화기를 돌리는 구매자의 마음과 같았으리라. 감수성 예민한 사람에게 아름다운 순간은 절대로 놓칠 수 없기에 아무리 바빠도 수레를 세워야 한다.

이렇게 그가 수레를 세우고 본 아름다움의 대상은 무엇이었을까? 그
것은 시선이 멀리 차디찬 푸른빛을 띠는 바위 색으로부터 시작하여 흰
색의 구름을 거쳐 단풍 숲에 다다른 후 눈앞에서 초점을 맞춘 '상엽霜
葉', 즉 서리 맞은 붉은 잎이었다. 나뭇잎은 새순의 빛깔도 예쁘고 신록
의 빛도 예쁘지만, 뭐니 뭐니 해도 단풍 빛이 가장 아름답다. 왜냐하면
잎이 서리를 맞아 생기가 사라진 상태에서도 빛을 발하기 때문이다.

소동파의 「적벽부赤壁賦」는 "임술지추壬戌之秋, 칠월기망七月旣望"(임
술년 가을, 7월 16일에)이라는 말로 시작하는데, 이 작품의 범상치 않음은
첫 구절의 '추秋' 자와 '기망旣望'에서 느껴진다. 왜냐하면 가을과 기망
(16일)은 전성기를 지나 시들어가는 시간에 접어들었지만 아름다움은
오히려 이 시기에 나타나기 때문이다. 시인이 본 아름다움도 단풍의 절
정기가 지나 거의 시들어가는 때, 그것도 작은 잎새에서 감지한 것이다.
그 잎새는 물은 다 빠지고 진액만 남은 상태여서 앞서 말한 회광반조의
조건이 갖춰져 있었으리라. 시인은 이것을 "서리 맞은 잎이 춘삼월 꽃보
다 더 붉네"(霜葉紅於二月花)라고 묘사하였다.

초목의 아름다움은 봄에 피우는 꽃과 초여름의 신록에서 찾을 수 있
다. 인간도 외모의 아름다움은 청년 시기에 절정을 이루고 시들어간다.
그래서 오늘날 매체에 오르내리는 상업 광고는 청년의 이미지를 주로
사용하는데, 광고업자들은 이미 충분히 아름다운 청년도 모자라서 성
형수술을 시키고 게다가 디지털 기술을 써서 과장하기까지 한다. 이렇
게 노출된 이미지를 자주 접하다 보면 인간이라면 이 정도의 외모는 갖
춰야 한다는 관념이 심어지면서 거리에서 흔히 보는 장삼이사들의 얼

굴이 초라해 보일 뿐 아니라 그에 미치지 못하는 자신에게 죄책감이 들기까지 한다. 보통 사람이 이러하니 노인의 경우는 더 말할 나위도 없다. 오늘날 노인에 대한 경멸적 태도는 여기에도 근거한다.

그러나 시인이 읊은 대로 서리 맞은 늦가을 잎새가 춘삼월 봄꽃보다 더 붉은 것처럼 인간의 진정한 아름다움은 갖은 굴곡과 고초를 다 겪은 뒤 이제 모든 것을 다 내려놓고 인생의 의미를 사색하는 그 모습에서 찾을 수 있다. 시인이 단풍의 웅장한 경관에 초점을 맞추지 않고 서리 맞은 작은 잎새의 붉은색을 '이월화二月花'보다 앞에 놓은 것은 늙어가며 깨닫는 자신을 표현하고 싶어서였을 것이다.

앞에서 읽었듯이 두보는 시 「구일남전최씨장九日藍田崔氏莊」을 "내년 이 모임에 누가 건재해 있을지 알소냐 / 취해서 들고 있는 이 산수유 가지나 자세히 보련다"(明年此會知誰健, 醉把茱萸仔細看)라는 구절로 끝맺었다. 이처럼 인간은 노년이 되어야 작은 창조물에서도 그 아름다움과 의미를 이해할 수 있는 법인데, 시인도 이 과정에 있었음을 짐작할 수 있다.

「과화청궁過華淸宮」 기일其一
– 화청궁을 지나다가 (첫 번째 시)

長安回望繡成堆 (장안회망수성퇴)
山頂千門次第開 (산정천문차제개)
一騎紅塵妃子笑 (일기홍진비자소)
無人知是荔枝來 (무인지시려지래)

장안에서 머리 돌려 바라보니 듬성듬성 비단실로 수놓은 듯
산머리의 수많은 대문이 차례로 열리더라.
단기필마가 붉은 먼지 내며 내달릴 때 비妃께서 미소 지으신 것은
아무도 모르더라, 여지荔枝가 도착해서임을.

이 시는 「과화청궁過華淸宮」 절구삼수絶句三首 중의 첫 번째 작품이다. 앞에서 읽은 유장경의 「장사과가의택長沙過賈誼宅」에서 보았듯이 '과過' 자는 '지나가다 들르다'라는 뜻이므로, '과화청궁過華淸宮'은 화청궁을 지나다 들렀다는 의미가 된다. 이 시는 『평수운』의 회灰 운에 속하는 '퇴堆'·'개開'·'래來' 자로 압운하였다.

『원화군현지元和郡縣志』의 기록에 의하면, 화청궁은 여산驪山에 있는데 처음에는 개원 11년에 온천궁이라는 이름을 붙였다가 천보 6년에 화청궁으로 개명하고 장생전長生殿을 더 지었다고 한다. 양귀비를 총애한 현종은 그녀를 위해 이 화청궁을 짓고 매년 10월부터 다음 해 봄까지 머물다가 장안으로 돌아갔다고 한다. 이 시는 경국지색에 빠진 현종의 사치함을 꼬집는 풍자시이지만, 오늘날의 안목으로 보자면 생각할 것이 많은 작품이다.

"장안에서 머리 돌려 바라보니 듬성듬성 비단실로 수놓은 듯/ 산머리의 수많은 대문이 차례로 열리더라"(長安回望繡成堆, 山頂千門次第開). '수성퇴繡成堆'는 직역하면 '비단실로 수놓은 것이 듬성듬성 무더기를 이루었다'가 된다. 이는 화청궁이 있는 여산의 모습을 묘사한 것으로서, 현종은 산언덕에다 아름다운 나무와 꽃을 곳곳에 심게 했는데 그것이 멀리서 보면 비단 폭에 금실로 수놓은 것처럼 보였다는 뜻이다. '산정천문山頂千門'은 산꼭대기까지 이어진 수많은 대궐의 중문重門들을 가리키고 '차제次第'는 '순서' 또는 '순서대로'라는 뜻이다. 즉 산꼭대기까지 이어진 중문들이 차례로 올라가며 열린다는 것은 무언가 시급한 전령 같은 사람이 달려 올라가고 있음을 짐작게 한다.

"단기필마가 붉은 먼지 내며 내달릴 때 비妃께서 미소 지으신 것은 /

아무도 모르더라, 여지荔枝가 도착해서임을"(一騎紅塵妃子笑, 無人知是荔枝來). '일기一騎'는 '말 탄 전령 한 사람'이고, '홍진紅塵'은 전령의 말이 급히 달리면서 일으킨 붉은 먼지를 뜻한다. '비자妃子'는 원래 황후 아래에 있는 모든 황족의 처첩妻妾을 의미하는데, 여기서는 양귀비를 가리킨다. '여지荔枝'는 중국 남방에서 생산되는 열대 과일의 이름이다.

대궐에 여러 개의 중문을 두는 이유는 황제의 안전과 보안을 위한 것이므로, 평소대로라면 차례로 열리는 게 불가능하다. 그런데 단기필마가 먼지를 일으키며 급히 달릴 때 문이 거추장스럽지 않도록 차례로 열려 올라갔다면 전쟁이나 반란 같은 비상사태를 전하는 상황이든가 황제에 맞먹는 특권을 가진 자가 시급히 가야 했기 때문일 것이다. 그런데 시인은 이런 상황에서 양귀비가 웃음을 지었다고 묘사했다. 이렇게 시급한 상황을 즐거워한 이유는 그 말을 탄 사람이 다름 아닌 여지를 싣고 달려온 전령이었기 때문이라는 것이다. 이것을 시인은 "아무도 모르더라, 여지가 도착해서임을"이라고 표현하였다.

이조李肇의 『당국사보唐國史補』에 기록된 바에 따르면, 양귀비는 촉蜀에서 자랐으므로 그곳 특산물인 여지를 좋아했다고 한다. 그래서 매년 수확 때가 되면 여지를 속히 실어다가 진상하였다. 그런데 이 시기는 하절기여서 하룻밤이 지나면 부패하기에 여간 신속히 달리지 않으면 안 되었다. 이러한 사실을 사람들은 전혀 모르고 있다는 게 앞의 책의 기록이다. 이조는 두목과 같은 시기에 살았지만 나이가 약간 앞서므로, 시인의 이 구절은 이 기록에 근거한 것으로 짐작된다. 촉에서 장안까지 밤이 새기 전에 간다는 건 현실적으로 불가능하므로 소동파는 부주涪州에서 실어 갔으리라 추측했다.

양귀비의 이 일화는 옛날 주나라 유왕幽王의 왕비인 포사褒姒가 저지른 '봉화희제후烽火戱諸侯', 즉 '봉화로 제후를 놀리다'라는 고사를 연상시킨다. 도무지 웃지 않던 포사가 거짓 봉화에 달려온 제후들이 황당해하는 모습을 보고 웃자 그 웃음을 다시 보려고 애가 탄 유왕이 봉화를 몇 번 더 올렸는데, 정작 반란군이 쳐들어와서 올렸을 때는 아무도 도우러 와주지 않아 나라가 멸망했다는 고사다. 이런 교훈 때문에 역대 권력자들은 밖으로 명시된 제도를 건드려서 사익을 구하는 것을 금기시하였다. 그 대신 사적으로 즐기는 일은 보이지 않는 곳에서 은밀히 하려 하였다. 양귀비의 전설 같은 사치를 아무도 몰랐다는 것은 이러한 관습에 기인한다. 뒤에서 은밀하게 즐긴 일이기에 야사에 적히고, 그로 인해 전설로 확대되기도 한다.

정말로 즐기는 일은 혼자서 남모르게 즐기는 게 맞다. 좋은 것은 함께 즐겨야 한다고 말들은 하지만, 좋은 것을 어떻게 남과 나눌 수 있겠는가? 즐긴다는 것은 자신의 만족에 충실한 것일 뿐, 남에게 보이기 위한 게 아니다. 이를테면 담배를 즐기는 건 전적으로 나를 위한 것이지 남에게 보이려는 게 아니질 않는가? 요즘 자신이 뭔가를 즐기는 모습을 인스타그램에 올리는 사람들이 많은데, 이는 즐기는 게 아니라 자랑하는 행위다. 가곡으로도 유명한 김동환의 시 「아무도 모르라고」는 자랑과 구별되는 즐김의 속성을 잘 말해준다.

> 덕갈나무 숲새로 졸졸졸 흐르는
> 아무도 모르는 샘물이길래
> 아무도 모르라고 도로 덮고 내려오지요,

나 혼자 마시군 아무도 몰르라고

도로 덮고 내려오는 이 기쁨이여.

즐기는 쾌락은 원래 독점적이어서 남과 나누기가 힘들다. 그래서 혼자 몰래 즐기고는 다른 사람이 모르게 감춰두는 법인데, 이 감추는 행위에서마저 쾌락은 배가된다고 시인은 고백한다. 이처럼 즐김의 속성은 혼자 한다는 것인데, 남에게 인정받고 싶거나 자랑할 마음이 생겼다면 이는 즐거움의 범주에서 벗어나 있다고 보면 된다. 감각이 무엇인지 아는 두목은 양귀비의 이러한 행위를 이해했던 것 같다. 이 시를 사람들이 생각하는 전형적인 풍자시로만 여겨서는 안 되는 이유다.

그렇다면 권력자가 호화로운 궁궐을 짓는 건 권력을 즐기는 게 아닌가? 결론부터 말하면, 그것은 '장관壯觀', 즉 웅장함을 보여주기 위한 것이지 즐기는 일이 아니다. 한마디로 일종의 통치 수단이라는 말이다. 권력이 무엇인지, 왜 권력에 복종해야 하는지를 백성에게 설명하려면 무진장 복잡할뿐더러 가능하지도 않다. 그러나 호화롭고 사치한 장관을 만들어 보여주면 그 위세에 눌려 저절로 복종한다. 옛날부터 속국이나 식민지를 거느린 제국이 거대한 건축물을 지은 이유가 바로 이러한 정치적 이유에서였다.

『논어』「태백」편에 다음과 같은 공자의 말이 있다. "우임금님에 대하여 나는 틈을 찾아 헐뜯을 게 없다. 그는 자신의 음식은 성기게 드시면서도 귀신에게는 효성을 다하여 모셨고, 자신의 의복은 형편없게 입으셨으면서도 제사 지낼 때 입는 예복과 예모는 힘써 아름답게 치장하셨으며, 자신의 궁실은 싸구려로 지으셨으면서도 논밭에 물을 대는 도랑과 봇도랑을 파는 데에는 힘을 다하셨으니, 우임금님에 대하여 나는 틈을 찾아 헐뜯을 게 없다"(禹吾無間然矣, 菲飮食, 而致孝乎鬼神, 惡衣服, 而致美乎黻冕, 卑宮室, 而盡力乎溝洫, 禹吾無間然矣). 정치 지도자의 가장 중요한 덕목을 지적하는 이 말에서 검소한 생활을 하면서 오로지 백성의 삶을 위해 전력을 다해야 한다는 점은 금세 이해가 되지만, 제사 지낼 때 입는 예복과 예모를 아름답게 치장해야 한다는 말은 선뜻 납득되지 않을 것이다. 제사를 지낸다는 것은 우리의 영적인, 또는 정신적인 질서의 골격을 형성시키는 의식이다. 건물의 뼈대를 단단히 만들려면 먼저 거푸집의 형태를 정확히 짜야 하는 것처럼, 제사 의식의 과정과 예복이 이 기능을 수행한다. 우리가 공식적인 행사는 말할 것도 없고 중요한 사적인 행사에도 예복을 정중하게 차려입고 참석하는 것은 이 때문이다. 이른바 '뼈대'라고 하는 관념은 형식을 통해 이루어지는 것이지 의식意識만으로는 형성되지 않는다.

그러나 현실에서는 검소하면서도 정중한 형식이란 한계 짓기가 어려우므로 권력자들은 질서에의 복종이라는 기능을 최대화하기 위하여 각종 의례와 의식에 신경 씀은 물론 궁실까지 한없이 확대하게 된다. 권력의 호화 사치는 여기에다가 탐욕까지 곁들여져서 발전한다. 이러한 호화 사치의 장관을 사람들은 고까운 시선으로 바라보면서도 거기에 신뢰를 보내며 복종한다. 요즘 이른바 일부 '잘나가는' 학원강사들의 호화 생활을 곱지 않게 바라보면서도 그들의 강의로 대거 쏠리는 게 그 증거다.

앞서 말한 바대로 이 시는 단순한 풍자시가 아니다. 화청궁은 임금이 여색에 빠져 정사를 게을리한 대표적인 실정의 장소이자 애틋한 로맨

스의 상징이기도 하다. 그래서 실정을 제외한다면 이 애정 사건은 쾌락을 향한 인간의 추구가 어디까지 나아갈 수 있는지를 가늠하는 실례實例가 될 수 있기도 하다. 이를테면 제철의 여지를 혼자 즐기기 위해 장거리 쾌속 기마 택배를 시킨 것은 당시로는 엄두도 내기 어려운 일이었을 것이다. 이는 현종의 양귀비에 대한 사랑의 발로였으니, 요즘 말로 하자면 수요가 공급망을 창출해낸 사례다. 그 먼 거리를 말 한 마리로 달릴 수 없었을 터인즉 중간에 분명히 역참을 이용하지 않았겠는가. 감각적인 시 짓기를 좋아했던 시인은 풍자의 허울을 쓰고 이 시를 지었겠지만, 아마 내심으로는 즐기는 일이라면 이 정도 상상력은 가져야 하지 않겠나 하고 탄복했을 것이다. 마지막의 '무인지시無人知是', 즉 '아무도 상상하지 못했을 것이다'라는 말은 이러한 마음이 은연중에 드러난 것이라 본다. 실정이니 뭐니 하는 윤리적인 면은 기실 시인에게 관심의 대상이 되지 못하고 오로지 감각의 실현을 위한 창조적 상상력이 중요했을 것이다. 니체의 위버멘쉬Übermensch, 즉 초인도 이 개념이 아니던가?

오늘날 우리 사회는 제조업이 쇠퇴하여 일자리가 사라짐으로써 경제적 난국에 처해 있다. 그렇다고 해서 이미 경쟁력이 약해진 제조업으로 돌아갈 수도 없으니 뭔가 대안을 찾아야 하는데, 그것은 선진국형 서비스업의 창출이다. 선진국형 서비스라는 게 쉽게 말하면 소비자에게 옛날 귀족들이 느꼈던 만족감을 제공하는 일이다. 양귀비를 기쁘게 하려고 쾌속 기마 택배를 생각해낸 현종처럼 말이다. 서비스업도 제조업이다. 새로운 감각적 서비스를 만들어내기 위해서라도 이런 감각적인 시를 읽을 필요가 있다고 주장한다면 지나친 억지일까? 예술의 기능은 새로운 감각을 창조하는 일이 아니던가?

찾아보기

그림_김지인

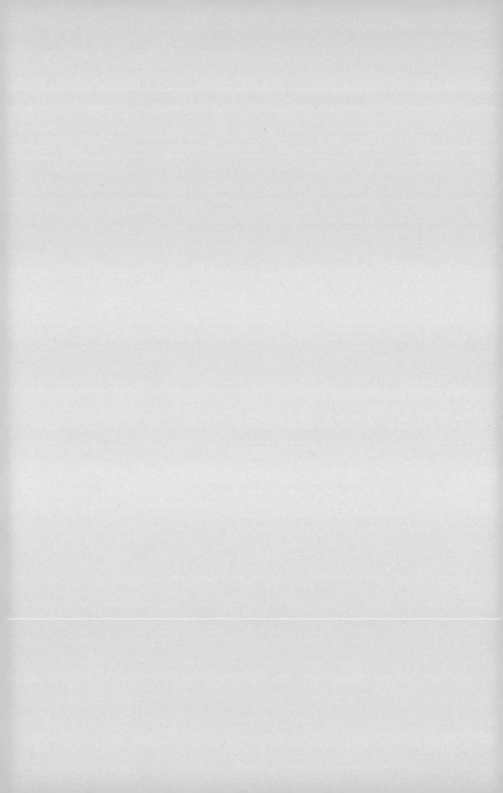